TASCABILI BOMPIANI 1102

ANDREA DE CARLO
DURANTE

TASCABILI BOMPIANI

L'autore assicura formalmente che i nomi dei personaggi
di questo romanzo NON sono quelli di persone reali
che li abbiano anche solo in parte ispirati.
Poiché però è possibile – e in alcuni casi addirittura probabile –
che esistano persone reali con lo stesso nome e alcune caratteristiche
dei personaggi di questo romanzo, l'autore assicura
che si tratta di una pura coincidenza: non è di loro che si racconta qui.

ISBN 978-88-452-6297-5

Via Mecenate 91 - 20138 Milano

I edizione Tascabili Bompiani giugno 2009

Il diciannove maggio alle quattro e venti del pomeriggio

Il diciannove maggio alle quattro e venti del pomeriggio ero seduto nel prato davanti a casa in una pausa dal lavoro, senza un solo pensiero attivo in testa. Il termometro appeso sotto l'arco tra la casa e il laboratorio segnava ventisette gradi all'ombra, ma al sole ce n'erano almeno trenta. La testa mi scottava, gli occhi mi facevano quasi male. L'erba già in parte secca mi pizzicava le piante dei piedi e le caviglie, mosche e api e altri insetti di varie dimensioni mi si posavano addosso o ronzavano intorno. Muovevo le mani a intervalli per scacciarli, respiravo lento. C'era anche una lieve brezza intermittente, che creava venature nell'aria densa e increspava l'onda tenue di blues elettrico che usciva dalle finestre. Cardellini e fringuelli e tortore dal collare cantavano melodiosi sugli alberi e tra i cespugli; la distesa delle colline tutto intorno era incantevole come sempre, benché i colori fossero un po' sbiaditi dal secco prolungato e dall'intensità della luce. Nell'insieme avrei potuto dire che le sensazioni negative e quelle positive si bilanciavano, con forse una debole prevalenza di quelle negative dovuta al caldo e alla noia ristagnante nel retroterra dei miei non-pensieri.

Poi ho sentito il rumore di un'automobile che scendeva per la strada sterrata, sono saltato in piedi. Oscar il cane si è messo ad abbaiare: scoppi di suono profondo, percussivo. Astrid la mia ragazza si è affacciata da una delle finestre aperte, ha detto "Chi è?".

"Che ne so!" ho detto, mentre incespicavo sull'erba per infilarmi gli zoccoli di sughero e lana cotta bucati dall'uso in corrispondenza degli alluci.

Sono andato al punto dove la stradina ripida scende al piano della casa, con le reazioni contraddittorie di uno che vive fuori dal continuo intersecarsi di persone e attività della società urbana: fastidio, allarme, curiosità, istinto di difesa del territorio. Oscar abbaiava più concitato, ai limiti della sua catena tesa. Una piccola macchina bianca è sbucata tra i viscioli e le rose canine e i finocchi selvatici e le erbe alte, si è fermata a qualche metro da me. Mi sono bloccato anch'io, con tutti i muscoli del corpo e della faccia contratti, improvvisamente consapevole del cattivo stato della mia maglietta verde militare e dei miei calzoni di tela nera, la testa già piena di gesti e frasi per negare e respingere.

La portiera della macchina si è aperta. Ne è sceso un tipo alto e magro, con in testa un cappello di paglia da cowboy, la faccia lunga. Ha detto "Ciao".

"Salve" ho detto, senza lasciar affiorare alle labbra il minimo cedimento di un sorriso.

"Sai dov'è il centro equestre Valle della Luna?" ha detto lui, alzando la voce per farsi sentire sopra gli abbaiamenti di Oscar.

"No!" ho detto, anch'io a voce più alta. Ho scosso la testa, con le mani premute nelle tasche dei calzoni. "Mai sentito!"

Il tipo ha staccato un gambo di finocchio selvatico, l'ha mordicchiato. Si è guardato intorno con un movimento panoramico: le onde delle colline ravvicinate in cui si alternavano il giallo dei campi già falciati e il verde dei boschi. Respirava a fondo, come se fosse arrivato a piedi invece che guidando. La camicia e i pantaloni di cotone azzurro gli stavano larghi, aveva un fazzoletto provenzale legato al collo, una cintura di pelle logora stretta in vita, stivali da cowboy, logori anche quelli.

"Comunque questa è una strada privata" ho detto. "Ci sono i cartelli."

Lui non ha risposto, guardava il cane Oscar che gli abbaiava contro da una decina di metri, con il pelo ritto sulla schiena. Ha detto "Perché lo tenete legato?".

"Perché se no va in giro e lo avvelenano" ho detto, infastidito dalla sua ulteriore intrusione.

"Chi?" ha detto il tipo, si è mosso verso Oscar.

"I cacciatori, i tartufai" ho detto, chiedendomi se lui apparteneva a una delle due categorie. L'ho seguito, con alcune configurazioni mentali di gesti per fermarlo e spingerlo indietro verso la sua macchina. Ho alzato la voce: "È già successo, due anni fa. Siamo riusciti a salvarlo per miracolo. Prima correva libero quanto voleva, faceva giri di chilometri ogni giorno."

"Bastardi" ha detto lui, a mezza voce, non era chiaro se rivolto a noi o ai cacciatori e tartufai. È arrivato a un metro da Oscar che abbaiava sempre più convulso e scopriva i denti bianchi e aggrottava la fronte e forzava contro la catena fino ad alzarsi sulle zampe di dietro.

“Attento!” ho detto, con anticipazioni di una sua mano o braccio o gamba bucati e lacerati improvvisamente da un morso profondo, salti all’indietro troppo tardi, urla di dolore, sangue, gesti di soccorso, bende, disinfettanti, lamentele, scuse forzate, complicazioni di ruoli, ragioni che si rovesciano.

Invece il tipo si è accovacciato con la più grande naturalezza fino a essere a livello d’occhi di Oscar, gli ha detto qualcosa a bassa voce. E Oscar ha smesso di abbaiare da un istante all’altro: un istante sembrava che volesse sbranarlo, e un istante dopo era rovesciato sulla schiena, con la coda che si muoveva a tergicristallo e la bocca socchiusa in un vero sorriso canino. Il tipo gli grattava il petto, la gola, dietro le orecchie, sotto le ascelle; diceva “Ehi, ehi, ehi. Ti piace molto qua, e qua, e qua, aaah... Ma certo, certo...”.

Ero stupito e offeso in misura uguale all’idea che uno sconosciuto potesse conquistare così facilmente il guardiano della nostra casa, un incrocio di Beauceron e pastore tedesco di quasi quaranta chili di fronte a cui nessun postino era disposto a scendere dalla macchina se non c’eravamo noi. Ho detto “Quattro anni fa hanno avvelenato sua madre. L’abbiamo trovata morta laggiù, nell’orto”.

“Bastardi” ha detto di nuovo il tipo, senza smettere di grattare Oscar. Ma ha alzato lo sguardo verso di me, con una luce di tristezza o rammarico negli occhi grigi, così strana e intensa da farmi deglutire.

Non sapevo bene come mandarlo via; mi sono girato verso la sua piccola macchina bianca, ho calcolato la manovra che avrebbe dovuto fare per girare e risalire lungo la strada sterrata. C’era un’ammaccatura sulla portiera dal lato del guidatore, graffi lungo la fiancata, alle ruote mancavano i coprimozzi.

Astrid si è affacciata dall'arco che unisce il laboratorio alla casa, con gli occhi azzurri chiari socchiusi nella luce forte, i capelli corti color grano in parte dritti sulla testa, la maglietta a strisce multicolori, le gambe lunge nei fuseaux neri, sandali rossi ai piedi. Ha guardato il tipo accovacciato a grattare Oscar, poi me con un'espressione interrogativa. Ha detto "Tutto bene?".

Il tipo si è alzato, alto e magro com'era. Si è tolto il cappello, ha detto "Ciao".

"Ciao" ha detto Astrid, con la testa inclinata, incerta.

Il tipo le si è avvicinato e ha fatto un mezzo inchino, fluido e anche lievemente legnoso come tutti i suoi movimenti. Le ha porto la mano, ha detto "Durante".

"Scusa?" ha detto Astrid, continuava a stringergli la mano. Faceva caldo, la luce ci assediava.

"Durante" ha detto il tipo.

"Ah, Astrid" ha detto Astrid.

Il tipo che si chiamava o si faceva chiamare Durante si è girato verso di me; ci siamo guardati di nuovo, con un accenno di movimento nelle gambe ma senza muoverci. Ho alzato appena una mano, ho detto "Pietro".

Un caccia militare è passato basso sopra le nostre teste, seguito subito da un secondo, in un doppio rombo di folle aggressività meccanica che faceva vibrare e risuonare tutta la valle. Li abbiamo seguiti con lo sguardo mentre schizzavano via nel cielo verso est, Astrid con le mani sulle orecchie, io con una mano sulla fronte. Durante ha fatto un gesto nella loro scia, come per tirare con una fionda.

Appena il rumore si è attenuato ho detto ad Astrid "Ha perso la strada".

"Non *perso*" ha detto Durante. "Mi si è solo un po' confuso l'orientamento."

"Da queste parti non c'è nessun centro equestre Valle della Luna" ho detto, irritato da come non voleva riconoscere la sua situazione. "Viviamo qui da sei anni, lo sapremmo."

"*Val di Lana*" ha detto subito Astrid, senza preoccuparsi minimamente di minare la mia posizione. "L'agriturismo dei Morlacchi."

"Ma non è un centro equestre" ho detto, per recuperare credibilità. "E il nome è un po' diverso, lo ammetterai."

Astrid non mi ascoltava neanche, era tutta focalizzata su Durante. Ha detto "È là in fondo, tra questa valle e la valle di fianco. Si chiama Val di Lana perché un tempo c'erano tanti pastori con le pecore".

Durante ha fatto di sì con la testa, con un'espressione lievemente delusa. Ha detto "Era più bello Valle della Luna".

"Soprattutto, non è un centro equestre" ho detto, con la sensazione netta di usare un tono meschino.

"Però hanno delle scuderie, scusa" ha detto Astrid.

"Dei box di legno in rovina" ho detto. "Vanno a pezzi. Non li usa più nessuno da chissà quanto."

Durante non sembrava particolarmente interessato a questo aspetto della questione: spostava i suoi occhi grigi da Astrid a me, con una forma distante di curiosità.

Astrid ha fatto un gesto lungo il crinale che seguiva a semicerchio la nostra valle, ha detto "Comunque, è là. Devi tornare su alla strada interpoderale, prendere a sinistra, continuare per tre chilometri e girare a destra. Vai avanti ancora un pezzo, fino in fondo alla strada. Vedrai il cartello, di fianco a una grande quercia".

Durante faceva di sì con la testa, ma con grande distacco, come se la faccenda riguardasse più noi che lui. I suoi capelli neri con qualche filo bianco formavano una massa compatta, sopra il naso stretto e arcuato, gli zigomi angolosi, il mento sensibile. Stava in piedi tra noi senza fretta né imbarazzo, con il suo cappello di paglia in mano, l'aria di uno che può trattenersi indefinitamente.

Ho detto "Va be', noi dobbiamo tornare dentro a lavorare. Ha capito il percorso, no?".

"Che lavoro fate?" ha detto lui, rivolto ad Astrid più che a me.

"Tessiamo al telaio" ha detto lei, tutta attraversata da una vibrazione comunicativa.

"Fate *stoffe*?" ha detto lui.

"Sì" ha detto Astrid. "Di lana, cotone, seta. Con telai a mano, tinture vegetali." Sorrideva, faceva gesti per mimare i movimenti al telaio.

"Uaah!" ha detto Durante. "Qui dentro?", ha indicato il muro arancione.

"Sì" ha detto Astrid. "Vuoi vedere?"

"Certo" ha detto Durante, senza la minima esitazione. Si è rimesso il cappello in testa, ha puntato dritto verso la porta.

Astrid gli ha fatto strada, prima che potessi fermarla. Siamo entrati tutti e tre nello spazio aperto dell'ex stalla che era il nostro laboratorio. Il blues elettrico galleggiava attorno ai telai, tra le pareti distanti, sotto l'architrave di vecchio legno di rovere salvato nella ristrutturazione.

"Che *meraviglia*" ha detto Durante. Indicava i rotoli di fili colorati sugli scaffali, le sfumature di giallo e rosso e grigio e verde e blu che vibravano nella luce intensa.

"Belli, eh?" ha detto Astrid, sorrideva tutta contenta.

Durante ha puntato il dito verso lo stereo, mi ha detto "*Albert King*".

"Sì" ho detto, a malincuore.

"Grande" ha detto lui.

Ho annuito, ma con la sensazione di ancora un'altra intrusione; sono andato ad abbassare il volume.

Lui è passato davanti a una ciotola di legno d'olivo in cui tenevamo alcune mele, ne ha presa una senza chiedere niente, se l'è strofinata sulla camicia e le ha dato un morso deciso, con gusto.

Avrei voluto dirgli qualcosa, magari anche solo in forma di battuta, ma ero troppo sconcertato dal gesto; ho guardato Astrid, sperando in una sua reazione più efficace.

Lei invece ha fatto finta di niente, come se le sembrasse del tutto normale avere in casa sconosciuti che si servono di quello che gli pare con la più totale naturalezza. Gli ha mostrato i telai, i fili sulle spole, i rotoli di lana e seta e cotone sugli scaffali, i tessuti finiti appesi nella stanza di fianco. Li seguivo, pieno di fastidio all'idea che questa visita non solo si prolungasse senza contrasti, ma venisse addirittura incoraggiata. Guardavo gli stivali di Durante, polverosi com'erano: non riuscivo a credere che Astrid non gli avesse almeno chiesto di toglierseli come facevamo con chiunque entrasse, anche con i clienti a cui tenevamo di più.

Durante ha chiesto alcune spiegazioni tecniche, senza smettere di mangiare a morsi schioccanti la nostra mela. Si appoggiava alla piantana di un telaio, passava una mano sulla cassa battente e sui montanti, si abbassava a guardare le corde delle calcole. Ha detto “Che bello, che *bravi*. Ho sempre avuto grande ammirazione per tutti i lavori artigianali. Scopri un mondo intero, ogni volta. Ti ci puoi *perdere*”.

“Grazie” ha detto Astrid, con un sorriso aperto che esasperava il mio fastidio. “Non vuoi bere qualcosa? Un tè freddo, un caffè?”

Mi sono mosso a difesa della nostra vita personale, anche se in ritardo: a gambe larghe e con le mani in tasca nel punto di passaggio tra il laboratorio e la casa, a creare una barriera significativa.

Durante forse ha colto il messaggio, perché ha scosso la testa mentre finiva di mangiare la nostra mela, ha detto “No, vado, se no arrivo troppo tardi”. Si è infilato il torsolo nella tasca della camicia, si è asciugato la mano su una gamba dei calzoni.

Ho detto “Sì, e noi ci rimettiamo a lavorare”.

Siamo tornati fuori tutti e tre, sotto il sole che sembrava ancora più intenso di prima. Durante ha fatto un gesto verso il cielo, ha detto “Il venti *maggio*? Anche chi non vuole credere al surriscaldamento dell’atmosfera si sentirà scottare la testa, no?”.

“Il *diciannove*” ho detto.

“Come?” ha detto lui, mi guardava con un’espressione interrogativa.

“È il *diciannove* maggio, oggi” ho detto. “Non il venti.”

Astrid mi ha dato un’occhiata irritata, come se la mia fosse una pignoleria del tutto non necessaria.

“Ah sì?” ha detto Durante, sorrideva. “Non è che cambi molto, rispetto al destino di un pianeta.”

"Certo" ho detto; cercavo di sospingerlo verso la sua macchina a forza di atteggiamenti corporei.

Astrid ha guardato il cielo, ha detto "Fa paura pensarci".

"Però è meglio pensarci che non pensarci, no?" ha detto Durante. "Visto che sappiamo dove stiamo andando, a differenza degli abitanti dell'isola di Pasqua."

"Cosa?" ho detto, mio malgrado.

"Hanno tagliato e tagliato e tagliato i loro alberi, no?" ha detto lui. "Finché la loro isola è diventata un deserto e sono morti tutti."

"Sì, è una storia terribile!" ha detto Astrid. "E stiamo facendo così con la terra, come se non fossimo consapevoli delle conseguenze."

Ma non avevo voglia di addentrarmi in una questione dai contorni così estesi, adesso che lui finalmente se ne stava andando. Ho indicato la nostra stradina sterrata, ho detto "Allora, su di qua, poi a sinistra lungo la strada interpoderale, poi...".

"Capito, capito" ha detto Durante, ha sorriso ancora. Ha abbracciato Astrid e l'ha baciata sulle guance come se fossero cari amici, mi ha stretto la mano, è tornato a passi lunghi verso la sua piccola macchina bianca. Si è guardato ancora intorno, ha lasciato passare qualche altro secondo prima di aprire la portiera. Ha manovrato vicino al nostro furgoncino, ha salutato con la mano dal finestrino aperto mentre risaliva per la strada sterrata; la piccola macchina bianca è scomparsa dietro l'inclinazione del terreno.

Io e Astrid siamo rimasti fermi davanti a casa, senza guardarci fino a che la scia acustica del motore non si è dissolta.

"Perché ti sei comportato così?" ha detto Astrid.

"*Io*?" ho detto. "Cos'avrei fatto?"

"Sei stato totalmente ostile, fin dall'inizio" ha detto Astrid.

"Non è vero" ho detto. "Ero solo irritato dal suo modo di fare."

"Quale modo?" ha detto Astrid.

"L'hai visto anche tu, no?" ho detto. "Come se tutto gli fosse dovuto, informazioni, tempo, mele! Non gli ho sentito dire per piacere né grazie una sola volta! E ti meravigli se non l'ho incoraggiato a restare qui per sempre, come invece volevi fare tu?"

"L'ho solo invitato a vedere i telai" ha detto lei. "Gli interessavano."

"Certo" ho detto. "E un secondo dopo era lì che si mangiava le nostre mele!"

"Come te la prendi, per una mela" ha detto Astrid.

"Non è per la mela!" ho detto. "È perché non ci ha neanche chiesto se poteva prenderla! E tu, tutta premurosa, a dirgli 'Gradisce un tè, un caffè, pasticcini, sorbetti?' Quello non se ne sarebbe più andato."

"Era il minimo dell'ospitalità, Pietro" ha detto Astrid. "E come hai visto se n'è andato, invece."

"Non certo grazie a te" ho detto. "L'hai lasciato anche entrare in casa con gli stivali."

"Non potevo chiedergli di toglierseli" ha detto lei. "Non l'avevamo mai visto, poverino."

"Appunto, non l'avevamo mai visto" ho detto. "E poi perché poverino, me lo spieghi?"

"Così" ha detto lei.

"Cos'è che ha smosso la tua compassione femminile?" ho detto.

"Sembrava un po' perso, non so" ha detto Astrid. "Magro come uno che non mangia abbastanza. Aveva quello sguardo intenso, partecipe ma anche distante. Poi gli piacevano davvero i nostri tessuti, si preoccupa per l'ambiente, l'hai sentito."

"Certo" ho detto. "E cercava la Valle della Luna, non sapeva neanche che giorno è oggi."

"Cosa significa?" ha detto Astrid. "Un tempo neanche noi sapevamo che giorno era, di solito."

"Adesso però lo sappiamo, di solito" ho detto.

"Non so se è una gran conquista" ha detto lei.

"Intanto è riuscito a farci litigare" ho detto. "Bel risultato."

"Sei tu" ha detto lei. "Sei tu."

"Lo vedi?" ho detto. "Arriva un perfetto sconosciuto, e ci fa litigare."

"Hai questo atteggiamento primordiale" ha detto Astrid. "Difesa del territorio, mamma mia. Appena vedi una faccia nuova prendi la clava."

"Mi danno fastidio le intrusioni" ho detto. "È normale. Anche a te hanno sempre dato fastidio, di solito."

"Questa non era un'intrusione" ha detto lei. "Era solo uno che non trovava la strada. Vivere qui fuori ti ha fatto perdere gli strumenti di comunicazione sociale."

"Non è vero" ho detto. "Ho tutti i miei strumenti sociali intatti."

"Be', non l'hai certo dimostrato" ha detto Astrid.

"È stata una reazione del tutto naturale" ho detto.

"È stata una reazione da uomo delle caverne" ha detto lei.

"Non metterti a fare l'implacabile, adesso" ho detto.

"Non hai scuse" ha detto lei. Ha intrecciato le dita dietro il collo, guardava il punto di congiunzione tra il cielo e le colline dove il nastro chiaro della strada interpoderale sparisce verso destra, lontano.

"Dai, Astridina" ho detto, nel tono leggermente infantile che usavo per ricomporre i nostri rari screzi.

"No, sono indignata" ha detto lei.

Ho staccato Oscar dalla catena, l'ho tenuto per il collare. Ho detto "Andiamo dentro? Ci beviamo un tè freddo? Smettiamo di litigare? Per piacere?".

Astrid ha guardato ancora lontano per un paio di secondi, leggermente inarcata all'indietro. Poi si è girata, ha seguito me e Oscar dentro casa. Ho richiuso la porta, con una sensazione di sollievo.

Sabato mattina io e Astrid siamo andati al mercato

Sabato mattina io e Astrid siamo andati al mercato, come ogni sabato mattina tranne quando eravamo in giro a qualche fiera o al nord a incontrare qualche rivenditore. Abbiamo lasciato il nostro furgoncino giallo appena fuori dalle mura di Trearchi, che tra i centri abitati della zona è l'unico ad avere una dimensione quasi urbana; abbiamo camminato in salita verso la tripla fila di bancarelle allineate sotto i platani. Mano nella mano, con tutti i nostri ricettori sensoriali attivati, ci siamo addentrati tra i venditori vocianti e gesticolanti di materassi e piante e biancheria intima e portafogli e formaggi e frutta e verdure, nell'odore di pesce fritto e nella calca di persone che camminavano lente avanti e indietro guardando a destra e a sinistra e parlando e indicando e fermandosi e salutandosi e guardando guardando guardando. Era come uscire dallo stato di quasi-invisibilità di quando eravamo sulle colline, per vederci dal di fuori attraverso gli occhi degli altri: due campagnoli mezzi stranieri in città, ansiosi di approvvigionarsi di sensazioni variegate dopo sei giorni di quiete quasi perfetta.

Ogni volta restavo affascinato dalla varietà di tipi umani, fisionomie, proporzioni, stili. Mi ricordavo d'improvviso di quante differenze esistono al mondo, quante combinazioni possibili. Passavo tra le ragazze e le donne incantate nell'osservazione di gonne e cinture e minuscole mutandine, raccoglievo sguardi in movimento, facce, braccia, sederi, gambe, colori e consistenze di capelli, e mi immaginavo per un istante una vita con ognuna di loro, totalmente diversa dalla vita con Astrid. Erano solo lampi di pensieri, eppure mi lasciavano uno strano senso di perdita mentre camminavo oltre tra le bancarelle, dubbi su quello che avevo.

Astrid frugava nei mucchi colorati di magliette e gonne e canottiere di cotone insieme alle ragazze e alle signore del posto, in un gioco femminile che non aveva molto spazio nella nostra vita quotidiana fatta di lavoro al telaio e nell'orto e infinite piccole e medie incombenze pratiche. Ogni tanto tirava fuori dal mucchio qualcosa che le piaceva o la incuriosiva, se l'appoggiava al petto o alle anche per verificarne forma e misura. Esitava, assorta più che incerta, finché mi affacciavo di fianco a lei e cercavo di spingerla a una conclusione. Dicevo "Ti piace?", "Lo vuoi?".

Sapevo che la faccenda naturalmente non era così semplice: che Astrid aveva bisogno di tempo per contemplare le immagini mentali suscitate da quel particolare colore e quella particolare consistenza e quel particolare taglio, per confrontarle con altre immagini collegate ad altre magliette o gonne viste in chissà quale altra bancarella o negozio o rivista o film. Sapevo che il gusto del suo shopping era in gran parte nell'anticipazione di situazioni e atteggiamenti e momenti, nelle quasi infinite ipotesi simultanee che vibravano nello spazio sospeso tra una scelta e un'altra.

A volte trovavo una maglia o dei calzoni per me, scarti di produzione o avanzi di uno stock di fabbrica a prezzi di svendita. Controllavo che il colore e la taglia mi andassero bene e li porgevo subito al venditore, con una rapidità di decisione almeno in parte dimostrativa. Più spesso lasciavo Astrid alle sue bancarelle per non guastarle la festa con la mia impazienza maschile, andavo a comprare frutta e formaggio o a fare un giro nel centro.

Questo sabato sono passato sotto la porta tra le mura e sono sceso per la strada selciata ripida, fino alla piazza principale animata di persone sedute ai tavolini dei bar e raccolte in capannelli vicino alla fontana. Sono andato all'edicola a comprare un giornale e un paio di riviste, ho scambiato qualche battuta con il giornalaio a proposito del tempo e dei nostri rispettivi lavori. Ho sorriso, salutato, consapevole dell'elasticità muscolare dei miei movimenti in un contesto urbano, parte del gioco di registrazione e confronto con le persone che andavano e venivano o stazionavano nella piazza. Ho guardato il manifesto del cinema, le vetrine della farmacia e di una libreria, ho letto gli annunci del club speleologico e dell'associazione pescatori nelle bacheche sotto i portici. Il sole intenso rallentava i movimenti e dilatava le conversazioni, si rifletteva sulle lenti degli occhiali da sole avvolgenti dei ragazzi e delle ragazze. Ho pensato che il sabato mattina aveva un ruolo fondamentale nella nostra vita di espatriati dalla città: era l'unico tuffo che facevamo nel mondo per il puro piacere di farlo, non per vendere i nostri tessuti o ottemperare a obblighi burocratici. Mi dava un senso di collegamenti ripristinati, rimetteva in gioco nel modo più lieve e senza impegno i miei strumenti di lettura della realtà e di comunicazione con gli altri.

Sono entrato al vecchio forno della pizza al taglio, ho aspettato sotto la volta bassa del soffitto tra la piccola folla resa famelica dall'attesa e dal profumo fragrante; registravo lineamenti, toni di voce, accenti. Quando è venuto il mio turno mi sono fatto dare un vassoio di pizza al pomodoro e focaccia alla cipolla; il commesso ha piantato rapido una piccola selva di stuzzicadenti per non fare appiccicare la carta quando ha impacchettato. Sono uscito con la mano destra aperta che mi scottava e i giornali nella sinistra, attento a non far cadere il mio cartoccio rovente.

Fuori ho incontrato Stefania Livi, dei Livi che vivevano poco più di due chilometri a nord da casa nostra. Alta e magra, con i suoi occhiali dalla montatura stretta e i capelli alla paggio color mogano, era carica di sacchetti pieni di frutta e verdura. Ci siamo scambiati qualche battuta sul caldo innaturale, poi lei a bruciapelo ha detto "Venite a cena da noi, giovedì prossimo? Ci saranno anche i Morlacchi e Nino Sulla".

Mi sono riempito di agitazione, come sempre di fronte a ogni invito e agli obblighi che comporta, ma per quanto cercassi di pensare rapido non sono riuscito a trovare nessuna scusa convincente. Così ho sorriso, ho detto "Va bene, grazie".

Lei ha detto "Figurati, salutami Astrid", se n'è andata con le sue borse piene attraverso la piazza.

Ho risalito la via ripida che dopo pochi metri tagliava le gambe ai turisti e ai fumatori e a chiunque non ci fosse abituato, ho raggiunto il piano del mercato lungo le mura. Astrid era davanti a una bancarella di borse e borsette, assorta. Le ho chiesto "Trovato qualcosa? Ce n'è una che ti piace?".

Lei ha scosso la testa, ha detto "Guardavo soltanto".

Le ho mostrato il mio cartoccio di pizza calda e i miei giornali; lei ha tirato fuori da un sacchetto una maglietta di cotone verde petrolio.

Ho detto "Bella".

"Quattro euro" ha detto lei.

Ho detto "Siamo invitati a cena dai Livi, giovedì. Ho incontrato Stefania davanti al forno, non sono riuscito a inventare una scusa".

Lei mi ha guardato con l'espressione che mi immaginavo. Non eravamo due asociali, né avevamo una vocazione da eremiti: semplicemente ogni volta dovevamo superare una piccola resistenza alla prospettiva delle facce da esporre, le voci da tirar fuori, i gesti da compiere.

Abbiamo comprato mele e kiwi e carote e siamo tornati al furgoncino giallo con i nostri approvvigionamenti, contenti di poter lasciare il rumore e le pressioni del mondo per tornare a rifugiarci nella tranquillità operosa della nostra vita sulle colline.

Giovedì pomeriggio Astrid ha fatto una delle sue torte alle noci

Giovedì pomeriggio Astrid ha fatto una delle sue torte alle noci, la ricetta adattata nel corso degli anni ai limiti del nostro forno malfunzionante. L'abbiamo avvolta in un panno e posata sul tavolo della cucina. Alle sette e mezza di sera ci siamo fatti una doccia, abbiamo camminato avanti e indietro nudi per la casa in cerca di vestiti accettabili, preparandoci al ruolo di quelli che escono e vanno e stringono mani e guardano negli occhi e sostengono conversazioni. Poi abbiamo dato un osso a Oscar e siamo usciti.

I Livi abitavano in una casa di pietre e mattoni grande tre volte la nostra, con due archi ai lati dell'ingresso e una torretta centrale, ristrutturata in un modo che non sfigurerebbe nelle parti migliori del Chianti. C'era una recinzione intorno alla proprietà, un cancello verde con sbarre a punta di lancia e luci che si accendono al momento dell'apertura elettrica, una doppia schiera di faretti da giardino ai lati del viale di accesso.

Ma la Val del Poggio e la Val di Lana vicino a Trearchi non sono il Chianti: fanno parte di una porzione di Italia centrale decisamente più marginale e difficile da raggiungere, bella in modo selvatico sulle colline e rovinata nelle pianure dai capannoni, i tralicci, le stazioni di servizio, gli orribili edifici, le superstrade che sfigurano il resto del paese. Parliamo del versante est della dorsale appenninica, dove il clima è molto più duro che dall'altro lato, con vento forte in ogni stagione, neve e freddo d'inverno, caldo d'estate, terreno argilloso che si trasforma in fango alla prima pioggia e diventa compatto come il cemento sotto il sole. Chi va a viverci lo fa per il fascino delle colline e dei borghi storici e per il carattere schivo e intenso degli abitanti, ma anche perché le case lì costano molto meno che in Umbria o in Toscana.

Appena abbiamo aperto le portiere del furgoncino, il labrador di casa si è tuffato dentro ad annusare le tracce di Oscar e sbavarci sulle gambe finché Sergio Livi ha gridato "Pugi vieni qua, non rompere le palle!". Ci ha investiti con le sue strette di mano dimostrativamente energiche, i suoi sorrisi e le sue pacche sulle spalle e le sue battute a raffica, troppo rapide per noi. L'ex piccolo industriale lombardo che vende la sua fabbrica di scatole d'alluminio per cambiare vita e si trasferisce nelle Marche e per hobby prende due o tre arnie di api e nel giro di poco ne ha centinaia sparse per un territorio di decine di chilometri, l'hobby trasformato in un nuovo lavoro imprenditoriale. Mi sembrava la dimostrazione di come la vera natura di ognuno tende a ristabilirsi indipendentemente dal luogo, più forte di qualunque scelta o dichiarazione d'intenti.

L'abbiamo seguito intorno alla casa, oltre la piscina illuminata e il grande pero e le finestre che diffondevano luce sul prato perfettamente rasato. Ha detto "Entrate, entrate", ci ha spinti nel soggiorno dov'erano sua figlia Seline e sua moglie Stefania e Nino Sulla quello del vino e i Morlacchi dell'agriturismo Val di Lana. Lui con la grande testa di capelli ricci e la barba folta da filosofo vicentino, lei minuta e mediterranea, con le forme messe in evidenza da un vestitino nero. Ho chiesto sottovoce ad Astrid come si chiamavano di nome perché non me lo ricordavo mai; lei mi ha soffiato "Ugo e Tiziana" all'orecchio.

Abbiamo fatto il giro di strette di mano e abbracci e baci sulle guance con slancio leggermente forzato, abitanti della stessa zona con alcune cose in comune e altrettante no. Guardavo i pavimenti di cotto fatto a mano, i travi di castagno ben cerato sul soffitto, i divani e le poltrone ricoperti di cotone a colori caldi, pensavo a quanto casa nostra sembrava precaria in confronto. Alle finestre c'erano le tende giallo carico a strisce arancione che i Livi ci avevano ordinato un paio d'anni prima: ogni volta che le rivedevo in questo contesto trovavo strano che fossero uscite dai nostri telai.

Stefania Livi ci ha riempito i bicchieri con il vino rosso di Nino Sulla, ha indicato le ciotole di olive e i piatti di affettati locali pronti sul tavolo di noce. Era tutta presa dal suo ruolo di padrona di casa, in continui spostamenti d'attenzione tra la figlia quindicenne del suo uomo e i Morlacchi e Nino Sulla e noi e la cucina all'americana con le maioliche a fiori, già leggermente ubriaca, la sua voce acuta. Aveva incontrato Sergio quando era ancora una studentessa di Teramo iscritta a sociologia all'università di Trearchi, si erano frequentati per un po' prima di diventare una vera coppia e sviluppare questo menage apparentemente solido malgrado le differenze di età e di origine geografica.

A un certo punto ha cambiato espressione, ha detto in un tono grave "Avete sentito di Tom, poverino?".

Io e Astrid e i Morlacchi abbiamo scosso la testa; Astrid ha detto "Cosa gli è successo?".

"Massacrato da una macchina" ha detto Nino Sulla, rapido nei movimenti, con la bassa statura e la robustezza della gente trearchina.

Gli aggiornamenti periodici su acquisizioni, perdite, variazioni di stati familiari e condizioni di salute facevano parte della nostra vita di vicini di collina. Anche se potevano trascorrere giorni e perfino settimane intere senza che ci vedessimo, ognuno di noi era al corrente su basi abbastanza regolari di quello che succedeva agli altri.

Abbiamo assunto tutti un'espressione costernata, richiamando dai nostri cataloghi mentali un'immagine di Tom Fennymore, lo storico di Manchester venuto a cercare il buon clima mediterraneo nella parte sbagliata d'Italia. Mi sembrava doppiamente ingiusto che gli fosse successo anche questo, dopo tutto quello che già era andato storto dal suo arrivo in poi.

"Ma come? Quando?" ha chiesto Tiziana Morlacchi, con una fettina di pane e salame in mano.

"Andava a Roma a prendere l'aereo per l'Inghilterra, si sposava un suo cugino" ha detto Stefania Livi rapida, per evitare di farsi scavalcare di nuovo da Nino Sulla. "All'altezza di Perugia, sera tardi, stanco, vi potete immaginare. Scende dalla macchina per andare a bere qualcosa in un bar dall'altra parte della superstrada, arriva una macchina a tutta velocità."

"*Pac*, preso in pieno" ha detto Nino Sulla, con la brutalità che gli serviva a rimarcare il suo ruolo di unico rappresentante della popolazione originaria locale. "Un volo di dieci metri."

"In pieno non credo" ha detto Sergio Livi. "Altrimenti non ne sarebbe rimasto molto."

"Comunque uno sfacelo, poveretto" ha detto Stefania Livi. "Gamba sinistra rotta, spalla destra rotta, trauma cranico gravissimo."

"Mamma mia" ha detto Astrid, con l'accento tedescofono che le diventava più evidente nei momenti di stress.

"In coma profondo" ha detto Sergio Livi. "Da cinque giorni."

"Dove?" ha chiesto Tiziana Morlacchi. Anche se naturalmente c'era una parte di recita sociale nei nostri scambi, avevamo un grado di partecipazione emotiva tra vicini decisamente superiore a quello che può esserci tra i coinquilini di un palazzo in città.

"All'ospedale di Perugia" ha detto Sergio. "Siamo andati a trovarlo."

"E?" ha detto Astrid.

"Niente" ha detto Stefania. "Non si sveglia. Buio totale."

"Più di là che di qua" ha detto Nino Sulla.

"Giovedì lo trasferiscono all'ospedale di Trearchi" ha detto Sergio. "Tanto, dormire per dormire non cambia niente."

"Povero Tom" ha detto Astrid.

"Mi dispiace" ho detto io.

"Era così gentile" ha detto Tiziana Morlacchi, anche se

forse Tom più che gentile era svagato, sempre un po' perso in altri pensieri rispetto a quello che stava facendo.

Siamo rimasti in un silenzio intristito per qualche minuto, al centro del soggiorno. Eravamo troppo diversi e troppo distanti fisicamente perché la nostra fosse una comunità nel senso stretto, di persone collegate da rapporti continui e attività comuni. Ma eravamo pur sempre una comunità, sebbene sparsa e discontinua, i cui confini erano segnati dalle onde delle colline e dai fossi densi di vegetazione selvaggia in fondo ai campi in pendenza. C'erano Jean Creuzot il francese che teneva le capre e faceva yogurt e formaggi insieme alla sua famiglia poco comunicativa, Richi e Giovanna Ceriani che insegnavano al conservatorio di Mariatico e avevano una vera fobia per ragni e scorpioni e quasi ogni altro animale non domestico, Paolina Ronco che lavorava al comune di Trearchi e dopo una delusione sentimentale era andata a vivere da sola in una casetta bianca, Pluto Orbinsky e sua moglie Stella che avevano deciso di realizzare il sogno di una casa nella campagna italiana quando il socio di lui era morto d'infarto nel loro ufficio di Rotterdam. Ci tenevamo d'occhio di collina in collina, i più vicini con i più vicini, con un grado di conoscenza inversamente proporzionale alla distanza lungo la strada interpoderale che seguiva a curve il crinale. È quello che succede in qualunque luogo si viva: ti ritagli una porzione di paesaggio, giorno dopo giorno coltivi la sua familiarità.

Stefania Livi ha portato in tavola i maltagliati alle ortiche; ci siamo seduti tutti a mangiare. Abbiamo parlato di argomenti diversi, secondo la tacita intesa che ci impediva di approfondirne uno solo fino al punto di scoprire possibili motivi di conflitto. Usavamo una specie di autolimitatore di pensieri, che corrispondeva al nostro essere conoscenti ma non davvero amici, informati di molti particolari delle vite degli altri ma tutt'altro che intimi. Potevamo parlare di politica internazionale o dell'assenza di pioggia o della necessità urgente di far riparare le buche sulla strada interpoderale o del povero Tom in coma o di un tedesco che aveva appena comprato un'ex canonica a un prezzo fuori mercato, e già in partenza sapevamo che non saremmo mai usciti dal territorio delle osservazioni generiche: c'era questo margine di sicurezza non valicabile.

In compenso eravamo molto specifici e accurati a proposito di alcuni aspetti delle nostre vite: questioni legali, fiscali, territoriali, tecniche. In questi settori circoscritti andavamo fino in fondo, ma ognuno seguendo il proprio filo come l'abitante della propria isola, in una ripetizione di ragioni resa sovraespressiva dal vino.

Stefania Livi ha ricostruito quasi metro per metro, correggendo e mettendo a punto dettagli, la spedizione di recupero del cane Pugi scappato dietro una femmina in calore la settimana prima. Facevamo tutti di sì con la testa per dimostrare partecipazione, interrogandoci probabilmente tutti sulle ragioni che la rendevano così maniacale.

Sergio Livi l'ha assecondata per una decina di minuti e poi ho visto l'esasperazione coniugale salirgli agli occhi; ha detto ai Morlacchi "E con il vostro cavaliere misterioso, come va?".

"Bene" ha detto Tiziana Morlacchi.

"Per ora" ha detto Ugo Morlacchi.

“Hanno preso un istruttore di equitazione” ha detto Stefania Livi, a me e Astrid.

“Non l’abbiamo *preso*” ha detto Ugo Morlacchi. “Mi auguro che sia ben chiaro anche a lui.”

“Si presenta sulla porta, verso le cinque e un quarto di pomeriggio” ha detto Tiziana Morlacchi, pronta a spostarsi da una ricostruzione meticolosa all’altra. “Mi fa, buongiorno, ho letto il vostro annuncio sulla rivista *Il mio cavallo*.”

“Di *tre* mesi fa, badare bene” ha detto Ugo. “Quando nel frattempo avevamo deciso di lasciar perdere, perché a conti fatti sarebbe un grosso investimento senza certezza di un ritorno.”

“Gentile, educato, devo dire” ha detto Tiziana. “Con un certo stile. Del nord. Magro.”

“Magro come un chiodo” ha detto Ugo. “Con una carretta di macchina che è un miracolo se va ancora.”

“Quasi zero bagagli” ha detto Tiziana. “Una sacca di tela che ci staranno dentro tre cose.”

“Durante, si chiama” ha detto Ugo Morlacchi. “Durante.”

“Non abbiamo neanche capito se di nome o di cognome” ha detto Tiziana.

“L’abbiamo visto” ho detto. “È venuto da noi la settimana scorsa, aveva perso la strada.”

Astrid mi ha dato un’occhiata di taglio, come se avessi rivelato un segreto che era meglio tenere per noi.

I Morlacchi in ogni caso hanno a malapena registrato le mie parole con un cenno della testa, viaggiavano lungo il loro filo di preoccupazioni puramente personali.

“Mi dice, non vi chiedo niente” ha detto Tiziana Morlacchi. “Né stipendi né contratti. Solo di lasciarmi sistemare i box e i paddock là sotto, poi decidete voi se volete che faccia lezioni ai clienti dell'agriturismo o no."

"Con cosa?" ha detto Stefania Livi.

"Ha un cavallo" ha detto Tiziana Morlacchi. "Bello, anche. Uno stallone nero, alto così, con una criniera lunga e lucida da far invidia a una donna. Se l'è fatto portare con il camion da un suo amico, ieri mattina alle nove."

"Senza una mano, il suo amico" ha detto Ugo Morlacchi. "Sembra l'aiutante di Capitan Uncino."

"Senza tre dita" ha detto Tiziana Morlacchi.

"Io comunque sono stato molto chiaro, con 'sto Durante" ha detto Ugo Morlacchi. "Gli ho spiegato che siamo disposti a fare un periodo di prova, ma senza nessunissimo impegno da parte nostra. Appena la cosa non ci convince più per qualsiasi ragione, fine dell'esperimento. Unilateralmente. E lui sgombera."

"Non c'è anche un discorso di assicurazioni?" ha chiesto Sergio Livi, mentre si riempiva il piatto di nuovi maltagliati alle ortiche.

"Sì, ma è del tutto prematuro" ha detto Ugo Morlacchi. "Intanto bisogna vedere se è in grado davvero di sistemare i box e i recinti."

"Perché?" ha chiesto Seline, la figlia di Sergio Livi. Aveva una faccia aguzza, occhi stretti e lunghi; mi sono stupito di sentirla parlare.

"C'è tanto di quel lavoro da fare" ha detto Ugo Morlacchi. "E i mezzi da dove li tira fuori, se davvero non vuole niente da noi?"

"Ci vorranno almeno una ventina di migliaia di euro" ha detto Nino Sulla. "A fare le cose bene."

"Appunto" ha detto Ugo Morlacchi.

"Se è sicuro di poterlo fare, scusa" ha detto sua moglie.

"Stiamo a vedere" ha detto lui.

"A me è sembrato simpatico" ha detto Astrid. "Sensibile. Non una persona banale."

"È anche medico, eh?" ha detto Tiziana Morlacchi.

"Chi?" ha detto Stefania Livi.

"Durante" ha detto Tiziana Morlacchi. "Ha studiato all'università di Pavia."

"Sì" ha detto Ugo Morlacchi. "Anche se non è chiaro com'è che un medico si ritrova a lavorare con i cavalli. In questo modo, poi."

"Sarà la sua passione, papà" ha detto Seline Livi, nel suo tono leggermente farfugliato a causa dell'apparecchio per i denti.

"Certo" ha detto Astrid. "Avrà lasciato la medicina per fare quello che gli piaceva davvero."

"È un po' difficile che uno butti via così una carriera, per passione" ha detto Sergio Livi.

"Perché, tu non l'hai fatto, forse?" ha detto Stefania Livi. "Non hai venduto l'azienda per venire a vivere qui sulle colline?"

"Mmmsì" ha detto Sergio Livi, leggermente a disagio. "Ma non per andare in giro come un vagabondo spiantato a cercare lavoro nelle stalle."

"Non è un vagabondo spiantato" ha detto Tiziana Morlacchi, quasi con orgoglio da datrice di lavoro e mecenate delle arti. "E non cerca lavoro nelle stalle. Vuole mettere su un centro equestre."

"Pare che sia un istruttore certificato" ha detto Ugo Morlacchi.

"Quante cose, è" ha detto Nino Sulla, in tono dubitativo.

Sono stato zitto, ma la mia espressione era allineata alla sua.

Tiziana Morlacchi ha detto "Erano anni che pensavamo di prendere i cavalli per offrire qualcosa in più ai clienti dell'agriturismo, poi ci capita un'occasione così. A costo zero, scusate tanto".

"*Quasi* a costo zero" ha detto Ugo Morlacchi. "Per ora dorme giù nella selleria. Dice che poi ci ripaga l'acqua e la luce, ma anche lì voglio vedere."

"C'è un letto, nella selleria?" ha chiesto Stefania Livi.

"Dorme per terra" ha detto Tiziana Morlacchi. "Sulle tavole di legno, non ti dico in che stato sono. Ha un sacco a pelo e un cuscino sottile così, ma dice che c'è abituato."

"Be', romantico" ha detto Stefania Livi. "Il medico che rinuncia a tutto in nome della sua passione e dorme per terra vicino al suo cavallo?"

"Guardale qui, le donne" ha detto Ugo Morlacchi. "Figurati se non si costruiscono subito un film, su 'ste cose. *Romaaantico*."

"Piantala, tu" ha detto sua moglie.

"Siete voi uomini che siete cinici marci" ha detto Stefania Livi.

"Vi ha fatto vedere un tesserino professionale, il medico?" ha chiesto Sergio Livi, credo per ripicca verso di lei. "Un documento, qualcosa?"

"No" ha detto Ugo Morlacchi. "Ma non gliel'ho neanche chiesto. Mica viene a esercitare la professione medica in Val di Lana, scusa."

Sergio Livi ha capito che era il momento di cambiare argomento per evitare contrasti di opinioni; si è messo a parlare di una nuova linea di prodotti a base di propoli naturale d'api che intendeva cominciare a commercializzare a settembre. La cena è andata avanti, tra discorsi specifici chiusi in se stessi e conversazioni generiche aperte sul nulla.

Io e Astrid avevamo una scadenza vicina

Io e Astrid avevamo una scadenza vicina, nove copriletti in seta e cotone da spedire in Alto Adige. Il proprietario di un piccolo albergo di charme aveva visto una nostra tenda da una sua amica che l'aveva comprata a una fiera, e ci aveva spiegato via e-mail cosa voleva. A volte trovavamo lavoro così, anche se non mi ero abituato del tutto ad avere a che fare con committenti che non avevo mai visto in faccia. C'era questo contrasto tra l'immaterialità dell'ordinante e la materialità dell'ordinato: un nome affiorato sullo schermo del computer, il peso del tessuto. A lavoro concluso piegavamo con cura le stoffe, le mettevamo in scatole di cartone foderate di carta velina, chiudevamo per bene con nastro adesivo. Poi andavamo dal corriere appena fuori Trearchi, compilavamo un modulo, facevamo due firme e via. Era strano, anche se certamente più comodo di passare giornate intere al freddo o al caldo di una fiera, a parlare con decine di curiosi generici prima di trovarne uno davvero interessato. In ogni caso non ci capitava spesso, e non ci liberava dalla preoccupazione ricorrente di non riuscire a trovare un compratore per i prossimi tessuti che avremmo fatto.

I nostri orari erano abbastanza normali: ci mettevamo al telaio verso le nove di mattina e andavamo avanti fino all'una, poi facevamo una pausa per mangiare e riprendevamo fino alle sette di sera. Lo svantaggio di lavorare totalmente per conto nostro era nel non sapere mai se avremmo avuto abbastanza soldi per vivere da un mese all'altro. Il vantaggio era nel poterlo fare a casa nostra in mezzo alla campagna, liberi di interrompere e riprendere quando volevamo. C'era sempre musica nello stereo, pile e pile di cd masterizzati in casa, suoni di tutti i generi scaricati da internet per accompagnare i nostri gesti. Una volta che eravamo in ritardo con una consegna importante avevo messo *Cold Sweat* di James Brown nel lettore e avevo schiacciato il tasto "repeat", eravamo andati avanti per due giorni interi a tessere sull'onda compressa e ripetitiva dell'*uuum-pah uuum-pah taratara tararatara-pah* che ci seguiva anche nelle pause e perfino nel sonno. Astrid invece nei momenti di stress preferiva Mozart o Paisiello o Haydn o anche i walzer di Strauss, comunque architetture musicali più lievi e articolate, anche se dotate di forza trainante.

Tessere è un lavoro ipnotico. Svolgi i gomitoli che dalle spole nelle navette volanti scorrono attraverso il gioco di licci e il pettine del telaio, passi con la destra i fili della trama tra quelli dell'ordito, li prendi con la sinistra, pigi i pedali delle calcole con i piedi, ripassi a destra la spola, tiri a te la cassa battente a creare un tessuto che avanza sul legno del pettorale e scende ad avvolgersi nel subbio. A volte vai avanti come in uno stato di trance indotto dall'uniformità, a volte segui l'ispirazione del momento e improvvisi motivi o variazioni cromatiche che non avevi immaginato prima. Puoi avere la sensazione di creare un'opera d'arte, oppure un manufatto puramente funzionale. Ogni tanto ti sembra un grande privilegio aver scelto una pratica così libera e autonoma, ogni tanto ti senti schiavo del tuo telaio. È un'alternanza antica di stati d'animo, cambiata molto poco nel corso dei secoli, quando si usano gli strumenti che usiamo io e Astrid.

Fino a dieci anni fa l'unica mia esperienza di filati artigianali consisteva nell'aver osservato mia nonna materna fare la maglia con i ferri, quando andavo con le mie due sorelle ad Alba per le vacanze estive. Anche se mi affascinava osservarla creare una sciarpa o un berretto da alcuni gomitoli di lana, non mi sarei davvero mai immaginato di guadagnarmi un giorno da vivere con lo stesso tipo di attività. Dopo una laurea in scienze della comunicazione all'università di Bologna avevo seguito un percorso a zig-zag determinato dall'attrito tra i miei interessi e la vita reale, prima come curatore di un programma di musica per una radio locale, poi nella redazione di una rivista di vini, poi nel ruolo di secondo assistente precario alla facoltà di giornalismo dell'università di Urbino. Poi un agosto ero andato in vacanza a Creta, avevo incontrato Astrid e mi ero innamorato.

La nostra storia, alimentata dalle nostre differenze culturali e fisiche e caratteriali, si era trasformata di giorno in giorno in un legame così stretto da farmi sembrare assurda l'idea di separarci a fine agosto per tornarcene ognuno alla propria vita. Ero rientrato in Italia, mi ero dimesso dal mio ruolo precario all'università, avevo lasciato la mia stanza in affitto e avevo raggiunto Astrid in Austria, nella casa appena fuori Graz che divideva con sua sorella Ingrid e tre loro amici. Per qualche settimana ero rimasto appoggiato a lei, senza altra direzione o occupazione che cercare di imparare il tedesco, chiedendomi se avrei mai più trovato un lavoro. Poi Astrid si era iscritta al corso di tessitura di Gabo Svorniak, e d'impulso avevo deciso di iscrivermi anch'io. C'eravamo andati nello spirito esplorativo con cui avremmo potuto seguire un corso di ceramica o di Tai Chi, ma appena ci eravamo seduti al telaio e avevamo provato a intrecciare i primi fili sotto la guida del maestro, avevamo scoperto tutti e due che era quello che avremmo voluto fare per vivere. A conquistare Astrid è stato credo l'aspetto artistico, il gioco illimitato di linee e colori; per me è stata l'intensa, tangibile concretezza dei risultati.

Finito il corso avevamo comprato un telaio di terza mano, su cui ci eravamo alternati per mesi con la passione lievemente maniacale dei neofiti, in una stanza-ripostiglio sgomberata solo in parte. Eravamo riusciti a vendere le nostre prime sciarpe e i nostri primi scialli ai mercatini e a qualche negozio, poi avevamo potuto comprare un secondo telaio usato di qualità migliore. Avevamo affittato un piccolo ex magazzino a metà con due amici di Astrid che facevano i liutai, e poco alla volta eravamo diventati abbastanza bravi da conquistarci una piccola clientela di compratori diretti. Nel corso dei mesi la nostra passione si era trasformata in un vero lavoro, per quanto poco redditizio. Poi sei anni fa avevamo deciso di venire in Italia, più per insistenza di Astrid che per mia nostalgia della patria. Avevamo trovato una casa abbandonata in condizioni non catastrofiche sulle colline a dodici chilometri da Trearchi, e con un piccolo aiuto da parte dei miei genitori e di quelli di Astrid avevamo fatto un mutuo per comprarla, poco alla volta l'avevamo sistemata.

Un altro degli aspetti positivi del lavoro al telaio è che lascia liberi i pensieri di seguire i loro percorsi, senza che questo pregiudichi in alcun modo i risultati finali. L'attenzione a quello che fai occupa solo una parte del tuo cervello, tranne nei momenti in cui è necessaria una scelta o una decisione; per il resto puoi immaginare o ricostruire tutto quello che ti pare, con tutti i dettagli che vuoi. Credo che ci sia più d'una affinità tra tessere una stoffa e scrivere una storia: in entrambi i casi si tratta di scegliere colori, intrecciare fili in una trama, inseguire un disegno che si traduce in una dimensione leggibile dagli altri.

A metà pomeriggio Oscar si è messo ad abbaiare, è andato verso la porta d'ingresso.

Io e Astrid abbiamo lasciato i nostri telai, siamo usciti a vedere. Fuori c'erano Stefania Livi e la giovane Seline appena scese dal loro grosso fuoristrada, tutte e due esitanti per via di Oscar.

Stefania Livi ha detto "Ci siamo fermate solo per un salutino, non volevamo disturbare".

"Non disturbate affatto" ha detto Astrid, guardava i pantaloni e gli stivali da cavallo della ragazzina.

Stefania Livi ha detto "Andiamo a Val di Lana a fare lezione con l'istruttore".

“Davvero?” ha detto Astrid. “Con Durante?”

“Durante, sì” ha detto Stefania Livi, come se lo conoscesse da chissà quanto. “È straordinario, davvero.”

“Inshomma” ha detto Seline, con il suo apparecchio per i denti.

“Non sei convinta?” ho detto.

“Sta sempre a dirti fai così fai cosà” ha farfugliato lei. “Testa su, talloni giù, schiena dritta, spalle aperte, sguardo avanti, non gli va mai bene niente.”

“Be’, cerca di darti l’impostazione giusta” ha detto Stefania Livi. “È per questo che ci andiamo, no?”

La ragazzina ha alzato le spalle, era chiaro che non aveva nessuna intenzione di riconoscerle un ruolo di madre.

“Comunque è bellissimo, andare a cavallo” ha detto Stefania Livi. “Una delle prossime volte ci provo anch’io, mi sono già prenotata.”

“Brava” ha detto Astrid, anche se i suoi lineamenti esprimevano dubbio.

“Ma, e dove le fate, le lezioni?” ho detto.

“Durante ha già sistemato quasi tutto” ha detto Stefania. Era attraversata da una corrente diversa dalla sua solita irrequietezza: faceva mezzi sorrisi, si portava i capelli dietro le orecchie, guardava di lato.

“Inshomma” ha detto ancora Seline.

“Ha aggiustato la staccionata, completamente da solo” ha detto Stefania. “E sta mettendo a posto i box, sempre da solo.”

“In così poco tempo?” ho detto, perché avevo un ricordo abbastanza nitido dello stato fatiscente degli ex box per cavalli nella tenuta dei Morlacchi.

"Sì" ha detto Stefania. "Ha lavorato come un pazzo. Dovete vedere."

"Uno di questi giorni ci passiamo" ha detto Astrid. "Sono curiosa."

"Vieni con noi adesso, scusa" ha detto Stefania.

Astrid ha scosso la testa, ha detto "Abbiamo una consegna urgente, siamo già in ritardo". Ma era tentata, mi dava occhiate intermittenti.

"Sono solo dieci minuti, da qua" ha detto Stefania. "Tra un'ora e mezza, due ore al massimo ti riportiamo."

"Non ce la facciamo proprio" ho detto. "Dobbiamo spedire tutto dopodomani, entro il primo pomeriggio."

"Va be', la prossima volta" ha detto Stefania.

"La prossima" abbiamo detto io e Astrid, tutti e due con gli occhi socchiusi nel vento caldo di sudovest.

Appena il fuoristrada dei Livi è sparito ho preso un cd di John Lee Hooker e l'ho messo nello stereo, ho alzato il volume, sono tornato a sedermi al telaio. Astrid ha fatto un gesto come per protestare ma ci ha rinunciato, si è seduta al suo telaio. Abbiamo lavorato fino alla fine del disco sul ritmo monotono della chitarra elettrica e del basso e della batteria, con la voce profonda che mandava scariche intermittenti di energia.

Poi Astrid è andata a cambiare cd, ha messo un concerto di Händel per arpa e orchestra. Non ho protestato neanch'io, perché faceva parte di un'alternanza di scelte sperimentata in anni di lavoro comune. Abbiamo ripreso a lavorare su questa diversa onda musicale, con un ritmo leggermente diverso, risultati leggermente diversi.

Alle sette e quarantacinque di sera eravamo cotti, con i muscoli delle braccia e delle gambe che ci facevano male, la vista confusa. Sono saltato in piedi, ho detto “Basta, basta”. Eravamo a buon punto, ci mancava al massimo un altro giorno di lavoro per finire.

Astrid ha spento lo stereo, è venuta a guardare da vicino il copriletto che avevo appena finito. Ha detto “Non hai messo un po’ troppo rosso, qui?”.

“Mi è venuto così” ho detto. “L’ispirazione del momento.”

“Ma è diverso dagli altri” ha detto lei.

“Meglio, no?” ho detto.

“Il signor Klemens li voleva uniformi” ha detto lei.

“Sono uniformi” ho detto. “Più o meno.”

“Questo decisamente meno” ha detto lei.

“Be’, è venuto così” ho detto. “Se il signor Klemens voleva l’uniformità assoluta, poteva comprarsi dei tessuti industriali.”

Astrid ha fatto di sì con la testa, non convinta.

“Non sei convinta?” ho detto.

“No” ha detto lei.

“Sei risentita con me perché avresti voluto andare dai Morlacchi?” ho detto.

“No” ha detto lei.

“A vedere il lavoro sorprendente di Durante?” ho detto.

“No-o” ha detto lei.

“Sicura sicura?” ho detto.

“Smettila” ha detto lei.

“Hai un tono totalmente ostile” ho detto.

“Ti detesto quando fai così” ha detto lei.

“Così come?” ho detto.

“Così” ha detto lei.
“Hai detto che mi detesti, ti rendi conto?” ho detto.
“Sì” ha detto lei.
Poi siamo andati in cucina a preparare la cena.

Mentre tornavamo a casa dopo aver spedito le stoffe

Mentre tornavamo a casa dopo aver spedito le stoffe, ho proposto ad Astrid di fare un salto all'agriturismo dei Morlacchi. Erano le cinque di pomeriggio, ci sentivamo sollevati da un peso e non avevamo nessun impegno che non potesse aspettare il giorno dopo.

"D'accordo" ha detto Astrid, senza slancio.

"Così diamo un'occhiata" ho detto. "Volevi vedere, no?"

"Se lo fai solo per me, no" ha detto lei.

"Uffa" ho detto. "Sono curioso anch'io, va bene?"

"Okay" ha detto lei.

Così abbiamo continuato oltre l'attacco del nostro stradino per la strada interpoderale, lungo le curve che seguono in su e in giù il crinale intorno alla nostra valle. Pensandoci adesso come se stessi guardando fuori dal finestrino, mi rendo conto che il termine "valle" non definisce in modo preciso la situazione geografica di quelle parti: in realtà si tratta di concatenazioni di colline, i cui fianchi scendono ripidi verso fossi profondi nascosti dalla boscaglia. I fossi isolano una concatenazione di colline dall'altra, creando di fatto una serie di mondi paralleli, vicini in linea d'aria ma raggiungibili solo con percorsi lunghi e tortuosi. Le case sono sulla cima delle colline o appese su un lato o sull'altro di ogni crinale; all'orizzonte, verso sud, si vedono i rilievi più alti dell'Appennino.

Abbiamo girato a destra all'ultimo punto della strada che si vede da casa nostra, abbiamo seguito la curva tra i carpini e i pini piantati una quarantina d'anni fa dalla forestale per rimediare a secoli di disboscamenti selvaggi. L'agriturismo dei Morlacchi è proprio dove la strada finisce, una grande casa di tufo che un tempo doveva avere ospitato una vasta famiglia di contadini, sull'ultima propaggine della Val del Poggio, affacciata a est sulla Val di Lana. I box e il fienile sono subito a destra del cancello, nel piccolo altopiano sopra i campi scoscesi.

Abbiamo lasciato il furgoncino di fianco alla piccola macchina bianca ammaccata di Durante e a una Mercedes coupé nera dai fari cattivi, siamo andati verso le costruzioni di legno. Tre box e la selleria erano stati sistemati in qualche modo, con tavole d'abete più chiaro per chiudere buchi e fessure, lamiera ondulata per coprire le falle nel tetto. Ho provato a premere su una parete: teneva, anche se non era certo un lavoro perfetto. C'era un ballone di fieno vicino ai pali della tettoia, letame di cavallo accumulato in un angolo, una vecchia testiera appesa alla porta di un box, una spazzola e una brusca in un cestino di vimini.

Durante era nel prato semi-pianeggiante racchiuso da una staccionata subito dietro i box, stava seguendo a piedi un grande cavallo nero su cui era seduta una tipa sbiondata. Io e Astrid ci siamo avvicinati. La tipa sbiondata aveva stivali dai tacchi alti, jeans decorati a lustrini, una camicetta bianca con maniche a sbuffo. Appoggiato alla staccionata c'era un probabile suo marito, intento a una conversazione al telefonino. La staccionata era stata rifatta da poco, con paletti e traversine di robinia grezza. Mi ci sono appoggiato anch'io, con tutto il peso: teneva.

"Che bello" ha detto Astrid, con lo sguardo rivolto al cavallo nero.

Il marito della tipa ci fissava, con un'espressione intermedia tra sospetto e impulso di comunicazione.

Gli ho detto "Buongiorno".

"Giorno" ha detto lui.

Io e Astrid abbiamo fatto in direzione di Durante gesti a mano aperta, anche se lui era di spalle.

Lui si è girato lo stesso, ha fatto un cenno di risposta. Ha detto alla tipa "Stai *sciolta*. E cerca di *esserci*. Provaci, almeno. Nimbus lo sente, se ci sei o no".

La tipa ha continuato a restare tutta rigida sul grande cavallo nero che si muoveva al passo con grande armonia. Era un cavallo da intenditori, lo potevo capire anch'io che non sapevo quasi niente di cavalli: bastava guardare la pienezza della sua groppa, la curva potente del collo, la lucida abbondanza della coda e della criniera. Durante lo controllava da vicino, con il suo passo metà elastico e metà legnoso, sollecitava a turno il cavallo e la tipa.

Il marito ha chiuso il suo cellulare, mi ha fatto un cenno con il mento, ha detto a mezza voce "Siete suoi amici?".

"Non proprio" ho detto. "È la seconda volta che lo vediamo. Voi?"

“Stiamo qui per cinque giorni” ha detto il tipo, con un cenno in direzione dell’agriturismo. “Samantha insisteva tanto per provare, speriamo che non si rompa la schiena.” È partita la suoneria del suo cellulare e lui si è affrettato a rispondere, si è messo a parlare di percentuali.

Io e Astrid siamo rimasti appoggiati alla staccionata, a osservare Durante mentre spiegava alla sua allieva i movimenti per guidare il grande cavallo nero. A un certo punto l’ha aiutata a smontare, è saltato in sella con uno slancio fluido. Ha mandato avanti il cavallo, gli ha fatto fare alcuni giri e giravolte senza toccare le redini, con il semplice contatto delle gambe. Per dimostrare che le redini non gli servivano le ha abbandonate, si è messo le mani sui fianchi. Il cavallo alzava le ginocchia e muoveva la testa in un’andatura barocca, attento a ogni minimo segnale del suo cavaliere. Era chiaro che tra i due c’era un’intesa perfetta, affinata in anni di lavoro comune: bastava che Durante inclinasse di poco il busto per ottenere una risposta, bastava che sfiorasse appena un fianco con il lato di un piede.

Mi chiedevo se in questa dimostrazione c’era una parte di show a uso nostro e del marito in piedi vicino a noi, ma non era chiaro. Durante non ci guardava, sembrava concentrato sulla tipa che lo osservava mezza perplessa e mezza distratta. Le ha detto “Lo vedi? Gamba sinistra, giiiro. Gamba destra, giiiro. Ma più che altro devi *pensare* a dove lo vuoi fare andare, e lui ci andrà. Capito?”.

La tipa sbiondata che si chiamava Samantha faceva di sì con la testa, ma era chiaro che non poteva cogliere queste sfumature: si sistemava di continuo i capelli, si spolverava i pantaloni, controllava l’orologio, guardava suo marito. Durante è smontato con un salto e l’ha fatta risalire in sella, ha teleguidato lei e il cavallo in una nuova serie di manovre. Samantha continuava a distrarsi e a irrigidirsi e a girare la testa; ha lanciato un piccolo grido quando Nimbus si è messo a trottare per qualche metro, sobbalzava in sella come un sacco.

Dopo un quarto d'ora Durante ha preso il cavallo per le redini e l'ha portato verso la staccionata, ha aiutato Samantha a smontare.

Samantha ha toccato terra in malo modo, si è aggiustata subito i pantaloni e i capelli e le maniche della camicia. Ha detto "Mamma mia, che fatica".

Il marito ha detto "Allora? Ce l'ha, la stoffa dell'amazzone?".

"No" ha detto Durante, senza enfasi.

"Cosa?" ha detto Samantha. Si è girata a guardarlo, leggermente teatrale.

"Non ce l'hai" ha detto Durante. Aveva un'espressione triste, con appena un accenno di sorriso.

"Be', può imparare, no?" ha detto il marito. "In un tot di lezioni?"

"Non credo" ha detto Durante, come se non ci fossero in gioco il suo interesse professionale e le loro malriposte aspirazioni.

"Come sarebbe?" ha detto Samantha, sembrava incerta su che atteggiamento assumere.

"È che non hai nessun senso dell'*equilibrio*" ha detto Durante. Aveva questo modo di calcare sulle parole chiave, ma per il resto il suo tono era pacato.

"Come si permette, questo?" ha detto Samantha, rivolta al marito e in parte anche a me e Astrid che assistevamo alla scena. "Ho fatto otto anni di danza classica, io!"

“Non sono serviti” ha detto Durante, sempre in forma di semplice constatazione.

“Scusi tanto, signor maestro” ha detto il marito, alzando la voce. “L’equilibrio non dovrebbe insegnarglielo lei?”

“Ci vorrebbero *anni*” ha detto Durante. “E non basterebbero, senza una *disposizione mentale* totalmente diversa.”

“Eh?” ha detto il marito, sempre più stizzito. “Allora a cosa servono, queste lezioni? Per cosa paghiamo, noi?”

“A niente, in questo caso” ha detto Durante. “E non dovete pagarmi.”

“Io non ci credo!” ha detto Samantha la sua ormai ex allieva, vibrava di indignazione.

“Mi faccia capire un attimo, signor maestro” ha detto il marito. “Quale sarebbe il problema?”

“L’*attenzione*” ha detto Durante. “È totalmente incapace di ascoltare dentro di sé, o fuori.”

“Ma che stai a dire?” ha detto la tipa. “Ma cccche stttai a ddddire?” Continuava a passarsi una mano tra i capelli, girare su se stessa.

“Che razza di discorsi sono?” ha detto il marito. Come sua moglie e anche me e Astrid, era forse più sconcertato dai modi di Durante che dalle sue parole: dall’apparente candore con cui diceva la verità senza usare nessuno dei filtri della normale cortesia sociale.

“Vale anche per te, naturalmente” ha detto Durante, senza cambiare tono. “Se riuscissi a vederti dal di fuori, con quel telefonino. Non hai smesso un attimo di fare e ricevere chiamate, perché non sei in grado di essere *qui*.”

“Oh, chi ti autorizza a dire ’ste cose?” ha detto il marito. “Chi ti au-to-riz-za-aa?” Agitava avanti e indietro una mano con le dita chiuse, ritto sulle punte dei piedi per essere alla sua altezza d'occhi.

"Ma, *voi*" ha detto Durante, lo guardava con i suoi occhi grigi. "Non avete chiesto la mia opinione?"

"Questo è fuori!" ha detto Samantha, scuoteva la testa. È passata dall'altro lato della staccionata, come per prendere distanza dalla sé stessa che aveva fatto lezione di equitazione.

"Io voglio parlare con il padrone di questo posto!" ha detto il marito. "Come credono di trattare i clienti, qui?"

"Cos'è *esattamente* che vi ha offeso?" ha detto Durante, in un tono che sembrava privo di connotazioni ironiche. "Provate a spiegare."

"Io ti spacco la faccia!" ha gridato il marito, con uno scatto improvviso bloccato dalla staccionata che li separava. "Altro che spiegare!"

"*Uoooh*" ha detto Durante. "Calma."

"Calma un cazzo!" ha gridato il marito. "E non ti permettere di fare quei versi, a me! Son mica il tuo cavallo!"

"Lascia perdere, Cesare" ha detto Samantha.

"Non lascio perdere!" ha gridato Cesare. "Prima insulta e poi prende anche per il culo!"

"Vieni via, che non vale la pena!" ha detto Samantha, l'ha trascinato per un braccio verso il parcheggio.

Durante mi ha guardato perplesso, poi mi ha passato le redini del grande cavallo nero, ha detto "Me lo tieni?".

Non è che avessi molte opzioni, così sono sgusciato sotto la staccionata per tenerlo. Nimbus seguiva con lo sguardo il suo padrone che andava dietro alla ex allieva e al marito verso la loro Mercedes coupé nera. Ha emesso un nitrito profondo che l'ha scosso tutto; guardavo dal sotto in su il bianco dei suoi occhi, le froge dilatate. Ho stretto le redini più forte per paura che cercasse di scapparmi, fin troppo consapevole della sua massa nera sudata e vibrante, del suo odore intenso.

Astrid si è messa a ridere.

"Cosa ridi?" ho detto. "Se questo si mette a tirare, mi trascina via."

Samantha e Cesare sono saliti furiosi sulla loro macchina e hanno sbattuto le portiere, hanno guidato verso l'agriturismo in modo da risparmiarsi i forse duecento metri a piedi. Durante li ha guardati andare via, poi è tornato verso di noi, senza fretta. Ha detto "Si sono terribilmente *offesi*". Scuoteva la testa, come se davvero non ne capisse la ragione.

"Sei sorpreso?" ho detto.

"Perché?" ha detto lui, mi guardava.

"Be', insomma" ho detto. "Quando dici a una tipa così che non ha nessun senso dell'equilibrio, e che non le basterebbero anni ad acquisirlo, cosa ti aspetti?"

"Ma è *vero*" ha detto lui.

"Sì" ha detto Astrid.

"Non fa molta differenza, che sia vero o no" ho detto, infastidito da come lei si affrettava a concordare.

Durante ha scosso ancora la testa, non convinto. Ha levato il palo di robinia che faceva da cancello nella palizzata, mi ha tolto le redini di mano senza ringraziarmi, ha portato Nimbus verso i box.

Io e Astrid li abbiamo seguiti. Astrid ha detto "Comunque hai fatto bene", in uno degli strappi comunicativi con cui cercava di forzare i limiti della sua natura fondamentalmente timida.

Durante si è girato, ha detto "Lo pensi davvero?".

"Sì" ha detto Astrid. "Avevano un atteggiamento del cavolo, tutti e due. Come se si potesse pretendere di comprare anche l'equilibrio, e la capacità di andare a cavallo, tutto."

"Hmm" ha detto lui.

"*Davvero*" ha detto Astrid, con un'enfasi che sembrava ricalcare la sua. "E complimenti per i box, per la staccionata. Stai rimettendo tutto in sesto."

"No" ha detto Durante. "È un lavoro totalmente provvisorio."

"Però è già molto" ha detto Astrid. "E almeno il cavallo può stare al riparo, no?"

"Nimbus?" ha detto Durante, sorrideva. "Lui sta fuori, al prato. I cavalli non sono mica fatti per vivere chiusi in una scatola di tre metri per tre. Ti piacerebbe, se ti ficcassero dentro una cabina telefonica e ti tirassero fuori per fare una corsetta un'ora al giorno, quando va bene?"

"Per niente" ha detto Astrid, imbarazzata.

"Ecco" ha detto Durante.

"Allora perché hai fatto tutta la fatica di sistemare i box?" ho detto, in un tono che suonava più polemico di come avevo immaginato.

"Per i padroni della baracca" ha detto. "Non so se sono vostri amici."

"Non proprio" ha detto Astrid. "Conoscenti, più o meno."

"Così vedono che è come nei maneggi regolari" ha detto Durante. "Si rassicurano." Ha tolto la testiera a Nimbus, gli ha infilato una capezza di tela rossa scolorita, l'ha legato a un anello tra i box e gli ha tolto sella e sottosella, gli ha pulito gli zoccoli.

“È bellissimo” ha chiesto Astrid. “Di che razza è?”

“È un frisone” ha detto lui. Gli ha passato rapido una spazzola sul collo, sui fianchi e sul dorso per togliere parte del sudore, poi l’ha staccato dall’anello e l’ha riportato verso il prato. Li abbiamo seguiti, di nuovo. Durante ha tolto la capezza a Nimbus, l’ha lasciato andare. Il cavallo ha trottato per qualche decina di metri, poi ha raspato per terra con uno zoccolo, ha fatto qualche giro su sé stesso, ha piegato le zampe e si è rotolato su un fianco e sull’altro. Si è rialzato e si è scrollato con energia, dopo qualche passo si è messo a brucare l’erba.

“E hai già degli allievi?” ha detto Astrid. “A parte Seline Livi?”

“La ragazzina che abita da queste parti?” ha detto Durante.

“Sì” ha detto Astrid. “L’abbiamo vista l’altro giorno, sembrava entusiasta.”

“Be’, non proprio” ho detto. “Semmai *Stefania* Livi era entusiasta.” Subito dopo mi sono sentito a disagio per come mi ero fatto anch’io contagiare dal modo di parlare di Durante.

“Ah” ha detto lui, ha sorriso.

Ho detto “Speriamo che non scappino anche loro due”.

Durante mi ha guardato con la testa leggermente inclinata, come se non capisse.

“Con la tua pratica della sincerità assoluta” ho detto. “Non so quanti allievi potrai avere, se fai così con tutti.”

“Invece ne troverai altri, sono sicura” ha detto Astrid. “Poco alla volta, man mano che si sparge la voce.”

“Dipende da quale voce” ho detto.

Durante sembrava preso da altri pensieri, con lo

sguardo verso le onde dietro onde delle colline all'orizzonte.

Ho pensato che eravamo in una posizione assurda, lì a incoraggiarlo o comunque occuparci di lui come se gli dovessimo qualcosa. Lo guardavo, e mi sembrava che appartenesse alla categoria dei ricattatori morali di professione, uno zingaro-artista-semidisoccupato che si aspetta attenzione dagli altri in base alla miscela di sensi di colpa e invidia inconfessabile che è in grado di suscitare. Ho alzato il polso sinistro con l'orologio, ho detto "Noi dobbiamo andare".

"Sono solo le sei e venti" ha detto Astrid, come se provasse dolore all'idea di non poter più attingere a una così mirabile fonte di suggestione.

"Vado anch'io, tra poco" ha detto Durante. "Devo vedere un paio di cavalli."

"Ne prendi altri?" ha detto Astrid: partecipe, attenta, vibrante.

"Se trovo quelli giusti" ha detto lui. "Non posso mica mettere *qualunque* cliente su Nimbus."

Gli guardavo le linee sul viso, gli avambracci, l'avvio dei bicipiti scoperti dalle maniche arrotolate della camicia, i muscoli e le vene in vista appena sotto la pelle: mi comunicavano una lieve sensazione di minaccia latente.

"Comunque complimenti ancora" ha detto Astrid. "Ci vediamo."

"A voi non interessa fare lezione, immagino?" ha detto lui, con una luce nello sguardo che non capivo se fosse di invito o quasi di sfida.

"No" ho detto, per chiudere la questione in partenza.

"Peccato" ha detto lui. "Perché se imparaste potreste fare dei bellissimi giri, qui sulle colline."

“Li facciamo già a piedi” ho detto. “Siamo dei buoni camminatori.”

“A me piacerebbe” ha detto Astrid, con impeto. “Ho sempre sognato di andare a cavallo, da quando ero bambina.”

“Se vieni, a te Nimbus lo faccio montare” ha detto Durante.

“Davvero?” ha detto Astrid. “Ma non saprei neanche da dove cominciare.”

“Ah, lo sapresti subito” ha detto lui. “Ne sono sicuro.”

“Come fai a esserne sicuro?” ha detto lei, è arrossita.

“Basta *guardarti*” ha detto Durante. “Tu ce l’hai, il senso dell’equilibrio.”

“Non è vero!” ha detto Astrid. “Mi sono sempre sentita incredibilmente *goffa*, con queste gambe troppo lunghe, così magra, non so mai come muovermi.”

“È nel tuo modo di *essere*” ha detto lui, la guardava come se non ci fosse niente di sconveniente nello studiare una quasi sconosciuta a pochi centimetri di distanza. “Nel tuo modo di muoverti, di *ascoltare*.”

“Grazie!” ha detto lei. “Anche se non è vero, grazie!”

Il suo entusiasmo mi ha riempito della stessa irritazione di quando l’aveva invitato a entrare nel nostro laboratorio senza neanche chiedergli di togliersi gli stivali e l’aveva poi guardato senza reazioni mentre si mangiava una delle nostre mele. Ho detto “Va be’, noi ci avviamo. Ci facciamo vivi, semmai”.

“Volete vedere i miei alloggi?” ha detto lui, come se non attribuisse alcuna importanza alle mie parole.

“Sì!” ha detto Astrid, senza neanche consultarmi con un’occhiata.

Durante ci ha fatto strada, con il suo passo lungo. Ha aperto la porta sbilenca della selleria, ha fatto un mezzo inchino per invitarci a passare. Dentro c'era un vecchio tavolo con sopra un pacchetto di tè, un piccolo barattolo di miele, un quadernetto nero, un mezzo pacchetto di biscotti all'avena, una scatola di riso, una di sale, un pentolino su un fornello blu da campeggio. Alle pareti c'erano alcuni portasella su cui erano appoggiate due selle molto logore, ganci da cui pendevano briglie e morsi, quattro o cinque vecchie coppe su una mensola, alcuni fogli attaccati con puntine, in un angolo una sacca di tela verde militare. Le assi del pavimento erano scheggiate e scurite dal tempo, ma ce n'erano due o tre più chiare e i chiodi che le fissavano erano recenti; sotto il tavolo c'erano un materassino di gomma e un sacco a pelo.

Ho detto "Va be', è pur sempre un alloggio, no?".

"Non potrei chiedere di più" ha detto Durante, in un tono sconcertante per come sembrava di autentica contentezza.

Mi chiedevo se il suo invito a entrare aveva lo scopo di commuoverci sulle sue condizioni, oppure era un semplice gesto di confidenza, privo di secondi fini.

Astrid si guardava intorno con un misto di interesse e soggezione, come se fossimo in un museo campestre e ogni particolare avesse un significato profondo. Ha sfiorato con le dita un foglio attaccato con una puntina a un'asse della parete, ha detto a Durante "Posso leggere?".

Lui ha fatto di sì con la testa, ha passato un panno su una sella logora per togliere la polvere.

Astrid leggeva il foglio da pochi centimetri, ha detto "Che bello".

"Cosa?" ho detto, sempre più teso per via del suo atteggiamento.

Lei ha letto ad alta voce, in un tono ispirato da recita a scuola:

Il pesante è la radice del leggero.
La calma è la padrona dell'instabilità.

"Non l'ho inventato io" ha detto Durante, con il suo panno in mano. "L'ho solo interpretato."

"E questo?" ha detto Astrid. Si è messa a leggere le parole su un altro foglio attaccato poco più in là.

Un bravo viaggiatore non lascia tracce,
uno che sa parlare non cavilla,
un buon pianificatore non fa calcoli.
Il legame più forte non ha nodi,
e nessuno può scioglierlo.

"È bellissimo" ha detto Astrid, guardava Durante.

Durante continuava a spolverare la sella, con una cura assurda date le sue condizioni.

Sono andato a leggere il foglio che restava, prima che Astrid potesse farlo ad alta voce. In una grafia inclinata c'era scritto a inchiostro nero:

Quando la Via viene dimenticata,
appaiono il dovere e la giustizia.
Poi nascono la conoscenza e la saggezza,
insieme all'ipocrisia.

Quando i rapporti armoniosi si dissolvono,
ecco il rispetto e la devozione.

"Cos'è che hai interpretato?" ho detto, irritato dall'elusività di queste frasi.

"Il *senso*, Pietro" ha detto Durante.

"Il senso di cosa?" ho detto.

"Ci sono infinite traduzioni dal cinese antico" ha detto lui. "Alcune raggelanti e astratte, altre poetiche e imprecise. Ma il punto è vedere il senso *al di là* dei testi, in trasparenza. Se ci riesci, ti vengono anche le parole giuste."

"Di chi stiamo parlando?" ho detto, sempre più infastidito dal suo modo di dire e non dire.

"Lao Tzu" ha detto lui. "O Lao Tze, o Laozi, come preferisci."

"Ah, quello del Tao" ho detto rapido, per dimostrare che non ero proprio totalmente privo di cultura.

"*Quelli*" ha detto Durante.

"È una figura leggendaria" ho detto. "Probabilmente non è mai esistito."

"Erano cinque o sei persone diverse" ha detto Durante, non nel tono di correggermi, ma come se le sue parole scavalcassero in modo del tutto naturale le mie. "Hanno distillato il *Tao te Ching* nel corso di due o tre secoli. E almeno tre di loro erano *donne*."

"E quando, l'hanno distillato?" ha detto Astrid.

"Duemilaseicento anni fa" ha detto Durante. "Più o meno. Il taoismo l'hanno fatto altri, dopo, come succede sempre con le religioni."

Ho visto un altro foglio, attaccato sotto una mensola. C'erano solo due righe:

Quando due avversari si scontrano,
vince quello che lotta con riluttanza.

Mi sono chiesto chi tra me e lui lottava con riluttanza.

"Ma il Tao è Dio?" ha detto Astrid, tutta focalizzata sulle espressioni di Durante.

"Non nel senso delle tre religioni del deserto" ha detto lui, sorrideva. "Non è un super-uomo, con una super-barba e una super-voce e un super-orrendo carattere, seduto su qualche super-nuvola a guardare giù e minacciare e ricattare le sue creature e godersi lo spettacolo dello sfacelo che combinano."

"Cosa sarebbe, allora?" ho detto, indisposto dalle sue parole quanto dal modo in cui Astrid lo ascoltava, come se stesse bevendo pura acqua di verità.

"La fonte" ha detto Durante. "L'origine, l'essenza. Non è fuori, è *dentro*. Non è maschile, è *femminile*."

Siamo stati zitti tutti e tre, certamente per ragioni diverse.

"C'è un bellissimo racconto su Confucio e Lao Tzu" ha detto Durante. "Confucio si era incuriosito e un po' ingelosito dell'ascendente di Lao Tzu, ed era andato a trovarlo, o trovar*la*, per chiedere il suo parere su alcuni punti di etichetta cerimoniale. Il che era abbastanza paradossale, perché si sapeva bene che Lao Tzu considerava l'etichetta un'ipocrisia senza senso. Così le sue risposte non lo avevano affatto rassicurato, ma al contrario messo in grave confusione. Al ritorno, Confucio aveva detto ai suoi discepoli 'Degli uccelli so che hanno le ali per volare, dei pesci so che hanno le pinne per nuotare, degli animali selvatici so che hanno le zampe per correre. Per le ali ci sono le frecce, per le pinne le reti, per le zampe le trappole. Ma chi sa come fanno i draghi a cavalcare venti e nuvole per salire nel cielo? Oggi ho visto Lao Tzu, ed è un drago'."

"Bellissimo" ha detto Astrid, aveva gli occhi lucidi per la partecipazione.

Ho controllato il cellulare che avevo in tasca, solo per dimostrare che non ero caduto anch'io nel loro gioco di esoterismo parafilosofico. Avrei solo voluto prendere Astrid per un braccio e uscire, tornarmene a casa.

"Sì" ha detto Durante, con il suo vecchio panno in mano.

"E quello?" ha detto Astrid: vibratile, attenta in tutte le direzioni. Ha indicato un piccolo quadro senza cornice dai toni marroni e verdi scuri appeso alla parete sopra il tavolo, un cavallo dalle lunghe gambe tenuto per le redini da un fantino.

"L'ho trovato in un vecchio negozio a Bath, in Inghilterra" ha detto Durante.

Astrid è andata a guardarlo da vicino.

"Ho dovuto contrattare per *tre giorni* con la proprietaria" ha detto Durante. "Avrà avuto quasi novant'anni, una donna meravigliosamente brillante. Sono andato via, ritornato, riandato via, siamo diventati quasi amici, alla fine lei è scesa a una cifra possibile."

"Quanto?" ho detto, già sicuro che non avrei potuto prendere per buona la sua risposta.

"Tutto quello che avevo" ha detto lui, rideva. "Dunque una cifra possibile."

"Guarda l'occhio del cavallo, fremente" ha detto Astrid. "La linea del collo, così nobile e nervosa."

"E l'espressione del *fantino*?" ha detto Durante. "La sua compostezza deferente e anche lontana, quasi astratta?"

"Fantastico" ha detto Astrid.

"Davvero ti piace?" ha chiesto Durante.

"Moltissimo" ha detto Astrid. "Moltissimo."

"Mi affascina come oscilla tra realismo e idealizzazione" ha detto Durante. "Per far riconoscere il cavallo al proprietario che aveva commissionato il quadro, e nello stesso tempo avvicinarlo il più possibile ai canoni equestri di allora."

"Infatti" ha detto Astrid. "E i due elementi entrano in sottile conflitto, no? Sono lì insieme, e *bkzzzzzz*, creano una vibrazione."

"È *questo*" ha detto Durante, sembrava sorpreso e felice di scoprirla sulla sua stessa lunghezza d'onda. "È esattamente *questo*."

"Primi Ottocento, no?" ho detto, per non essere tagliato fuori del tutto.

"Più o meno" ha detto Durante. Ha staccato il piccolo quadro dalla parete.

"È stupendo" ha detto Astrid, guardandolo più da vicino. "È un *capolavoro* nel suo genere, davvero."

"Tieni" ha detto Durante, glielo ha porto.

Astrid spostava lo sguardo da lui al quadro, a me, incerta.

"È *tuo*" ha detto Durante.

"Vuoi scherzare?" ha detto Astrid, è arretrata nello spazio ridotto della selleria.

"Che scherzo stupido sarebbe?" ha detto Durante. Glielo ha spinto tra le mani.

"Ma come?" ha detto Astrid, con le dita sul bordo della tela, senza stringerle.

"È tuo, dai" ha detto Durante. È andato indietro, l'ha costretta a tenerlo.

"No, scusa tanto" ho detto. "Non possiamo accettare." Ho guardato Astrid per dirle di restituirlo, furioso che non lo avesse già fatto.

Lei non sapeva come reagire, con la piccola tela a toni scuri tra le mani, paralizzata dall'imbarazzo.

"Perché non potete?" ha detto Durante. "Non vi piace?"

"Certo che ci piace!" ha detto Astrid, mi sembrava di vederle gli occhi velati di lacrime.

"Allora il discorso è chiuso" ha detto Durante.

"Non è chiuso" ho detto, perché mi sembrava che il suo gesto ci mettesse in una posizione insostenibile, anche se si fosse trattato solo di una copia da due soldi. "Non possiamo assolutamente accettare."

"E io non posso assolutamente *riprenderlo*" ha detto Durante. "Non è più mio. È suo. Basta."

Astrid era senza parole, si è passata il dorso della mano sinistra ai lati degli occhi.

Ho provato a formulare un'altra frase per convincerla a restituire il quadro, ma era chiaro che a questo punto sarebbe stata offensiva. Ho detto "È assurdo. Davvero", senza abbastanza energia, troppo frastornato dalla situazione.

Durante in ogni caso non ha cercato di godersi l'effetto del suo regalo; al contrario, ci ha quasi spinti fuori dalla selleria. Ha detto "Va bene, io devo andare, e anche voi. Ci vediamo". Ha dato a me una pacca sulla spalla, ha abbracciato Astrid e l'ha baciata sulle guance, si è incamminato verso il prato dov'era Nimbus.

Io e Astrid abbiamo costeggiato i box parzialmente

rimessi in sesto e siamo tornati al nostro furgoncino, senza dirci una parola. Abbiamo posato il quadro con cavallo e fantino sul sedile di dietro, ho messo in moto; non ci guardavamo neanche.

Domenica siamo andati al barbecue di Paolina Ronco

Domenica siamo andati al barbecue di Paolina Ronco, dove c'erano anche Richi e Giovanna Ceriani e Nino Sulla e Stella Orbinsky, da sola perché suo marito Pluto era andato in Olanda per lavoro. Era un'altra giornata di sole pieno, con vento moderato da sudovest che spostava il fumo di carbonella e faceva ondeggiare l'ombrellone aperto nel piccolo prato dietro casa. Ci siamo scambiati osservazioni generiche nei pressi del tavolo di plastica bianca mentre Paolina e Richi giravano salsicce e costine sulla griglia, ognuno aggrappato al suo bicchiere di vino rosso o di birra, in cerca di argomenti condivisibili.

A lungo avevo trovato rassicurante avere a che fare con una porzione di mondo così fortemente ridotta, ma negli ultimi tempi provavo sempre più spesso un senso di mancanza all'idea di poter vedere solo gente che già conoscevo e con cui non avevo altro in comune che il luogo dove vivevo. Se avessi dovuto provare a definire questo stato d'animo, avrei detto che più che in una mancanza generica consisteva in un insieme di mancanze specifiche: mancanza di attrazione, mancanza di attenzione, mancanza di ricerca, mancanza di sorpresa, mancanza di divertimento, mancanza di varietà, mancanza di complicazione, mancanza di intensità. In quei momenti mi sentivo acutamente in esilio, anche se non avrei saputo dire in esilio da dove, o da cosa, o da chi.

In altri momenti mi sembrava che attribuire il mio senso di mancanza al luogo dove vivevamo fosse ingiusto e riduttivo, e che la vera causa fosse da cercare dentro la mia vita con Astrid. Pensavo che probabilmente mi sarei sentito allo stesso modo in una grande città in qualunque altra parte del mondo, se io e lei avessimo trasferito lì le nostre giornate fatte di ritmi lunghi e obiettivi ragionevoli, aspettative basse, sogni realistici.

Del resto era anche comodo e rassicurante muoversi al minimo dei giri tra facce conosciute e voci familiari, con modi e gesti memorizzati da cento altre situazioni identiche, argomenti ripetuti come cantilene. I nostri rapporti erano già stati sperimentati in tutte le loro possibili varianti, in fluttuazioni di simpatie e antipatie, avvicinamenti e allontanamenti, alleanze stabilite e poi annullate e ricreate di nuovo. Per esempio, i Ceriani erano stati molto amici dei Livi ma poi avevano avuto con loro un'aspra disputa su un diritto di passaggio. A loro volta i Morlacchi erano entrati in conflitto con i Ceriani a causa di un pavone ucciso dal loro fox terrier, e questo li aveva per reazione avvicinati ai Livi, con cui all'inizio non erano stati in buoni rapporti. Così se Paolina Ronco che era equidistante tra i due gruppi invitava i Ceriani, non poteva invitare i Livi e i Morlacchi, o viceversa, con l'effetto collaterale di mettere gli altri ospiti in lieve difficoltà verso gli esclusi. Questo era il massimo di complicazione che potevano raggiungere le nostre relazioni sociali, di solito.

Quando finalmente ci siamo seduti a mangiare, Paolina Ronco ha parlato a lungo di alcune sue vicende amministrative al comune di Trearchi, mentre tutti facevano di sì con la testa e pensavano ad altro.

Nino Sulla ha descritto l'iter tortuoso di una sua richiesta di finanziamento a fondo perduto da parte della comunità europea, anche lui senza suscitare grande attenzione.

Stella Orbinsky ha spiegato le ragioni per cui suo marito era andato a Rotterdam, nel disinteresse generale accentuato dalla sua pronuncia che rendeva incomprensibili parecchie parole.

Più che altro eravamo tutti concentrati sulle costine di montone, e sul fatto che erano in parte bruciacchiate e in parte ancora crude.

A un certo punto Richi Ceriani ha detto "Avete sentito di Stefania Livi con il cavaliere solitario?".

"No" ha detto Astrid, subito.

"Quel Durante, no?" ha detto Giovanna Ceriani, rideva. "Richi lo chiama il cavaliere solitario.".

"*Apropiativamente*" ha detto Stella Orbinsky.

"E cos'è successo?" ho chiesto, quasi solo per prevenire Astrid.

"Im-pa-zzi-ta" ha detto Richi, con la bocca piena di carne filacciosa. "Ha perso la testa, completamente."

"È sempre dai Morlacchi a far lezione" ha detto Giovanna. "Prima con la scusa della ragazzina, anche se lei non ne aveva nessuna voglia, figurarsi."

"È là ogni santo giorno, pare" ha detto suo marito, mentre infilzava una salsiccia con la forchetta.

"Una roba seria, eh?" ha detto Giovanna. "Si è comprata gli stivali, il cap, il gilerino, tutto."

Gli altri hanno riso, di gusto.

"L'ho vista due giorni fa dal giornalaio" ha detto Paolina Ronco. "Mi sembrava più su di giri del solito."

"Dovresti vederla in tenuta" ha detto Giovanna. "Sembrava pronta per qualche concorso internazionale, l'altro giorno."

"Tutto per 'sto Durante" ha detto Richi Ceriani. "Per avere la scusa di andare da lui, capito?"

"E Sergio Livi?" ha chiesto Stella Orbinsky.

"Ah, la lascia fare" ha detto Giovanna Ceriani.

"Anche se gli costerà parecchio" ha detto Richi Ceriani. "Tra lezioni e attrezzature varie."

"Però respira un po', almeno" ha detto Giovanna Ceriani. Ha girato lo sguardo intorno, come per condividere la consapevolezza di quanto fosse pesante vivere con Stefania Livi.

"La lascia fare mica tanto" ha detto Nino Sulla, in un tono da rivelatore di segreti. "Martedì scorso quasi si ammazzavano."

"Chi, cosa?" ha detto Giovanna Ceriani.

"Oh, ma non esce da qui, eh?" ha detto Nino Sulla, con un gesto per includere tutti i presenti.

"C'è bisogno di dirlo, Nino?" ha detto Richi Ceriani.

"Vai, vai" ha detto sua moglie.

"Me l'ha raccontato mio cugino" ha detto Nino Sulla. "Va dai Morlacchi una volta alla settimana a tenere il giardino."

"E cos'è successo?" ha detto Paolina Ronco, tra i molti sguardi che convergevano nel silenzio.

"Si son dati tante di quelle botte, Madonna" ha detto Nino Sulla.

"Quando?" ha detto Richi Ceriani.

"*Chi*?" ha detto Stella Orbinsky.

"Sergio Livi e Durante, no?" ha detto Nino Sulla. "L'altro giorno."

"Ma botte, proprio?" ha detto Giovanna Ceriani.

"Hai voglia" ha detto Nino Sulla. "Pugni, calci. Si son presi per il collo, son finiti nel fosso, giù dal greppo. Se non si buttava di mezzo la Stefania, andava a finire male davvero."

"Ma perché?" ha detto Giovanna Ceriani. "Com'è iniziata?"

"Pare che lei gli ha prestato dei soldi" ha detto Nino Sulla.

"A chi?" ha detto Paolina Ronco.

"Al Durante, no?" ha detto Nino Sulla. "Quando Sergio l'ha saputo, non ci ha visto più."

"E poi?" ha detto Giovanna Ceriani, con i lineamenti contratti.

"Niente" ha detto Nino Sulla. "Tutto come prima. E chi la tiene, la Stefania? Sergio no di sicuro."

"È una tale lenza, quel Durante" ha detto Richi Ceriani.

"Dici?" ha detto Paolina Ronco. "Io l'ho visto poco, ma non mi sembrava. Ha un'aria gentile, quegli occhi pensierosi."

"È tutta una tattica" ho detto.

"Una tattica, bravo" ha detto Giovanna Ceriani, faceva di sì con la testa. "Ha ragione Pietro."

"Pietro non lo conosce per niente" ha detto Astrid. "L'ha visto *due* volte."

"Esattamente come te" ho detto.

"Be', a me basta per sapere che non è affatto una lenza"

ha detto lei. "Al contrario, è una delle persone più sincere che ho mai incontrato."

"Caspita!" ha detto Richi Ceriani.

"Perché dice cose sgradevoli in faccia alla gente?" ho detto. "A me quella sembra villania, più che sincerità."

"Non dice cose sgradevoli" ha detto Astrid. "Dice la *verità*."

"La *sua* verità" ho detto.

"Dice quello che *pensa*, va bene?" ha detto Astrid. "Invece di nascondersi dietro ipocrisie e falsità come tutti."

"Sembra che tu lo conosca da una *vita*" ho detto, spiazzato dalla convinzione nella sua voce.

"Anche Stefania continuava con 'sta storia del sincero" ha detto Paolina Ronco. "Mi fa, 'Non è materialmente capace di dire una bugia', dico sì, sì, figurati."

"Una specie di santo, insomma" ha detto Richi Ceriani, rideva.

"La Stefania Livi se la giostra come vuole, il Durante" ha detto Nino Sulla, ridacchiante anche lui.

"Si giostra la Livi, e anche la Morlacchi" ha detto Giovanna Ceriani, con la sua voce stridente.

"Anche la Morlacchi?" ha detto Paolina Ronco. "Ecco perché! L'ho incontrata ieri mattina al mercato, era tutta pimpante. Su di giri da far paura."

"Si veste in un *completivamente autra manera*" ha detto Stella Orbinsky.

"Fanno a gara, le due" ha detto Nino Sulla.

"Hai capito" ha detto Richi Ceriani. "Il cavaliere solitario."

Guardavo Astrid a intermittenza, e mi sembrava incredibilmente contrariata. Forse anche per questo ho detto "Si è ritagliato su misura un personaggio da romanzo rosa, per corrispondere alle loro fantasie. E c'è riuscito, a quanto pare".

"Esatto" ha detto Richi Ceriani. "Esatto."

"Non è vero niente!" ha detto Astrid in uno scatto di voce. "Sono solo le vostre illazioni malevole!"

"Cerchiamo semplicemente di essere obiettivi, Astrid" ha detto Richi Ceriani.

"Non siete affatto obiettivi!" ha detto lei. "Siete *gelosi*!"

"'Siete' chi, scusa?" ho detto.

"Tutti voi!" ha detto Astrid, ha sbattuto il suo bicchiere sul tavolo.

"Gelosi di Durante?" ha detto Richi Ceriani, rideva in modo un po' artificiale.

"Sì!" ha detto Astrid.

"E perché dovremmo esserlo, scusa?" ho detto.

"Per come è rispetto a voi!" ha detto lei.

"*Fantastisc*!" ha detto Stella Orbinsky, non era chiaro se in forma di approvazione o dissociazione.

"E come sarebbe, rispetto a noi?" ha detto Richi Ceriani.

"Più *libero*!" ha detto Astrid. "Più *interessante*!"

"Astrid" ho detto, per cercare di calmarla.

"Vi chiedete perché piace alle donne?" ha detto Astrid. "Forse perché le *capisce* un pochino!"

"Tu cosa ne sai?" ho detto. "In base a cosa parli?"

"Lo *so*, va bene?" ha detto lei. "A intuito."

"Eh, l'intuito femminile" ha detto Richi Ceriani, ridacchiava.

"Che poi piaccia alle donne è tutto da vedere" ha detto Paolina Ronco. "Io l'ho intravisto solo per due minuti, ma francamente, come uomo..."

"Anche se ti piacesse non lo ammetteresti mai!" ha detto Astrid, rossa in faccia.

"Ah no?" ha detto Paolina Ronco, troppo presa in contropiede per trovare l'espressione giusta.

"No!" ha gridato Astrid. Ha buttato il tovagliolo sul tavolo, si è alzata.

"Ehi, gentili signore!" ha detto Richi Ceriani.

"Astrid!" ho detto, mi sono alzato anch'io.

Astrid è andata dritta verso il cancello, a passi furiosi.

"Mi spiegate cosa le è successo?" ha chiesto Paolina Ronco, si guardava intorno.

"Oh Madonna santa" ha detto Giovanna Ceriani.

"No *liticare*!" ha detto Stella Orbinsky.

"Giuro che non sono segretamente innamorata di Durante" ha detto Paolina Ronco. "Giuro." Cercava di ridere ma il vino le è andato di traverso, si è messa a tossire.

"Astrid, aspetta!" ho detto, mentre le correvo dietro attraverso il prato.

Gli altri ci guardavano, tra costernazione da gioco finito male, amarezza da regole sociali violate, incredulità per come i fatti avevano preso il sopravvento sulle parole.

Astrid ha aperto il cancello, è uscita a passo veloce sulla strada interpoderale.

L'ho inseguita, ho detto "Ehi? Fermati! Che cosa ti succede?". L'ho raggiunta e ho cercato di prenderla per un braccio, ma lei si è strappata via, ha continuato a camminare a testa bassa. Così l'ho seguita per un tratto e poi sono tornato indietro di corsa fino al cancello di Paolina Ronco, ho fatto da dietro le sbarre gesti di scuse agli altri ancora bloccati sulle sedie intorno al tavolo, sono saltato sul furgoncino parcheggiato sul bordo della strada. Dopo un paio di curve ho raggiunto Astrid che andava veloce, le ho chiesto cento volte di salire, sporto fuori dal finestrino.

Lei ha continuato a camminare a passo di marcia, senza girarsi né rispondermi per un chilometro almeno; quando finalmente si è decisa a salire è rimasta zitta e ansimante, con le braccia incrociate, lo sguardo dritto avanti per tutto il percorso fino a casa nostra.

Martedì mattina ha telefonato Stefania Livi

Martedì mattina ha telefonato Stefania Livi, ho risposto io perché ero più vicino al telefono.

"Ho saputo di domenica" ha detto lei.

"Domenica?" ho detto, in un tentativo di prendere tempo.

Astrid mi guardava, seduta al suo telaio, aveva smesso di lavorare.

"Al barbecue da Paolina Ronco" ha detto Stefania Livi.

"Ah, sì" ho detto, con imbarazzo crescente.

"Volevo ringraziare Astrid per avermi difeso" ha detto Stefania Livi. "È incredibile la meschinità di certa gente."

"Davvero" ho detto; mi chiedevo se le informazioni che le erano arrivate comprendevano dettagli sul mio ruolo nella conversazione.

"Sempre lì a spiare e sparlare alle spalle" ha detto Stefania Livi.

"Vero" ho detto.

"Senza sapere niente di come stanno davvero le cose" ha detto lei.

"Ti passo Astrid?" ho detto, ho fatto per porgerle il telefono.

Ma Astrid si è messa a fare gesti per dirmi che non aveva nessuna voglia di parlarle: incrociava le mani davanti alla faccia, abbassava le sopracciglia in un'espressione contraria, scuoteva la testa no, no, no.

Così ho dovuto inventarmi che era uscita di casa senza che me ne fossi accorto, e ascoltare per quasi un quarto d'ora la verità di Stefania Livi sui suoi rapporti con Durante e con suo marito e con Tiziana Morlacchi e con gli altri residenti in un raggio di sei o sette chilometri da casa sua, sotto lo sguardo di Astrid che scrutava le mie espressioni.

Non era certo la prima volta che mi trovavo nella posizione di essere investito da qualcuno che mi parlava e parlava senza porsi il problema di una minima reciprocità di ascolto. Mi ero già chiesto perché mi succedesse più che ad altri: mi sembrava che dipendesse dal fatto che ho un certo grado di gentilezza e di curiosità, una certa attitudine alla comprensione. A prendere per buone le parole di Astrid, quest'ultima qualità è molto meno sviluppata in me che in Durante, eppure se mi guardo intorno riesco a vederne in dosi ancora minori. Ho la sensazione che quasi tutti tendano a parlare sempre più di sé stessi, e contemporaneamente ad ascoltare sempre meno gli altri. È una specie di trasformazione mentale che si accentua di anno in anno e quasi di mese in mese, si diffonde come un contagio. Come conseguenza, appena un parlatore scopre un ascoltatore gli si attacca con una bramosia inarrestabile, e va avanti e avanti finché è esausto, o finché l'ascoltatore non riesce a trovare una scusa abbastanza credibile per sfuggirgli.

Ho detto a Stefania Livi che Astrid mi stava chiamando da fuori e che doveva essere qualcosa di urgente, perché la vedevo agitare le braccia alla finestra.

Astrid mi fissava dal suo telaio, senza sorridere.

“Faceva tanto il carino, il signor Nino Sulla” ha detto Stefania Livi, senza quasi fermarsi per respirare. “Finché gli compravamo il vino, sempre lì a chiamare, saluti e salutini. L’hai visto l’ultima volta a casa nostra, no? Poi da quando Sergio ha deciso che preferisce il vino di Forciani, che oltretutto costa meno, è diventato una iena, così.”

Ho detto “Credo che sia la pompa dell’acqua, dev’essersi rotta!” in tono di allarme.

Stefania Livi non aveva nessuna voglia di lasciarmi andare: è passata a un registro più alto, ha accorciato gli spazi tra le parole. Ha detto “E Richi Ceriani acido meschino che neanche ci puoi credere io non so certa gente come fa a comportarsi così voglio dire va bene la cattiveria ma proprio non c’è limite è una cosa allucinante voglio dire sparlarti dietro le spalle in questo modo io non so”.

“Scusami, ma ci dev’essere un lago, là fuori!” ho detto. “Devo correre!”

“Va be’” ha detto Stefania Livi, come se la sua emergenza fosse comunque più grave della mia.

“Ci sentiamo! Ciao!” ho detto, sono riuscito a mettere giù.

“Allora?” ha chiesto Astrid, ferma al suo telaio. “Cosa voleva?”

“Ringraziarti per averla difesa, domenica” ho detto, mentre mi sedevo al mio.

“Non l’ho difesa” ha detto lei.

“Cosa pretendi?” ho detto. “Che le voci siano perfettamente accurate?”

“E poi?” ha detto Astrid.

“Poi cosa?” ho detto.

“Avete parlato per un quarto d’ora” ha detto Astrid.

“Ha parlato *lei*” ho detto. “Hai visto, no? Non la smetteva più.”

“Cosa diceva?” ha detto Astrid.

“Dei suoi rapporti con Durante, eccetera” ho detto.

“E quali sarebbero, i rapporti?” ha detto lei, muoveva lenta le mani tra i fili del telaio.

“Di allieva e maestro d’equitazione” ho detto. “Con aggiunta di amicizia e stima reciproca perché lui è una persona stupenda, eccetera.”

“Allora non è vero che hanno una storia?” ha detto Astrid.

“Non credo che me lo verrebbe a raccontare” ho detto. “No?”

“E le botte tra suo marito e Durante?” ha detto Astrid.

“Tutte calunnie delle malelingue” ho detto. “Pare che non sia vero niente.”

“E ti sembrava sincera?” ha detto Astrid.

“Che ne so, io?” ho detto. “Se avevi tutte queste curiosità non potevi parlarle tu, invece di scaricarmela?”

“Quali curiosità?” ha detto lei, con lo sguardo di quando si trovava in imbarazzo e cercava di non farlo capire.

“Sui rapporti tra Stefania Livi e Durante” ho detto.

“Cosa vuoi che me ne importi” ha detto lei, ha ripreso a tessere, lenta. “Sono fatti loro.”

“Allora che problema c’è?” ho detto.

"Nessuno" ha detto Astrid.
"Meglio così" ho detto.
Lei si è rimessa a lavorare a pieno ritmo, zitta.
Ho fatto per aggiungere qualcosa, poi invece ho ripreso anch'io la mia trama.

Ingrid la sorella di Astrid ha telefonato dall'aeroporto di Bologna

Ingrid la sorella di Astrid ha telefonato dall'aeroporto di Bologna, appena sbarcata dal volo da Vienna. Eravamo d'accordo che si sarebbe fermata da noi una settimana prima di proseguire per Napoli, dove doveva partecipare a un convegno di vulcanologi. Ho aiutato Astrid a fare il letto nella stanza degli ospiti e mettere un mazzetto di rose selvatiche e fiori di lavanda sul davanzale della finestra, preparare uno strudel alle ciliege con zenzero e cannella.

Poi siamo andati alla stazione degli autobus di Trearchi, nella piazza-parcheggio dove un tempo si teneva il mercato del bestiame. L'autobus è arrivato, ha aperto le porte, dopo sette o otto ragazzotti e ragazzotte con occhiali da mosca gigante è scesa Ingrid. Le due sorelle Neumann si sono abbracciate di slancio: Astrid alta e magra e chiara con i suoi capelli corti, Ingrid più bassa di qualche centimetro e di forme più dolci, con i suoi capelli castani di media lunghezza. Hanno fatto due o tre giri strette strette sotto la brutta pensilina davanti alle antiche mura, si dicevano "Ciao ciao ciao"; le loro voci avevano un timbro così simile che al telefono non riuscivo a distinguere una dall'altra. Quando si sono staccate ho abbracciato anch'io Ingrid, con la miscela di cordialità familiare e attrazione e gioia e lieve imbarazzo che c'era tra noi da quando ci conoscevamo.

Lungo la strada verso casa facevo finta di essere concentrato sulla guida, mentre loro due erano tutte prese in uno scambio febbrile di domande e risposte, esclamazioni, piccoli scoppi di risa, aggiornamenti su persone e luoghi, rapporti, matrimoni, separazioni, incontri, litigi, traslochi, cambi di lavoro. Come ogni volta che sentivo Astrid parlare tedesco, mi chiedevo quanto le costasse davvero l'adattamento a una lingua e a una cultura lontane dalla sua, adesso che si era esaurita l'eccitazione di vivere nel paese dove da bambina veniva in vacanza, e che il paese aveva rivelato tutti i suoi difetti. Mi chiedevo se ne era stanca, almeno ogni tanto; se rivedere sua sorella le suscitava un'improvvisa nostalgia di casa. Non avevo sensi di colpa a riguardo, perché non solo non avevo mai insistito per tornare in Italia, ma al contrario le avevo spiegato mille volte che avrei preferito starmene altrove; ma non potevo fare a meno di pormi queste domande.

Quando siamo arrivati a casa, Oscar si è messo a correre e saltare come un pazzo e guaire di contentezza intorno a Ingrid, l'ha annusata in mezzo alle gambe, le ha leccato le mani e la faccia con il più grande entusiasmo. Lei ha giocato con lui, nel suo modo allegro e naturale, da donna fisica e calda. L'abbiamo condotta in un giro di riconoscimento della casa e del laboratorio, poi nel giardino e nell'orto prosciugati dal caldo precoce e dalla mancanza d'acqua. Si guardava intorno, faceva domande, sorrideva. Seguivo il suo sguardo e ascoltavo i suoi commenti, e mi rendevo conto che nella vita mia e di Astrid non era cambiato quasi niente dall'ultima sua visita otto mesi prima, a parte la stagione. Le abbiamo mostrato le stoffe a cui stavamo lavorando, le fotografie di quelle già finite e vendute. L'abbiamo aggiornata sulle vite degli altri residenti della valle, sulla situazione climatica locale, sulle previsioni riguardo le vigne e i foraggi; cercavamo di tirare fuori tutte le informazioni che ci venivano in mente.

La sera abbiamo cenato con le lasagne al pesto che le piacevano tanto, e dopo lo strudel alle ciliege lei ci ha fatto vedere sul suo computer portatile le foto da un viaggio di ricerca a Sumatra. C'era lei con un fazzoletto azzurro in testa in una via di Padang, lei con uno zainetto in spalla su una strada nella jungla, lei con due colleghi sul cratere di un vulcano. Pronunciava nomi di luoghi e di persone nel suo timbro musicale; si appoggiava alla spalla di sua sorella per indicare un particolare, mi provocava un brivido ogni volta che si appoggiava a me. Anche senza volerlo continuavo a registrare il suo profumo delicato e semplice, la temperatura del suo corpo vicino, la consistenza della sua gamba sinistra che premeva contro la mia destra. Era sempre stato così, con Ingrid: c'era questo gioco segreto di contatti e non contatti, sguardi e non sguardi, galanterie scherzose con un fondo di verità. Mi chiedevo quanto Astrid ne fosse consapevole, e se le desse fastidio o le facesse piacere, la considerasse un'estensione accettabile del mio legame con lei.

Ingrid ci ha fatto vedere altre foto da altri momenti della sua vita nell'ultimo anno: *clic, clic, clic* rocce e muschi islandesi, sbuffi di geyser, una festa su un lago, amiche e amici in barca a remi, bambini su biciclette, gruppi intorno a torte di compleanno, cani in giardini, gatti su poltrone e davanzali, foreste di pini, case di legno in controluce, albe, tramonti. Ogni foto si portava dietro il suo corredo di temperature, odori, sapori che io e Astrid non avevamo provato; dietro ogni faccia e ogni luogo c'era una storia non ancora sentita.

Più Ingrid andava avanti a mostrarci e commentare le sue fotografie, più avevo la sensazione che io e sua sorella fossimo invece rimasti immobili, bloccati nello stesso luogo e nelle stesse sensazioni come i nostri due telai erano bloccati sul pavimento del laboratorio. Provavo a fare un inventario delle sorprese che avevamo avuto mentre lei raccoglieva sorprese nella sua vita privata e nel suo lavoro, e non riuscivo a ricordarmene nessuna. Mi chiedevo se in termini assoluti fosse una perdita o un vantaggio; se avessimo guadagnato in profondità e concentrazione quello che avevamo perso in varietà ed espansione, tenendoci fuori dalle correnti impegnative e pericolose del mondo aperto. In realtà né io né Astrid avevamo mai deciso di fermarci così a lungo in una sola situazione, a ripetere gli stessi gesti ogni giorno, incontrare la stessa gente, mangiare lo stesso cibo, vedere lo stesso paesaggio dalla finestra. Quando avevamo cominciato a tessere al telaio ci era sembrata un'attività libera e poetica, che ci permetteva di essere padroni di noi stessi, senza doveri o vincoli esterni. La nostra concezione del futuro era vaga; non avevamo mai contemplato in termini realistici la possibilità di ritrovarci per sei anni di seguito in un angolo sperduto dell'Italia centrale, costretti a tirar fuori ogni mese una certa quantità di tessuto e a venderla se volevamo riuscire a pagare la rata del mutuo e a rifornire il frigorifero.

Parlavo e ridevo insieme alle sorelle Neumann nella cucina, tutti e tre stretti vicini con in mano un bicchiere del vino rosso leggermente acidulo di Nino Sulla, e avrei voluto avere qualcosa di più interessante o sorprendente da raccontare a Ingrid, l'equivalente locale di un viaggio a Sumatra o tra i ghiacci dell'Islanda.

Poi mi è venuto in mente Durante, magro e lungo di fianco al suo cavallo nero nel paddock della tenuta dei Morlacchi. Ho detto a Ingrid "Lo sai che è arrivato un cavaliere misterioso, qui nella valle?".

"Un cavaliere?" ha detto lei, mi guardava.

"Uno che lavora coi cavalli" ha detto Astrid. "Ne ha uno nero, grande, bellissimo."

"Perché misterioso?" ha detto Ingrid.

"Non si sa da dove viene" ho detto, già leggermente pentito di avergliene parlato. "Non si sa come sia arrivato qui. Ha quest'aria leggermente indecifrabile, almeno in parte calcolata."

"Non è affatto calcolata" ha detto Astrid. "Smettila di essere acido, Pietro."

"Non sono acido" ho detto. "Dico quello che penso. Com'è che se Durante dice quello che pensa è meravigliosamente sincero, e se invece lo dico io sono acido?"

"Chi è Durante?" ha detto Ingrid.

"Il cavaliere misterioso" ho detto.

"È stato lui a regalarci quello" ha detto Astrid. Ha indicato il piccolo quadro inglese del cavallo con fantino che avevamo appeso a una parete, mezzo nascosto tra una mensola e un armadio perché io non lo volevo troppo in vista.

"A regalar*ti*" ho detto. "L'ha regalato a te."

Ingrid si è alzata, è andata a guardare il quadro da vicino. Ha detto "Ve l'ha *regalato*?".

"Sì" ha detto Astrid. "Bello, eh?"

Ingrid non rispondeva, aveva il naso a pochi centimetri dalla piccola tela. Il suo modo di stare in piedi mi piaceva quanto il suo modo di muoversi: era una questione di proporzioni, di armonia, di energia, di qualità femminili che si esprimevano in ogni linea del suo corpo, in ogni suo sguardo o gesto.

"È stato un gesto così sorprendente" ha detto Astrid. "Non sapevo come reagire. E Pietro cercava a tutti i costi di convincermi a non accettarlo, era furioso."

"Non ero furioso" ho detto. "Mi sembrava un gesto imbarazzante, da parte di uno che vedevamo per la seconda volta."

"È un *Dewett*" ha detto Ingrid. L'ha staccato dal muro, ha guardato la tela sul retro.

"È un pittore conosciuto?" ha detto Astrid.

"Conosciuto?" ha detto Ingrid, girava il quadro tra le mani per vederlo meglio. "È uno dei più importanti ritrattisti inglesi di cavalli della prima metà dell'Ottocento."

"Cosa?" ha detto Astrid. È diventata tutta rossa in faccia, come le succedeva a ogni passaggio intenso di emozioni. Si è alzata per andare a vedere, è incespicata nella sedia.

"Guarda la testa, il disegno del collo" ha detto Ingrid, indicava col dito. "Le zampe. E la faccia del fantino, il suo modo di stare piantato sui piedi."

"Sarà una copia, di sicuro" ho detto. "L'ha comprato per pochi soldi in un negozietto a Birmingham."

"A *Bath*, non a Birmingham" ha detto Astrid. "E cosa ne sai che l'ha pagato pochi soldi?"

"Me l'immagino" ho detto. "Visto che te l'ha regalato così. Poi l'ha detto lui, che ha dato alla vecchietta del negozio quello che aveva in tasca."

"Quello che *aveva*" ha detto Astrid. "Non quello che aveva in tasca."

"In ogni caso, non è una copia" ha detto Ingrid. "È un Dewett. Ho fatto un esame di storia dell'arte, sui ritrattisti inglesi di cavalli. È un po' sporco, ma è originale."

"E quanto varrebbe, se fosse autentico?" ho detto, mi sentivo sempre più a disagio.

"Non lo so" ha detto Ingrid. "Bisognerebbe chiedere a un gallerista specializzato, o guardare su internet."

"Ma per avere un'idea?" ho detto.

"*Tanto*" ha detto lei.

"E l'avrebbe dato via così, scusa?" ho detto. "A una che vede per la seconda volta?"

"Con di fianco uno tutto ostile e diffidente che fa cenno di no?" ha detto Astrid. Ha preso il piccolo quadro in mano, come una reliquia miracolosa.

"Quanti anni ha?" ha detto Ingrid.

"Durante?" ho detto. "Quarantacinque, cinquanta, non lo so. È abbastanza segnato, ma forse dipende da come vive."

"Perché, come vive?" ha detto lei.

"Eh" ho detto, anche se non avevo voglia di aggiungere elementi al quadro che si stava facendo di lui. "Aria aperta, sole, vento, mangiare poco, dormire per terra, eccetera."

"Dorme per terra?" ha detto Ingrid, rivolta a sua sorella, come se non mi considerasse una fonte del tutto attendibile.

"Sul pavimento della selleria" ha detto Astrid.

"Per scelta sua" ho detto, in un tentativo maldestro di bloccare le connotazioni suggestive che si stavano accumulando a favore di Durante.

"È uno che non ha bisogno di niente" ha detto Astrid.

"Bel tipo" ha detto Ingrid.

"Eh, non male" ha detto Astrid, con il suo quadro in mano. "Intenso, sensibile."

"Affascinante" ha detto Ingrid.

"Eccola" ho detto. "Figuriamoci se non lo trovava affascinante."

"Lo *è*" ha detto Astrid.

"Vedi che funziona, l'indecifrabilità calcolata?" ho detto, spiazzato su tutta la linea, furioso per come la situazione mi era sfuggita di mano.

"Smettila, Pietro" ha detto Astrid. "Non puoi essere così meschino da negare che sia una persona speciale." Ha riappeso il suo piccolo quadro al muro, con la più grande cautela.

"Ah, dev'esserlo per forza" ho detto. "Se ha questo effetto su di te. E su Stefania Livi. E su Tiziana Morlacchi."

"Piantala" ha detto Astrid; ha soffiato sulla piccola tela. "Sei imbarazzante."

"Alto, basso, biondo, bruno?" ha detto Ingrid a sua sorella.

"Ingrid, insomma!" ho detto.

"Bruno, alto" ha detto Astrid; faceva lega con sua sorella per tagliarmi fuori.

"Magro come uno stecco" ho detto.

"Sì, ma i muscoli ce li ha tutti" ha detto Astrid.

"Ah, te lo sei guardato bene" ho detto. "Brava."

"Be', non è che ci voglia molto" ha detto lei.

"No?" ho detto. "Saltano irresistibilmente agli occhi, i suoi muscoli?"

"Dai, Pietro" ha detto Astrid. "Che infantile, sei."

"Infantile?" ho detto. "Spogli gli sconosciuti con gli occhi, cosa dovrei dire?"

Astrid ha guardato rapida sua sorella, in un lampo di complicità.

"E poi è normale che abbia dei muscoli sviluppati" ho detto. "Con il lavoro che fa. Anch'io ce li ho, benché non vengano più notati né apprezzati da un pezzo."

"Sposato, fidanzato?" ha detto Ingrid, teneva gli occhi socchiusi.

"Ehi!" ho detto. "Cosa siamo, a caccia di uomini?"

"Per quello che ne sappiamo è solo" ha detto Astrid.

"A non considerare le due signore recentemente sedotte" ho detto.

"Perché non me lo presentate?" ha detto Ingrid, senza minimamente ascoltarmi. Teneva il bicchiere di vino alzato contro la luce, aveva le guance rosse anche lei.

In realtà mi era sempre piaciuta più di sua sorella, dalla prima volta che Astrid me l'aveva presentata, quando stavamo insieme da poco più di un mese e l'avevo raggiunta a Graz. Mi piaceva la sua intensità, la sua reattività, il calore nel suo sguardo, la sua fronte, i suoi zigomi, il suo sorriso, il suo sedere, il timbro della sua voce, tutto. A volte mi capitava di pensare a lei mentre lavoravo o camminavo; a volte pensavo a lei mentre facevo l'amore con sua sorella. A volte mi immaginavo di avere incontrato lei invece di Astrid in Grecia, mi facevo interi film su come avrebbe potuto essere una nostra vita insieme. Per compensare mi ripetevo che il suo carattere era troppo irrequieto e acceso per combinarsi bene con il mio, che l'alchimia mentale con la natura stabile e quasi fredda di Astrid era quanto di meglio avessi potuto trovare. Ma quando vedevo le due sorelle Neumann insieme non ero più sicuro neanche di questo: entravo in uno stato di oscillazione continua tra impulsi e ragione, sogni e realtà.

"Si può fare" ha detto Astrid, con una resistenza appena avvertibile.

"Quando?" ha detto Ingrid, i suoi occhi ardenti di energia viva.

"E Heinz, scusate tanto?" ho detto.

"Non ti preoccupare di Heinz" ha detto Ingrid.

"Certo che mi preoccupo" ho detto. "Non sei una donna impegnata, scusa?"

Ingrid ha alzato le spalle.

"Cosa significa?" ho detto, con un senso di inquietudine montante. "Come vanno le cose con Heinz?"

Le due sorelle si sono scambiate un'altra delle loro occhiate.

"Male?" ho detto. "Avete litigato?"

Le due sorelle non rispondevano, guardavano altrove.

"Vi siete *lasciati*?" ho detto, in preda alla costernazione.

Ingrid si è girata per fissarmi negli occhi, ha detto "Qual è il problema? Non ti è mai stato simpatico, Heinz".

"Non è vero!" ho detto. "Magari non eravamo amici per le pelle, ma l'ho sempre trovato un bravissimo tipo."

"Ma se l'anno scorso a Steinberg vi siete quasi presi a botte!" ha detto Ingrid. "Solo perché stava vincendo a Scarabeo!"

"Gli hai detto che era uno zuccone ottuso e arrogante" ha detto Astrid.

"Lo è" ho detto. "Ma è anche un bravissimo tipo, e loro due stavano benissimo insieme."

"Benissimo lo dici tu" ha detto Ingrid.

"Ma come, scusa?" ho detto. "È così solido, così affidabile, Heinz."

"Così affidabile che mi sentivo soffocare" ha detto Ingrid.

"Lo vedi come siete, voi donne?" ho detto. "Vi ammazzate di fatica per cercare di far diventare affidabile uno che non lo è e non lo diventerà mai. Poi quando invece ne trovate uno che lo è davvero di suo, dopo cinque minuti vi sentite soffocare."

"È rimasta con Heinz quasi tre anni" ha detto Astrid. "Non cinque minuti."

"È lo stesso" ho detto. "È allucinante."

"Comunque è finita" ha detto Ingrid. "Rassegnati, Pietro." Ha fatto un gesto di taglio con la mano, meravigliosamente espressivo solo perché era un suo gesto.

"Non mi rassegno affatto" ho detto, in un tono di offesa solo in parte recitata. "E trovo altamente insultante essere stato tenuto all'oscuro in questo modo."

"Non immaginavo che ti interessasse così tanto" ha detto Ingrid.

"Certo che mi interessa" ho detto. "Sei parte della famiglia, o no? Da quanto, vi siete lasciati?"

"Da un po'" ha detto Ingrid.

"Tu Astrid naturalmente lo sapevi" ho detto. "E non ti sei neanche sognata di informarmi."

"Dai, Pietro" ha detto Astrid, con un'espressione di noia profonda.

"Dai cosa?" ho detto. "Dai cosa?"

"Te lo presentiamo, Durante" ha detto Astrid a sua sorella, come se io non fossi neanche più nella stanza. "Passiamo da lui domani, è a dieci minuti da qui."

"Prima però andiamo al mercato del sabato!" ha detto Ingrid, in uno dei suoi cambiamenti repentini di orizzonte che mi affascinavano quanto le sue altre manifestazioni.

"Certo!" ha detto Astrid. "Come potremmo mai perdere il mercato del sabato?"

"Che bello!" ha detto Ingrid. "Evviva!" Si è allungata a dare un bacio a sua sorella, uno a me: schioccante, vibrante, umido delle sue labbra calde e dolci.

Ho sorriso, ma ero totalmente destabilizzato. Tra tutti gli uomini che Ingrid avrebbe potuto avere, Heinz mi era sempre sembrato il male minore, con i suoi limiti evidenti, la sua mancanza di fantasia, il suo lavoro di investitore che torna a casa tardi e anche in vacanza sta attaccato al computer e al cellulare metà del tempo per tenersi aggiornato. Mi rassicurava il suo ruolo di freno al potenziale divampante di Ingrid, il suo modo di crearle intorno un argine contenitivo. Perfino immaginarli a letto insieme non mi ingelosiva più di tanto, almeno rispetto a quando per esempio lei stava con un pittore basco narcisista e psicopatico che mi suscitava autentici istinti omicidi, o quando aveva perso la testa per un americano che faceva il collaudatore di aeroplani e lo scalatore a tempo perso e l'incarnazione dell'uomo rude e tosto a tempo pieno. Invece la notte potevo figurarmi lei e Heinz nella loro casa di Graz, lui intento a un limitato repertorio di gesti amorosi, stanco e distratto dalle preoccupazioni del giorno, lei annoiata sessualmente ma entro limiti accettabili, la mancanza di passione e fantasia compensate dalla ragionevolezza e dalla fiducia reciproca di un rapporto maturo, e non stavo poi così male. Adesso il rapporto maturo era finito e Ingrid era libera per il mondo con la sua scorta inesauribile di vivacità e attenzione e curiosità e il suo incantevole sorriso, e io ero in preda a un'apprensione senza rimedio.

Abbiamo parlato dei genitori Neumann, dello stato attuale del Vesuvio e dell'Etna, degli amici comuni di Graz che io e Astrid avevamo perso di vista, di alcuni nostri clienti austriaci, di una fiera dell'artigianato in Val d'Aosta a cui dovevamo partecipare a settembre. Ci siamo trasferiti nella camera degli ospiti con quello che restava della seconda bottiglia di vino Sulla, abbiamo continuato a parlare e bere e ridere insieme e immaginarci scenari diversi e discordanti, fino a tardi.

Astrid e Ingrid hanno comprato due camicette di cotone

Astrid e Ingrid hanno comprato due camicette di cotone, una color turchese e l'altra verde oliva. "Cinque euro l'una!" mi hanno detto tutte contente con voci che si sovrapponevano, quando sono tornato tra le bancarelle con i giornali e un pacchetto della rosticceria.

Non avevano ancora deciso chi preferisse quale, così appena a casa se le sono scambiate due o tre volte, si sono guardate nell'unico vero specchio che avevamo vicino all'ingresso, hanno fatto qualche giravolta nella cucina, chiesto il mio parere senza tenerne gran conto. Alla fine Astrid ha scelto quella verde oliva e Ingrid quella turchese, sembravano felici della decisione finale. Ero d'accordo, non c'era dubbio che il verde oliva stesse bene ad Astrid, e che Ingrid fosse radiosa nella sua camicetta turchese.

Poi ci siamo seduti a tavola, davanti alle frittelle di cardo selvatico e le zucchine e le melanzane gratinate e il polletto ruspante allo spiedo che avevo comprato dalla signora della rosticceria. Ingrid mangiava con una gioia che contrastava con il moderato interesse per il cibo di sua sorella: prendeva un pezzo di pollo con le mani, strappava morsi da selvaggia, diceva "*Mmmmm*", si allungava ad agguantare una zucchina o un pezzo di pane, beveva a sorsi golosi il vino che le versavo, rideva. Ogni tanto mi immaginavo che io e lei fossimo insieme a pranzo da Astrid la sorella con cui non mi ero messo, con tutto un tessuto di piccole intese fisiche e mentali dietro ogni cenno e sguardo che ci scambiavamo. Era un gioco abbastanza infantile, smontato di continuo dalla dimestichezza priva di ambiguità con cui lei mi trattava, eppure non riuscivo a evitarlo. Non credo che Astrid se lo immaginasse, perché i miei pensieri erano molto sotto la superficie, e perché il nostro rapporto andava ormai avanti come una nave su una rotta molto sperimentata, dove ci si può affidare al pilota automatico. Stavo seduto a tavola con le due sorelle Neumann, mangiavo e bevevo vino in preda all'eccitazione e alla frustrazione; mi sentivo un uomo tra le donne, mi sentivo solo.

Dopo pranzo ho lavato i piatti, le due sorelle li hanno asciugati e messi a posto con un buon lavoro di squadra. Ci raccontavamo storie e ci prendevamo in giro, ridevamo; la casa era molto più piena di vita del solito, c'erano suoni e movimenti che raggiungevano i suoi angoli nascosti.

Ho tergiversato in cucina finché Ingrid e Astrid sono salite al piano di sopra, poi ho preso il giornale per andarlo a leggere sotto la pergola. Anche se l'avevamo costruita più robusta possibile, non vivevamo in una zona climatica da pergole: le foglie e i tralci della vite venivano spazzati via a ogni nuova tempesta di vento, il telaio piegato, i piccoli grappoli di uva bianca schiacciati e ammaccati. A dire la verità non era nemmeno una zona da letture di giornali all'aperto, con le folate da sudovest che salivano nel canalone sotto casa e ti strappavano i fogli dalle mani, ti costringevano a un lavoro continuo di ricomposizione. Del resto leggevo il giornale solo ogni tanto, e alla fine di solito avevo la testa così ingombra di notizie deprimenti o distorte o inutili da perderne la voglia per qualche settimana. Eppure l'idea di mettermi al corrente degli avvenimenti nel mondo in un sabato pomeriggio sotto la pergola a volte era più forte di me, anche se sapevo fin dall'inizio che me ne sarei pentito.

Astrid è venuta fuori quando ero ancora alla terza pagina, assorto in un elenco aggiornato delle ruberie e dei privilegi abusivi dei deputati e senatori italiani. Ha detto "Andiamo?".

"Dove?" ho detto, sulla difensiva di fronte ai suoi modi incalzanti.

"Da Durante" ha detto lei.

"Ma adesso?" ho detto. "Fa caldo. Non possiamo aspettare quando rinfresca un pochino?"

"No" ha detto lei. "Ingrid è curiosa di conoscerlo."

Ho detto "Lo sai che ogni volta che i nostri parlamentari si ingozzano al ristorante pagano meno di un decimo del conto, e il resto lo scaricano sugli elettori?".

"Se vuoi andiamo noi" ha detto Astrid. "Tu stai qui."

"Non te ne frega niente?" ho detto. "In fondo vivi anche tu in questo paese."

"Qual è la novità?" ha detto lei. "Che i politici sono dei farabutti? Se vuoi venire, muoviti. Noi siamo pronte."

"Uffa" ho detto. "Che frenetiche, siete. Stavo leggendo."

"Continua a leggere tranquillo, scusa" ha detto lei. "Andiamo da sole."

"Ma no" ho detto, già in piedi. "Vengo anch'io. E non ero tranquillo, ero disgustato."

Lei era quasi dentro casa, fuori portata della mia voce.

Ci siamo caricati sul furgoncino arroventato dal sole, abbiamo aperto tutti i finestrini. Ingrid si è seduta dietro, con il suo profumo delicato di mirto e mandarino. Si era passata una linea di kohl azzurro intorno agli occhi, burro di cacao trasparente sulle belle labbra piene. Era un gioiello di ragazza, non avevo nessuna voglia di portarla a conoscere un seduttore seriale che in base a qualche sommaria descrizione le era già sembrato affascinante.

Astrid ha infilato nello stereo il cd di una cantante di Capo Verde, ha alzato il volume. Siamo saliti per lo stradino ripido alla strada interpoderale, abbiamo seguito le sue curve su e giù lungo le pendenze dei colli. Le due sorelle muovevano la testa al ritmo della musica, canticchiavano, si giravano, si scambiavano occhiate, mi tagliavano fuori. Le ruote del furgoncino scrocchiavano sul brecciolino del fondo, ci lasciavamo dietro una nuvola di polvere bianca. La musica e la presenza di Ingrid sul sedile dietro influivano sulla mia tecnica di guida, a ogni curva rischiavo di perdere aderenza.

All'agriturismo dei Morlacchi ho parcheggiato nello slargo di terra battuta vicino ai box dei cavalli, di fianco alla macchinetta bianca di Durante. Astrid è andata avanti, con le sue gambe lunghe; io e Ingrid seguivamo a due passi di distanza. Durante non si vedeva. Astrid ha provato a chiamarlo, ma niente. Nel paddock dietro ai box non c'era neanche il suo cavallo nero. Astrid ha chiamato ancora: “Duraante?”, al limite della sua voce timida e straniera. Ingrid si guardava intorno, silenziosa.

“Va be’” ho detto, cercando di dissimulare il sollievo. “Ce ne torniamo a casa?”

“Aspettiamo ancora due minuti” ha detto Astrid. “Magari torna.”

“Due minuti” ho detto, con uno sforzo per mostrarmi indifferente.

Ci siamo aggirati nell’ombra della tettoia davanti ai box. Ingrid si è affacciata nel fienile: curiosa, attenta, reattiva. Astrid si teneva a distanza, per non farsi incalzare o rimproverare di avermi strappato alla lettura del giornale inutilmente.

Stavo per dire di nuovo “Andiamo?”, quando dall’agriturismo è arrivato il fuoristrada verde di Ugo Morlacchi. Lui si è affacciato dal finestrino, ha detto “Buondì?”, in tono interrogativo.

“Buondì” ho detto, un po’ irrigidito dal ricordo di tutti i discorsi sulla sua vita privata al barbecue di Paolina Ronco.

“Buongiorno” ha detto Ingrid, ha alzato la mano in uno dei suoi piccoli gesti speciali.

“Buongiorno!” ha detto Ugo Morlacchi, con uno sguardo che andava dritto nella scollatura della sua camicetta turchese.

“Cercavamo Durante” ha detto Astrid; ha fatto un gesto verso sua sorella, come per una condivisione di responsabilità.

“È in giro a cavallo” ha detto Ugo Morlacchi. “Con Tiziana e un cliente di Torino.”

“Con un solo cavallo?” ho detto, mi immaginavo i tre che facevano a turno in sella.

“Ne ha presi altri due” ha detto Ugo Morlacchi, senza nessun entusiasmo. “Speriamo bene. Perché se il cliente mi casca e si rompe un braccio o una gamba, è il sottoscritto che finisce in tribunale, mica il signor Durante.”

“Speriamo bene davvero” ho detto. Gli guardavo la barba straordinariamente folta e nera, gli occhi scuri globosi. Mi chiedevo se era venuto a sapere delle voci alle spalle sue e di Tiziana; quanto c’era di vero nelle voci.

Lui ha detto che doveva ritirare da Jean Creuzot dei formaggi di capra che gli servivano per il pranzo della domenica, se n’è andato con un’ultima occhiata di apprezzamento alle due sorelle Neumann.

Abbiamo aspettato ancora qualche minuto nell’odore di fieno e letame e legno d’abete tagliato da poco; Astrid e Ingrid hanno commentato gli sguardi appiccicosi di Ugo Morlacchi, ridevano.

Poi siamo tornati verso il parcheggio, e abbiamo visto Durante che tornava su Nimbus tutto schiumante e lucido di sudore, seguito da Tiziana Morlacchi e da un tipo dai capelli rossi su due cavalli più ordinari ancora più sudati, un baio e un grigio.

“Ehi!” ha detto Durante, ha alzato il cappello.

“Ciao!” ha detto Astrid, con troppo slancio. Se ne è resa conto anche lei, perché subito dopo si è imbarazzata, si è premuta le mani nelle tasche dei jeans.

“Ciao” ha detto Ingrid, meno ad alta voce di sua sorella ma in compenso con il suo sorriso radioso.

“Lei è Ingrid” ha detto Astrid. “Mia sorella.”

“Siamo passati solo per qualche minuto” ho detto, con l’impulso di trascinarle via subito tutte e due. “Stavamo andando via.”

"*Stavate*, spero" ha detto Durante. Ha girato intorno a Ingrid con il cavallo, ha steso una mano. Lei ha steso la sua; lui con la più grande nonchalance si è abbassato e gliel'ha baciata.

Ingrid è arrossita, mi ha provocato una fitta istantanea di gelosia.

Tiziana Morlacchi era tutta sudata e congestionata, con in testa un cap troppo largo, il sottogola troppo stretto. Nella sua cadenza veneta ha detto "Madonna santa, non ho mai avuto tanta paura in vita mia".

Anche il cliente torinese sembrava scosso, con i suoi stivali neri e i pantaloni color crema e la camicia bianca e i guanti di cervo, aveva una graffiatura sul lato del naso dove il sangue era già in parte coagulato. Ha visto che lo guardavo, ha detto "Un ramo, niente".

"Abbiamo fatto una bella galoppata *selvaggia*" ha detto Durante. "In quelle radure tra i boschi", indicava la corona di colline a ovest. È smontato con agilità certamente calcolata, ha condotto Nimbus a un palo di legno, ha passato le sue redini dentro un anello: rapido, preciso, noncurante. È tornato indietro, ha aiutato Tiziana Morlacchi a smontare.

Lei appena a terra si è tolta il cap, si è smossa con energia i capelli appiattiti. Ha detto "Lo sai che sei un bell'incosciente, tu?".

"Tieni il tuo cavallo" ha detto lui, con le redini in mano. "Non puoi mica lasciarlo così. Non è uno *scooter*."

Lei ha preso le redini, di malavoglia; ha detto "Mi hai sentita, incosciente di uno?"

"Perché incosciente?" ha detto Durante, con l'espressione di curiosità primigenia che gli avevo già visto.

“Ti sembrava un giro adatto a una principiante, quello?” ha detto Tiziana Morlacchi. “Io non so! Quel pezzo lungo il burrone, poi! Mi hai fatto venire un infarto!”

“Non era un *burrone*” ha detto lui. “Era solo una piccola scarpata.”

“Scarpata o burrone, ci ammazzavamo uguale” ha detto Tiziana Morlacchi.

“Ma non è successo, no?” ha detto Durante, sorrideva.

“Poteva succedere!” ha detto Tiziana Morlacchi, in un tentativo di recuperare ai nostri occhi il suo ruolo di datrice di lavoro. “Da incoscienti, punto!” Non le veniva benissimo, perché le sue parole erano contraddette dal suo sguardo e da tutto l’atteggiamento del suo corpo, dal suo modo di stare addosso a Durante e in un certo senso offrirsi a lui.

“Eri tutta contratta” ha detto lui. “Non molto elegante da vedere.”

“Grazie tante, signor cavaliere!” ha detto lei. “Avevo il terrore di cadere, cercavo di restare attaccata alla sella con tutte le forze!”

“Sei stata anche coraggiosa” ha detto lui.

Lei si è sciolta in un sorriso, solo per un istante; ha detto “Ho ancora il cuore in gola, Madonna”.

Il cliente di Torino è smontato da solo, teneva strette le redini per non farsi riprendere come lei.

“Umberto, come va?” ha detto Durante.

“Benissimo” ha detto Umberto, rigido.

“Mica tanto” ha detto Durante. “Ti fanno male le braccia e le spalle e la schiena e probabilmente l’osso sacro, hai i polpacci e le caviglie anchilosati dalla tensione.”

Umberto ha battuto i piedi sul cemento per ristabilire la circolazione, *stoc, stoc.*

"È perché fai finta di essere più bravo di come sei" ha detto Durante. "Ti piace *l'idea* di essere un gran cavaliere." Non usava un tono paternalista da istruttore: parlava come se gli fosse semplicemente capitato di osservarlo, senza pregiudizi tecnici o personali.

"Può darsi" ha detto Umberto. "Anche perché monto da quando avevo otto anni."

"Non si vede" ha detto Durante, lo fissava.

"Grazie" ha detto Umberto, ancora più a disagio.

Durante gli ha dato un pugno leggero tra le costole; ha detto "E non essere imbarazzato".

"Non sono imbarazzato" ha detto Umberto, si è toccato il colletto della camicia.

"Lo *sei*" ha detto Durante. "Ti secca aver fatto una brutta figura, ma la tua brutta figura è *irrilevante*."

"Rispetto a cosa?" ha detto Umberto, incerto su come reagire.

"Rispetto alla giornata di una *lucertola*, per esempio" ha detto Durante.

Umberto ha aggrottato le sopracciglia.

"O ai pensieri di un bambino in quella casa là sulla collina" ha detto Durante, indicava lontano. "O alle innumerevoli intere vite che sono scorse via attraverso i *millenni*."

Umberto si è grattato la testa, si è girato verso Tiziana Morlacchi, ma lei era troppo concentrata su Durante.

"Sposta il tuo punto di vista, di poco o di tanto" ha detto Durante. "Guarda la terra dalla *luna*, vedrai che ti muoverai molto più libero e leggero, senza preoccuparti di come ti vedono gli altri."

"Grazie tante per il consiglio" ha detto Umberto, a labbra strette.

"*Provaci*" ha detto Durante. Ha tolto le testiere al cavallo grigio e al baio, gli ha infilato delle capezze di tela, li ha dissellati. Poi gli ha pulito gli zoccoli, gli ha bagnato le gambe con una canna dell'acqua. Ogni gesto molto collaudato, apparentemente facile.

Tiziana Morlacchi e Astrid e Ingrid seguivano ogni suo gesto: c'era questa convergenza di sguardi e sensibilità femminili su di lui, mi faceva friggere il sangue per l'irritazione.

In più Tiziana Morlacchi controllava Ingrid e Astrid come una sarta che prende le misure a occhio, non tralasciava un particolare. Ci ha chiesto se volevamo andare all'agriturismo a prendere un tè, forse per studiarsele meglio. Le abbiamo detto no grazie, magari un'altra volta. Lei ha indugiato ancora nei pressi di Durante, in cerca di spunti ma senza riuscire a trovarne, anche perché io e le due sorelle Neumann eravamo di mezzo. Ha detto "Serve una mano?", quando ormai lui aveva finito.

"No" ha detto Durante.

Lei si è smossa di nuovo i capelli, si è aggiustata la camicetta; alla fine a malincuore ha detto "Va be', io devo andare a preparare una cena per dodici. Ci vediamo".

"Ciao" abbiamo detto io e Durante e le sorelle Neumann.

"Arrivederci" ha detto il cliente torinese, freddo.

Se ne sono andati verso l'agriturismo, tutti e due a passi rigidi per la tensione muscolare e nervosa della galoppata selvaggia. Lei ha girato la testa un paio di volte, per controllarci a distanza.

Durante mi ha detto "Tieni, Pietro. Portiamoli al prato". Mi ha passato la longhina a cui era legato il cavallo grigio, è andato a sciogliere il baio. Il cavallo grigio alzava la testa, puntava i piedi, non aveva nessuna intenzione di seguirmi. Ho tirato per vincere la sua resistenza, forte perché non volevo fare la figura dell'incapace davanti a Ingrid e Astrid che mi guardavano, ma non si muoveva.

"Non *tirare*" ha detto Durante. "Viene da solo." Mi è passato oltre con l'altro cavallo, il mio subito l'ha seguito. Li abbiamo liberati nel prato in pendenza a monte di quello semi-pianeggiante, Durante ha richiuso il recinto con un gancio. I cavalli si sono allontanati di qualche metro, poi hanno raspato a terra e si sono rotolati sul prato secco per asciugarsi il sudore, si sono scrollati via la polvere come due grossi cani.

Quando siamo tornati da Astrid e Ingrid, erano in ammirazione di Nimbus legato al palo. "È fantastico" ha detto Ingrid, nel suo italiano faticoso. "Tanto ben disegnato. Come il cavallo di un sogno."

"Hai sentito?" ha detto Durante al cavallo. "Non ti montare la testa, adesso."

Ingrid ha sorriso: di nuovo radiosa, radiosa.

Astrid le ha dato un'occhiata veloce, non molto diversa da quelle di Tiziana Morlacchi poco prima.

Siamo rimasti fermi e in silenzio tutti e quattro, sembravamo bloccati nelle nostre posizioni. Ho pensato di dire che dovevamo andare, ma sono stato zitto.

Durante ha detto a Ingrid in tedesco "Vuoi provare?", indicava Nimbus.

Astrid mi ha guardato, eravamo tutti e due sorpresi.

"Sì!" ha detto Ingrid, ha fatto un piccolo salto di entusiasmo.

Astrid la fissava con i lineamenti contratti.

"Sai montare?" ha detto Durante, sempre in tedesco, con naturalezza.

"No" ha detto Ingrid, senza quasi registrare il passaggio di lingua. "Ho provato un paio di volte, ma sono un cane."

Durante ha fatto appena di sì con la testa; ha preso Nimbus per le redini, l'ha portato al paddock semi-pianeggiante.

Ingrid e Astrid e io gli siamo andati dietro, tutti e tre tesi ma per ragioni diverse.

"Sei sicura?" ha detto Astrid a bassa voce.

"Sì" ha detto Ingrid, non la guardava neanche.

Nel paddock Durante si è messo a osservarle le gambe, come aveva fatto con Astrid quando lei gli aveva detto che si sentiva goffa.

"Cosa c'è?" ha detto Ingrid, si guardava le gambe armoniose.

"Le tue gambe" ha detto lui.

"Sono corte?" ha detto lei, con un imbarazzo che non intaccava minimamente la sua grazia naturale.

"Sei matta?" ho detto, perché era più forte di me. "No che non sono corte!"

Lei mi ha guardato solo per un istante, Astrid mi ha dato un'occhiata più lunga.

"Rispetto a quelle di Astrid, sì" ha detto Ingrid. "Mi sono sempre sentita un tappo, di fianco a lei."

Astrid è rimasta seria, era troppo intenta a controllare i diversi elementi mobili della situazione.

"Avete tutte e due delle proporzioni meravigliose" ha detto Durante.

Le due sorelle hanno sorriso, ma ognuna per conto suo, evitando di incontrare lo sguardo dell'altra. Io ero sempre più infastidito all'idea di stare lì a fare da pubblico.

Durante ha regolato gli staffili in modo intuitivo, poi ha porto a Ingrid la staffa sinistra, ha fatto cenno di infilarci il piede. Nimbus era immobile, teso, obbediente.

Ingrid ha infilato il piede nella staffa, si è spinta in sella con decisione. Era vero che aveva delle proporzioni meravigliose, e del tutto diverse da quelle di sua sorella: il suo sedere e le sue cosce tendevano con pienezza appagante la stoffa dei suoi jeans chiari.

Anche Durante l'ha ben guardata, naturalmente, con il vantaggio di esserle ancora più vicino. Le ha premuto i talloni in basso, poi le ha messo le redini nelle mani, gliele ha spostate per farle capire. Ha detto "Destra, sinistra. Okay? Talloni giù".

"Okay" ha detto Ingrid, con le gambe molto strette intorno al cavallo, lo sguardo verso il prato.

"Non guardare giù, guarda *avanti*" ha detto Durante. "E non occorre stringere Nimbus tra le cosce come in uno schiaccianoci."

Ingrid ha sorriso; io ero furioso all'idea che lui si permettesse di fare battute sulle sue cosce, o anche solo di pensarci; Astrid sembrava sempre più innervosita.

"Per farlo muovere, toccalo appena con i talloni" ha detto Durante. "Basta sfiorarlo, capisce al volo."

Ingrid ha subito premuto i talloni; Nimbus si è mosso in avanti, con la forza dei suoi muscoli poderosi.

"E per fermarlo?" ha detto Ingrid, eccitata e spaventata e ostinata, in sella al grande cavallo nero lucido di sudore.

“Tira le redini a te” ha detto Durante, la seguiva passo a passo. “*Dolcemente.*”

Ingrid ha tirato le redini, Nimbus si è fermato subito. Lei ha sorriso, stupita credo quanto me e Astrid che un animale così energico fosse tanto docile ai suoi comandi. “È incredibile!” ha detto. Ha premuto di nuovo i talloni; Nimbus è ripartito.

Durante continuava a camminarle di fianco a passi lunghi, non perdeva un solo movimento. “A sinistra” ha detto. “Sinistra. Segui questa curva.”

Ingrid ha portato le redini a sinistra, Nimbus ha girato: potente, fluido, alzava le ginocchia come un cavallo da circo. “È fantastico!” ha detto Ingrid, rideva. “Basta sfiorarlo, proprio!”

“Sì” ha detto Durante; si è fermato con le mani sui fianchi, a seguirla solo con lo sguardo.

Ingrid ha fatto girare il cavallo in cerchio, di sua iniziativa; l’ha fatto fermare, ripartire, fermare. Ha detto “È la cosa più facile del mondo! È esaltante!”.

Ho guardato Astrid: dalla sua espressione non c’era il minimo dubbio che avrebbe voluto essere al posto di sua sorella.

Poi Ingrid ha dato a Nimbus un colpo più forte con i talloni, e lui è partito in un galoppo corto e rilevato, compresso. Ingrid è sobbalzata su e giù per qualche battuta, almeno parzialmente in controllo. Ma si è fatta prendere la mano e ha battuto ancora i talloni; il cavallo ha aumentato il ritmo come se non ci fosse un limite alla sua potenza, lei si è staccata dalla sella.

Durante è scattato verso di loro, ha gridato “Stop!”.

Nimbus si è bloccato subito, ma Ingrid è volata lungo

il suo collo, è atterrata con le braccia la testa le mani avanti: una sequenza così rapida che non sono riuscito a decifrarla esattamente anche se ero solo a una ventina di metri.

"Oddio, Ingrid!" ha gridato Astrid, si è aggrappata alla staccionata per passarci sotto.

Io e lei siamo scivolati dall'altra parte nello stesso tempo, abbiamo corso attraverso il paddock più veloci che potevamo.

Durante era già di fianco a Ingrid distesa a faccia in giù, immobile. Le ha carezzato la testa, in un tono assurdamente calmo ha detto "Tutto bene?".

"Ingrid!" ha detto Astrid, accovacciata di fianco a lei, ansimante, rossa in faccia. "Riesci a sentirci?"

Durante l'ha girata, piano ma senza tenere minimamente conto della procedura da adottare in caso di possibili lesioni alla spina dorsale.

"Attento, a muoverla così!" ho detto.

Ingrid ha aperto gli occhi: aveva le pupille dilatate dallo spavento, fili d'erba secca e legnetti tra i capelli, le labbra dischiuse, pallide.

"Ehi" ha detto Durante. "Come va?"

"Cos'è successo?" ha detto Ingrid.

"Niente" ha detto Durante. "Hai fatto un piccolo volo." Sorrideva, come di fronte a una scena tenera anziché drammatica.

"Hai fatto un *grosso* volo" ho detto, con una miscela di spavento e rabbia e sollievo parziale che mi andava in circolo nel sangue.

"Oddio, Ingrid" ha detto Astrid; aveva gli occhi lucidi, le tremavano le mani.

“Ti fa male da qualche parte?” ha detto Durante, sempre con una calma inaccettabile.

“Eh, Ingrid?” ha detto Astrid, con il fiato accorciato dall’ansia. “Hai battuto la testa?”

“No” ha detto Durante, come se avesse visto con precisione ogni singolo istante nella sequenza della sua caduta. Le ha tolto uno stecchino dai capelli, con un gesto di confidenza che mi ha fatto venire voglia di prenderlo per il collo.

“No” ha detto Ingrid.

“Riesci a muovere le gambe?” ha detto Astrid.

“Sì che ci riesce” ha detto Durante.

Ingrid ha alzato timidamente un ginocchio, l’altro.

“Visto?” ha detto Durante. Le ha messo un braccio dietro le spalle, l’ha tirata su a sedere.

“Attento!” ho detto di nuovo. “Non bisognerebbe spostarla!”

“Che stupida, che stupida” ha detto Ingrid. Cercava di sorridere, senza riuscirci del tutto.

“È stato solo un eccesso di *entusiasmo*” ha detto Durante, le ha tolto un filo d’erba dai capelli.

“È stato un eccesso di incoscienza!” ho detto. “Poteva ammazzarsi!”

“Dimmi se ti fa male da qualche parte” ha detto Durante, senza neanche ascoltarmi.

“La mano” ha detto Ingrid, con una piega sulle labbra bella quanto un sorriso.

“Destra o sinistra?” ha detto Durante.

“Destra” ha detto lei.

La guardavo da vicino, concentrato in modo doloroso sulla sua fronte lievemente aggrottata, le sue narici dilatate, le vene ai lati del suo collo liscio e chiaro. Avrei voluto portarla via e curarla per conto mio, ricoprirla di attenzioni straordinarie, farla innamorare di me mentre guariva poco a poco.

"La mano o il polso?" ha detto Durante, ancora senza nessuna traccia evidente di apprensione, sicuro di sé alla faccia di tutto. Le ha appoggiato tre dita sulla pelle morbida all'interno dell'avambraccio.

Ingrid ha provato a muovere la mano, ha detto "*Auch*!".

"È il polso" ha detto Durante.

"Si è rotta il polso!" ha detto Astrid.

"*Calma*" ha detto Durante, ha fatto un gesto verso il basso.

"Ehi, calma un corno!" ho detto.

"È mia sorella!" ha detto Astrid.

Lui continuava a guardare solo Ingrid, le ha detto "Che tipo di male? Sordo, acuto?".

"Non lo so" ha detto Ingrid. "Male."

"Dovrebbe anche descriverti il tipo di male?" ho detto, fuori di me. "È sotto shock! Ha il polso rotto!" Il volume della mia voce faceva parte di un circuito che tendeva tutti i miei muscoli e mi alzava la temperatura e accelerava la respirazione, in vista di un possibile scontro fisico.

Durante si è girato a guardarmi con i suoi occhi chiari esasperanti, ha detto "Non è rotto".

"Certo che è rotto!" ho detto, come se avessi già la radiografia in mano. La mia rabbia era più forte di qualunque sua possibile competenza medica.

"Mi sono rotto tutte le ossa che potevo, cadendo da cavallo" ha detto Durante. "Lo saprei."

"Non riesce neanche a muoverlo, non hai visto?" ha detto Astrid.

"Aiutami a farla alzare" ha detto Durante, rivolto a me.

"Non è il caso di muoverla!" ho detto. "Deve stare ferma! Non è roba da primo anno di medicina?!"

"È vero!" ha detto Astrid. "Finché non arriva un'ambulanza!"

"Fai piano" mi ha detto Durante, senza starci a sentire.

Uno per lato, io e lui abbiamo preso Ingrid sotto le ascelle e l'abbiamo tirata in piedi, lentamente. Ero in uno stato di totale mescolanza di sentimenti, tra l'indignazione per lui e la preoccupazione per lei, l'emozione inconfessabile di poterla stringere così.

Durante mi ha fatto cenno con la testa di continuare a sostenerla, ha tolto la stanga della recinzione con la mano libera. Astrid mi stava addosso come per essere pronta a rimediare ai miei errori, continuava a dire "State attenti!".

Siamo entrati nella selleria, Durante ha indicato una vecchia sedia. Ci abbiamo fatto sedere Ingrid piano, siamo rimasti ai suoi lati. Lui le ha detto "Respira a fondo, rilassati".

Ingrid ha fatto di sì con la testa, era pallida.

"C'è poco da rilassarsi!" ha detto Astrid "Chiamiamo un'ambulanza o portiamola noi al pronto soccorso, *subito*!"

"*Calma*" ha detto Durante di nuovo, in un tono soave che in queste circostanze sembrava insultante. Mi ha fatto cenno di restare dov'ero, è andato a frugare nella sua sacca di tela verde militare.

"Dobbiamo muoverci!" ha detto Astrid, pallida ancora più di sua sorella. "Senza perdere tempo prezioso!"

"Non fare la tedesca, dai" ha detto Durante, rideva.

"Non sono tedesca, sono *austriaca*!" ha detto Astrid. "E non c'è niente da ridere!"

"Non fare tu l'italiano, piuttosto!" ho detto.

"In che senso?" ha detto lui, è tornato con un tubetto di pomata e un piccolo rotolo di benda elastica in mano.

"Dell'approssimazione, della cialtroneria!" ho detto. "Dell'inaffidabilità di fondo!"

"Non sei italiano, tu?" ha detto lui, mi guardava come per trovare la risposta nei miei lineamenti.

"Hai capito benissimo cosa intendevo!" ho detto.

"Smettetela, voi due" ha detto Astrid, mettendoci sullo stesso piano.

Durante si è spremuto una piccola quantità di pomata sul palmo della mano; la sua calma sembrava sempre più una provocazione consapevole.

"È stato da incoscienti metterla su quel cavallo" ho detto.

"Non l'ho *messa* sul cavallo" ha detto lui. "Ci è salita lei, con uno stupendo slancio."

"Ci è salita perché l'hai fatta salire *tu*!" ho detto.

"Sì" ha detto lui, non sembrava che intendesse negare le sue responsabilità.

"E lascia perdere questo atteggiamento!" ho gridato, in un timbro deteriorato.

"*Smettetela*!" ha gridato Astrid. "Tutti e due! Basta!"

"La mano" ha detto piano Durante a Ingrid, come se stesse dando prova di grande equilibrio di fronte alla nostra agitazione.

Ingrid gli ha porto la mano destra, fiduciosa.

Lui le ha preso la punta delle dita e le ha spalmato crema intorno al polso, l'ha massaggiata piano.

"Cos'è?" ha chiesto Astrid.

"Arnica" ha detto Durante.

"Oh, Madonna" ho detto, un po' in ritardo. "L'*arnica*."

Lui ha avvolto il polso di Ingrid con la benda elastica, ha fatto un passaggio intorno al pollice, ha fermato il tutto con uno spillo di sicurezza. Anche questi gesti sicuri, rapidi, facili come quelli con cui accudiva i cavalli. Ha detto "Ecco".

Ingrid è riuscita a sorridere, leggermente inclinata all'indietro sulla vecchia sedia.

"Però adesso andiamo al pronto soccorso" ha detto Astrid.

"Se siete più contenti" ha detto Durante.

"Non è che siamo più contenti!" ho detto. "È l'unica cosa da fare, semplicemente!"

Lui ha scosso la testa, ha detto "Comunque non è rotto, il polso". Aveva una specie di sorriso rassegnato sulle labbra, mi riempiva di rabbia quanto il resto del suo modo di fare.

"Questo lo lasciamo stabilire a un medico che faccia il medico, va bene?!" ho detto. Ho preso Ingrid sotto il braccio sinistro, anche se lei cercava di fare da sola.

Astrid l'ha presa dall'altro lato, mi ha detto "Fai piano", ha spinto via Durante.

Lui ci ha seguito fino al furgoncino, ha cercato di aiutarci a far sedere Ingrid sul sedile di dietro ma gliel'ho impedito.

Ho sbattuto le portiere a scopo dimostrativo, ho messo in moto.

Durante osservava le mie manovre nello spiazzo, con l'espressione di uno che vede ripartire in anticipo i propri ospiti per ragioni inspiegabili. Ha fatto un gesto, ha detto "Tolgo la sella a Nimbus e vi raggiungo".

"Non ce n'è bisogno!" ho gridato dal finestrino aperto. "Hai già fatto abbastanza danni, grazie tante!" Ho guidato via veloce e furioso per la strada sterrata, sollevando una nuvola di polvere argillosa bianca.

Al pronto soccorso abbiamo dovuto litigare con gli infermieri

Al pronto soccorso abbiamo dovuto litigare con gli infermieri di turno perché si decidessero a portare Ingrid a fare una radiografia, invece di lasciarla per chissà quanto su una panca di ferro tra persone ferite o acciaccate nei punti più diversi e nei modi meno spiegabili. Quando finalmente l'hanno accompagnata via, pallida e scossa, io e Astrid siamo andati lungo un percorso tortuoso ad aspettarla nel corridoio del reparto ortopedico. Non ci parlavamo, come se ci fossero ragioni di risentimento anche tra di noi, oltre che con Durante. In effetti avevo in testa due o tre variazioni di frasi per rinfacciarle di aver tanto insistito per andare da lui, e potevo immaginarmi che a sua volta lei ne avesse per i miei gesti nei confronti di sua sorella, o per non essere stato abbastanza efficace nelle mie reazioni, o semplicemente per essere andato là con loro.

Così stavamo zitti e tesi, seduti sulle sedie di ferro del corridoio caldo come un forno. Per non guardarci, guardavamo le altre persone in attesa: una ragazza con la gamba ingessata accudita dalla madre, un signore con una steccatura all'indice, un altro che si teneva il piede, una signora anziana con un collare rigido. Anche se non l'avrei mai ammesso, al dispiacere per il polso di Ingrid e per il nostro sabato pomeriggio rovinato si mescolava una dose di soddisfazione all'idea che Astrid condividesse almeno in parte il mio sdegno per Durante. Ero saturo in ogni fibra di una rabbia sorda verso di lui: pensavo a quanto io e le due sorelle eravamo stati allegri e sereni la mattina al mercato e dopo a pranzo, perfino sulla strada per andare dai Morlacchi. Mi sembrava che tutto il malessere della mia vita fosse colpa sua. Mi tornavano in mente i suoi atteggiamenti da uomo che parla ai cavalli, i suoi gesti destinati a un piccolo pubblico, i suoi discorsi al cliente torinese sull'irrilevanza dell'imbarazzo; ero così furioso che se l'avessi visto l'avrei preso a calci.

Ho visto invece Ugo e Tiziana Morlacchi che venivano lungo il corridoio, con facce di circostanza.

"Abbiamo saputo, siamo corsi subito" ha detto Tiziana, respirava affannata.

"Eh" ha detto Astrid, senza molta cordialità.

"Come sta tua sorella?" ha detto Ugo, finto partecipe.

"Stiamo aspettando" ha detto Astrid. "Da un'ora."

"Da *tre quarti* d'ora" ho detto, perché non avevo voglia di lasciarle estendere la discussione alle carenze del sistema sanitario nazionale.

"Quell'incosciente" ha detto Ugo, scuoteva la testa. "Era giù nell'atrio, adesso, voleva venire su."

"Durante?" ha detto Astrid.

"Sì" ha detto Ugo. "Gli ho detto di non sognarsi neanche, che non lo volete vedere neanche col binocolo."

"Non c'era nessun bisogno di trattarlo così" ha detto Tiziana. "Era desolato."

"Non era affatto desolato!" ha detto Ugo. "Aveva la solita aria di sempre, da marziano che non capisce bene come vanno le cose sulla terra!"

"Infatti!" ho detto. "E come se niente fosse davvero rilevante, no? È un atteggiamento intollerabile!"

"Ma non è un atteggiamento" ha detto Tiziana. "È fatto proprio così."

"È un atteggiamento eccome!" ha detto Ugo Morlacchi. "E ci marcia alla grande, il signor Durante, con quell'atteggiamento!"

Le persone sulle altre sedie ci guardavano mezze infastidite e mezze incuriosite, cercavano credo di capire il rapporto tra noi e i Morlacchi, e l'oggetto della nostra discussione.

"Comunque, non è stata interamente colpa sua" ha detto Astrid.

"Cosa fai adesso, lo difendi?" ho detto, incredulo all'idea che non fosse al cento per cento sulle mie posizioni, almeno in questo. "È stata *interamente* colpa sua! Ha chiesto lui a Ingrid se voleva montare a cavallo, o no?"

"Sì, però lei ha accettato subito" ha detto Astrid.

"Ma lui non doveva proporglielo!" ho detto.

"Certo che no!" ha detto Ugo. "Lo sa benissimo che senza assicurazione non può mettere la gente a cavallo! Gliel'avrò spiegato cento volte!"

"Però lei e il vostro cliente ci sono andati, a cavallo" ha detto Astrid, puntando il dito verso Tiziana. "E Seline e Stefania Livi non vengono regolarmente a fare lezione?"

"Va be', i Livi hanno l'assicurazione infortuni" ha detto Tiziana. "Figurati se Sergio non pensa a queste cose." Fissava il pavimento graniglìato, ha alzato lo sguardo. "Tua sorella non ce l'ha, immagino?"

"Sì, ce l'ha" ha detto Astrid. "Ma non è questo il punto."

"A parte che adesso non se ne parla più, di uscite a cavallo" ha detto Ugo, parzialmente confortato all'idea dell'assicurazione. "Dopo quello che mi ha raccontato il cliente torinese. Trascinare la gente sui sentieri in pendenza, galoppate selvagge, fare il pelo ai burroni, roba da criminali."

"Era una *scarpata*, non un burrone" ha detto Tiziana, quasi nello stesso tono che aveva avuto con lei Durante.

"Brava, difendilo anche tu" ha detto suo marito, mi ha guardato in cerca di solidarietà.

Ho scosso la testa, per mostrare la mia distanza da qualunque indulgenza femminile.

Lui in ogni caso sembrava soprattutto preoccupato delle possibili conseguenze legali dell'incidente. Ha detto "Il fatto è che io con l'assicurazione, in qualche modo, un cliente riesco a farlo rientrare nella copertura dell'agriturismo. Ma con delle persone esterne come faccio?".

"È che non ci immaginavamo che montaste" ha detto Tiziana Morlacchi. "Mai c poi mai."

"Non vi preoccupate" ha detto Astrid, secca. "Non abbiamo intenzione di farvi causa."

"Se l'avessi saputo vi avrei avvisati" ha detto Tiziana. "Vi avrei spiegato che non si poteva."

Il loro atteggiamento stava irritando sempre più anche me; ho detto "Siete venuti a vedere come sta Ingrid, o a chiarire che non volete responsabilità per quello che è successo?".

"Ma Pietro, certo che siamo venuti per Ingrid!" ha detto Tiziana.

"Pietro, ci conosciamo da una vita" ha detto Ugo, benché fossero in realtà non più di quattro anni. "Sono discorsi da fare? È solo che con tutte le leggi e leggine che ci sono in questo paese, non si può mai stare tranquilli, lo sai."

"State pure tranquilli, allora" ha detto Astrid, con la testa girata dall'altra parte.

"Guarda che ci siamo tanto spaventati per tua sorella" ha detto Tiziana.

"Anche noi" ha detto Astrid, senza concederle terreno.

"Quel disgraziato" ha detto Ugo. "Io lo sapevo che non c'era da fidarsi. L'avevo capito dal primo momento. Da quando ci si è presentato sulla porta."

"Adesso non ricominciare, Ugo" ha detto Tiziana.

"Devo ringraziare te!" ha detto lui. "Subito lì a dire 'ci si può fidare', a dire 'c'ha un'aria tanto sensibile'!"

"Anche tu eri convinto" ha detto Tiziana. "Continuavi a dire che in fondo sapeva cosa faceva."

"Sì, l'ho visto, proprio" ha detto Ugo. "Si è fatto comprare tre quintali e mezzo di tavole d'abete, non so quanti chili di viti e bulloni, chiodi, attrezzi, il signor Durante."

"Mica per divertirsi" ha detto Tiziana. "Per sistemare i nostri box. È stato un investimento."

"Bell'investimento, davvero" ha detto Ugo. "Comunque adesso il signor Durante fa le valigie! Dopo questa storia non lo voglio mai più vedere in Val di Lana!"

Un'infermiera si è affacciata sulla porta, ha detto "Neumann?".

Astrid si è alzata di scatto.

"Può venire dentro a tradurre per sua sorella?" ha detto l'infermiera. "Per le pratiche?"

Astrid l'ha seguita dentro, hanno richiuso la porta.

Sono rimasto nel corridoio con i Morlacchi, l'ultima cosa che avrei voluto. Mi hanno chiesto una ricostruzione meticolosa di quello che era successo, ma non riuscivo a mettere nell'ordine giusto tutti i particolari. Ero scosso, faceva caldo; avevo la testa piena di immagini di Ingrid sul cavallo nero e distesa a terra e vista molto da vicino, sguardi di Durante, sguardi di Astrid, ancora Ingrid. Pensavo che alcuni eventi hanno uno sviluppo verticale, più che orizzontale: gesto sopra gesto sopra gesto e percezione sopra percezione sopra percezione, compressi nello spazio di un istante. Per capirli e dargli un ordine dobbiamo scomporre la sovrapposizione e disporre ogni singolo elemento lungo una linea, ed è sempre un'operazione un po' arbitraria.

I Morlacchi sembravano frustrati dalla mia vaghezza, per come aveva l'effetto collaterale di rendere poco chiara anche la loro posizione. Facevano di sì con la testa, rigidi, si scambiavano occhiate ostili; dicevano "E dopo?", "Ma prima?".

Alla fine la porta si è aperta e ne sono uscite Astrid e Ingrid, tutte e due con un'espressione difficile da definire. Il polso di Ingrid non era ingessato, ma avvolto in una fasciatura molto simile a quella che le aveva fatto Durante.

"Allora?" ho detto.

"Allora?" hanno detto i due Morlacchi.

"Non è rotto" ha detto Astrid.

"Come non è rotto?" ho detto, a questo punto quasi più deluso che sollevato.

"C'è solo una microfrattura" ha detto Astrid.

"Aveva ragione Durante" ha detto Ingrid. Le era tornato un po' di colore in faccia, ha sorriso nel suo modo che mi faceva sciogliere dentro.

Ho visto il sollievo affiorare nei lineamenti di Tiziana Morlacchi, poi, più a fatica, in quelli di suo marito.

"Meno male" ha detto lei.

"Per questa volta è andata bene" ha detto lui. "Ma poteva finire molto peggio, con quel delinquente."

"Non è colpa sua" ha detto Ingrid, con una luce calda di verità e giustizia negli occhi. "Sono stata io una scema, a spronare troppo il cavallo."

"Il fatto è che non dovevi esserci, su quel cavallo" ha detto Ugo Morlacchi. "Punto."

"E la fasciatura?" ho detto, in parte per genuina curiosità e in parte per sottolineare l'unica conseguenza certa di quello che era successo.

"Devo tenerla otto o dieci giorni" ha detto Ingrid.

"Secondo l'infermiere andava già benissimo quella di prima" ha detto Astrid.

"Quella di Durante?" ha detto Tiziana Morlacchi.

"Va be', era una fasciatura standard da pronto soccorso" ho detto. Mi spiazzava come le colpe di Durante sembravano improvvisamente ridimensionate, addirittura sul punto di trasformarsi in meriti.

"Vi posso offrire qualcosa da bere?" ha detto Ugo Morlacchi, già tornato ai suoi modi, adesso che il rischio di una causa per danni era scampato.

"Grazie, ma torniamo a casa" ho detto. "È stato un pomeriggio abbastanza intenso."

Abbiamo seguito i corridoi dell'ospedale verso l'uscita, io e Astrid e Ingrid davanti, i Morlacchi dietro. Siamo usciti dalle porte a vetri, nella luce ancora calda e forte delle sei e mezza. E dall'altra parte dello spiazzo c'era Durante: appoggiato di spalle a una colonna di cemento, con un piccolo mazzo di rose bianche in mano, la sua aria da vagabondo disciplinato. È venuto dritto verso Ingrid senza guardare nessun'altro di noi, gliele ha porte.

Ingrid le ha prese con la sinistra, gli ha sorriso nel suo modo incantevole.

"Avresti solo un minuto per me?" ha detto Durante.

"Sì" ha detto lei. Ci ha fatto appena un cenno, lo ha seguito subito dietro l'angolo dell'ospedale.

Io, Astrid e i Morlacchi siamo rimasti dov'eravamo, senza parole. Abbiamo aspettato qualche secondo, ma la nostra posizione sembrava insostenibile, così siamo saliti verso il parcheggio, legati dal disagio al punto di non riuscire nemmeno a tirare fuori una battuta. Ugo Morlacchi ha aperto le porte del loro fuoristrada, ha detto "Va bene, ci vediamo, allora".

"Mi raccomando, fateci sapere come sta tua sorella" ha detto Tiziana Morlacchi.

"Va bene" ha detto Astrid.

"Ci vediamo" ho detto.

Li abbiamo guardati guidare via nel rumore del grosso motore diesel: i loro profili tirati, silenziosi.

Poi abbiamo fissato tutti e due l'angolo dietro cui erano scomparsi Ingrid e Durante. Ogni minuto che passava aveva l'effetto di aumentare il nostro nervosismo: ci grattavamo la testa, il collo, sfregavamo la punta delle scarpe sull'asfalto, deglutivamo.

Astrid ha detto "Certe volte non riesco a credere a come si comporta".

"Quel delinquente per poco non la fa ammazzare" ho detto. "Poi si presenta con i fiori, e lei cosa fa? Gli sorride. Hai visto che sorriso gli ha fatto?"

"L'ho visto" ha detto Astrid, avvelenata quanto me dalla meraviglia del sorriso di sua sorella.

"E lo *segue*, subito" ho detto. "A farsi raccontare chissà quali cavolate da pseudo-sciamano demenziale."

"È sempre stata così" ha detto Astrid. "Fin da quando eravamo bambine. Bastava che ci fosse un maschio attraente, la sua capacità di giudizio si riduceva a zero."

"E Durante sarebbe il maschio attraente?" ho detto, in un tono ancora più intossicato dall'esasperazione e dalla gelosia.

"Non ricominciare, per piacere" ha detto Astrid, senza guardarmi.

"Ricominciare cosa?" ho chiesto, anche se sapevo di mettermi in un ruolo penoso.

"Lo sai benissimo" ha detto Astrid.

Ingrid è sbucata da dietro l'angolo dell'ospedale più in basso, è salita verso di noi, con il suo piccolo mazzo di rose bianche in una mano e l'altra mano fasciata.

Le siamo andati incontro, l'abbiamo scortata in silenzio verso il nostro furgoncino, con uno sforzo per tornare allo spirito assistenziale che avevamo avuto con lei fino a pochi minuti prima. Ma lungo la strada verso casa la tensione irrisolta tra noi non accennava ad attenuarsi, anzi cresceva di chilometro in chilometro. Nessuno diceva una parola, stavamo rigidi ai nostri posti, consapevoli di ogni minimo movimento degli altri.

Più o meno a metà delle curve che salgono prima di riscendere e risalire verso i nostri colli, Astrid ha detto a sua sorella "Cos'aveva da dirti?".

"Chi?" ha detto Ingrid, sembrava incantata.

"*Durante*" ha detto Astrid. "Chi altro?"

"Mi ha invitata a cena fuori" ha detto Ingrid.

"*Cosa?*" ho detto, con uno sforzo per mantenere la rotta.

"Come mai?" ha detto Astrid, girata verso il sedile di dietro, con il suo naso dritto e corto.

"Per farsi perdonare" ha detto Ingrid.

"E tu cosa gli hai risposto?" ha chiesto Astrid.

"Che non ha niente da farsi perdonare" ha detto Ingrid.

"Nel senso che è *imperdonabile*" ho detto.

"Hai rifiutato, spero?" ha detto Astrid.

"No" ha detto Ingrid. "Ci vado. Se non vi scoccia. Dice che conosce un posto simpatico sulle colline, a pochi chilometri da casa vostra."

Io e Astrid ci siamo azzittiti per forse dieci secondi di pensieri ribollenti, immersi nelle risonanze meccaniche del furgoncino e nel rumore dell'aria.

"A me scoccia moltissimo" ha detto Astrid. "Se ti interessa saperlo."

"Anche a me" ho detto. "*Moltissimo.*" In effetti mi scocciava così tanto che guidavo sempre peggio: le ruote pattinavano a ogni curva, il furgoncino sbandava. Cercavo anche di guardare la faccia di Ingrid nello specchietto retrovisore, il che non aiutava certo a mantenere la direzione.

"Ma perché?" ha detto Ingrid, in un tono di apparente ignoranza delle ragioni umane che sembrava modellato su quello di Durante.

"Non credo che ci sia bisogno di spiegartelo!" ha detto Astrid, in un registro aspro. "Puoi arrivarci da sola, forse!"

"Perché non vogliamo più avere niente a che fare con lui!" ho detto. "E tu dovresti essere la prima a non volerlo!"

Ingrid ha cambiato atteggiamento da un secondo all'altro: da dolce e sensibile ragazza sotto shock a paladina armata degli spiriti liberi. Ha detto "Siete totalmente allucinanti! Prima mi portate a conoscere uno come se fosse vostro amico, poi appena capita un piccolo incidente non per colpa sua, diventate dei mostri!".

"*È* capitato per colpa sua" ho detto, in tono debole rispetto alla sua veemenza.

"Come se aveste chissà quale rancore verso di lui!" ha detto Ingrid. "In attesa solo di venire fuori! A far lega con i Morlacci, a dire 'Quel delinquente' nel modo più ingiusto o odioso!"

"Sei diventata matta?" ha detto Astrid, anche lei turbata dall'intensità di sua sorella.

"Ma sono problemi vostri!" ha detto Ingrid. "Io faccio quello che mi pare, non vi devo nessun genere di spiegazioni!"

"Sono problemi nostri e anche *tuoi*!" ha detto Astrid. "Visto che sei qui ospite!"

"In un paese che non conosci bene!" ho detto io.

E naturalmente era uno scambio del tutto inutile: io e Astrid sapevamo benissimo che non avrebbe portato a niente, e questo aumentava il nostro senso di frustrazione.

Appena arrivati a casa Ingrid è andata a riempire d'acqua una brocca di terracotta e ci ha messo le roselline bianche di Durante, se le è portate in camera sua al piano di sopra. Poi si è chiusa nel bagno, per venti minuti abbiamo sentito l'acqua della doccia che scorreva. Astrid mi faceva gesti furiosi, ma non sapevo come intervenire senza risultare meschino o invasivo. Alla fine è andata lei a battere sulla porta, gridare "Guarda che l'acqua non è una risorsa infinita, per lo meno qui! Il pozzo è mezzo prosciugato, stai svuotando tutto il cassone!".

Ingrid ha spento l'acqua. Qualche minuto dopo è uscita, scalza e con i capelli avvolti in un asciugamano. Ho cercato di dirle qualcosa, ma ero al piano di sotto e i miei riflessi erano rallentati dai miei sentimenti; in un attimo è passata oltre, si è richiusa nella sua stanza.

Alle otto di sera è scesa, appena ha sentito suonare il clacson di Durante. È passata rapida nella cucina dove io e Astrid stavamo preparando la cena: con un vestitino bianco leggero e un golf di cotone in spalla, i capelli lucidi spazzolati con cura, il suo profumo di mirto e agrumi. Ha detto "Ciao, io vado", ha fatto un piccolo cenno.

Né io né Astrid le abbiamo risposto; solo Oscar l'ha seguita tutto scodinzolante fino alla porta.

Sono andato nel laboratorio con una scusa, ho guardato dall'ultima finestra Durante che si toglieva il cappello e baciava Ingrid sulle guance e le apriva la portiera; la piccola macchina bianca con i fari accesi che girava e si arrampicava su per la stradina in salita, nella luce ormai languida della sera.

Di notte continuavo a rivoltarmi nel letto, non c'era verso di riuscire a prendere sonno. Avevo le gambe elettriche, la testa attraversata da immagini di Ingrid e Durante mano nella mano per sentieri di collina, vicino a vecchi edifici abbandonati, su prati illuminati dalla luna. Una varietà di loro possibili gesti e sguardi mi passava davanti come in un film messo insieme da un montatore nevrotico, ogni sequenza ripetuta in varianti quasi impercettibilmente diverse. Il cuore mi batteva irregolare, respiravo affannato, con una forma di ansia inarrestabile che mi scorreva nel sangue.

Anche Astrid era sveglia, lo capivo dal suo respiro, dal modo in cui si muoveva. A un certo punto ho acceso la lampada sul comodino: l'orologio segnava l'una e trentacinque, la casa era immersa in un silenzio appena corrugato dal tremito del vento alle finestre. Ho detto "Sei sveglia?".

Astrid si è girata verso di me, ha detto "Fa caldo".

"E c'è il vento" ho detto.

"Ancora poco" ha detto lei.

"Hai sentito Ingrid tornare?" ho chiesto.

"No" ha detto lei; si è tirata su a sedere.

"È ancora fuori con quel delinquente" ho detto. "All'una e trentacinque."

"Chissà dove sono" ha detto Astrid.

"Secondo te?" ho detto.

"Un posto posso immaginarmelo" ha detto lei.

"Quella selleria del cavolo?" ho detto, con alcune immagini insostenibili di Ingrid e Durante che amoreggiavano sopra il sacco a pelo posato sul pavimento di vecchie tavole sconnesse.

"Eh" ha detto Astrid.

Ho cercato di prendere distanza dall'idea, ma continuavo a esserci risucchiato dentro, con troppi dettagli. Ho detto "Ma sei sicura?".

"No che non sono sicura" ha detto lei. "Me l'immagino."

"Però conosci Ingrid meglio di me, no?" ho detto.

"Credo di sì" ha detto Astrid. "È mia sorella."

E non eravamo affatto uniti dalla stessa inquietudine, ma piuttosto divisi: ognuno dei due trascinato dalla sua corrente personale, per le sue personali e ugualmente inconfessabili ragioni.

"Che tipo è, in queste cose?" ho chiesto. Mi veniva in mente Ingrid nuda sulla riva di un laghetto delle Alpi austriache, una volta che avevamo fatto una vacanza in quattro anche con Heinz: le sue buone forme piene e dolci, la naturalezza sensuale con cui entrava in acqua.

"L'hai visto, oggi" ha detto lei. "Si lascia trascinare dalle sensazioni."

"Senza ragionare" ho detto.

"Senza ragionare" ha detto lei. "*Vroom*, ci si butta dentro, così."

Non riuscivo a definire quello che provavo, anche se ne ero invaso al punto di non riuscire a star fermo. Era una miscela quasi indistinguibile di senso di perdita, senso di esclusione, senso di immobilità forzata, rimpianto, invidia, dispetto, amarezza, noia, desiderio, fretta. Ho detto in uno strappo di voce "Va be', alla fine sono fatti suoi, no?".

"Certo" ha detto Astrid, per niente convinta.

"Però mi fa rabbia lo stesso" ho detto.

"Anche a me" ha detto lei.

Neanche questo ci ha fatto sentire più vicini; al contrario, avere motivi opposti per la stessa agitazione accentuava sempre più la nostra distanza, ci spingeva verso un genere potenzialmente distruttivo di franchezza.

"Ma è rabbia?" ho detto.

"In che senso?" ha detto lei.

"O è invece *gelosia*?" ho detto.

"Cosa c'entra la gelosia?" ha detto Astrid. "Cosa c'entra?" Scuoteva la testa, ma dal suo tono era chiaro che avevo toccato il cuore della questione.

"Non lo so" ho detto. "Sto solo cercando di capire." Mi sembrava che fossimo prigionieri delle nostre lenzuola, del nostro letto, della nostra stanza, della nostra casa, del nostro lavoro, della nostra storia di sette anni: ho scalciato le lenzuola, cambiato posizione.

"Che cos'hai, Pietro?" ha detto Astrid. "Me lo spieghi?"

"E *tu*?" ho detto. "Me lo spieghi?"

"Io non ho niente" ha detto lei. "Sono solo nervosa perché mia sorella è fuori con uno scemo pericoloso e mi sento responsabile."

"Ah, è diventato uno scemo pericoloso, adesso?" ho detto. "Non è più un nobile cavaliere dotato di mille stupende qualità? Oppure intendi *sentimentalmente* pericoloso?"

"Intendo pericoloso perché è un irresponsabile" ha detto Astrid, senza raccogliere.

"Accidenti" ho detto. "È una valutazione completamente nuova."

"È una valutazione alla luce dei fatti di oggi" ha detto lei. "Basta."

Ci affacciavamo sulla verità e ci ritraevamo subito, come tuffatori paurosi che si spingono fino al bordo del trampolino e all'ultimo momento fanno un passo indietro.

"Solo questo?" ho detto. "Nient'altro?"

"Cos'altro dovrebbe esserci?" ha detto lei.

"Non so, magari vorresti essere tu al posto di Ingrid?" ho detto.

"Cosa cavolo dici?" ha detto lei. "Come ti viene in *mente*?"

"Be', avresti dovuto vederti, là dai Morlacchi" ho detto. "Prima della caduta. Come lo guardavi."

"Smettila di dire scemenze" ha detto Astrid.

"Totalmente infatuata di lui" ho detto. "Totalmente."

"Tu sei totalmente scemo!" ha detto lei. "Te lo sei sognato!"

"C'era una luce nei tuoi occhi, *brillavano*" ho detto. "Come la prima volta che l'hai visto, del resto. Quando l'hai fatto entrare in casa con gli stivali."

"Piantala, Pietro!" ha detto lei. "Forse sei tu che vorresti essere al posto di *Durante*, invece."

"E perché?" ho detto; scuotevo la testa, arretravo proprio sul bordo della verità.

Lei ha detto "Credi che non sappia che Ingrid ti piace più di me?"

"Cosa?" ho detto, con il sangue improvvisamente gelato all'idea di essere allo scoperto.

"È così" ha detto Astrid.

"Ma va!" ho detto. "Cosa ti sei messa in testa?"

"Mi ricordo una volta a Graz" ha detto lei. "Sono tornata a casa e vi ho trovati in cucina che bevevate tè e mangiavate biscotti, sembrava un *idillio*. Non hai mai avuto quel tipo di sguardo con me, neanche agli inizi."

"Di che sguardo parli?" ho detto, con curiosità autentica.

"Quello sguardo" ha detto lei. "Incantato, incantato."

"Ma è assurdo" ho detto, perché non mi venivano altre parole.

"Forse è assurdo" ha detto lei. "Però è vero."

"Non lo è" ho detto, con la sensazione di fare più fatica di lei a tuffarmi nella verità e nuotarci con energia disperata.

"È un dato di fatto" ha detto lei.

"È pura immaginazione" ho detto.

"Sii sincero, Pietro" ha detto Astrid. "Dimmi se non pensi che lei sia tutto quello che io non sono."

"Chi, Ingrid?" ho detto; solo pronunciare il suo nome mi faceva girare la testa.

"Stiamo parlando di lei" ha detto Astrid. "Non ti sembra più spontanea, più dolce, più disinvolta, più femminile di me?"

"No" ho detto.

"Come ti sembra, allora?" ha detto lei. "Identica a me? Tale e quale?"

"Ma no, cosa c'entra" ho detto. "Siete diverse."

"Appunto" ha detto lei. "E le differenze sono tutte a mio svantaggio."

"Ma perché?" ho detto.

"Perché sono troppo magra e lunga?" ha detto lei. "Senza tette, senza sedere?"

"Dai, Astrid" ho detto, spaventato da come la sua insicurezza veniva a stanare uno a uno i miei pensieri nascosti.

"Perché non mi guardi mai come guardi Ingrid?" ha detto lei. "O non mi parli con lo stesso tono di voce?"

"Quale tono di voce?" ho detto.

"Lo sai benissimo" ha detto lei. "Con quella specie di galanteria un po' maliziosa e complice. Non fare l'ipocrita."

"Forse è perché io e te stiamo insieme da *sette anni*" ho detto, senza riflettere.

"E?" ha detto lei.

"Sappiamo come *siamo*" ho detto. "Non abbiamo bisogno di toni di voce."

"Mentre con mia sorella?" ha detto lei.

"Tua sorella la vedo due volte all'anno" ho detto. "Non ho idea di come sia davvero."

"Ed è questo che ti attrae?" ha detto Astrid. "Non sapere com'è?"

"Ma no" ho detto. "Non mi attrae affatto."

"Allora è la familiarità che distrugge tutto?" ha detto lei, senza ascoltarmi. "Sapere come uno è davvero?"

"No" ho detto. "O forse sì, può darsi. Ma è lo stesso per *te*, cosa credi? Saranno sei anni almeno che non mi guardi come guardavi Durante oggi dai Morlacchi, prima del volo di Ingrid. Saranno *sette* anni."

"Non è vero" ha detto Astrid, in un tono infantilmente addolorato.

"Possiamo negare tutti e due fino a domattina" ho detto. "La realtà non cambia."

"Allora ammetti che preferisci mia sorella?" ha detto lei.

"E tu ammetti che preferisci Durante?" ho detto.

"Hai fantasie erotiche su di lei?" ha detto Astrid, con un'enfasi brutale per evitare di rispondermi. "Vorresti scopartela?"

"Cosa cavolo dici?" ho detto, come un coniglio braccato. "Mi sembra ovvio che tra te e tua sorella preferisco te."

"Perché ovvio?" ha detto Astrid.

"Ho scelto te, no?" ho detto. E naturalmente non era così: non mi ero mai trovato nella condizione di scegliere tra le due sorelle Neumann, una di fianco all'altra, ognuna ugualmente innamorata di me, ognuna con le sue qualità e i suoi difetti bene in evidenza. Mi ero semplicemente messo con quella che avevo incontrato per prima, senza neanche sapere che ce ne fosse un'altra. E avevo incontrato l'altra quando ormai ero legato alla prima da un vincolo di sguardi e parole e pensieri e gesti amorosi intessuti per un mese. Se aggiungiamo che l'altra stava a sua volta con un pittore basco, e aveva un vincolo di lealtà ancora più forte del mio nei confronti di sua sorella, si può dire che in realtà la mia non fosse stata per niente una scelta.

"E perché mi hai scelta?" ha detto Astrid.

"Non ti ho *scelta*" ho detto, visto che adesso non riuscivo più a dire una cosa del tutto non vera. "Non eri mica lì come una mucca al mercato, in attesa di compratore."

"Grazie tante, questo lo spero" ha detto lei. "Cos'è che ti è piaciuto di me?"

"Come si fa a dirlo, così?" ho detto.

"Provaci" ha detto lei. "Fai uno sforzo."

"Il tuo modo di essere" ho detto. Non eravamo neanche lontanamente nello spirito di un gioco sentimentale, fatto di domande e conferme affettuose: la nostra era una lotta a scoprire l'altro per primo: tesa, dolorosa, crudele.

"Troppo generico" ha detto lei. "Non vale."

"L'attrazione degli opposti" ho detto. "Il fatto che tu sei chiara e io scuro, tu alta e sottile e io abbastanza tozzo, tu mitteleuropea e io mediterraneo. La tendenza all'ibridazione è uno dei motori della specie, no?"

"*Ultra*generico" ha detto lei. "Stiamo parlando di morfotipi e aree geografiche, adesso?"

Ho fatto uno sforzo per essere più specifico, ma non ci riuscivo, avevo la testa tutta occupata da immagini di Ingrid a distanze diverse, in momenti diversi.

"Mettiamola così, allora" ha detto Astrid. "In cosa ti sembra che io sia meglio di mia sorella?"

"Nel tuo modo di pensare?" ho detto: rapido, incerto.

"Non mi interessano le qualità *mentali*, adesso" ha detto lei. "Dimmi le ragioni puramente *fisiche* per cui mi preferisci a Ingrid."

Mi venivano in mente solo le ragioni sbagliate: la lunghezza straordinaria delle sue gambe, la sua magrezza senza bisogno di diete, i suoi occhi color acqua che diventavano quasi del tutto trasparenti nella luce intensa, il suono leggermente secco della sua risata, il modo un po' rigido che aveva di muoversi in presenza di altra gente, la sua incapacità di lasciarsi andare, la sua difficoltà estrema a raggiungere l'orgasmo. Al contrario mi sembrava che tutte le caratteristiche desiderabili in una donna fossero nella dotazione naturale di Ingrid: l'intensità calda del suo sguardo, il suo istintivo bisogno di contatto, la sua impulsività, la sua attenzione bruciante, la sua impazienza, perfino la sua incoscienza.

"Allora?" ha detto Astrid. "Ci devi pensare così tanto?"

"Non ci riesco" ho detto. Più cercavo una via d'uscita, e più mi sentivo in trappola, prigioniero dei miei pensieri e delle mie sensazioni, senza scampo.

"Sono proprio la donna dei tuoi sogni" ha detto lei. "Che meraviglia. Gratificante, davvero."

"Ma no" ho detto. "Siamo nel cuore della notte, mezzi addormentati."

"Non siamo affatto mezzi addormentati" ha detto lei. "Siamo perfettamente svegli."

"Domattina ti faccio un elenco scritto delle tue qualità" ho detto. "Fisiche e mentali. Promesso."

"Puoi tenertelo, il tuo elenco" ha detto lei. "Grazie tante. Sei fuori tempo massimo."

Così per venirne fuori in qualche modo, e perché ero pieno di impulsi confusi e contrastanti, le sono rotolato più vicino e mi sono premuto contro di lei, l'ho baciata sulla bocca, le ho carezzato un seno, un fianco, la pancia, sono sceso con la mano verso l'inguine.

Lei quasi subito ha serrato le cosce, è scivolata in giù tra le lenzuola. Ha detto "Dai, basta, dormiamo. È tardissimo". Si è girata dall'altra parte, fuori contatto.

Ho provato un misto di sollievo e delusione in parti quasi uguali; mi sono girato dalla parte opposta alla sua, ho spento la luce.

Siamo rimasti svegli come prima, anche se adesso stavamo fermi e facevamo finta di dormire.

Molto più tardi, verso le quattro di notte, abbiamo sentito un suono di motore e lo sbuffare smorzato di Oscar, il rumore della porta d'ingresso, gli uggiolii e gli zampettamenti festosi, i passi di Ingrid su per le scale. Solo a quel punto ci siamo addormentati, liberi per il momento dall'inquietudine fibrillante che ci aveva invaso i pensieri e congestionato i cuori così a lungo.

Alle nove di mattina io e Astrid eravamo già al telaio

Alle nove di mattina io e Astrid eravamo già al telaio, anche se avevamo dormito solo quattro ore e di solito la domenica ce la prendevamo con più calma. Dovevamo fare cinque tende da porta in cotone a strisce verdi e viola, per una tipa di Milano che ce le aveva ordinate via e-mail sei mesi prima. Non era un lavoro particolarmente impegnativo, ma come al solito rischiavamo di arrivare in ritardo sulla consegna. Andava sempre così: un giorno ci sembrava di avere a disposizione tutto il tempo del mondo, tre giorni dopo il tempo si era misteriosamente compresso, la scadenza si era avvicinata molto più di come pensassimo. Nel giro di poco ci ritrovavamo a cominciare il lavoro sempre prima la mattina e finirlo sempre più tardi la sera, il nostro equilibrio contemplativo da artigiani guastato ancora una volta dall'angoscia della consegna.

Ma adesso la ragione vera per cui ci eravamo buttati giù dal letto era Ingrid che ancora dormiva nella sua stanza, come una questione difficile archiviata temporaneamente. Non ne avevamo parlato, né appena svegli né quando eravamo usciti a fare la passeggiata mattutina con Oscar, né durante la colazione. L'inquietudine e i discorsi della notte erano ancora nell'aria tra noi, in forma di sguardi che evitavano di incontrarsi, attenzione fin troppo meticolosa ai gesti con cui facevamo scorrere i fili colorati nei nostri telai.

Verso le undici Ingrid è venuta nel laboratorio, con un bicchiere d'acqua in mano e Oscar che le zampettava dietro. Ha detto "Buongiorno, lavoratori", come se niente fosse.

"Buongiorno" abbiamo detto io e Astrid, senza quasi alzare lo sguardo dai nostri tessuti in formazione.

"Come va?" ha detto Ingrid. Anche senza fissarla direttamente potevo vedere che sembrava riposata e contenta, nella sua maglietta di cotone bianco che finiva a metà cosce, i lineamenti distesi dal sonno, i capelli spazzolati.

"Bene" ho detto, quando avrei voluto invece alzarmi e scrollarla, investirla di domande su cosa aveva fatto con Durante mentre io e sua sorella non riuscivamo a dormire.

"Il polso?" ha detto Astrid.

"Molto meglio" ha detto Ingrid. "Non mi fa quasi più male." Ha mosso la mano destra: equilibrata, solida nella luce del mattino.

"Tutto un dramma per niente, allora, ieri" ha detto Astrid.

"Sì" ha detto Ingrid, ha finito il suo bicchiere d'acqua. Oscar le girava intorno in cerca di attenzione, premeva col muso per annusarla tra le cosce.

"Oscar!" ho detto. "Basta!"

Lei ha riso e lo ha spinto via, è andata in cucina a fare colazione.

Io e Astrid ci siamo rimessi al lavoro, abbiamo fatto finta di essere totalmente concentrati sulle nostre stoffe.

Siamo andati avanti a tessere fino alle dodici e mezza, senza musica e senza interruzioni, come due lavoranti a cottimo. Era una specie di test di resistenza, a chi cedeva per primo e si alzava e si esponeva, faceva la prima domanda a Ingrid. Alla fine abbiamo smesso di tessere e ci siamo alzati quasi nello stesso momento, siamo andati in cucina a versarci due bicchieri di tè freddo al limone. Ne abbiamo bevuto qualche sorso in silenzio, poi siamo usciti di casa.

Ingrid era sotto la pergola, con la mano destra in grembo e nella sinistra una vecchia edizione tascabile di *Northanger Abbey* di Jane Austen.

"Allora?" ha detto Astrid.

"Bello" ha detto Ingrid. "Sono alla gita in carrozza con il tipo insopportabile, a Bath."

"Intendevo ieri sera" ha detto Astrid.

Facevamo gli indifferenti nello stesso modo ridicolo, sorbivamo il tè freddo e guardavamo verso le colline battute dal sole quando in realtà eravamo tutti e due focalizzati fino allo spasimo su di lei.

"Ah" ha detto Ingrid, come se ieri sera fosse stata lontana dai suoi pensieri. "Siamo andati a mangiare sulle colline, qui vicino. Durante aveva ragione, fanno una cucina marchigiana semplice, buona."

"E poi?" ha detto Astrid. Potevo capire quanto era tesa da come deglutiva: mi bastava guardarle il collo.

"Niente" ha detto Ingrid. "Siamo andati a fare un giro, alla luce della luna. Era solo a tre quarti, ma incredibilmente luminosa."

"Che suggestivo" ha detto Astrid.

"Cosa c'è?" ha detto Ingrid, guardava sua sorella e me. "Siete ancora scocciati perché sono uscita con Durante?"

"No, figurati" ha detto Astrid. "Eravamo tutti contenti, come puoi immaginarti."

"Non ricominciare" ha detto Ingrid.

"Invece ricomincio" ha detto Astrid. "Avresti potuto comportarti con più maturità."

"Non siamo più due bambine, Astrid" ha detto Ingrid. "Sono matura quanto basta, va bene?"

"Non va bene per niente!" ha detto Astrid. "Uscire con uno che poche ore prima ti aveva quasi fatto ammazzare!"

Ingrid si è alzata, ha detto "Sapete benissimo che non è così! Siete andati avanti tutto ieri ad accusarlo ingiustamente!".

"Eravamo solo preoccupati per te!" ha detto Astrid, in accento più aggressivo che accorato.

"Non è vero!" ha detto Ingrid. "Eravate solo ingiusti e meschini!" È rientrata in casa, a passi furiosi.

Io e Astrid l'abbiamo seguita dentro, tra gelosia, sensi di colpa, imbarazzo, risentimento, sete insoddisfatta di informazioni. Ho detto "Dai, Ingrid, non fare così".

"Possibile che non ti si possa parlare?" ha detto Astrid. "Senza che tu reagisca in questo modo?"

"Parlatene tra di voi, se vi interessa tanto!" ha detto Ingrid, senza girarsi.

"Perché dici 'voi'?" ho detto, disperato all'idea che non riuscisse a distinguere tra i nostri opposti motivi. "Perché ci vedi come un fronte comune?"

"Perché lo siete!" ha detto lei, mentre andava su per le scale con il suo libro in mano.

"Torna giù" ho detto. "Torna fuori a leggere come prima."

"Grazie tante, no!" ha gridato lei, già sul pianerottolo al piano di sopra. Ha sbattuto la porta della sua stanza, si è chiusa dentro a chiave.

Forse un'ora dopo sono andato a bussare alla sua porta, con in mano un bicchiere di granita fatta con la menta piperita del nostro orto. Dopo qualche resistenza è venuta ad aprire, ha accettato la granita. Essere nella stessa stanza con lei senza Astrid mi faceva battere il cuore più veloce, il mio sguardo era calamitato da ogni suo piccolo passaggio di espressione.

Ho detto "Mi dispiace per prima. Anche Astrid è dispiaciuta".

"Astrid è gelosa" ha detto lei.

"Di cosa?" ho detto, scioccato dalla sicurezza con cui confermava la mia diagnosi della notte prima.

"Di me" ha detto lei. "Lo è sempre stata."

"Ma dai, Ingrid" ho detto: finto stupito, finto maturo, finto compagno leale di sua sorella.

"Fin da quando eravamo ragazzine" ha detto lei, mi guardava da sopra l'orlo del bicchiere.

"Ti sbagli di sicuro" ho detto, con la testa piena di immagini ipotetiche di loro due da ragazzine. "Il suo è un senso di responsabilità da sorella maggiore."

"Macché senso di responsabilità" ha detto Ingrid.

"Sai benissimo che ti vuole bene" ho detto.

"Mi vorrà anche bene, ma è gelosa" ha detto Ingrid.

Avrei voluto dirle che anch'io ero geloso di lei per la ragione opposta; che il pensiero di lei tra le braccia di Durante mi faceva male come un cavaturaccioli attraverso il cuore. Ma non gliel'ho detto, e dopo aver indugiato qualche secondo l'ho salutata e ho richiuso la porta, sono tornato giù a lavorare.

A pranzo ho preparato maccheroni ai pomodorini-ciliegia, e ho chiamato le due sorelle in tavola. Si sono sedute ai loro posti senza guardarsi né parlarsi, hanno mosso le loro forchette senza il minimo interesse per il cibo. Per rompere il silenzio mi sono messo a fare alcune osservazioni sui Morlacchi il giorno prima all'ospedale, in forma parodistica ed estremizzata. Forzavo i toni, distorcevo i dettagli; dopo un po' sono riuscito a far sorridere Ingrid e alla fine anche Astrid.

Poi, quando sembrava che stessimo miracolosamente tornando a un clima di serenità familiare nella nostra piccola isola di terraferma, il cellulare di Ingrid si è messo a suonare, nella sua borsa di stoffa sulla credenza. Lei si è alzata rapida a tirarlo fuori, ha detto "Ehi, ciao!", è uscita per non farsi sentire da noi.

Io e Astrid ci siamo guardati, già di nuovo in preda ai sentimenti incontrollabili che ci avevano posseduto durante la notte.

Ho detto a mezza voce "Lasciamo perdere, va bene?", anche se sapevo che non c'era verso.

"Certo, figurati" ha detto Astrid, mentre affettava a colpi furiosi di coltello la sua pesca gialla.

"Lasciamo che faccia quello che vuole" ho detto, e solo dirlo mi provocava un dolore insostenibile.

"Certo, certo" ha detto Astrid; il coltello le è scivolato tra le mani.

Quando Ingrid è tornata in cucina, aveva le guance colorite, il fiato corto. Per prevenire i nostri sguardi silenziosi o le nostre domande, ha detto subito "Era Durante. Mi viene a prendere questa sera".

"Ancora?" ha detto Astrid: pallida, con le labbra contratte.

"Sì, perché?" ha detto Ingrid: anche lei tesa, pronta alla battaglia.

"Contenta tu" ha detto Astrid, quasi tremava nello sforzo di trattenersi.

"Hai quello sguardo" ha detto Ingrid. "Disapprovazione in ogni muscolo della faccia."

"Ma figurati" ha detto Astrid. "Fatevi un'altra meravigliosa passeggiata al chiaro di luna. Sono felice per voi."

"Lo vedi?" ha detto Ingrid. "Lo vedi?"

"Non rimettetevi a litigare, per piacere" ho detto, anche se fra i tre ero probabilmente io quello più invaso da sentimenti deteriorati. Non sapevo neanche cosa mi facesse stare peggio, se l'insistenza intollerabile di Durante o l'ansia luminosa nello sguardo di Ingrid all'idea di rivederlo, o il mio dover restare a guardare quello che succedeva senza avere nessun modo per impedirlo.

"E chi litiga?" ha detto Astrid. "Figurati." Si è cacciata in bocca l'ultimo spicchio di pesca gialla, si è alzata a buttare con gesti esacerbati il nocciolo e le bucce nella pattumiera per il compostaggio.

La nostra convivenza a tre è continuata per altri quattro giorni

La nostra convivenza a tre è continuata per altri quattro giorni, tra momenti di tensione estrema a cui succedevano momenti di serenità a cui succedevano momenti di tensione estrema. I momenti di tensione estrema erano invariabilmente legati a Durante: alle sue telefonate a Ingrid, alle sue incursioni serali o notturne per portarla via, al modo in cui il suo nome sembrava in agguato sullo sfondo della più innocente conversazione. I momenti di serenità si allargavano in angoli inaspettati della giornata, quando tutti e tre ci dimenticavamo di lui e riuscivamo a parlare o scherzare di tutt'altro. Non duravano mai molto a lungo; bastava che Ingrid spostasse lo sguardo verso l'orologio o verso la finestra o verso le colline, e già eravamo in guerra di nuovo, ognuno per conto suo, ognuno contro gli altri due.

Era una situazione assurda, senza soluzione. Spiegavo a Astrid in modo ricorrente che il mio nervosismo era dovuto a preoccupazioni da ospite responsabile nei confronti di sua sorella, e lei si affannava a spiegarmi lo stesso, e naturalmente nessuno dei due ci credeva. Invece di diventare solidali, continuavamo ad affondare in un'ostilità senza nome, torturati dalla gelosia più acuta, con gli occhi e le orecchie sempre in cerca di segnali. Per compensare investivamo tutte le nostre energie fisiche nel lavoro, dopo ogni breve pausa riprendevamo a mandare avanti i telai a un ritmo accanito.

Durante da parte sua stava attento a non farsi vedere: si fermava all'attacco della stradina quando era già scuro, aspettava che Ingrid lo raggiungesse. Ogni volta avevo l'impulso di precipitarmi fuori e affrontarlo, ma sapevo troppo bene come avrebbe reagito Ingrid. La riportava a casa nel mezzo della notte, sgusciava via nel buio con la sua macchinetta scassata. Io e Astrid senza dirci niente ascoltavamo il rumore del motore che si allontanava, riuscivamo a addormentarci solo allora.

Il quarto mattino durante una delle nostre brevi pause dal lavoro ho detto a Astrid "Mi spieghi cosa ci trovate di tanto suggestivo, in Durante?".

"Perché parli al plurale?" ha detto lei, senza neanche più pretendere davvero di avere un tono convincente.

"Cos'è?" ho detto. "Quel modo di fare di chi non ha bisogno di niente, neanche di mangiare? Quella sua aria da vagabondo sensibile?"

"Chiedilo a Ingrid, cosa ci trova" ha detto Astrid.

"Vorrei saperlo anche da te" ho detto.

"Perché?" ha detto lei.

"Per capire" ho detto. "Magari potrei anch'io diventare così, con un minimo di studio. Visto che fare quello ancorato a terra alla fine attira molto meno, no?"

Lei ha scosso la testa, non mi guardava.

"È così o no?" ho detto. "Sii sincera, almeno in questo." Avevo la faccia che mi scottava, la verità che mi bruciava dentro.

Lei si è messa a trafficare con la spoletta del telaio, senza rispondere.

"Chi lo vuole, quello ancorato a terra?" ho detto. "In un confronto all'americana, fianco a fianco sotto la luce bianca, quante possibilità ha quello ancorato a terra, rispetto al vagabondo sensibile? Eh? Me lo dici?"

Astrid ha continuato a far scorrere avanti e indietro i fili nella spoletta, il suo silenzio era una totale conferma alle mie parole.

"E oltretutto sarebbe molto più *facile*" ho detto. "Fare quello che non ha niente e rischia tutto, senza reti di sicurezza. Il che costringe gli altri a fornirgliene una, naturalmente."

"Quali altri?" ha detto lei, rigida, in difesa.

"Gli altri" ho detto. "Noi, i Livi, i Morlacchi. Tutti quelli che cascano nel suo gioco. È comodo, così."

"Perché comodo?" ha detto lei, come una vera nemica adesso che si azzardava allo scoperto. "Mi spieghi cosa c'è di comodo nel non avere niente e nel non volere niente e nel non nascondere niente, senza preoccuparsi delle conseguenze?"

"*Tutto*, c'è!" ho urlato. "È mille volte più facile, rispetto al cercare di costruire qualcosa, e mantenerlo in vita nel corso degli anni! Rispetto all'ammazzarsi ogni giorno di fatica per essere affidabile, concreto, produttivo, presente!"

"Ammazzarsi di fatica?" ha detto Astrid, con un'espressione di stupore che mi ha lasciato allibito per come era simile a quella di Durante.

"Sì!" ho detto. "A reggere sulle spalle un carico costante di impegni morali e sentimentali e pratici, come un manovale accanito del quotidiano! Quando invece potrei andarmene in giro leggero, incurante e spensierato, tutto sensibilità e attenzioni temporanee, ispirazioni, distrazioni, quello che mi pare, a seconda del vento e del momento! Oggi qua, domani da qualunque altra parte, con qualunque altra donna!"

"Forse dovresti *farlo*, allora" ha detto Astrid. "Se questa vita ti pesa tanto."

"Non ho detto che mi pesa" ho detto, ritraendomi ancora una volta dal bordo della verità. "E se non mi ricordo male era la *nostra* vita, questa!"

"'Un carico insopportabile di impegni'" ha detto lei, in un'imitazione leggermente caricaturale della mia voce. "Poverino, mi dispiace. Non mi immaginavo che ti fosse così insopportabile."

"Non ho detto insopportabile" ho detto.

"È quello che intendevi, comunque" ha detto Astrid. "È inutile che adesso fai marcia indietro."

"Era una semplice constatazione" ho detto. "Il primo furbastro che se ne va in giro a fare quello senza radici né legami scatena le vostre fantasie femminili molto più di un povero imbecille leale e costante, schiavizzato da un milione di responsabilità quotidiane."

"Lo vedi?" ha detto lei. "Schiavizzato."

"Ma no" ho detto, di nuovo con un mezzo passo indietro. "Parlo in generale."

"Invece parli di *te* e di *me*!" ha detto Astrid. "È così che ti senti! Schiavizzato!"

Ho negato ancora, ma in quel momento era esattamente così che mi sentivo: con le catene alle caviglie, senza neanche capire come avessi potuto abituarmici, mese dopo mese e anno dopo anno fino a quasi non sentirne più il peso.

All'una Ingrid ha preparato una frittata

All'una Ingrid ha preparato una frittata, con le zucchine dell'orto schiarite ed estenuate dal caldo. Come tutte le cose che faceva, anche le più normali, mi sembrava avere una natura magica, solo perché era frutto dei suoi pensieri e dei suoi gesti. Apparecchiavo la tavola e mi fermavo di continuo, la guardavo sbattere le uova con la mano sinistra e mescolarle ai piccoli dischi verde pallido e poi versare il tutto nella padella e farla sfrigolare, i suoi gesti leggermente imprecisi ma soffusi di tutte le sue qualità impalpabili. Lei rideva; ha detto "Mi fai sbagliare, se mi fissi così".

"Però non posso farne a meno" ho detto. Era vero: la sua vicinanza mi mandava impulsi elettrici nel sangue, mi faceva scottare la pelle della faccia e delle mani.

Lei ha aspettato che la parte inferiore della frittata si consolidasse e poi con l'aiuto di un piatto largo l'ha girata, ha scosso la padella per non farla attaccare. "Guarda che è una cosa abbastanza ordinaria, una frittata" mi ha detto, visto come continuavo a essere affascinato da ogni suo minimo movimento.

"Dipende" ho detto. "In questo caso mi sembra un prodigio."

Lei ha sorriso, ha mosso i fianchi in un modo buffo, come per spingermi via anche se non eravamo abbastanza vicini.

Astrid è entrata in cucina con Oscar al seguito, ha detto "È pronto?". Ci guardava, come per cogliere segnali segreti o tracce.

"Quasi" ha detto Ingrid, ha fatto saltare la frittata nella padella.

Astrid si è stirata, ha allungato le braccia lunghe verso i travetti del soffitto. Ho pensato a quando ero stato attratto dal suo aspetto lunare: mi sembrava un'epoca diversa della mia vita, lontana.

"Ecco!" ha detto Ingrid.

Le ho porto il piatto, lei ci ha fatto scivolare sopra la frittata. Ci siamo sfiorati due volte nell'andare verso la tavola, ho sentito due brividi che mi passavano attraverso.

Abbiamo mangiato la frittata come se fosse il piatto più buono del mondo, tutti e tre apparentemente sereni malgrado tutte le nostre ragioni di non-serenità. Abbiamo parlato di orti, di galline, di clima, di tessuti, di città, di vulcani. Cercavamo di tenerci il più lontano possibile da qualunque argomento che potesse richiamare Durante.

Eppure non c'era verso di evitarlo a lungo: Ingrid a un certo punto ha detto "Forse Durante mi verrà a trovare a Graz, se riesce a organizzarsi".

"Ah sì?" ha detto Astrid, con i lineamenti contratti da un istante all'altro.

“Sì” ha detto Ingrid. “Tra qualche settimana.”

“Ammesso che si ricordi ancora di te” ha detto Astrid: rapida, fredda.

Ingrid è andata all’indietro sulla sedia, la sua figura sembrava pronta a uno scatto elastico.

“In effetti non sembra uno tanto costante” ho detto, attingendo dal mare del mio rancore verso Durante. “Sentimentalmente, almeno.”

“No di certo!” ha detto Astrid. “A giudicare da come è passato da una donna all’altra, solo da quando è arrivato da queste parti.”

Ingrid è diventata tutta rossa in faccia: ha detto “Non sapete niente di lui! Niente!”.

“Ne sappiamo abbastanza, invece!” ha detto Astrid. “Lo conosciamo da prima di te! L’abbiamo visto in azione!”

“Per piacere, non litighiamo ancora” ho detto, ma senza davvero pretendere di avere una qualunque credibilità di mediatore.

“Siete ingiusti e meschini e squallidi, tutti e due!” ha detto Ingrid.

“Perché tutti e due?” ho detto in un modo infantile, e sleale verso Astrid.

Astrid ha buttato il tovagliolo sul tavolo, ha detto a sua sorella “Qui di squallido c’è solo il tuo modo di comportarti in questi giorni! O in queste *notti*!”.

“Parli solo per gelosia!” ha gridato Ingrid.

“Gelosia di cosa, di chi?” ha gridato Astrid.

“Di *me*!” ha gridato Ingrid.

“Ti sbagli di grosso, cara la mia cretina!” ha gridato Astrid. “Mi sentirei mortalmente *avvilita*, a essere al tuo posto!”

"Sei *falsa*!" ha gridato Ingrid; ha preso un bicchiere, l'ha tirato verso sua sorella.

"Sei una povera scema!" ha gridato Astrid, mentre schivava rapida il bicchiere che è rimbalzato sul muro e si è rotto per terra.

"Ehi!" ho gridato. "Adesso state esagerando, voi due!"

"Infantile e competitiva!" ha gridato Astrid a sua sorella, le ha tirato un pezzo di pane. "Con la testa piena di stupidaggini da romanzo, priva del minimo senso critico!"

Oscar è corso a prendere il pezzo di pane da terra, è andato a mangiarselo in un altro angolo.

"Frustrata patetica!" ha gridato Ingrid, le ha tirato una forchetta.

"Basta!" ho gridato. Mi sono alzato, ho agitato le braccia tra le due sorelle, ma ero parte in causa quanto loro, tormentato dalla gelosia, sballottato tra ragioni opposte.

"Patetica sei tu!" ha gridato Astrid. "Non ti rendi neanche conto che ti fai usare come una delle tante!"

"Tu non sai *niente*!" ha gridato Ingrid. "Né di me, né di lui!"

"Ne so abbastanza!" ha gridato Astrid. "Abbastanza da capire che ti sei fatta incantare come una deficiente!"

"Stronza!" ha gridato Ingrid.

"Vacca!" ha gridato Astrid.

Ingrid ha fatto per gridare qualcosa in risposta, invece ha preso una ciotola di carciofini sott'olio e l'ha tirata contro sua sorella. Questa volta l'ha presa, a una spalla: l'olio e i carciofini hanno schizzato la camicetta bianca di Astrid. Oscar è corso a leccare l'olio da terra. Ho gridato "Oscar, *no*!", l'ho tirato indietro per il collare per evitare che mangiasse i vetri. Astrid si è avventata contro Ingrid, ha travolto una sedia per raggiungerla. Ingrid le è andata addosso con ancora più impeto: si sono azzuffate selvaggiamente, si sono tirate per i capelli, per le maniche. Oscar si è messo ad abbaiare, indietreggiava a ogni abbaiata.

Mi sono interposto tra Ingrid e Astrid, ma era tutt'altro che facile separarle: ho dovuto lottare con tutte le mie forze per riuscire a sciogliere le loro prese e spingerle a distanza, tenerle lontane. "Calma-te-vi!" ho gridato, tutt'altro che calmo io stesso, con i muscoli delle braccia e delle gambe tesi allo spasimo, mentre le sorelle Neumann mi graffiavano e strattonavano.

Astrid e Ingrid hanno continuato a spingere e scalciare e ansimare e allungare in avanti la testa per tornare a contatto, poi ci hanno rinunciato quasi nello stesso momento: la pressione sulle mie braccia e gambe è caduta di colpo, hanno fatto tutte e due una mezza giravolta.

"Io me ne vado da questo posto" ha detto Ingrid, in un tono quasi controllato, anche se respirava forte. "Non posso credere cosa siete diventati. Siete come quei Morlacci."

"Morla*cchi*" ho detto, automaticamente, stupito da come non era meno affascinante in questa alterazione estrema di stati d'animo.

"Non ha importanza il loro nome!" ha detto lei. "Siete diventati come loro. Pieni di gelosie e sospetti, pronti a deformare la realtà secondo le vostre frustrazioni e paranoie."

"Ti comporti come una bambina!" ha detto Astrid. "Altro che matura!"

"Preferisco essere una bambina, allora!" ha detto Ingrid, con altrettanta intensità. "Se essere maturi vuol dire diventare come voi! Chiusi fuori dal mondo, angosciati dal mutuo da pagare e dall'ansia di trovare qualcuno che compri i vostri pezzi di stoffa, terrorizzati dal minimo elemento imprevisto che entra nelle vostre vite! Ma non vi vedete?!"

"Come ti permetti di dire queste cose?!" ha detto Astrid, con le lacrime agli occhi per la rabbia.

"Me lo permetto quanto voglio!" ha detto Ingrid. "Tanto me ne vado! Non vi sopporto più! Non vi voglio più vedere!"

"Non dire così, Ingrid" ho detto, in un accento accorato che doveva sembrarle ridicolo. Ho pensato di prenderla per un braccio e trattenerla, ma non l'ho fatto.

Lei è uscita dalla cucina, è andata su veloce per le scale.

Io e Astrid siamo rimasti quasi fermi, senza parlare né guardarci, tra i frammenti di vetro, sconvolti e ansimanti, spaventati dalle conseguenze che ancora non riuscivamo a valutare.

Cinque minuti più tardi Ingrid era di nuovo al pianterreno, vestita da viaggio come era arrivata, con gli scarponcini da camminatrice ai piedi, lo zainetto in mano.

"Dai, Ingrid" ho detto. "Cosa vuoi fare?"

"Andare a Trearchi" ha detto lei, i suoi lineamenti chiusi in un'espressione di estraneità non scalfibile.

"E poi?" ho detto, con angoscia che saliva attraverso la confusione.

"Prendo il primo pullman per Roma" ha detto lei.

"E il tuo Durante?" ha detto Astrid. "Lo vuoi lasciare così, senza dirgli niente?"

"Smettila, Astrid" ho detto, per paura che riaccendesse la rissa, o evocasse Durante solo a parlarne.

"Se non mi volete accompagnare vado a piedi" ha detto Ingrid, senza raccogliere la provocazione di sua sorella.

Così l'ho accompagnata a Trearchi con il furgoncino, zitti tutti e due per dodici chilometri, nel rumore del motore e delle ruote e dell'aria che entrava dai finestrini aperti. Senza girare la testa percepivo con un'intensità quasi insostenibile la sua presenza palpitante alla mia destra, il suo odore, il suo modo ostinato di guardare avanti. Potevo quasi leggere i suoi pensieri, respirare nel suo respiro, sentire la temperatura della sua pelle, ascoltare i battiti del suo cuore. C'era una parte di me che avrebbe voluto frenare e accostare a lato della strada e abbracciarla e baciarla con folle intensità, dirle che la amavo da quando l'avevo vista per la prima volta nella sua casa di Graz e sua sorella me l'aveva presentata, proporle di scappare via con me in qualunque parte del mondo, vivere con ancora meno di Durante, costruire una casa con le nostre mani, assorbire il sole, camminare nei boschi, nuotare nel mare, fare l'amore, mangiare insieme, dormire insieme, fare figli insieme, qualunque cosa. L'altra parte di me ha continuato a guidare.

Alla fermata dei pullman di Trearchi ho fatto un ultimo, goffo tentativo di superare il golfo di incomprensione che si era allargato tra noi. Ma ho usato le parole sbagliate, e lei era perfettamente determinata a partire. Ha detto con grande padronanza di sé che in ogni caso la sua vacanza era finita e doveva comunque essere a Napoli due giorni dopo, preferiva fermarsi a Roma da una sua amica. Mi ha perfino sorriso, ma in un modo che non lasciava passare quasi niente della sua luce, mi ha provocato ancora più sgomento di quando era accigliata.

Mi sono offerto di restare almeno a farle compagnia fino all'arrivo del pullman, anche questo con una frase troppo contorta; lei ha detto che preferiva aspettarlo da sola. Ci siamo salutati con freddi sfioramenti di guance, sotto il sole che ci scottava la testa.

Mentre tornavo al furgoncino parcheggiato in divieto di sosta l'ho guardata entrare nel bar dove vendevano i biglietti per il pullman, con il suo zainetto sulle spalle, i capelli raccolti, il polso destro fasciato, il suo piglio da grandi distanze: un'incantevole, sconosciuta viaggiatrice straniera.

Quando sono tornato a casa, Astrid era ancora in cucina, aveva raccolto i frammenti di vetro da terra ma gli avanzi della frittata alle zucchine erano ancora sul tavolo. Subito ha detto "Ingrid?", guardava verso la porta.

"L'ho lasciata alla fermata dei pullman" ho detto.

"Potevi convincerla a restare" ha detto lei.

"Grazie tante, era troppo tardi" ho detto, mentre il senso di perdita continuava a salirmi dentro fino quasi a togliermi il respiro. "Dopo che hai fatto di tutto per mandarla via."

"Sarebbe colpa mia, adesso?" ha detto lei; mi guardava incredula, pallida, con gli occhi larghi.

"Certo che è colpa tua!" ho detto, perché avevo un bisogno disperato di prendermela con qualcuno di vicino. "Con le cose orribili che le hai detto!"

"Non le ho detto cose orribili!" ha detto lei. "Le ho detto quello che *pensavo*! Ed era lo stesso che pensavi *tu*, fino a questa mattina!"

"Ma non per le stesse *ragioni*!" ho detto, troppo d'impulso per pensarci.

"Ah no?" ha detto lei, tremava per la tensione. "E in cosa sarebbero diverse, le nostre ragioni?"

"Lo sai benissimo!" ho detto, perché malgrado tutto non riuscivo a dirlo.

"Invece non lo so!" ha detto lei. Ma subito dopo deve avere pensato anche lei che non aveva voglia di dare un nome alla differenza tra le nostre ragioni; ha fatto un gesto come di chi si butta qualcosa dietro le spalle, è uscita dalla cucina.

Ho guardato il piatto che Ingrid aveva lasciato a metà; ho preso un boccone della sua frittata. Mi sembrava che avesse il suo sapore, ma questo mi ha fatto sentire ancora peggio. C'era un silenzio pesante nella casa, il vuoto risucchiava l'aria intorno a ogni minimo gesto. Oscar mi osservava con le orecchie tese, accucciato vicino alla finestra, attento a ogni dettaglio.

Ho sparecchiato la tavola, lavato piatti e posate e bicchieri come per eliminare le tracce, sono andato fuori a scuotere la tovaglia.

Astrid era appoggiata con le spalle al muro, con gli occhi socchiusi nel sole.

Mi sono fermato anch'io, a fissare le colline velate dalla calura.

"Pensi che sia vero?" ha detto lei a un certo punto.

"Che siamo diventati come i Morlacchi?" ho detto, perché era la frase di Ingrid che più mi era rimasta nell'orecchio. "Patetici e frustrati e sospettosi nei confronti di qualunque novità?"

"No" ha detto lei. "Che Ingrid andava a Roma."

"Dove dovrebbe andare, invece?" ho detto, invaso istantaneamente da nuova inquietudine, sfaccettata in mille immagini simultanee.

Astrid non ha risposto, guardava in molte direzioni tranne che nella mia.

"Pensi che invece sia andata da Durante?" ho detto, con uno sforzo anche solo per pronunciare il nome.

"Tu l'hai vista salire sul pullman?" ha detto Astrid.

"No" ho detto. "L'ho vista entrare nel bar a comprare il biglietto."

"L'hai vista entrare nel bar" ha detto lei. "Basta."

"Non stiamo a farci sopra dei film, adesso" ho detto, anche se naturalmente il film già mi stava scorrendo veloce nella testa.

"Avrà chiamato un taxi, appena nel bar" ha detto Astrid. "Per andare da lui."

"Ma no" ho detto, cercando di richiamare l'ultima visione che avevo di lei. "Aveva l'aria di chi sta per mettersi in viaggio. Sai quel tipo di sguardo?"

"Non mi interessa il tipo di sguardo" ha detto Astrid, ha scalciato fra l'argilla compatta e l'erba secca.

Ho fatto un tentativo solo mentale di cambiare argomento, ma non ci riuscivo. Subito dopo mi sono sentito passare nel sangue una vera corrente autolesionista: ho detto "Magari hanno scoperto di essere le due metà di un insieme meraviglioso. Non gliel'hai chiesto?".

"No che non gliel'ho chiesto" ha detto Astrid.

"Magari è una cosa molto più seria di come pensiamo" ho detto. "Magari anche lui si è perdutamente innamorato, e vivranno per sempre insieme felici e contenti."

"Smettila di dire idiozie!" ha detto Astrid, in un registro aspro. "Non sei per niente divertente! Per niente!" È rientrata in casa.

L'ho seguita dentro, ho detto "Ehi, Astrid. Ti metti a fare la matta come tua sorella, adesso?".

Lei è andata in cucina, alla ciotola di rame sul vecchio mobile di legno dove mettevamo le chiavi, ha preso quelle del furgoncino.

"Dove vuoi andare, scusa?" ho detto, seguendola indietro verso l'ingresso.

"A vedere se è da lui" ha detto Astrid. Aveva la stessa faccia determinata di sua sorella, lo stesso sguardo da straniera.

"E se fosse da lui?" ho detto. "Cosa vorresti fare?" Provavo un senso di disorientamento come non mi capitava da anni: incertezza sulle nostre reciproche posizioni, dubbi su qualunque ipotesi di gesto o movimento.

"Non lo so" ha detto lei, si è infilata le scarpe. Era piena di fretta, senza tempo né voglia di ragionare con me, tanto meno di farsi trattenere oltre.

"Aspetta" ho detto.

"Torno presto" ha detto lei, era già fuori.

"Allora vengo anch'io!" ho detto, mentre la seguivo verso il furgoncino.

“No!” ha detto lei, con violenza. “Vado da sola, va bene?!”

Mi sono fermato, l’ho guardata salire e sbattere la portiera e mettere in moto e far grattare la retromarcia e poi la prima per l’impazienza, guidare di furia su per la stradina ripida.

Ho infilato nello stereo il cd di un concerto degli Stones

Ho infilato nello stereo il cd di un concerto degli Stones, mi sono messo al telaio. Ho preso a lavorare sul ritmo della musica: tiravo la spoletta, facevo scorrere la trama, strappavo con violenza la cassa battente. Il telaio mi sembrava a metà tra uno strumento da musica rock e una macchina da ginnastica rudimentale, metteva in gioco le mie mani e braccia e gambe senza tregua. Continuavo a pensare alla fretta furiosa che aveva trascinato Astrid fuori casa; mi chiedevo dove fosse lei adesso, dove fosse Ingrid, cosa fosse successo o stesse per succedere tra loro e Durante. Avevo la testa piena di possibili gesti ed espressioni e parole e toni di voce che si sovrapponevano in linee orizzontali e verticali, come i fili che mi si intrecciavano davanti agli occhi fino a formare un unico tessuto in continuo scorrimento.

Dopo forse un'ora ho provato a chiamare Astrid sul cellulare: la vocetta registrata della compagnia telefonica diceva che l'utente non era raggiungibile. Ho provato a chiamare Ingrid, ma il numero che avevo era vecchio e sua sorella non mi aveva mai dato quello nuovo, una voce registrata in tedesco diceva che non era più attivo. Ho provato a chiamare i Morlacchi: mi ha risposto Tiziana. Le ho chiesto se per caso aveva visto Ingrid o Astrid. Cercavo di respirare normale, ma mi rendevo conto di quanto affanno c'era nella mia voce.

"No" ha detto Tiziana Morlacchi. "Perché?" Sembrava agitata anche lei, anche lei con il fiato corto.

"Niente" ho detto. "Forse venivano lì, da Durante."

"Insieme?" ha detto lei.

"No" ho detto. "Una o l'altra. O forse tutte e due, sì"; non mi importava niente di contraddirmi.

"Non le ho viste" ha detto Tiziana Morlacchi. "Ma Durante non c'è, in ogni caso. Ugo ha fatto una cosa orrenda."

"A chi?" ho detto.

"A Durante" ha detto lei, aveva la voce incrinata. "L'ha cacciato, con la scusa di quello che è successo alla sorella di Astrid."

"Come cacciato?" ho detto.

"L'ha mandato via!" ha detto lei. "Senza neanche parlarne prima con me, ti rendi conto?"

"Quando?" ho detto.

"Stamattina presto!" ha detto lei. "Non riuscivo a crederci, quando me l'ha raccontato! Come se poi la proprietà dell'agriturismo fosse solo sua, invece che al cinquanta per cento tra me e lui! Che se mio padre poi non ci dava un prestito a interessi zero, col cavolo che riuscivamo a fare la ristrutturazione!"

"E Durante?" ho detto.

"Mio padre ha dovuto ipotecare l'appartamento di Vicenza, per aiutarci!" ha detto lei, trascinata com'era dal suo treno di recriminazioni. "E credi che l'abbia mai ringraziato, il signor Morlacchi? No! Mai! E adesso questo! E ha anche il coraggio di fare quello che si offende e se ne va via, a Trearchi o a Ceriano o dove diavolo se n'è andato! Che tanto lo so, è in qualche bar a bere!"

"E Durante?" ho detto, di nuovo.

"L'ho cercato dappertutto!" ha detto Tiziana Morlacchi. "Ma non c'è più, né ai box né ai paddock né da nessun'altra parte!"

"E i cavalli?" ho detto.

"Sono lì, ma lui no!" ha detto lei, in un tono di disperazione crescente.

"Dove può essere andato?" ho detto. E naturalmente non mi importava niente di dove fosse andato lui, quello che mi chiedevo era se Ingrid lo avesse raggiunto da qualche parte, se fossero scappati insieme, se Astrid li avesse trovati o li stesse ancora cercando affannosamente. Avevo una mappa mentale delle nostre cosiddette valli che mi passava a scatti davanti agli occhi: con troppi saliscendi e troppi dirupi, troppe curve e stradine sterrate e carrarecce e sentieri e boschi e fossi, troppi angoli impossibili da sondare.

"Non lo so!" ha detto lei. "Non lo so! E non riesco a darmi pace! Se penso a come si è comportato Ugo! Con uno che non gli aveva fatto niente di male! Ti rendi conto?!"

"Avrà avuto le sue ragioni" ho detto, invaso com'ero dalle mie, in ogni angolo del corpo e della mente.

"*Quali*?" ha detto lei. "Per fare una roba del genere?"

"Sarà stato geloso" ho detto.

"Geloso di chi, di cosa?" ha detto lei, in un tono lacerato.

"Di quel cavolo di Durante!" ho detto, attraversato io stesso dalla gelosia al punto di non riuscire a stare fermo.

"E perché?" ha detto Tiziana Morlacchi, come se davvero non lo sapesse.

"Per quello che c'è tra *te e lui*!" ho detto, esasperato dalla sua reticenza. "O che c'è stato!"

"Cosa stai dicendo?" ha detto lei.

"Dico quello che mi immagino" ho detto. "Che ho sentito, non so."

"Non c'è niente di vero!" ha detto lei, in un tono corrugato come cartone bagnato e asciugato. "Sono solo voci, squallide e maligne!"

"Non me ne importa niente, in ogni caso" ho detto. "Stai tranquilla."

"È una pura preoccupazione *umanitaria*, la mia!" ha detto lei. "Solo perché non sopporto che uno venga buttato per strada così! Non c'è niente di personale!"

Era chiaro che avrebbe potuto continuare a parlarne chissà quanto cercando di non scoprirsi e scoprendosi sempre più, ma non ero minimamente nella condizione di ascoltarla. La sua ansia per Durante aveva l'effetto di moltiplicare la mia per Ingrid e Astrid: mi accorciava ancora il fiato, mi mandava altra adrenalina in circolo. Le ho detto che avevo da fare, dovevo scappare, ho chiuso la comunicazione.

Ho messo sullo stereo un cd dal vivo di Béla Fleck e i Flecktones, tutto intrecci di banjo e sassofono e basso elettrico alla velocità della luce. Ho ripreso a lavorare ancora più freneticamente di prima, in gara con gli strumenti e con le immagini mentali che mi inseguivano. Ogni tanto alzavo il polso sinistro per controllare l'orologio, ogni tanto facevo un altro tentativo inutile di chiamare Astrid sul cellulare. Il tempo passava a scatti: minuti che si dilatavano nel modo più assurdo, quarti d'ora e intere mezz'ore che sparivano sul quadrante da un istante all'altro.

Ho finito una tenda, l'ho piegata e tolta di mezzo, ho messo nuove bobine di fili nelle spolette, ho ripreso a tessere. Andavo avanti come un ciclista che mangia la strada davanti a sé, solo che era una strada flessibile e colorata a strisce e sempre diritta, apparentemente senza fine. I pensieri mi sollecitavano i nervi e i nervi mi sollecitavano i muscoli, in un circuito inarrestabile; se io e Astrid avessimo lavorato sempre a questo ritmo la nostra sarebbe stata una piccola industria, più che un'attività artigianale. Doveva essere stato uno spirito simile a far venire in mente a Edmund Cartwright il primo telaio meccanico a propulsione idraulica, nel 1785. Avevo sempre pensato che dietro la sua invenzione ci fossero state pure motivazioni economiche, ma adesso potevo immaginarmi che a suggerirgliela fosse stata invece l'impazienza, il desiderio di bruciare le attese. Mi immaginavo Ingrid e Astrid e Durante in una varietà di situazioni che andava dal gioco amoroso al conflitto aperto alla semplice complicità per escludermi; facevo scorrere i fili sempre più veloci.

A un certo punto la seconda tenda di due metri e trenta era quasi finita e ho cominciato a impasticciare la trama; mi sono fermato. Ho guardato l'orologio ed erano le otto e un quarto di sera, il concerto degli Stones era ripreso dall'inizio per l'ennesima volta, avevo i muscoli delle braccia e delle gambe pieni di acido lattico. Sono saltato in piedi, ho detto "Basta, basta, basta", sono andato alla porta d'ingresso. Oscar mi è venuto dietro tutto zampettante e scodinzolante, ansioso di uscire.

Fuori la luce aveva preso una tonalità arancione, il sole si stava abbassando sopra l'orizzonte di colline dietro colline dietro colline. La mia percezione dei colori era alterata, avevo la vista confusa dalle ore al telaio. Cercavo di calcolare quante ne erano passate da quando avevo lasciato Ingrid alla stazione dei pullman di Trearchi, da quando Astrid si era precipitata alla ricerca di sua sorella o di Durante, o di tutti e due: mi sembrava uno spazio di tempo ingiustificabile, incontrollabile. Ho agganciato Oscar al guinzaglio lungo di corda intrecciata, siamo andati su per la stradina a passo di marcia.

Sulla strada interpoderale il sole del tramonto era coperto da un dorso di collina, l'umidità aveva già cominciato a salire dai boschi e dai fossi in fondo ai campi. Mi immaginavo Astrid che investiva sua sorella di recriminazioni e Durante di dichiarazioni d'amore, Ingrid che lottava furiosamente per tenerselo, lui che faceva la parte dell'apolide vagabondo affascinante e non capito e perseguitato a torto e dispensava gesti seducenti e perle di saggezza e giudizi morali, istruzioni equestri, consigli per vivere. Camminavo con tutta la potenza disponibile delle mie gambe allenate, respiravo in modo affannoso. Oscar annusava l'erba secca e i tronchi d'albero sul lato della strada, alzava ogni tanto la zampa di dietro per marcare il territorio; la sua incuranza esasperava la mia agitazione. Mi sono messo a correre, lui è partito a un galoppo così energico da trascinarmi ancora più veloce di come avrei voluto, mi ha fatto quasi cadere lungo il primo tratto in discesa.

Siamo arrivati alla casa dei Livi, ma lì ho girato per non farmi vedere da loro. Siamo tornati indietro, nella luce sempre più innegabilmente serale. Ho fatto ancora un tentativo di telefonare a Astrid, ma il mio cellulare non aveva campo; mi sentivo tagliato fuori dal tempo, minato dalla mancanza di informazioni. Tendevo l'orecchio per distinguere il rumore del nostro furgoncino nel fruscio del vento che saliva tra gli alberi: l'unico suono meccanico era di un aereo lontano nel cielo ormai quasi scuro.

Avevo la sensazione che la mia vita come la conoscevo stesse andando in pezzi, con una tale rapidità da lasciarmi incapace di reagire. Ero incredulo di non aver colto i segnali di quello che stava per succedere, di non aver elaborato per tempo una strategia di difesa o di contrattacco. Mi facevo rabbia per come mi sentivo privo degli strumenti necessari, ora che le ultime tracce di sicurezza mi si dissolvevano insieme alla luce del giorno. Non mi piacevano gli stati d'animo che mi attraversavano, e ancora meno il mio ruolo. Pensavo ai diversi modi in cui mi ero immaginato di poter essere, prima di incontrare Astrid e dedicarmi alla tessitura e diventare quello che ero: mi sembravano tutti più suggestivi, liberi, nobili, dinamici, interessanti. Non riuscivo a capire come il numero quasi infinito di scelte che avevo avuto davanti si fosse ristretto a un certo punto a una sola, e io ci fossi rimasto chiuso dentro come in una gabbia. Di tutti i possibili Pietro che avevo sognato o progettato da bambino e da ragazzo e da giovane adulto, con fondamento e no, questo mi sembrava un puro prodotto del caso, consolidato dalla ripetizione molto più che dalla convinzione. Mi chiedevo se fosse successo per la mia pigrizia mentale, o per la forza d'inerzia della vita; se fossi ancora in tempo a venirne fuori, e come. Subito dopo ero di nuovo invaso da un'angoscia senza forma, le mie riflessioni ridotte a tentativi patetici di prendere distacco dal me stesso che percorreva affannosamente insieme a Oscar la strada sterrata lungo il crinale, sudato e con il cuore martellante, gli occhi e le orecchie alla ricerca disperata di segnali.

Dentro casa l'assenza delle due sorelle Neumann era amplificata dall'altro tempo che era scorso via. La gelosia e l'apprensione che provavo per loro avevano due forme distinte, una terribilmente acuta per Ingrid e una più sorda ma altrettanto intensa per Astrid. Si combinavano insieme, in una doppia corrente di immagini e pensieri e sentimenti secondari che non riuscivo a fermare o attenuare in nessun modo.

Ho provato a telefonare a Astrid un'altra volta: niente. Avrei voluto uscire di nuovo a cercare lei e sua sorella, ma ero stanco e snervato e fuori stava diventando buio. Le distanze sembravano allungarsi in ogni direzione, troppo per attraversarle senza mezzi di trasporto. Lo spazio vuoto della campagna tutto intorno mi comunicava le sensazioni che avrei potuto provare su una minuscola isola, circondata da un oceano notturno.

Ho mangiato insalata di riso fredda direttamente dalla ciotola senza neanche sedermi a tavola, deglutivo senza masticare. Mi venivano in mente frasi bellissime e interamente vere che avrei potuto dire a Ingrid mentre eravamo insieme sul furgoncino; avevo voglia di battere la testa contro il frigorifero per non averci pensato quando forse sarebbero ancora servite a qualcosa.

Poi sono tornato nel laboratorio, ho messo un altro cd nello stereo, ho districato il garbuglio di fili che avevo creato. Ho ripreso a lavorare al telaio con mani irrequiete, piedi nervosi.

Verso le undici e mezza Oscar si è messo a uggiolare

Verso le undici e mezza Oscar si è messo a uggiolare, è andato verso l'ingresso; ho sentito attraverso la musica la portiera del furgoncino che sbatteva. Per non fare la figura di essere rimasto in attesa trepidante ho pensato di continuare a lavorare al telaio, anche se cominciavano a mancarmi le forze e stavo diventando sempre meno preciso. Due secondi dopo invece non ho resistito più: mi sono alzato e ho spento lo stereo, sono andato all'ingresso; ho quasi urtato contro Astrid che entrava.

"Ciao" ha detto lei, saltellava su un piede solo mentre si toglieva le scarpe. "Scusa l'ora." Cercava di sorridere, ma guardava il pavimento.

"Figurati" ho detto, invaso dalla specie più amara di sollievo. "Sono solo le undici e mezza di notte."

"Non mi sono accorta che era così tardi" ha detto Astrid, è andata a buttare nella ciotola di rame sul mobile le chiavi del furgoncino.

Le guardavo i capelli, i vestiti, annusavo l'aria, cercavo di raccogliere segnali. Ho detto "Certo, se non fosse per il buio e per le stelle e per i grilli, potrebbero ancora essere le tre o le quattro del pomeriggio".

Mi aspettavo che lei rispondesse con un'altra giustificazione o almeno con una battuta, invece è stata zitta.

Ho detto "Ingrid?".

"Niente" ha detto lei, ha scosso la testa. "Dev'essere andata davvero a Roma."

"E tu dove sei andata?" ho detto.

"In giro" ha detto lei.

"In giro dove?" ho chiesto. "A fare cosa? Con *chi*?"

"Te lo dico dopo" ha detto lei mentre saliva le scale; si è chiusa in bagno.

L'ho aspettata di sotto, sconcertato al punto di non saper più che atteggiamento assumere. Ho preso un libro da uno scaffale, l'ho posato, sono andato in cucina a bere un bicchiere d'acqua. Non riuscivo a immaginarmi un solo gesto adatto a rappresentare i miei pensieri o i miei stati d'animo, tanto erano strapazzati e sparsi in varie direzioni. Alla fine sono tornato nel laboratorio e mi sono rimesso al telaio, anche se a questo punto la vista mi andava insieme e i miei movimenti avevano perso coordinazione.

Astrid è arrivata dopo forse un quarto d'ora, con un piatto di insalata di riso in mano. "Cosa fai?" ha detto.

"Non lo vedi?" ho detto. "Mi porto avanti con il lavoro, visto che tu non te ne occupi più."

"Dai" ha detto lei. Ha guardato la tenda in lavorazione sul telaio, quella già finita e piegata sul tavolo contro la parete.

Il sollievo amaro per il suo ritorno mi si era già riassorbito del tutto, coperto da una miscela di sentimenti non chiari. Non ero geloso di lei come lo ero stato di Ingrid fino a pochi minuti prima; più che altro provavo un senso di possesso tradito, misto a offesa per il suo atteggiamento. Ho detto "Sparisci per tutto il pomeriggio e per tutta la sera e per un pezzo di notte, non ti fai trovare sul cellulare, e poi neanche mi spieghi perché!".

"Non c'era campo" ha detto lei.

"Dove?" ho detto. "*Dove*, non c'era campo?"

Lei non ha nemmeno cercato una risposta qualunque: ha alzato le spalle, masticava la sua insalata di riso.

"Con chi eri?" ho detto. "Con Durante?"

Lei ha fatto di sì con la testa.

"Eri con lui?" ho detto; non riuscivo a credere che non lo negasse nemmeno.

"Sì" ha detto Astrid, con una specie di rapido sguardo di sfida.

"E cos'avete fatto?" ho detto. "In tutto questo tempo?"

"Ma niente" ha detto lei. Mi guardava a brevi lampi, subito distoglieva gli occhi.

"Qualcosa dovete pure averlo fatto!" ho detto. "Avete litigato, parlato, flirtato, fatto sesso selvaggio in mezzo al fieno dei cavalli?"

"Parlato" ha detto lei.

"E di cosa cavolo avete parlato?" ho detto. "Per *nove ore* di seguito?"

"Di tante cose" ha detto Astrid.

"Dimmene una" ho detto.

"Siamo anche andati da Tom" ha detto lei.

"Da Tom Fennymore?" ho detto, con un'onda di rabbia alimentata dall'assurdità delle sue parole.

Astrid ha fatto di sì con la testa.

"In ospedale?" ho detto. "A Trearchi?"

Lei ha annuito ancora. Continuava a prendere piccole forchettate dal piatto, sembrava in una specie di trance.

"Per godervi lo spettacolo di uno in coma profondo?" ho detto.

Lei ha detto "Durante voleva vederlo".

"In che senso, voleva vederlo?" ho detto. "A che scopo?"

"Capire come stava" ha detto Astrid. "Toccarlo, stabilire un contatto."

"Per farlo uscire dal coma?" ho detto; mi sono sforzato di ridere, ma non ci riuscivo. "Con una formula magica o magari bruciando qualche polverina, tipo sciamano?" Ero troppo sfibrato e scosso, troppo fuori dai miei abituali percorsi mentali, troppo un estraneo nella mia stessa casa.

"Sei pieno di pregiudizi, Pietro" ha detto lei. Il suo chiamarmi per nome mi sembrava un modo di aumentare la distanza tra noi, anziché ridurla.

"Perché trovo assurdo quello che mi racconti?" ho detto. "Che un cialtrone che si occupa di cavalli vada negli ospedali a stabilire contatti con la gente in coma? Uno che tu stessa hai definito uno scemo pericoloso, un irresponsabile?"

"Non l'ho mai definito così" ha detto lei.

"L'hai fatto, invece!" ho detto. "Forse solo perché in quel momento eri gelosa di tua sorella, visto che lui l'aveva portata fuori al tuo posto!" Ho ripreso a intrecciare fili nel telaio, per canalizzare in qualche modo l'incredulità e la gelosia e la rabbia che continuavano a crescermi dentro.

"Se l'ho detto mi dispiace" ha detto lei. "Mi dispiace."

"E cos'è successo per farti cambiare idea tanto radicalmente?" ho detto, sopra il rumore legnoso e frusciante della tessitura. "Il fatto che Ingrid è partita e a quel punto gli andavi bene tu? Oppure è stata la messa in scena con il povero Tom all'ospedale?"

"Non era una messa in scena" ha detto lei. "Se l'avessi visto, l'avresti capito anche tu."

"Ah sì?" ho detto.

"C'era qualcosa di incredibilmente profondo" ha detto lei. "Un flusso di energia del tutto fuori da ogni razionalizzazione."

"Ah, certo, il flusso di energia" ho detto. "*Oooooomh*. E dopo qualche minuto Tom ha aperto gli occhi e ha sorriso e si è messo a camminare per la stanza, no?"

"No" ha detto Astrid. "È inutile che usi quel tono sarcastico, Pietro."

"Smettila di chiamarmi Pietro!" ho gridato, mentre intessevo i fili come una furia.

Lei mi ha guardato con il suo piatto in mano, scuoteva piano la testa come davanti a un matto.

"Non sopporto quando mi chiami così!" ho gridato.

Lei è stata zitta, ma la sua espressione mi esasperava sempre più.

"E *dopo*?" ho detto. "Cosa cavolo avete fatto, dopo la vostra bella spedizione in ospedale?"

"Te l'ho detto, abbiamo parlato" ha detto lei.

"Di cosa, di cosa, di *cosa*?!" ho gridato, in un crescendo che mi ha fatto male alle corde vocali.

"Cerca di calmarti, Pietro" ha detto lei, ancora una volta usando il mio nome per delimitare e separare territori.

"Non mi calmo per niente!" ho gridato. "Non mi calmo finché non mi avrai spiegato cos'hai fatto con Durante in queste nove ore!"

Lei aveva uno sguardo distante, mi è sembrato di vederle affiorare alle labbra un accenno di sorriso di compatimento.

Sono saltato in piedi e sono andato a prenderla per le braccia, ho gridato "E non guardarmi così, oltretutto! Come se fossi *io* quello che deve giustificarsi!".

Il piatto le è caduto di mano e si è rotto, ha sparso chicchi di riso e olive e pezzetti di formaggio e di tonno sulle mattonelle del pavimento.

"Dimmi cos'è successo!" ho gridato, scuotendola ancora. "Perché ti sei precipitata fuori come una pazza quando hai pensato che Ingrid fosse andata da lui? Perché sei rimasta fuori tutto questo tempo?"

"Lasciami!" ha detto lei, ha cercato di darmi una ginocchiata all'inguine.

"Cos'è, ti sei *innamorata* anche tu di Durante?" ho gridato, detestando con un'intensità folle la parte in cui ero precipitato. "Hai perso la testa per lui, come Ingrid?"

"*Siiiì*!" ha gridato lei.

Ho lasciato la presa. Ci siamo guardati negli occhi a pochi centimetri di distanza, tutti e due ansimanti, congestionati. Ero totalmente sopraffatto dall'incredulità, dissociato dal mio ruolo, sommerso dai pezzi della mia vita privata in frantumi.

"Sei contento, adesso?" ha detto lei.

"No" ho detto. "Per niente", come se parlassi di qualcun altro.

Lei si è massaggiata le braccia dove l'avevo stretta, è uscita dal laboratorio.

Ho dato un pugno al subbio anteriore del mio telaio, così forte da farmi male alla mano. Ho dato un calcio al montante, mi sono fatto male anche al piede.

Al mattino c'è stata una specie di gara tra me e Astrid

Al mattino c'è stata una specie di gara tra me e Astrid a chi saltava per primo fuori dal letto e si vestiva e usciva dalla stanza. Siamo scesi in cucina a pochi secondi uno dall'altro, abbiamo fatto colazione ognuno per conto suo, io in piedi e lei seduta al tavolo, senza guardarci né parlarci. Avevo la testa piena di sensazioni e riflessioni e dichiarazioni e rivendicazioni, tutte inutilizzabili. Lei ne aveva probabilmente altrettante, eppure stavamo perfettamente zitti, attenti a smorzare anche i rumori degli oggetti.

Ho portato da solo Oscar a fare la sua passeggiata, quando sono tornato Astrid era già seduta al suo telaio.

Abbiamo lavorato in silenzio per ore, senza musica per evitare di dover chiedere o dare un'approvazione vocale alla scelta dell'altro. Il rancore e il senso di possesso tradito e la gelosia e la non comunicazione avevano effetti positivi sulla nostra produttività: andavamo avanti come maniaci, il tessuto scorreva nei subbi a un ritmo quasi doppio del normale. Pensavo a che effetto avremmo potuto fare a un osservatore esterno, due tessitori ossessivi con i lineamenti contratti e gli sguardi che non si incontravano mai. Ci lanciavamo rapide occhiate di controllo solo quando pensavamo di non essere visti, tenevamo le labbra serrate per non far uscire le parole che ci premevano tra la lingua e il palato.

Intorno all'una la situazione è diventata del tutto insostenibile. Ho lasciato la spola, alzato i piedi dai pedali, ho detto "Uaaaaaaaah!".

"Che cos'hai?" ha detto Astrid, mi guardava di sbieco.

"Siamo *ridicoli*" ho detto. "Facciamo *pena*."

Lei ha ripreso a tessere a tre quarti di ritmo, con la faccia dura.

"Non possiamo fare finta di *niente*" ho detto. "È allucinante."

"Cosa dovremmo fare, invece?" ha detto Astrid, rallentando.

"Non lo so" ho detto. "Certo non continuare a non parlarci come adesso!"

"E allora?" ha detto Astrid, muoveva piano le mani tra i fili. "Secondo te?"

"Non lo so" ho detto, di nuovo. "Tu cosa vuoi fare? Come mai sei qua? Come mai non vuoi correre da lui?"

Lei non ha risposto, guardava la trama.

"Perché?" ho detto. "Perché hai paura che la magia meravigliosa di ieri non si ripeta? O perché aspetti che sia lui a farsi vivo?"

"È andato via" ha detto lei.

"Ah, ecco" ho detto.

Siamo stati zitti, lei non mi guardava.

"Per quanto, è andato via?" ho detto. "Un giorno, un mese, un anno?"

"Non lo so" ha detto Astrid.

"Mi dispiace per te" ho detto.

Lei mandava avanti il telaio, con lentezza estrema.

"Altrimenti ti saresti già precipitata da lui, no?" ho detto.

"Non ricominciare come ieri sera" ha detto lei.

"Come avrei dovuto essere, ieri sera?" ho detto. "Tutto festoso, come Oscar?"

"Eri totalmente fuori di te" ha detto Astrid. "Stavi per picchiarmi!"

"Non sono quel tipo di uomo!" ho detto. "Almeno questo dovresti saperlo!"

"Avevi uno sguardo orribile!" ha detto lei.

"Mi avevi appena rivelato che ti eri innamorata di un altro!" ho urlato.

"Non è vero" ha detto lei.

"Certo che è vero!" ho detto, al trenta per cento rassicurato dalla sua negazione, al settanta perfettamente lucido sullo stato delle cose. "Ti ho chiesto se ti eri innamorata di lui, e mi hai risposto di sì! Di *sì*!"

"Per chiudere la questione" ha detto lei, ma in un tono che non corrispondeva affatto alle sue parole.

"Non c'era neanche bisogno che rispondessi, in ogni caso" ho detto. "Bastava *guardarti*. Sembravi una specie di zombie. Persa. Cotta. *Fusa*."

"Smettila di essere così banale, Pietro" ha detto Astrid.

"Dammi qualche elemento per non esserlo!" ho detto. Non mi sentivo neanche del tutto onesto a comportarmi così, perché ero molto più geloso di sua sorella che di lei, e perché la parte di sollievo tra i miei sentimenti continuava stranamente a crescere, adesso che i legami della nostra vita comune sembravano allentati come per incanto. Mi chiedevo se era una reazione da shock, una forma infantile di autoesclusione, una compensazione automatica per essermi scoperto incapace di leggere nella complessità dei suoi stati d'animo.

Astrid si è alzata, è andata verso la porta che collegava il laboratorio alla casa. Oscar le saltava intorno, pieno di aspettative come ogni volta che ci muovevamo.

Ho lasciato anch'io il telaio e li ho seguiti all'ingresso, fuori nel prato; ho partecipato al gioco della pallina di caucciù lanciata e riportata, a quello del boomerang di plastica lanciato e riportato.

Poi siamo andati in cucina e Astrid ha messo a bollire degli spaghetti, io ho lavato un cespo di lattuga dell'orto.

Con le mani nell'acqua fredda ho detto "Se almeno me ne avessi parlato".

"Quando?" ha detto lei.

"*Prima*" ho detto.

"Non sapevo neanch'io cosa stava succedendo" ha detto lei.

"Invece lo sapevi" ho detto. "Dalla prima volta che lui è arrivato qui, a chiederci della Valle della Luna!"

"Non è vero" ha detto Astrid, scuoteva la testa.

Il suo atteggiamento ha avuto l'effetto di riportarmi indietro di qualche ora, al più affannato degli atteggiamenti di difesa. Ho detto "La cosa peggiore è la tua *ipocrisia*! Non riconoscere come stanno le cose!".

"Vorresti solo conferme alla tua versione dei fatti!" ha detto lei. "Sentirti dire che avevo preordinato tutto!"

"Se almeno ammettessi di avere *torto*!" ho detto. "Almeno questo!"

"Va bene, lo ammetto" ha detto lei. "Ho torto. Tieniti pure tutte le ragioni del mondo. A me non interessano."

“In che ruolo stai cercando di mettermi?” ho detto, sgomento per come la sua reazione mi spingeva in un territorio senza confini visibili. “Quello del meschino custode dello stato delle cose? Che cerca con ottusa ostinazione di proteggere il recinto della sua vita dalle incursioni dell’imprevedibile?”

“Non sto cercando niente” ha detto lei, mentre girava gli spaghetti nell’acqua bollente con un cucchiaio di legno che avevamo comprato insieme a un mercatino a Todi, anni prima.

“*Stai* cercando, invece” ho detto, sempre più frustrato dall’inutilità delle parole. “Hai la testa e il cuore traboccanti di chissà quante anticipazioni, e sono tutte legate a Durante!”

“Smettila con questi giochi mentali!” ha detto lei, ha sbattuto il cucchiaio sul bordo della pentola. “E smettila di parlare di Durante! Non ne sai niente, di lui!”

“Ah, certo meno di te o di Ingrid!” ho detto. “Questo è sicuro!” In mancanza di altri gesti mi sono messo a tagliare la lattuga: *stac stac stac*, la lama del coltello attraversava le fibre vegetali, dal verde scuro al verde tenero al giallo al giallo pallido al bianco, batteva sull’asse di legno.

“Io non ne posso più!” ha detto Astrid, senza specificare di cosa in particolare. Ha rovesciato gli spaghetti nello scolapasta, in una nuvola di vapore. L’acqua bollente e lattiginosa ha inondato il lavello, sembrava che non riuscisse più a scorrere giù per lo scarico.

Ho pensato che a questo punto avremmo lasciato tutto dov’era e ci saremmo allontanati dalla cucina in direzioni diverse, forse per sempre. Invece Astrid ha messo gli spaghetti in due piatti fondi, ci ha sminuzzato sopra qualche foglia di basilico e versato un po' d'olio, si è seduta a tavola. Mi sono seduto anch'io, ho riempito d'acqua i bicchieri.

Abbiamo mangiato in silenzio, registrando con la lingua solo gli accenti amari dell'olio d'oliva e dei frammenti di basilico.

Il pomeriggio abbiamo di nuovo lavorato ai telai senza dirci una parola, con sullo stereo un cd di Django Reinhart che dopo tre ripetizioni ha cominciato a minare seriamente i nostri sistemi nervosi. Ma nessuno dei due voleva fare il gesto di alzarsi e toglierlo per mettere qualcos'altro, siamo andati avanti così.

Ogni tanto davo un'occhiata veloce ad Astrid, per capire se era in attesa di un suono di telefono o di clacson o di qualche altro segnale da parte di Durante. Sembrava di no, ma ero certo che non ci fossero spiegazioni rassicuranti al suo modo di fare. Un momento speravo che questo stato di sospensione durasse a lungo, intollerabile com'era; un momento dopo ero sull'orlo di un gesto o di una frase per rompere lo stato delle cose, venirne fuori in qualunque modo. Ma siamo rimasti zitti tutti e due e abbiamo continuato a tessere, assorti nella nostra operosità che diventava ogni minuto più surreale.

La notte siamo stati svegli per ore di seguito, ognuno girato su un fianco nel suo lato di letto, vicino al bordo per lasciare il maggior spazio possibile in mezzo ed evitare ogni contatto. La stanza era perfettamente buia, fuori tirava un vento di sudovest che scuoteva gli antoni delle finestre e faceva tremare i vetri e soffiava giù per il camino. Avevo la testa piena di immagini di Ingrid e Durante, di Astrid e Durante, a distanze variabili. Mi sforzavo di pensare ad altro, ma le immagini continuavano a riformarsi, in un ciclo continuo che le avvicinava e allontanava. Io e Astrid abbiamo continuato a stare quasi immobili, respirando alla minima capacità dei polmoni: bloccati ai margini del letto, io con le mie domande non fatte, lei con le sue risposte chiuse in cassaforte.

Oscar aveva un linguaggio vocale abbastanza articolato

Oscar aveva un linguaggio vocale abbastanza articolato: un verso lungo di sbadiglio quando si svegliava al mattino, uggiolii al mio ritorno o a quello di Astrid dopo un'assenza, brevi sbuffi per rumori non chiari, una successione di latrati e ringhi nel caso di voci umane a distanza, abbaiamenti secchi e staccati se percepiva presenze in avvicinamento, un ululato lungo seguito da scoppi profondi di suono quando si accorgeva di una presenza umana già nei pressi della casa. Verso le otto e mezza di mattina è saltato in piedi dalla sua cuccia con quest'ultimo tipo di segnale, è corso verso la porta d'ingresso.

Ho lasciato la tazza di latte di capra freddo che stavo bevendo prima di cominciare il lavoro, sono uscito a vedere.

Fuori c'era il fuoristrada argentato dei Livi. Sergio è sceso, si è passato una mano sul collo, sembrava estremamente a disagio. Ha detto "Hai sentito di Tom?".

"No" ho detto, adattando già i miei lineamenti a ricevere una notizia luttuosa.

Astrid è uscita di casa alle mie spalle, Oscar continuava ad abbaiare da dietro la porta.

"Si è risvegliato" ha detto Sergio Livi.

"Cosa?" ho detto; non ero sicuro di aver capito.

"Questa mattina alle sei" ha detto Sergio Livi. "Uscito dal coma profondo, così."

"È stato Durante" ha detto Stefania, dal finestrino aperto.

Mi sono girato a guardare Astrid: aveva le pupille dilatate, le labbra dischiuse in un'espressione quasi di spavento. Mi sono grattato la testa, con una sensazione di totale irrealtà.

"È la cosa più incredibile del mondo" ha detto Stefania Livi. Ha alzato gli occhiali da sole, prima da un lato e poi dall'altro, si è asciugata le lacrime con due dita.

"In che senso è stato Durante?" ho detto, rivolto metà a loro, metà a Astrid.

"È stato lui" ha detto Stefania, tirava su dal naso.

"Mi ha chiamato mezz'ora fa Nigro della rianimazione" ha detto Sergio Livi. "Gli avevo lasciato il numero, visto che Tom qui non ha nessuno. Ero convinto che mi volesse dire che era morto."

"Invece si è risvegliato" ha detto Stefania, con la voce rotta.

Sergio Livi scuoteva la testa; ha detto "A sentire Nigro, in trent'anni non hanno mai visto una roba del genere".

Ci siamo guardati e non guardati ancora, nella luce già forte, con il vento che soffiava intorno. Nessuno sapeva cosa dire, tra le molte cose possibili.

Alla fine Sergio Livi ha detto "Noi andiamo in ospedale, a vedere". È risalito sul fuoristrada.

"Vengo con voi" ha detto Astrid, puntava dritta verso la loro portiera posteriore.

"Vengo anch'io" ho detto, spingendola indietro. "Prendiamo il furgoncino."

All'ospedale un aiuto-infermiere rumeno dopo aver preso dieci euro da Sergio Livi ci ha fatto strada su per le scale e lungo i corridoi. Tom era già stato trasferito dal reparto rianimazione a quella che sembrava una stanza di normale degenza: era sdraiato in un letto, sostenuto da un paio di cuscini, guardava un programma del mattino sul televisore appeso al muro. Aveva una benda intorno alla testa, una garza incerottata sulla gola, il tubicino di una flebo a un braccio, lo sguardo leggermente vago che aveva anche prima dell'incidente. Quando ha visto Stefania Livi avvicinarsi, ha alzato appena una mano, ha farfugliato "Buongiorno".

"Buongiorno, Tom!" ha detto Stefania Livi, con fin troppo slancio per il luogo e la situazione. "Come stai? Come *stai*?"

"*So so*" ha farfugliato Tom. "Male cane alla testa, e non mi lasciano alzare."

Un'infermiera è entrata, ha detto "Cosa ci fate qui? Non si può entrare!".

"Siamo i suoi vicini!" ha detto Stefania Livi, in un tono infiammato. "E conosciamo Durante, quello che l'ha salvato!"

L'infermiera non sembrava colpita, né informata. Ha detto "Qui entrano solo i parenti, e in orario visite".

"Ma lui non ha parenti, in Italia!" ha detto Stefania Livi. "Siamo le uniche persone che ha!"

Un malato in un altro letto guardava, senza capire bene.

“Ce ne andiamo subito, non si preoccupi” ha detto Sergio Livi; ha allungato anche a lei un biglietto da dieci euro. “Volevamo solo vederlo.”

“È troppo incredibile” ha detto Stefania Livi, china sopra Tom, con gli occhiali da sole in mano, nuove lacrime che le colavano lungo le guance. “*Troppo.*”

Sergio Livi è andato anche lui a guardarlo più da vicino, come per sincerarsi che fosse davvero vivo e sveglio. Gli ha toccato una spalla, ha detto “Tu ci vuoi far venire un infarto, Tom”.

“Ho sete” ha farfugliato Tom. “Datemi una birra.”

Astrid era ferma in mezzo alla stanza, pallida, senza espressioni.

L’infermiera ci osservava nervosa, non doveva considerarsi molto soddisfatta della mancia di Sergio Livi.

Alla televisione c’era uno che parlava dell’emergenza idrica in Africa, è stato interrotto dal conduttore per lasciar spazio alla pubblicità di un’acqua minerale.

È entrato un medico dai capelli grigi a spazzola con un paio di assistenti, ha detto “Cos’è questa, una piazza? È vietato l’ingresso agli estranei, qui dentro”.

“Non siamo estranei!” ha detto Stefania Livi. “Siamo i suoi vicini!”

“Sono Sergio Livi, dottore” ha detto Sergio Livi. “Mi ha telefonato il dottor Nigro alle otto e mezza, per avvisarmi.”

“Ho una sete fottuta” ha detto Tom.

“*Dovevamo* vederlo, dopo quello che è successo” ha detto Stefania Livi.

“Va be’, adesso l’ha visto, signora” ha detto il dottore.

“Ma come si spiega, quello che è successo?” ha detto Sergio Livi. “*Scientificamente*?”

“È una ripresa di coscienza” ha detto il medico, secco.

“Ma è stato Durante a ristabilire un contatto!” ha detto Stefania Livi. “È stato lui a tirarlo fuori!”

Il medico ha corrugato le sopracciglia in un’espressione scettica; uno dei suoi assistenti ridacchiava.

“Non mi dica che non è una cosa incredibile!” ha detto Stefania Livi.

Il medico forse non sapeva neanche cosa fosse successo esattamente, e in ogni caso non aveva nessuna voglia di avventurarsi in questo territorio. Ha detto “Signora, se il coma è reversibile, capita”.

“Ma non sembrava reversibile!” ha detto Stefania Livi. “Era più morto che vivo! Senza un movimento, niente!”

“Questa fottuta birra arriva, o no?” ha detto Tom Fennymore, con una voce sorprendente per chiarezza e volume.

Il medico si è girato a controllargli la flebo, ha detto qualcosa a uno degli assistenti. L’altro assistente si è messo a farci cenno di uscire, ha detto “Per favore, signori, sgomberiamo la stanza”. L’infermiera ha contribuito con gesti e mimica facciale, ci ha convogliati tutti fuori.

A metà corridoio abbiamo visto arrivare Ugo e Tiziana Morlacchi. Si sono fermati a qualche passo da noi, con espressioni interrogative. “Allora?” ha detto Ugo.

“Sveglio, perfettamente lucido” ha detto Sergio Livi. “Parla, vuole una birra.”

“È un miracolo” ha detto Stefania Livi, si è asciugata di nuovo gli occhi.

I Morlacchi ci fissavano, come se ci immaginassero in possesso di molti altri particolari che non volevamo rivelare.

Stefania Livi ha detto a Astrid "Tu che c'eri, cos'ha fatto, Durante?".

Astrid sembrava in stato di trance peggio di quando era tornata la notte, dopo nove ore passate con lui. Ha detto "Gli ha toccato la testa".

"In che modo?" ha detto Tiziana Morlacchi.

"Sulla fronte, sulle tempie" ha detto Astrid, così a bassa voce che si faceva fatica a sentirla.

"E poi?" ha detto Stefania Livi.

"Gli ha parlato" ha detto Astrid. "All'orecchio."

"Hai sentito cosa diceva?" ha detto Tiziana Morlacchi.

Astrid ha scosso la testa.

"E Tom?" ha detto Sergio Livi.

"Niente" ha detto Astrid. "È rimasto come prima."

"Ma, scusate un attimo" ha detto Ugo Morlacchi. "Cosa ne sapeva Durante, di Tom?"

"Gliene avevo parlato io" ha detto Astrid.

"Anch'io" ha detto Stefania Livi. "Almeno un mese fa."

Astrid ha alzato le spalle, come per dire che non le importava niente di chi gliene avesse parlato per prima.

"E lui ha voluto vederlo?" ha chiesto Tiziana Morlacchi.

"Sì" ha detto Astrid.

"Ma come avete fatto a entrare in rianimazione?" ha chiesto Ugo Morlacchi, continuava a cercare il trucco. "Non è che lasciano entrare il primo che arriva, così."

"Durante ha parlato con un infermiere" ha detto Astrid. "L'infermiere ci ha portati su da Tom, ci ha fatto mettere il camice e la cuffietta di carta, i copriscarpe di plastica."

"Gli avrà raccontato che era medico" ha detto Ugo Morlacchi.

"Lo *è*" ha detto sua moglie Tiziana.

"Sì, certo" ha detto Ugo, con uno sforzo evidente per non ricadere in un'altra lite coniugale.

"Che importanza ha, Ugo?" ha detto Stefania Livi. "Quello che conta è che è riuscito a far venir fuori Tom dal coma, o no?"

"Può essere una pura coincidenza" ha detto Ugo Morlacchi. "Magari si sarebbe svegliato comunque."

"Proprio dopo che Durante è andato da lui?" ha detto Tiziana Morlacchi. "Dopo mesi senza segnali?"

"Quando i medici non avevano più nessuna speranza?" ha detto Stefania Livi.

"Be', non erano ottimisti" ha detto Sergio Livi, per riportarla almeno in parte alla realtà dei fatti.

"Il che è un po' diverso" ha detto Ugo Morlacchi.

"Cerchi solo di non sentirti in colpa per averlo cacciato via!" ha detto Tiziana Morlacchi.

"Non mi sento in colpa!" ha detto lui, in un tono vacillante malgrado il volume della voce. "Chiunque si sarebbe comportato come me, dopo quello che era successo! Non potevo tenermi un irresponsabile del genere in Val di Lana!"

"Avete cacciato Durante dall'agriturismo?" ha detto Stefania Livi, come se si rendesse conto solo adesso di essere davanti agli autori di un crimine.

"Non *l'abbiamo* cacciato!" ha detto Tiziana Morlacchi, guardava suo marito con un'espressione di vero odio. "È stato *Ugo*, a cacciarlo!"

"Era nei nostri accordi fin dall'inizio!" ha detto Ugo Morlacchi. "Che se non ci fossimo trovati bene per qualunque ragione, se ne sarebbe andato! Tant'è che non ha fatto nessuna storia! Ha messo subito via le sue cose, tranquillo."

"Solo perché è un signore!" ha detto Tiziana Morlacchi. "A differenza di te!"

"Sai che signore" ha detto Ugo, ma a mezza voce.

"Verrà il suo amico con il camion" ha detto Tiziana Morlacchi, affranta. "A prendere il cavallo nero."

Astrid ha fatto di sì con la testa, era evidente che sapeva anche questo.

"E gli altri due cavalli?" ha detto Stefania Livi.

"Glieli ho comprati io" ha detto Ugo Morlacchi a mezza voce, si guardava intorno. "Visto che ormai nella brochure abbiamo messo che c'è l'equitazione, e i clienti ce li chiedono."

"Per una miseria, glieli hai comprati" ha detto Tiziana Morlacchi.

"A lui andava bene così" ha detto Ugo Morlacchi.

"Che generosità, da parte tua" ha detto Stefania Livi, con almeno altrettanto odio di Tiziana.

"E adesso?" ha detto Tiziana Morlacchi, sembrava sul punto di mettersi a piangere anche lei.

"Adesso dobbiamo trovarlo!" ha detto Stefania Livi. "Per fargli sapere di Tom, dirgli di tornare! Se non lo volete più da voi, può venire a stare da noi! Il posto c'è!"

Sergio le ha dato una brutta occhiata, ma in queste circostanze non se la sentiva di contraddirla.

"Certo che lo vogliamo!" ha detto Tiziana Morlacchi. "Ci mancherebbe!"

Suo marito fissava il pavimento, aveva un'espressione incanaglita.

"È Durante che non vi vuole più, di sicuro" ha detto Astrid, piano. È andata via lungo il corridoio, senza guardare nessuno.

Le sono andato dietro.

Io e Astrid abbiamo girato per giorni tra campagne e paesi

Io e Astrid abbiamo girato per giorni tra campagne e paesi in un raggio di venti o venticinque chilometri da casa, ma di Durante non c'era traccia. I Livi e anche Tiziana Morlacchi hanno fatto ricerche simili; ogni tanto ci consultavamo al telefono, benché senza nessuna cordialità. Appena avevamo un'ora o due che potevamo sottrarre al lavoro, Astrid prendeva le chiavi del furgoncino, ci mettevamo per strada. Ogni volta lei diceva "Vado io, vado io", ma finivo sempre per accompagnarla, perché sapevo che sarebbe andata comunque e mi sembrava di avere un minimo di controllo sugli eventi ad andare con lei. Ci fermavamo davanti a una cascina isolata o davanti al bar di una frazione, chiedevamo se per caso avevano visto un tipo alto e magro con un cappello di paglia da cowboy: i nostri interlocutori scuotevano la testa.

Sapevamo tutti e due che era un'indagine con ben poche possibilità di successo, ma d'altra parte Durante non aveva un telefono cellulare né aveva lasciato recapiti o tracce di alcun genere. Tiziana Morlacchi ha ispezionato palmo a palmo la selleria in cerca di biglietti con nomi o indirizzi o numeri, senza nessun risultato. Del suo amico che aveva portato Nimbus e gli altri cavalli con il camion nessuno sapeva niente, doveva essere venuto da chissà dove. Abbiamo provato a digitare il nome "Durante" in un motore di ricerca su internet: sono apparsi decine di risultati, ma riguardavano tutt'altri Durante che facevano tutt'altro in tutt'altre parti d'Europa. L'unica voce che avesse a che fare con lui era alla penultima pagina: la cronaca di una sua esibizione di monta senza redini nel corso dell'edizione 2005 della fiera del cavallo di Città di Castello. Era la piatta, incolore descrizione in poche righe dell'evento, dove non si raccontava niente di lui se non che era un "cavaliere di straordinarie capacità", basta.

Ogni volta che un tentativo di rintracciarlo finiva in niente, provavo una forma di sollievo a brevissimo termine, mescolata a una dose di frustrazione. Astrid alzava le spalle, chiusa in un'espressione ostile.

"Guarda che non è colpa mia, se è sparito nel nulla" dicevo.

Lei non rispondeva.

"Prenditela con i Morlacchi o con chi vuoi" dicevo. "Non con me."

Lei guardava altrove.

"E smettila di vederlo come un santo salvatore" dicevo. "Il fatto che Tom si sia risvegliato non è dipeso certo dalla sua messa in scena all'ospedale."

Lei si passava le dita tra i capelli corti, le restavano dritti sulla testa.

"Non è neanche un povero perseguitato" dicevo. "La reazione di Ugo Morlacchi è stata del tutto comprensibile.

Vorrei vedere chi se lo sarebbe tenuto in casa, dopo che gli aveva sedotto la moglie, insultato i clienti e fatto rompere il polso a una visitatrice!"

Lei si premeva le mani nelle tasche dei calzoni, serrava le labbra.

Dicevo "Ti rendi conto di quanto tempo ed energia stiamo sprecando per uno che ha devastato la nostra vita e quella di almeno un paio di altre famiglie, e poi è scappato via senza neanche salutare?".

Lei si bilanciava sulle gambe lunghe, inspirava dal naso.

E naturalmente sapevo che non era certo a forza di parole che avremmo potuto tornare alla nostra vita di prima. Non ero nemmeno sicuro di volerci tornare, se ci pensavo con un minimo di onestà. Ogni volta che facevo qualcosa anche di molto semplice con Astrid, mi immaginavo di farlo con sua sorella: avevo continue immagini mentali di me e Ingrid insieme visti da fuori, assorti uno nell'altra, eccitati e divertiti senza fine dalla nostra vicinanza. D'altra parte ero sicuro che Astrid si immaginasse con la stessa intensità insieme a Durante; lo capivo dal modo in cui smetteva di parlare o sembrava stanca o annoiata da un momento all'altro, da come attraversava il prato davanti a casa per guardare le colline lontane. Andavamo avanti con le diverse attività di ogni giorno come due nemici fraterni, irrimediabilmente legati e irrimediabilmente ostili, gelosi di segreti che non erano tali, incapaci di trovare una via d'uscita.

Tom Fennymore è rimasto per qualche settimana in ospedale

Tom Fennymore è rimasto per qualche settimana in ospedale, a seguire varie terapie di riabilitazione. Io e Astrid e i Livi e i Morlacchi e gli altri residenti delle nostre colline lo andavamo a trovare a turno, gli portavamo qualcosa di buono da mangiare o da bere, gli facevamo nuove domande sulla sua uscita dal coma profondo. Lui rispondeva in uno strano modo metà svagato e metà lucido, come se quello che gli era successo fosse un evento miracoloso e nello stesso tempo abbastanza normale. I medici insistevano che il suo risveglio era sorprendente ma rientrava in una percentuale casistica, non aveva niente di soprannaturale.

Poi l'hanno dimesso: un mattino ho visto un'ambulanza che seguiva la strada sterrata lungo il crinale, si fermava davanti alla sua vecchia casa di pietra e mattoni ancora in parte da ristrutturare. Ho preso il binocolo, l'ho guardato scendere con le sue gambe, appoggiato a una stampella ma senza aiuto da parte degli infermieri.

Il giorno dopo io e Astrid siamo andati a trovarlo. Stava trafficando nell'uliveto, con un fazzoletto blu legato in testa, la stampella appoggiata a un tronco d'albero. Era in condizioni molto migliori dell'ultima volta che l'avevamo visto in ospedale, e già allora la rapidità del suo recupero mi aveva colpito. Ha detto che aveva cominciato a scrivere un saggio storico sul Vallo di Adriano, a rifare l'orto e a sistemare la casa dopo mesi di abbandono. Anche se smagrito e leggermente instabile sulle gambe, sembrava addirittura più vitale di prima dell'incidente: con lo sguardo più limpido, un colorito migliore. Oscar lo ha annusato, continuava a girargli intorno come se trovasse qualcosa di strano in lui.

Tom ha detto "Sempre nessuna notizia di Durante?", respirava lento.

Io e Astrid abbiamo scosso la testa.

"*Damn it*" ha detto lui. "La cosa più assurda è non averlo neanche mai *visto*. Ero quasi morto e arriva uno a salvarmi la vita, e non so neanche che faccia abbia!"

"Sei sempre convinto che sia stato lui a salvarti?" ho detto, benché glielo avessi già chiesto in varie maniere almeno tre o quattro volte.

"*Convinto*?" ha detto Tom. "Sono fottutamente *sicuro*! Mi ha tirato fuori per i capelli, letteralmente!"

"E come avrebbe fatto, a tirarti fuori?" ho detto, anche questa una domanda già formulata e riformulata, a lui e a Astrid.

Tom si è schiarito la gola, non gli dispiaceva affatto ripetersi su questo tema. Ha detto "Ero sospeso in una profondità buia, distaccato da tutto. Fluttuavo, no? Potevo ancora vedere una piccola luce, ma sempre più lontana, un puntino soltanto. Poi a un certo punto ho sentito che qualcuno era arrivato lì da me, mi stava trascinando indietro".

"E la luce?" ha detto Astrid, voleva sentirglielo dire ancora una volta.

"Ha preso a diventare più intensa" ha detto Tom. "Più intensa, più intensa, sempre più intensa."

"E come ti trascinava, quello che era arrivato da te?" ha detto Astrid, tutta focalizzata sulla risposta.

"Come si trascina a riva uno che sta annegando" ha detto Tom. "Almeno immagino. So solo che ero là, galleggiavo ancora ma ero sul punto di andare sotto, verso il fondo buio. E di colpo c'era questo forte nuotatore che mi agguantava e mi riportava su. Uno tosto, addestrato al salvataggio, capito?"

"E poi?" ha detto Astrid.

"Mi ha trascinato a riva" ha detto Tom. "E mi ha lasciato lì."

"E lo sentivi?" ha detto Astrid. "Di essere a riva?"

"Sì" ha detto Tom. "Avevo la luce che mi passava attraverso le palpebre, i suoni nelle orecchie, il cotone delle lenzuola sotto le dita, la gola e la gamba e la spalla e la testa che mi facevano un male cane."

"Ma ti sono tornate simultaneamente, le sensazioni?" ha detto Astrid.

"No" ha detto Tom.

"Una sensazione alla volta?" ha detto Astrid.

Tom ha fatto di sì con la testa, dalla sua espressione sembrava che gli fosse appena successo. "Leeeentamente" ha detto. "Prima forse l'udito. Poi la vista, ma solo come percezione di luce. Poi l'olfatto. Poi il tatto. Alla fine ho aperto gli occhi, c'era un medico che mi guardava da qualche centimetro con un'espressione assolutamente assurda. Da morir dal ridere."

Astrid era così attenta da dimenticarsi quasi di respirare; avrei voluto scuoterla.

"E Durante, cos'ha fatto?" ha detto Tom, anche la sua domanda già ripetuta in ogni possibile variazione. "Dall'inizio, quando è entrato."

"Ti ha guardato" ha detto Astrid.

"Che espressione aveva?" ha detto Tom, si è aggrappato a un ramo dell'ulivo.

"Assorta" ha detto Astrid.

"Assorta" ha detto Tom.

"Sì" ha detto Astrid. "Sembravi andato."

"*Ero* andato, quasi" ha detto Tom. "E poi?"

"Si è mosso" ha detto Astrid.

"Come? Lento, veloce?" ha detto Tom, ha fatto un gesto come per simulare un possibile movimento di Durante.

"Abbastanza rapido, sì" ha detto Astrid. "Mi sono anche un po' spaventata, non capivo cosa volesse fare."

"A quel punto che espressione aveva?" ha detto Tom.

"Concentrata" ha detto Astrid.

"Concentrata" ha detto Tom.

"Sì" ha detto Astrid.

"E cos'ha fatto?" ha detto Tom.

"Ti ha appoggiato le mani sulle tempie" ha detto Astrid. "E sulla fronte."

"Mi guardava?" ha detto Tom.

"Teneva gli occhi chiusi" ha detto Astrid.

"E poi?" ha detto Tom.

"Poi ti ha messo una mano sotto la nuca" ha detto Astrid. "E l'altra sotto il mento."

"E?" ha detto Tom, sembrava sul punto di cadere.

"Ha tirato" ha detto Astrid.

"Forte?" ha detto Tom.

"Non lo so" ha detto Astrid. "Era difficile capire. Avevo anche paura che entrasse qualche infermiere o medico a cacciarci via, continuavo a guardare la porta."

"Forte così?" ha detto Tom. Ha tirato a due mani il ramo di ulivo, ha rischiato di perdere l'equilibrio.

"No-oh" ha detto Astrid. "Ti avrebbe rotto l'osso del collo."

"Già" ha detto Tom, rideva.

Avrei voluto gridare che era tutta una storia insensata, fondata sulla messa in scena di Durante e sul loro bisogno di credere in qualcosa di più suggestivo di una semplice catena di reazioni chimiche, ma avevo paura di destabilizzare un convalescente e di provocare brutte reazioni in Astrid. Così sono stato zitto a guardarli, nell'aria densa e bruciante tra gli ulivi, con le cicale che frinivano instancabili tutto intorno.

"Senza di lui non sarei più tornato" ha detto Tom, dopo un po'. "Ne sono sicuro al mille per cento."

Astrid ha fatto di sì con la testa.

"E non l'ho nemmeno potuto vedere in faccia" ha detto Tom. "Nemmeno una *volta*."

Io e Astrid e Oscar siamo rimasti con lui ancora qualche minuto, nell'uliveto che friggeva sotto il sole. Poi siamo tornati a casa senza dirci una parola per tutto il percorso, ci siamo rimessi a lavorare.

La temperatura continuava a salire

La temperatura continuava a salire, di giorno in giorno. Il vento di sudovest prendeva forza nel canalone tra le valli, investiva la nostra casa-laboratorio come un phon da un milione di watt regolato al massimo. Io e Astrid stavamo quasi tutto il giorno dentro, con le tende gialle tirate, a tessere nella luce color ambra un tappeto di lana commissionato dall'amica di una nostra cliente di Roma. Era un lavoro impegnativo, anche se pagato abbastanza bene: dovevamo riprodurre il quadro di un pittore apparentemente importante in un formato diverso e su scala tre a due. Avevamo fatto un modello su carta sulla base di una fotografia a grandezza naturale, e varie prove d'intreccio prima di trovare i colori giusti. Procedevamo lenti, con sullo stereo musica di vibrafono o di pianoforte elettrico scelta in base alla massima freddezza dei suoni. La consegna era per la fine di ottobre, eravamo ancora nella fase in cui ci sembrava di avere più tempo di quanto ce ne servisse.

Non parlavamo più di Durante, né di Ingrid, cercavamo di evitare gli argomenti che potessero richiamarli in qualche modo. Ma era una forma del tutto inutile di reticenza, perché continuavano tutti e due a essere nel retro dei nostri pensieri, qualunque cosa facessimo. Dormivamo e lavoravamo e mangiavamo e facevamo brevi passeggiate con Oscar, e la normalità apparente dei nostri gesti quotidiani aveva solo l'effetto di accentuare l'anomalia dei nostri sentimenti.

La sera guardavamo alla televisione le immagini degli incendi che bruciavano l'Europa meridionale, delle piogge senza fine che allagavano l'Europa settentrionale.

Il trentun luglio Astrid è partita per Graz come ogni anno, per passare qualche tempo con i suoi, partecipare a un paio di fiere dell'artigianato e ristabilire i contatti con i nostri clienti austriaci. Era la sospensione periodica della nostra convivenza, l'unico tempo in cui non eravamo a portata di sguardo o di voce ventiquattro ore su ventiquattro. Come ogni anno, eravamo d'accordo che io e Oscar l'avremmo raggiunta con il furgoncino verso il venti di agosto, per andare insieme a un'altra fiera e fare qualche giorno di vacanza prima di tornare a casa. Credo che a intervalli ci rendessimo conto tutti e due di quanto fosse assurdo continuare con i nostri programmi come se niente fosse, eppure era quello che facevamo da tempo, ormai. Convivevamo con questo stato di dissociazione costante tra gesti e pensieri, stavamo cominciando ad abituarci allo stress che provocava.

Verso le undici di mattina l'ho accompagnata alla stazione di Mariatico, l'ho aiutata a caricare sul treno la sua valigia e uno scatolone di tessuti vari da usare come campioni.

Ne avevamo un secondo, ma l'avrei portato su io col furgoncino più tardi. Ci siamo scambiati poche parole di saluto e due rapidi strofinamenti di guance, interamente occupati fino all'ultimo da preoccupazioni di bagagli, spostamenti, orari, numeri sul calendario per non lasciare spazio ad altri pensieri. Sono saltato giù poco prima che richiudessero le porte, ho agitato la mano dalla banchina. Astrid ha fatto un cenno equivalente mentre il treno già si muoveva, filtrato dal vetro sporco del finestrino. Subito dopo eravamo separati, con una distanza che cresceva rapida mentre andavamo in direzioni opposte, lei verso nord e io verso ovest, ognuno con le sue verità non rivelate, i suoi dubbi non dissolti, le sue rassicurazioni non avute.

Poi a casa mi sono sentito intollerabilmente solo, nello spazio vuoto e silenzioso che dipendeva così tanto dalla capacità organizzativa di Astrid. Oscar mi guardava perplesso, la sua espressione aveva l'effetto di amplificare il mio stato d'animo. Anche le altre estati questa separazione d'agosto mi aveva intristito, ma l'avevo sempre vista come un evento stagionale, inevitabile e anche utile nel ciclo della nostra convivenza. Adesso le basi della nostra convivenza erano minate, il tessuto di gesti e dati di fatto che aveva continuato a tenerci insieme si era strappato e sfilacciato. L'idea che Astrid stesse per fare l'unica cosa che avrei voluto fare io, vale a dire incontrare sua sorella, mi sembrava assurda, priva di senso. Mi sentivo alla deriva, abbandonato a me stesso e al caldo implacabile della campagna, al vuoto che mi risucchiava da ogni angolo della casa con una forza difficile da contrastare.

Ogni occhiata in giro, ogni attesa di suono mi premevano sul cuore e mi facevano tremare le ginocchia, mi provocavano un ronzio alle orecchie. Ho messo un cd di Jimi Hendrix nello stereo, ho alzato il volume al massimo. Ma aggravava ancora di molto il mio stato emotivo, e peggiorava la situazione termica; ho dovuto toglierlo quasi subito. Sono uscito a fare una lenta camminata con Oscar attraverso il rado bosco di carpini che secernevano linfa appiccicosa, con un'intera famiglia di tafani che ci inseguiva per tutto il percorso.

Nei giorni seguenti ho continuato a lavorare al tappeto-quadro, anche se con un ritmo estremamente dilatato. Mettevo sullo stereo musica tibetana, musica scozzese degli altipiani. Tessevo per dieci o quindici minuti e mi fermavo, andavo in cucina a bere tè freddo, accendevo il televisore con l'audio a zero, restavo incantato a guardare il primo programma che capitava. Uscivo con Oscar nella canicola che toglieva il fiato, tornavo dentro, mi sedevo di nuovo al telaio. La sera facevo una breve telefonata a Astrid, o era lei a telefonarmi: non riuscivamo a comunicarci molto, a parte qualche rapido aggiornamento sul lavoro e sul clima. Un paio di volte le ho chiesto come stava Ingrid; lei ha detto bene. A sua volta mi ha chiesto se c'erano novità, che tradotto significava se c'erano novità su Durante; le ho detto di no. La distanza non ci stimolava ad affrontare le nostre questioni sospese, non ci rendeva più sinceri né più lucidi. Al contrario, ci dava alibi e scuse, metteva un filtro opaco alla nostra visione reciproca.

A volte accendevo il computer per controllare la corrispondenza, ma lasciavo passare anche un giorno o due prima di rispondere a una richiesta di informazioni o a un semplice saluto. Controllavo su internet le previsioni meteorologiche, mi perdevo in qualche sito dedicato alla tintura naturale dei filati o alle esperienze di pre-morte. Il tempo scorreva con la stessa lentezza dei fili di lana nel mio telaio: ogni volta che guardavo l'orologio sembrava che le lancette non si fossero quasi mosse dalla volta precedente. Di tanto in tanto mi chiedevo se avrei dovuto reagire in qualche modo: andare a trovare dei vicini, spingermi fino a un fiume o forse al mare per rinfrescarmi almeno temporaneamente il corpo e le idee. Poi lasciavo perdere, non ne facevo niente. Ero in uno spirito di sospensione, battito cardiaco e dispendio di energie ridotti al minimo; mi sembrava già molto riuscire a nutrire e dissetare me stesso e Oscar quotidianamente, progredire con il tappeto-quadro di qualche centimetro al giorno.

L'undici agosto Oscar è andato alla porta d'ingresso

L'undici agosto Oscar è andato alla porta d'ingresso, uggiolava e scodinzolava come faceva solo quando io o Astrid tornavamo a casa. Poiché io ero già in casa e Astrid era a Graz, ho lasciato il telaio e sono andato a socchiudere la porta con grande perplessità.

Fuori c'era Durante, abbronzato e senza cappello; ha detto "Buongiorno, Pietro!".

Sono rimasto fermo, totalmente spiazzato dall'idea di trovarmelo davanti, dopo settimane intere in cui avevo continuato a immaginarmi cos'avrei fatto se l'avessi rivisto.

Lui è venuto avanti rapido e mi ha abbracciato, mi ha battuto una mano sulla schiena, forte.

"Ciao" ho detto, a mezza voce, senza ricambiare la pressione dell'abbraccio.

Lui si è accovacciato a carezzare Oscar che gli saltava intorno e guaiva di felicità e gli leccava le mani, ha detto "Eeehi, bello!".

"Astrid non c'è" ho detto, dato che mi sembrava di vederlo sondare a sguardi nella casa alle mie spalle. "È in Austria."

"Lo so" ha detto Durante, senza smettere di festeggiare e farsi festeggiare da Oscar.

"Ah sì?" ho detto, con un ritorno istantaneo di senso di possesso tradito, rancore concentrato nei suoi confronti.

"L'ho chiamata sul cellulare" ha detto lui, come se fosse un fatto del tutto privo di implicazioni secondarie. Ha abbracciato Oscar intorno al collo, si è lasciato leccare la faccia.

Era una situazione surreale, dopo tutti i sospetti, le insicurezze, gli scambi di accuse, i tentativi di spiegazione, le ricostruzioni meticolose, le ricerche inutili, i sentimenti danneggiati che lui aveva provocato dal suo arrivo in poi. Ho detto "E Ingrid, l'hai sentita?".

"No" ha detto lui, ha scosso la testa.

Questo mi ha dato un lieve conforto, benché non fosse affatto chiaro se non l'avesse sentita perché lei non voleva parlargli, o perché lui non era più interessato, o semplicemente perché non erano riusciti a trovarsi. Ho detto "Pensavo che te ne fossi andato per sempre".

"Sono stato un po' in giro" ha detto lui, grattava la schiena a Oscar.

"Come mai sei tornato?" ho detto. In realtà non sapevo cosa dire né che tono usare, come muovere i muscoli della faccia. Una parte di me avrebbe voluto prenderlo a calci approfittando della sua posizione momentaneamente svantaggiata, un'altra parte di me trovava inadeguato e futile qualunque tentativo di vendetta o richiesta di spiegazioni.

"Così" ha detto lui, mi guardava dal basso in alto.

"E dove stai?" ho detto, con ancora un impulso intermittente nei tendini della gamba destra. "Dai Morlacchi?"

Lui ha scosso la testa, si è alzato. Ha detto "Da Tom". Ha fatto un gesto in direzione della casa di Tom.

"Ah" ho detto. La parte di me che voleva uno scontro selvaggio stava ricalcolando le probabilità di successo nelle nostre nuove posizioni, la parte distaccata prendeva ancora più distanza.

"Sono passato a sentire se hai voglia di darci una mano" ha detto lui.

"Cosa?" ho detto; lo guardavo.

"Stiamo facendo una recinzione per Nimbus" ha detto lui.

Ho cercato di formulare la frase più tagliente e sarcastica possibile per respingere la sua richiesta e dirgli cosa pensavo di lui e del suo modo di fare, ma non mi veniva. Ero accaldato e demotivato e confuso, e lui continuava a fissarmi con i suoi occhi grigi, in attesa. Così ho detto "Va bene".

"Andiamo, allora" ha detto lui.

"Adesso?" ho detto, con un ritorno di lucidità solo parziale, fuori tempo massimo.

Lui ha fatto di sì con la testa, ha detto "Mi dai qualcosa da bere, però?".

L'ho lasciato entrare in cucina con gli stivali polverosi ai piedi, gli ho versato un bicchiere di tè freddo al limone. Pensavo che forse il caldo e la solitudine avevano danneggiato le mie capacità di reazione; non riuscivo a immaginare un solo modo dignitoso per recuperare terreno.

Durante ha sorseggiato il tè freddo con calma, come se non fosse in casa d'altri e nell'atto di ricevere un favore da qualcuno che aveva tutte le ragioni per detestarlo. Poi ha sciacquato il bicchiere nel lavello, l'ha messo ad asciugare sullo scolapiatti di legno, mi ha strizzato l'occhio. Ha detto "Andiamo?", era già fuori di casa.

Mi sono infilato gli stivali di gomma e sono uscito con Oscar, l'ho preso per legarlo alla sua lunga catena sotto il portico.

"Cosa fai?" ha detto Durante, appoggiato alla portiera aperta della sua macchinetta bianca.

"Se no scappa" ho detto.

"No che non scappa" ha detto lui. Ha fatto un fischio; Oscar mi è sparito tra le mani, si è tuffato dentro la sua macchina.

Sono andato verso il furgoncino, furioso per essere stato anche scippato del mio cane.

"Dove vai?" ha detto Durante. "Cosa vuoi fare, una carovana motorizzata?"

Così sono salito sul sedile mezzo sfondato della sua macchinetta surriscaldata, con i pugni stretti per la rabbia, sudore freddo che mi colava lungo la schiena.

"Sono contento di rivederti" ha detto Durante, mentre faceva rombare il piccolo motore in prima su per la stradina ripida.

Non ho risposto, neanche con un mezzo sorriso. Nell'abitacolo c'era odore di olio, vecchia plastica, argilla, ruggine, sudore, rosmarino. Mi sono chiesto se anche questi elementi olfattivi avevano contribuito ad affascinare Ingrid; me la immaginavo seduta al mio posto quando lui veniva a prenderla la sera o a riportarla nel mezzo della notte. La macchinetta bianca mi sembrava lo strumento di un crimine, eppure non riuscivo a decidere come comportarmi con il responsabile.

Lui guidava a scatti, a ogni cambio di marcia doveva strappare la leva con forza. Ha detto "Pensavo anch'io che non sarei mai più tornato da queste parti. Ma avevo la sensazione di una storia non chiusa. Sai come può succederti con una donna, che non puoi lasciare perché ti sembra che ci siano ancora delle cose interessanti da vivere con lei?".

"Ahà" ho detto. Mi domandavo se la sua era una provocazione inconsapevole, o voluta; se avrei dovuto ridere o prenderlo a pugni con tutta la forza di cui ero capace, far finire la macchina in un fosso o giù tra gli alberi del bosco e poi sgusciare fuori dai rottami, riportarmi a casa Oscar.

"Poi magari scopri che non è così" ha detto lui. "Ma ti fai guidare dalla sensazione."

"Se sei uno che si fa guidare dalle sensazioni" ho detto.

"Cosa?" ha detto lui, nel rumore del motore e delle ruote sul fondo irregolare.

"Se ti fai guidare dalle sensazioni!" ho gridato.

"Perché?" ha detto lui. "Tu da cosa ti fai guidare?"

"Dipende!" ho detto, perché in questo momento preciso mi sembrava di essere del tutto privo di criteri di scelta e di orientamento.

Tom Fennymore era nel campo sotto casa sua dove c'erano i filari di vite, con il fazzoletto blu in testa, batteva con un mazzuolo sopra un paletto conficcato nel terreno. C'erano altri paletti già piantati lungo un perimetro, altri ancora ammucchiati nell'erba gialla. Nimbus stava mangiando fieno all'ombra dell'albero di fico, in un piccolo recinto provvisorio fatto con quattro bastoni e una fettuccia bianca che oscillava nella canicola. Ha nitrito quando ha visto Durante arrivare; Oscar ha fatto un mezzo scatto.

Ho detto "Stai qui, Oscar!".

"Non ti preoccupare" ha detto Durante.

"Mi preoccupo, invece" ho detto. "Lo conosco. Resta nei paraggi per qualche minuto, poi scappa."

"Non scappa" ha detto lui. "Tranquillo." Ha raccolto da terra una specie di cavaturaccioli gigante, una T di ferro alta più di un metro che terminava a spirale.

"Cos'è?" ho detto, pensando che avrebbe anche potuto andare bene per colpirlo con forza, se fossi stato abbastanza rapido.

"Una trivella" ha detto lui, sembrava stupito dalla mia domanda.

"Ah, certo" ho detto, per recuperare.

Lui se l'è messa in spalla, è andato giù per il campo.

L'ho seguito a passi riluttanti, frenato dall'odio che provavo per lui e dall'onda di aria bruciante che saliva dal fondovalle, gli occhi socchiusi contro la luce.

"Ecco qua il tuo vicino" ha detto Durante a Tom, ha fatto un gesto verso di me. "È venuto a darci una mano."

"Ogni mano è benvenuta" ha detto Tom. Ha finito di battere sul paletto di robinia con il mazzuolo: *pac, pac, pac*, energico per la sua età, anche a non sapere che solo poche settimane prima era stato più morto che vivo.

Durante gli ha toccato una spalla, mentre passava oltre con la trivella. Tom ha sorriso, l'ha seguito con lo sguardo. Ho pensato a quanto era stato dispiaciuto di non aver mai visto in faccia chi l'aveva salvato; adesso c'era tra loro una familiarità da vecchi amici, sviluppata evidentemente in pochi giorni, accelerata e cementata da quello che era successo.

"Elisa?" ha detto Durante, mentre cominciava a girare la punta della trivella nel terreno argilloso.

"Salita in casa a fare la pipì" ha detto Tom. Ha dato due o tre scosse al paletto che aveva appena piantato per verificarne la stabilità, poi con una pala ha cominciato a riempire il buco intorno con la terra di scavo.

"Poteva farla qui" ha detto Durante. "Risparmiava l'acqua."

"Preferiva il bagno" ha detto Tom. Si è asciugato la fronte con il dorso di una mano, appoggiato alla pala come a una stampella a doppio uso.

Durante ha guardato in alto, verso la casa: una ragazza castana con un vestitino rosso vivo e il suo cappello di paglia in testa e stivali di gomma come i miei stava scendendo verso di noi.

Quando ci ha raggiunti, Durante ha fatto un gesto a doppia direzione, ha detto "Pietro, Elisa".

"La mia traduttrice *extraordinaria*" ha detto Tom.

Elisa mi ha fatto un cenno di saluto, ha sorriso. Il cappello di Durante le stava largo; se l'è spinto indietro sulla fronte, che aveva una bella linea, decisa, serena.

Oscar è andato ad annusarla, ha cercato di infilarle il muso sotto il vestito come faceva sempre con le donne.

"Oscar!" ho detto.

Elisa ha riso, l'ha spinto via.

Sembrava che si conoscessero tutti e tre da sempre, anche se sapevo che almeno per due di loro non era così: avevano un modo facile di guardarsi, gesti per intendersi al volo.

"Che ordini, capitano?" ha detto Tom a Durante. Si è tolto di testa il fazzoletto bagnato di sudore: sotto i capelli bianchi tagliati corti si vedeva chiaro il segno della cicatrice.

"Portate i paletti in corrispondenza dei segni" ha detto Durante.

Io e Tom e Elisa siamo andati a prendere dal mucchio quattro o cinque paletti a testa, li abbiamo portati nei punti del perimetro che erano segnati con mucchietti di farina. Mi sentivo una specie di galeotto volontario in mano al nemico, prigioniero delle mie incertezze di fondo più ancora che della sua capacità di catturarmi.

Durante ha continuato a girare la trivella nel terreno duro; la tirava su ogni pochi giri, scuoteva via l'argilla dalla spirale cava. Quando io e Tom e Elisa abbiamo finito di disporre i paletti ai segni siamo andati a guardarlo mentre finiva il buco. Aveva un modo estremamente collaudato di farlo: stringeva forte le barre, ci si appoggiava di peso, imprimeva con tutto il corpo un movimento rotatorio, come se stesse prendendo un toro meccanico per le corna. Ogni tanto si fermava quando trovava una pietra, prendeva una vanga e la scalzava in pochi colpi sicuri, la tirava fuori con le mani. Si capiva che doveva aver passato diverse giornate della sua vita a fare buchi per recinti da cavalli, in diversi tipi di terreno, in diversi climi. Non ero certo ammirato, ma dovevo riconoscergli la competenza dei gesti, la determinazione con cui andava avanti a girare e scavare e scalzare senza sosta.

Quando il buco è stato abbastanza profondo, Durante ha buttato di lato la trivella, ha fatto un cenno a Tom. Tom ha ficcato un paletto nel buco dalla parte appuntita, ha cominciato a batterlo con il mazzuolo. Elisa è andata a prendere la pala, è tornata da noi. Aveva delle belle ginocchia, un modo ottimista di camminare giù per la pendenza, con il viso nascosto in parte dalla falda del cappello.

Ho seguito Durante al segno successivo, l'ho osservato dare i primi giri di trivella per togliere l'erba secca e far presa nell'argilla. Registravo la sua forza muscolare, la sua apparente instancabilità; solo immaginarmele trasferite in atti amorosi con Ingrid e Astrid mi suscitava un'avversione così intensa che facevo fatica a tenerla a freno.

Lui si è fermato a guardarmi. Mi ha porto la trivella, ha detto "Gira un po' tu".

Gliel'ho presa dalle mani, ho premuto la punta nello scavo appena iniziato, ho girato la barra con tutta l'ostilità repressa che avevo dentro. Era più faticoso di come immaginavo: l'argilla era dura come cemento, c'erano sassi che fermavano la corsa della spirale. Ho cercato di capire quale fosse il modo migliore di applicare peso e forza rotatoria, prima che me lo dovesse spiegare Durante.

Lui osservava i miei gesti, in un atteggiamento che avrebbe potuto essere lievemente ironico o anche solo curioso. Dopo un po' mi ha spinto di lato, ha girato la trivella nel terreno. Ha detto "Devi prenderla *co-sì*, girarla *co-sì*. Rotazione breve, pressione costante".

"Chiaro" ho detto, strappandogli di mano la trivella a mia volta, esasperato dal nostro contatto di mani e braccia sotto sforzo. Ho ripreso a lavorare con movimenti più corti e incisivi di prima, ma quasi subito la punta di metallo si è fermata contro un sasso. Ero sudato e furioso, con le dita che mi scivolavano sulla barra arroventata dal sole, il peso sbilanciato, i piedi che perdevano presa.

Durante mi ha di nuovo spinto via, ha tagliato il terreno a vangate fino a liberare un lato del sasso, ci ha infilato sotto la punta della vanga, ha fatto leva. Si è inginocchiato a togliere il sasso con le mani, l'ha buttato di lato, mi ha fatto cenno di riprendere.

Ho ripreso a ruotare e premere la trivella, scuoterla ogni paio di giri per liberarla dall'argilla. Appena incontravo un nuovo sasso mi fermavo e lasciavo spazio a Durante con la vanga, poi ricominciavo appena lui si toglieva, con tutti i muscoli impegnati nello sforzo, i piedi piantati più fermamente possibile sul terreno; espiravo di scatto a ogni rotazione. Era un tipo brutale, primitivo di lavoro, fatica allo stato puro acuita dai miei sentimenti danneggiati e dalla violenza del sole e dal calore quasi insostenibile dell'aria. Il sudore mi colava sulla fronte, mi inzuppava la maglietta e i calzoni, mi faceva scivolare i piedi dentro gli stivali di gomma. Pensavo che sarebbe stato infinitamente più sensato scavare i buchi verso sera o presto al mattino, quando l'aria era relativamente più fresca. Farlo nel mezzo della giornata infuocata mi sembrava un'idea assurda, lanciata da Durante per ragioni che non volevo neanche conoscere. Eppure sono andato avanti, consapevole dei suoi sguardi di controllo, della sua presenza incalzante. Carico di risentimento com'ero verso di lui, mi sconcertava scoprirlo così preciso e determinato, dopo averlo immaginato a lungo approssimativo e discontinuo, in balìa di ogni minimo cambiamento d'umore e di circostanze.

Quando mi è parso di avere scavato il buco alla profondità giusta ho detto "Guarda un po' se va bene", con uno sforzo addizionale per non respirare affannato.

Lui ha guardato, ha detto "Hmmsì". Mi ha ugualmente tolto di mano la trivella, ha dato ancora qualche giro, forse solo per principio.

Ho guardato in giù lungo la pendenza del campo, e ho visto che Oscar era già lontano verso i boschi, esattamente come avevo previsto. Ho gridato "Ooooscaaaaaar!" più forte che potevo, anche se sapevo che a questa distanza il mio potere di farlo tornare indietro era vicino allo zero.

Oscar infatti si è limitato a girare di poco la testa come per una curiosità remota, ha continuato a trottare.

"Lo sapevo!" ho detto. "Adesso chi lo vede più, fino a questa notte! Se ritorna, poi! Se non va ad avvelenarsi e non si nasconde a morire in qualche fosso!"

Durante ha smesso di girare la trivella, mi ha fissato con quella sua espressione di stupore che continuavo a non capire se fosse naturale o voluta. Poi ha guardato giù per il campo, verso il punto scuro con quattro zampe in movimento tra le stoppie ai margini del bosco. Si è portato l'indice e il medio alle labbra, ha emesso un fischio penetrante, a due note: il suono ha attraversato la valle. Anche Tom e Elisa si sono fermati, guardavano tutti e due in giù. Il punto scuro con quattro zampe in movimento che era Oscar si è bloccato, poi ha cominciato a tornare in su a tutta velocità. Nel giro di tre minuti era tra noi, ansimante, a testa bassa, con la lingua di fuori, la coda in cauta oscillazione.

"Bravo Oscar" ha detto Durante.

"Bravo un cavolo!" ho detto. "Vieni subito qua!"

Durante mi ha zittito con un cenno di taglio. Ha premuto Oscar sulla schiena in modo da farlo sedere, gli ha stretto il muso con la mano, glielo ha scosso leggermente. Ha detto "*Mmmmmmrrrr*. Adesso stai qui vicino. D'accordo?", lo guardava dritto negli occhi.

Oscar è rimasto immobile per qualche secondo, sembrava ipnotizzato; poi è andato a sdraiarsi all'ombra del primo filare di vite.

"*Good dog*" ha detto Tom. Si è tolto di nuovo il fazzoletto dalla testa, si è asciugato il sudore.

Sono stato zitto; anche se ero contento che Oscar fosse tornato, l'idea che lo avesse fatto per i trucchi di Durante aumentava ancora il mio rancore.

Elisa si è tolta il cappello di paglia, è andata a metterlo in testa a Tom.

Tom se l'è aggiustato, sembrava molto colpito dalla concessione. Ha fatto il gesto di soffiarle un bacio; lei ha sorriso, è tornata a passi fluidi verso la sua pala.

Ho ripreso la trivella appena Durante me l'ha lasciata, sono andato al segno successivo sull'erba secca, ho ricominciato a girare la punta nel terreno. Mi sembrava che scavare buchi per la recinzione sotto il sole a picco fosse una sfida tra lui e me, ma nello stato di incertezza generalizzata in cui versavo non riuscivo a essere sicuro nemmeno di questo. Avrebbe anche potuto essere una sfida tra lui e il caldo dell'estate, un'ulteriore dimostrazione dei suoi poteri a uso di Tom, una messa in scena per impressionare Elisa. Avrebbe anche potuto essere soltanto un'impresa necessaria, da portare a termine il più presto possibile per non lasciare Nimbus nel piccolo recinto intorno al fico. In ogni caso ero anch'io un lavoratore manuale, benché da interni; non avevo nessuna intenzione di fare la figura del cittadino inetto che si sente perduto in mezzo a un campo.

Nel giro di poco sono riuscito a fare progressi; non trivellavo proprio con la stessa efficacia di Durante, ma non ero nemmeno molto peggio di lui.

Tom e Elisa si davano da fare con il mazzuolo e con la pala, sembravano felici di prendere parte al lavoro di squadra. Ogni tanto si guardavano e sorridevano a distanza, scambiavano battute a distanza tra loro e con Durante. A un certo punto lei si è girata verso di me, ha detto “Non è bello? Quasi come se il lavoro si facesse da solo!”.

“Quasi!” ho detto, con i muscoli delle braccia contratti fino allo spasimo, le mani sudate che mi scivolavano sulla barra della trivella, la schiena dolorante.

“Davvero!” ha detto lei. “E per una persona sola sarebbe un’impresa terribilmente faticosa!”

“Sì!” ho detto. “Da lasciarci la pelle, in un giorno così!”

“Ci saranno trentacinque o trentasei gradi!” ha detto Elisa, come se fosse un dato divertente.

“Anche *trentotto*, forse!” ha detto Durante, mentre mi spingeva di lato per scalzare a vangate una pietra.

“E non c’è un filo di vento!” ho detto.

“In un posto dove di solito ti spazza via!” ha detto Tom. “Peggio che sulla costa nordest dell’Inghilterra!”, rideva.

E di colpo, o forse per piccoli gradi di avvicinamento ma in una progressione molto rapida, l’aspetto di tutta la situazione mi è cambiato davanti agli occhi. Un momento mi stavo sforzando in modo insopportabile, saturo di odio verso Durante e di rabbia verso me stesso per essere caduto nel suo gioco, il momento dopo ero invaso da uno strano senso di completezza. Anche adesso mi è difficile definirlo: era come se ogni gesto e ogni sguardo e ogni respiro di noi quattro nel campo in pendenza creasse una colla luminosa di attenzione e partecipazione che copriva i pensieri e le sensazioni negative, colmava di significati il vuoto. La fatica sembrava attenuata, insieme alla durezza del terreno e al peso della trivella e alla rabbia e alla gelosia, alla noia, al sospetto, all'estraneità. Il caldo estremo non mi dava quasi più fastidio, anche se continuavo a sentirlo; il tempo che passava non mi comunicava più un senso di spreco.

Era l'ultima cosa che mi aspettavo, eppure lo stupore si è stemperato presto; al contrario non riuscivo bene a capire il mio atteggiamento di prima, l'ostilità, la resistenza, lo sforzo. Una folata di vento caldo è salita dai boschi del fondovalle, nel giro di qualche secondo è diventata un soffio costante che risaliva per i campi bruciati dal sole e ci passava nei capelli e attraverso i vestiti e ci asciugava il sudore di dosso. Mi sono messo a ridere anch'io, quasi senza suono.

Quando ha cominciato a diventare buio il recinto era finito

Quando ha cominciato a diventare buio il recinto era finito, rami di robinia inchiodati orizzontali tra i paletti di robinia. Durante ha spiegato che a Nimbus bastavano, l'importante era dargli l'idea di un perimetro riconoscibile. "È lo stesso per noi umani, no?" ha detto. "Abbiamo sempre bisogno di una porzione di mondo da considerare nostra, non importa quanto piccola, non importa per quanto poco tempo."

"Per stabilire una minima geografia familiare" ha detto Elisa.

"In mezzo all'universo sconosciuto ed estraneo" ha detto Tom.

"Sì" ho detto io, benché fossero considerazioni che solo al mattino mi sarebbero sembrate scontate e irritanti. Pensavo alle volte che mi ero sentito temporaneamente a casa in una camera d'albergo, in una tenda, anche solo in un sacco a pelo tirato su fino a coprirmi gli occhi e le orecchie.

"È *così*" ha detto Durante, come se avesse letto i miei pensieri con la stessa chiarezza con cui aveva ascoltato le parole degli altri.

Neanche questo mi ha stupito, la comunicazione telepatica mi sembrava una delle possibili conseguenze della nostra vicinanza di spirito e di intenti.

Lui è andato a disfare il piccolo recinto provvisorio intorno al fico, ha dato una pacca sulla groppa a Nimbus: il cavallo nero è partito al galoppo, ha fatto un giro del nuovo recinto con la sua andatura sciolta ed elastica, a testa alta, la criniera al vento. Si è fermato in un angolo, a fiutare l'aria. Oscar lo osservava con le orecchie tese, forse gli sembrava un cane di taglia straordinariamente grande.

Durante mi ha detto "Andiamo?". Aveva la trivella in spalla, Tom e Elisa stavano già salendo verso la casa con i loro attrezzi.

Ho preso la vanga, l'ho seguito. Oscar ci è venuto dietro, senza bisogno di dirgli niente.

Alla casa ci siamo seduti su due sedie sbilenche e su una panca intorno al vecchio tavolo sotto il portico, siamo rimasti in silenzio a farci asciugare dal vento il sudore della salita. Era un tipo di stanchezza fisica totalmente diverso da quella che provavo dopo ore passate al telaio: più invasiva, estesa, appagante.

"Cosa c'è da mangiare?" ha detto Durante, guardava l'orizzonte di colline contro il cielo che perdeva luce di minuto in minuto.

"Torta salata di farina di ceci" ha detto Tom. "È di ieri, ma è ancora buona."

"Più il formaggio fresco di capra che abbiamo preso dal tipo sotto la curva" ha detto Elisa.

"E carote" ha detto Tom. "E birra!" È entrato in casa, è tornato fuori con quattro bottiglie di birra già stappate, le ha distribuite tra noi. Abbiamo fatto un brindisi, vetro contro vetro, abbiamo preso tutti un sorso lungo.

La birra era tiepida, ma avevo così tanta sete che ho assaporato con vera voluttà l'amarognolo e il fruttato del luppolo, i lieviti, le sostanze minerali.

"È squisita" ha detto Durante, con la sua bottiglia in mano.

"Puoi dirlo!" ha detto Tom.

Elisa rideva, con la testa all'indietro, il collo esposto.

Poi non sapevo se considerarmi automaticamente invitato a cena o no, ma non avevo nessuna voglia di andarmene. Stavo seduto sulla panca di legno, avvertivo i respiri e l'irradiazione vitale degli altri nell'oscurità crescente. Con un autentico sforzo ho detto "Va bene, mi avvierò".

"Per dove?" ha detto Elisa, come se la mia fosse la più inaspettata delle affermazioni.

"Per casa" ho detto, ancora senza alzarmi. "Vi lascio mangiare tranquilli."

"Tranquilli?" ha detto Durante, si è messo a ridere.

"È che devo anche lavorare" ho detto. Mi sentivo impacciato, con tracce dell'ostilità di mesi che tornavano indietro e si mescolavano all'effetto della birra, alla stanchezza fisica, alle sensazioni di prima nel campo.

"Non hai già lavorato abbastanza, per oggi?" ha detto Tom.

"Io non mi sento più le braccia" ha detto Elisa. "Non so voi uomini."

"Il fatto è che ho una scadenza" ho detto. A questo punto avrei solo voluto che mi invitassero esplicitamente a restare a cena con loro, basta.

"Abbiamo *tutti* una scadenza" ha detto Durante, rideva.

"Più o meno lontana" ha detto Elisa. Mi guardava, seduta con le gambe raccolte e le mani intrecciate sulle ginocchia, il suo sorriso appena distinguibile nel quasi buio.

"La mia era già arrivata" ha detto Tom. "Se non fosse stato per il capitano qui."

Durante gli ha dato un pugno su una spalla, piano.

Ho detto "Allora resto a mangiare con voi".

"Allora vieni a darmi una mano" ha detto Tom.

L'ho seguito dentro casa, in una stanza che si è rivelata quando lui ha acceso una lampadina nuda appesa a un muro. Il pavimento era ancora di cemento grezzo, contro il muro c'era una catasta di mattonelle di cotto, al centro c'erano sacchi e scatole e barattoli, travetti, attrezzi da costruzione. Tom ha acceso uno stereo portatile: ne è uscita musica gypsy-jazz, due chitarre e un violino su un ritmo saltellante. La cucina era una stanza con un lavello, un fornellino da campeggio come quello di Durante su un tavolo a cavalletti ingombro di libri e giornali e piatti e tazze e altri oggetti sparsi. Tom ha messo una padella in equilibrio sul fornellino da campeggio, ci ha adagiato la torta di farina di ceci, ha acceso la fiamma. Mi ha passato due candele e due portacandele di legno leggero, una scatola di fiammiferi. Ha detto "Li porti fuori?".

Sono uscito al buio sotto il portico, ho acceso una candela sul tavolo. Durante e Elisa si stavano baciando, in piedi contro una colonna del portico, nella debole luce calda della fiammella che ondeggiava con il vento.

La sorpresa mi ha dato una scossa, mi ha fatto inciampare in una sedia. Ho acceso anche la seconda candela e sono tornato subito dentro, senza più guardarli.

"Tagli il pane?" ha detto Tom. Indicava un sacchetto di carta nella confusione sul tavolo, ha tirato fuori delle carote da un armadio.

Ho tagliato il pane duro, distratto dall'immagine di Durante e Elisa abbracciati che continuava a vibrarmi nei pensieri senza perdere minimamente intensità. Ho detto a mezza voce "È tanto che si conoscono?".

"Chi?" ha detto Tom.

"Durante e Elisa" ho detto.

Lui ha scosso la testa, si è messo a sbucciare le carote con il dorso di un coltello, appoggiato con un'anca al tavolo per non perdere l'equilibrio.

"Da quanto?" ho chiesto, con un ritorno scavante della gelosia che avevo provato per Ingrid.

"Da ieri sera" ha detto Tom. "È venuta a trovarmi da Ravenna. Ha tradotto in italiano il mio libro sulla battaglia di Hastings. Simpatica, no?"

"Molto" ho detto. Mi chiedevo se si immaginava quello che stava succedendo tra lei e Durante, appena fuori dalla porta; se scoprirlo sarebbe stato uno shock per lui, oppure la riconoscenza inestinguibile gli avrebbe fatto superare anche questo.

"È una ragazza fenomenale" ha detto lui, continuava a grattare le carote. "Intelligente, bravissima. E autentica. Sai quando dici *autentica*?" Ha stappato altre due bottiglie di birra, me ne ha porta una, ci ha battuto contro la sua. Ne aveva una cassetta ancora mezza piena, in un angolo della cucina.

Ho preso una gollata, già alticcio com'ero. Continuavo a immaginare i possibili gesti con cui Durante si era avvicinato a Elisa e l'aveva baciata nel brevissimo spazio di tempo da quando eravamo entrati; variazioni degli stessi possibili gesti con Ingrid; con Astrid. Avrei voluto dire a Tom quello che avevo visto, eppure appena formulavo mentalmente una frase mi sembrava terribilmente meschina rispetto allo spirito della nostra giornata di lavoro nel campo. Andavo e venivo tra sentimenti opposti, senza riuscire a decidermi su quali far prevalere.

Tom ha sciacquato le carote e le ha messe in un piatto, ha spadellato su un tagliere la torta di ceci. Ha detto "Ecco qua".

Ho preso il piatto con le carote, ho scavalcato Tom in modo da passare per primo; ho aperto la porta facendo il più rumore possibile, ho tossito.

Durante e Elisa erano seduti fianco a fianco sulle loro sedie, con le loro bottiglie di birra quasi vuote in mano: rilassati, languidi.

"Non vi abbiamo aiutati per niente" ha detto Elisa.

"Non ce n'era bisogno" ha detto Tom; si è messo a tagliare a fette la torta di ceci.

Abbiamo mangiato, tutti e quattro famelici allo stesso modo. Il vento faceva oscillare le fiammelle delle candele, portava suoni di grilli dai prati e odori muschiati dai boschi, scuoteva i rami degli olmi davanti alla casa. Tom ha portato altre bottiglie di birra, abbiamo bevuto ancora. Mi sono chiesto se era la sesta o settima estate che passavo su queste colline; facevo calcoli mentali ma senza risultato, non riuscivo a soffermarmi su nessun pensiero abbastanza a lungo. Ero troppo preso nello strano incontro di sensazioni dell'essere lì insieme agli altri, sballottato tra simpatia e inimicizia, curiosità e sospetto, solidarietà e gelosia, affinità e distanza, partecipazione e dissociazione.

Poi Durante ha raccontato di un viaggio in nave che aveva fatto anni prima insieme a una sua ragazza per consegnare un cavallo frisone a un ricco compratore greco. La nave aveva incontrato una tempesta, il rimorchio aveva rischiato di rovesciarsi nella stiva, lui era stato quasi schiacciato dal cavallo terrorizzato nel tentativo di farlo uscire. Due giorni dopo mentre attraversavano il Peloponneso si erano ritrovati in mezzo a un incendio spaventoso vicino alla proprietà del compratore, lui e la ragazza avevano dovuto abbandonare la vecchia jeep e il rimorchio e saltare tutti e due sul cavallo frisone per scappare attraverso gli uliveti in fiamme.

Aveva un modo vivido di creare immagini e farle muovere, eppure non usava trucchi narrativi, né sembrava che volesse approfittare della nostra attenzione per crearsi un ruolo da eroe. Al contrario, quando parlava di sé non si preoccupava di nascondere l'incertezza di un pensiero o l'inadeguatezza di una reazione, lo sconcerto davanti a un dato di fatto. Ma non era solo questo: sembrava che ignorasse i codici per la comprensione e la descrizione del mondo che ognuno di noi impara fin da bambino, o non li volesse riconoscere. Dava rilievo a dettagli ordinari, passava rapido su altri che a chiunque sarebbero sembrati molto più interessanti e suggestivi, metteva enfasi su una parola semplice per caricarla di tutto il significato possibile. Presto ho smesso di chiedermi se la sua storia fosse tutta vera o solo in parte, ero troppo affascinato dal modo in cui trovava sorprendente un fatto normale e normale uno sorprendente. Non riuscivo a capire se il suo fosse un atteggiamento ricercato o la semplice manifestazione di un modo di essere; anche in questo oscillavo, quasi di secondo in secondo.

Elisa e Tom ascoltavano con la stessa mia attenzione, ogni tanto si guardavano tra loro, mi guardavano. In certi momenti ridevamo tutti e quattro, in altri incrociavamo domande, in altri prendevamo un sorso di birra tiepida, legati dallo spirito di vicinanza e condivisione di quando lavoravamo insieme nel campo infuocato dal sole. A tratti mi sembrava di essere incredibilmente lontano da casa mia e di Astrid e dalla nostra operosità isolata, anche se ero a poco più di due chilometri di strada e ancora meno in linea d'aria, da collina a collina. Se allargavo il mio angolo di osservazione, la gelosia e il senso di possesso e di difesa territoriale che mi avevano invaso in modo alterno fino a poco prima mi sembravano vecchi arnesi emotivi, inutili, insignificanti. Non riuscivo a credere di aver lasciato scorrere via anni interi della mia vita senza appagare il mio bisogno di nutrimento mentale e spirituale; le parole di Durante e degli altri mi facevano sentire come un assetato in un'oasi nel deserto. Oscillavo all'indietro sulla mia sedia, attraversato da sensazioni e idee e immagini indispensabili e contraddittorie, nel respiro caldo della notte d'agosto.

Astrid al telefono aveva un tono agitato

Astrid al telefono aveva un tono agitato, ha detto "Ieri sera ti avrò chiamato dieci volte, non rispondevi né sul fisso né sul cellulare".

"Ero da Tom, e avevo dimenticato il cellulare a casa" ho detto.

"Da Tom?" ha detto lei.

"Con Durante" ho detto. "È tornato." Aspettavo che mi dicesse che lo sapeva, che si erano parlati al telefono.

"Davvero?" ha detto lei.

"È venuto qui a casa" ho detto.

"E come sta?" ha detto lei.

"Bene" ho detto. "Ma vi siete parlati al telefono, no? Lo sai anche tu, come sta."

"Sì, sì" ha detto lei, come se non avesse cercato di nascondermelo fino a un attimo prima.

Mi sono chiesto se raccontarle di Elisa e del bacio tra lei e Durante, ma non ero sicuro di quale sarebbe stata la sua reazione. Ho detto "Li ho aiutati a fare un recinto per il cavallo".

"Per Nimbus?" ha detto Astrid.

"Sì" ho detto, disturbato solo in parte dalla familiarità con cui pronunciava il nome.

"Ma, fino a che ora sei rimasto?" ha detto lei.

"Che ne so" ho detto. Mi dava fastidio che continuasse a pretendere informazioni come per un diritto acquisito, senza nessuna contropartita.

"Come che ne sai?" ha detto lei, tesa quanto me.

"Fino alle due, alle tre, non ho idea" ho detto. "Non ho guardato l'orologio."

"E cos'avete fatto?" ha detto lei.

"Mangiato, parlato" ho detto. "È un interrogatorio, questo?"

"Volevo solo sapere" ha detto lei. "Mi ero preoccupata a non trovarti."

"Perché?" ho detto. "Cosa pensavi che potesse essermi successo?"

"Non lo so" ha detto lei. "Di solito siamo sempre in casa, la sera."

"Questa volta invece ero fuori" ho detto.

"Mi bastava saperlo" ha detto lei.

"Adesso lo sai" ho detto.

"Non c'è bisogno che ti irriti" ha detto lei.

"Non mi irrito" ho detto, pensando che il termine era totalmente inadeguato a definire lo stato dei miei sentimenti, o dei suoi.

"Il lavoro come va?" ha detto lei.

"Lentamente" ho detto. "La lana mi fa soffocare solo a guardarla, con questo caldo."

"Qui piove, anche oggi" ha detto lei. "Sedici gradi."

Poi avevamo già esaurito gli argomenti di conversazione, o almeno quelli che eravamo disposti ad affrontare; ci siamo salutati. Ho finito la mia tazza di tè di menta, sciacquato la tazza e la teiera nel lavello, sono andato a lavarmi i denti. Avevo i muscoli indolenziti e non ero lucidissimo, il lavoro nel campo del giorno prima e la birra della sera e il poco sonno della notte mi velavano i pensieri.

Ho preso il cannocchiale, sono uscito con Oscar nel prato davanti a casa. Il cielo era quasi bianco per la calura, le cicale frinivano come un'orchestra di instancabili lavoratori del suono sparsi in ogni angolo della campagna. Sono andato al margine del pianoro, ho puntato il cannocchiale verso la casa di Tom dall'altra parte della valle. Nimbus era all'ombra del fico, ma non riuscivo a distinguere presenze umane sotto il portico o nei dintorni. Mi chiedevo cosa fosse successo tra Durante e Elisa dopo che me n'ero andato: se avevano continuato a fare finta di niente o invece se n'erano andati a letto insieme con totale naturalezza; se Tom aveva approvato o invece la sua riconoscenza inesauribile aveva rivelato dei limiti, ne era nata una lite furiosa nel mezzo della notte. La luce mi abbagliava, le cicale andavano avanti senza tregua. Ogni movimento mi costava fatica, le mie congetture si staccavano malvolentieri una dall'altra, le distanze tra le colline sembravano molto più difficili da attraversare della sera prima.

Ho fatto un breve giro con Oscar per i campi di stoppie e zolle riarse, ma presto avevamo troppo caldo tutti e due; dopo un quarto d'ora eravamo già di nuovo in casa a bere acqua.

Sono andato nel laboratorio, mi sono seduto al telaio, ho preso in mano la spola. Era vero che la lana del quadrotappeto mi soffocava solo a guardarla: il chiudersi della trama sull'ordito mi faceva sentire come un animale preso nella rete. Sono andato avanti a tessere per forse mezz'ora, mi sono fermato. Ho frugato tra i cd in cerca di una musica che mi potesse ispirare, ma non ne ho trovato nessuna. Le avevo già sentite tutte troppe volte, non avevo voglia di scaricarne altre da internet. Sono tornato al telaio, ho ripreso a lavorare, ancora più lento e svogliato. Forse per la prima volta da quando io e Astrid eravamo venuti a vivere e lavorare sulle colline, mi sentivo totalmente privo di motivazioni. Non è che non mi fosse mai capitato prima di provare noia o stanchezza o mancanza di entusiasmo per il mio lavoro o per la mia vita; ma erano sempre stati singoli momenti, cancellati presto dalla presenza di Astrid e dal flusso apparentemente inarrestabile della nostra storia comune. Adesso Astrid era lontana e la nostra storia danneggiata e la casa vuota e l'aria torrida e stagnante, non riuscivo a trovare una sola ragione per essere lì a fare quello che facevo, invece che da qualunque altra parte a fare tutt'altro.

Mi sono chiesto se dovevo attribuire la mia crisi a Durante, o se in realtà lui aveva agito da rivelatore, più che da causa. Pensavo alle brevi crisi che avevo avuto in passato: le crepature improvvise innescate magari dalla strofa di una canzone o dall'immagine di un film o dalla pagina di un libro, i dubbi che ne erano sgorgati, le voglie vaghe e intense di cambiamenti, sorprese, gioie non ancora provate. Ne avevo parlato a Astrid con qualche reticenza, e lei con qualche reticenza mi aveva confessato stati d'animo simili. Poi eravamo andati oltre, perché ci sembrava che la nostra vita insieme avesse buone motivazioni a monte, gratificazioni sufficienti a valle. Ma quello che provavo ora era un senso di mancanza che mi mangiava da dentro come la fame in uno stomaco vuoto, mi rendeva inaccettabile restare attaccato a un oggetto inerte di legno e metallo a intrecciare fili di lana colorata per formare un disegno che non mi piaceva neanche. Non potevo sopportare l'idea di essere tagliato fuori dalle voci e dai gesti e dagli sguardi del giorno e della notte prima con Durante e con gli altri, dal senso di condivisione e di sorpresa continuamente rinnovata, dall'irrequietezza, dagli spostamenti di prospettiva. Non potevo sopportare di non essere riuscito a dire a Ingrid niente di quello che sentivo per lei, di averla accompagnata alla stazione degli autobus come una specie di zombie incapace di esprimersi, di essere ora a migliaia di chilometri di distanza da lei, senza che lei nemmeno potesse immaginarsi cosa pensavo. Avevo un bisogno irresistibile di interrompere, tagliare, muovermi, uscire, correre, gridare, toccare, fare domande, scoprire, stupirmi, bruciare riserve, innamorarmi selvaggiamente, sentire, sentire, sentire.

Mi sono infilato le scarpe, ho agganciato Oscar al guinzaglio. Appena fuori dalla porta di casa il caldo ci è venuto addosso come un'onda, ci è arrivato in fondo ai polmoni, ci ha tolto il fiato. Siamo andati a testa bassa su per la stradina, come salmoni che risalgono una corrente troppo forte. Su alla strada interpoderale abbiamo accelerato con ancora più fatica, nell'ombra intermittente delle querce e delle robinie. I campi senza più grano sembravano tostati, le foglie degli alberi erano ingiallite e velate di polvere. Mi sono pentito di non avere preso il furgoncino, ma ormai stavamo camminando da un po'; ho cominciato a correre contro la resistenza dell'aria. Oscar galoppava al rallentatore, restava sospeso a ogni falcata come se non dovesse più toccare terra.

Quando siamo arrivati da Tom ansimavamo allo stesso modo, ci siamo fermati a riprendere fiato. Nello spiazzo tra gli ulivi poco sopra la casa non c'era la macchinetta bianca di Durante, né la vecchia Renault 4 rossa di Tom. Sul tavolo a cui eravamo stati seduti a mangiare e parlare la sera prima c'era qualche briciola di farina di ceci, segni tondi scuri lasciati dalle bottiglie di birra. La panca era storta, le sedie ad angoli divergenti. Ho bussato alla porta; nessuno è venuto ad aprire. Mi sembrava incredibile che gli stessi pochi metri quadrati avessero ospitato manifestazioni di vita umana intensamente concentrata solo poche ore prima, lasciando così poche tracce.

Ho fatto un giro tutto intorno alla casa, con Oscar che annusava naso a terra come un segugio. Incespicavo tra le erbe secche e le pietre e i materiali da costruzione, in preda a un'ansia crescente. Ho gridato "C'è qualcuno?! Ehi?!", senza risultato. Nimbus ci guardava dal suo recinto con le orecchie tese, perplesso; sembrava l'unica presenza respirante oltre a me e Oscar nel raggio di chissà quanti chilometri.

Il senso di mancanza mi si è mescolato a un senso di esclusione altrettanto acuto; mi sentivo lasciato indietro in uno scenario vuoto, l'ultimo a essersi accorto che tutti se n'erano andati. Anche se era perfettamente inutile, ho gridato ancora "Durante?! Tom?! Elisa?!" nel modo impacciato in cui uno può chiamare persone non del tutto familiari che vorrebbe considerare vicine. Nessuno ha risposto, le cicale frinivano e frinivano, prese nella loro vibrazione maniacale. Mi sono rifatto le domande di quando avevo guardato la casa da lontano con il binocolo, ma non avevo nessun elemento in più per trovare risposte. Durante e

Tom e Elisa avrebbero potuto essere andati via insieme oppure ognuno per conto suo, uniti dall'amicizia più profonda o dispersi dal rancore più intenso. Solo la presenza di Nimbus faceva pensare che prima o poi Durante sarebbe ritornato, ma non potevo certo restare lì ad aspettare, nel sole abbacinante e nella completa assenza di segnali.

Ho rifatto all'indietro la strada interpoderale, con uno sforzo intenso a ogni passo. Davanti a casa dei Livi il labrador Pugi si è messo ad abbaiare e ringhiare a Oscar, dietro la protezione della rete metallica. Oscar si è limitato ad alzare una zampa posteriore per marcare il territorio; l'altro cane è diventato ancora più rissoso.

La porta d'ingresso si è aperta, Stefania Livi è uscita con un'espressione da sonnambula, ha detto "Pietro".

"Ciao" ho detto, senza nessuna voglia di fermarmi a parlare con lei. Oscar tirava il guinzaglio, ma non abbastanza forte da usarlo come scusa.

"Hai visto Durante, per caso?" ha detto Stefania Livi. Aveva addosso una tunica bianca di cotone leggero, vagamente mediorientale.

"No" ho detto.

"Ieri l'ho visto nel campo di Tom" ha detto lei. "Ma oggi non mi sembra che ci sia nessuno."

Il fatto che fosse ancora meno informata di me mi ha provocato un lampo di fastidio, difficile da giustificare come gran parte dei miei sentimenti negli ultimi tempi. Ho detto "C'ero anch'io, nel campo. Abbiamo fatto una recinzione per Nimbus".

Lei è venuta di qualche passo verso il cancello, si è fermata dove finiva l'ombra di un melo. Ha detto "C'era anche una ragazza, no? Con un vestito rosso?".

“Sì” ho detto.

“Chi è?” ha detto lei.

Pugi il labrador e Oscar si annusavano, apparentemente riappacificati.

“La traduttrice di Tom” ho detto. “Si chiama Elisa.”

“E Durante?” ha detto Stefania Livi, non riusciva a nascondere la sua trepidazione.

Pugi e Oscar sono esplosi in un nuovo scontro di abbaiamenti selvaggi, musate e zampate contro la rete.

“Oscar!” ho detto, l’ho tirato indietro.

“Pugi!” ha detto Stefania Livi, ha cercato di dargli un calcio.

Guardavo dietro di lei, mi immaginavo di vedere spuntare da un momento all’altro suo marito Sergio o la ragazza Seline.

“Sergio è a Mariatico” ha detto Stefania Livi, come per rimuovere l’intralcio delle mie preoccupazioni.

Pugi e Oscar si studiavano da qualche distanza, con il pelo del dorso ritto. Ho mosso le dita dei piedi nudi nelle scarpe di tela, per non farle appiccicare dal caldo.

“E cosa c’è tra loro?” ha detto Stefania Livi. “Tra questa Elisa e Durante?”

“Non lo so” ho detto.

“Eri là, no?” ha detto lei. “Non si capiva? Gesti, sguardi, vicinanze? Un’idea te la sarai fatta?”

“No” ho detto, in parte per una forma automatica di riservatezza nei confronti di Durante, in parte per non peggiorare il suo stato.

“È rimasta là a dormire?” ha detto lei.

“Non lo so” ho detto. “A un certo punto sono tornato a casa.”

"Quando?" ha detto lei.

"Tardi" ho detto.

"*Certo* che è rimasta là a dormire" ha detto lei. "È inutile che fai il reticente, Pietro."

"Non faccio il reticente" ho detto, anche se era un termine perfettamente appropriato.

I due cani si ringhiavano piano, scoprivano i denti.

"E prima?" ha detto Stefania Livi. "Quando avete finito il lavoro nel campo?"

"Abbiamo mangiato" ho detto. "Parlato."

"Tutti e quattro?" ha detto lei. "O loro due di più?"

"Tutti e quattro" ho detto.

Lei non sembrava per niente rassicurata dalla mia genericità, semmai il contrario. È venuta fuori anche dall'ultima ombra del suo melo, guardava in direzione della casa di Tom.

"Non c'è nessuno" ho detto. "Ci sono appena stato."

"Lo so" ha detto lei. "Ci sono stata anch'io, prima." Si è passata una mano tra i capelli: era pallida, senza appigli, disperata.

"Torneranno" ho detto. "Prima o poi."

Lei ha scosso la testa. Ha detto "Pensi che io sia una povera cretina?".

"Ma no" ho detto. "Perché dovrei?"

Oscar e Pugi continuavano ad accumulare tensione, vibravano in preparazione di un nuovo scoppio.

"Perché mi vedi così" ha detto Stefania Livi, con la voce incrinata. "Andata, totalmente irrazionale."

"Be'" ho detto. "Siamo tutti alla ricerca di qualcosa."

"*Sì*" ha detto lei. "Ma è tremendo quando ti capita di trovare quello che cercavi, e subito dopo di *perderlo*."

"Immagino" ho detto, invaso com'ero anch'io da un senso di perdita, benché diverso dal suo.

"È tremendo" ha detto lei, sembrava sul punto di mettersi a piangere. È venuta verso di me per quanto le permetteva la recinzione, con tutti i lineamenti contratti.

Ho detto "Dai", mi sono addossato anch'io alle maglie di rete metallica. Le ho carezzato la testa, con un gesto goffo perché dovevo passare una mano dall'alto e con l'altra tenere il guinzaglio di Oscar, e perché io e lei non avevamo mai avuto questo genere di familiarità fisica.

Quasi nello stesso momento i due cani sono esplosi in un nuovo scontro di musi e zampe e abbaiamenti feroci, hanno fatto ondeggiare la recinzione. Non ero nella posizione migliore per confortare nessuno: ho tirato Oscar all'indietro, ho detto a Stefania Livi "Cerca di stare serena".

"Non ci riesco" ha detto lei, senza neanche accorgersi del parossismo del suo labrador.

"Io vado a casa" ho detto.

"Fa troppo caldo" ha detto lei, si è passata il dorso di una mano agli angoli degli occhi.

"Sì" ho detto, sembrava l'unico dato certo in tutto il contesto.

"Quando finirà?" ha detto Stefania Livi, non era chiaro se riferita al caldo o alla sparizione di Durante, o a tutte e due le cose come se fossero correlate.

"Chissà" ho detto. Le ho fatto un cenno di saluto, ho trascinato via Oscar per la strada interpoderale.

Presto di mattina sono tornato a casa di Tom

Presto di mattina sono tornato a casa di Tom, prima che il sole cominciasse a scottare. La macchinetta bianca di Durante non c'era, ma la vecchia Renault 4 rossa di Tom era al riparo del vecchio noce nel pianoro, coperta di polvere. Appena l'ho vista ho provato un parziale sollievo, difficile da spiegare quanto il senso di perdita che mi aveva invaso il giorno prima.

Tom era nell'orto subito sotto casa, con il cappello di Durante in testa, stava zappettando tra due filari di piantine di pomodori interrate troppo in ritardo rispetto alla stagione.

Ho detto "Ciao!" a distanza, per non spaventarlo.

Lui si è spinto all'indietro il cappello sulla fronte, ha detto "Ehi, Pietro".

"Come va?" ho detto.

"Bene" ha detto lui. "Lavoro un po' fuori, prima che faccia troppo caldo."

Ho pensato che da solo evidentemente non era immune alle alte temperature come quando avevamo lavorato tutti insieme alla recinzione sotto il sole implacabile. Ho detto "Durante e Elisa?".

"Partiti" ha detto Tom, in un tono in cui non riuscivo a leggere tracce di rimpianto o rancore o delusione.

"Ma tornano?" ho detto, cercando di tenere sotto controllo lo sgomento che continuava a salirmi nel sangue.

"Non lo so" ha detto Tom. "Elisa doveva lavorare a Ravenna, Durante l'ha accompagnata."

"Comunque ha lasciato qui il suo cavallo" ho detto.

"Il grande Nimbus" ha detto lui. "Sta benissimo nel nuovo recinto, hai visto?"

Ci siamo girati tutti e due in direzione di Nimbus che mangiava fieno da un ballone circolare all'ombra dell'albero di fico. Ci siamo guardati di nuovo ma senza dire niente, abbiamo fatto gesti a vuoto. In realtà eravamo già ai limiti delle nostre possibilità di comunicazione: non abbastanza amici da scivolare di argomento in argomento senza doverci pensare, non abbastanza estranei da accontentarci di scambi generici. Eppure c'erano alcune domande che avrei voluto fargli con urgenza: se lui e Durante avevano litigato a causa di Elisa, se la sua riconoscenza inesauribile si era esaurita, se due giorni prima aveva provato anche lui il senso di inspiegabile completezza che avevo provato io mentre lavoravamo insieme nel campo, se adesso provava un altrettanto inspiegabile senso di perdita. Dati i limiti alle nostre possibilità di comunicazione, gli ho solo chiesto se aveva bisogno di aiuto con i lavori alla casa.

Lui ha detto "Grazie, molto gentile. Semmai ti telefono, uno di questi giorni". Dal suo tono e dal suo atteggiamento corporeo era chiaro che non l'avrebbe mai fatto.

Sono andato a fare la spesa al supermarket che non regalava mai sorprese perché faceva parte di un piccolo monopolio esteso a tutto il territorio comunale: riso e tonno in scatola per me, un sacco da dodici chili di croccantini per Oscar. Il senso di perdita continuava a scavarmi dentro, al punto che anche guardare la merce esposta sugli scaffali mi provocava una specie di vertigine orizzontale. Mi mancava tutto, ormai: timbri di voce, gesti, sguardi, luoghi, cibi, stagioni, viaggi, temperature, motivi, ragioni, curiosità, movimento, sonno, energia, rapidità, voglia, tempo, amicizia, case, mogli, figli, slanci, passione sorprendente e divorante. Non c'erano più limiti, a quello che mi mancava.

A casa ho dovuto costringermi a riprendere il lavoro al tappeto-quadro per la cliente di Roma. Procedevo riluttante e distratto, senza la minima energia. Mi sembrava un lavoro da ergastolani dell'Ottocento; non riuscivo a capire come avessi mai potuto sceglierlo spontaneamente, e praticarlo per anni, e dichiararmene contento ogni volta che mi capitava di parlarne.

Alle due di pomeriggio è suonato il telefono

Alle due di pomeriggio è suonato il telefono. Ero appena tornato da una breve camminata con Oscar attraverso l'aria infuocata, ho risposto un po' ansimante.

Dall'altra parte del filo c'era Durante, ha detto "Pietro".

"Ehi" ho detto, incerto su quanta cordialità volessi davvero trasmettergli.

"Sono alla fermata degli autobus di Trearchi" ha detto lui.

"Ah" ho detto.

"Questa pensilina è incredibilmente *brutta*" ha detto lui. "Rovina tutta la vista sul palazzo ducale."

"È vero" ho detto.

"Sull'intera *città*, in realtà" ha detto lui.

"Sì" ho detto; mi domandavo se mi avesse chiamato solo per fare conversazione.

"Mi vieni a prendere?" ha detto lui.

"Sei tornato in autobus?" ho detto, di nuovo spiazzato dal suo modo di chiedere senza nessuna elaborazione formale.

"Sì" ha detto lui. "La mia macchina è andata. Aveva

fatto più di duecentomila chilometri, e non era mai stata molto in forma, neanche all'inizio."

"Va bene" ho detto. "Sono lì tra venti minuti."

Lungo la strada mi chiedevo perché avessi ceduto subito alla sua richiesta, quando avrei avuto ottime ragioni per rispondergli che dovevo lavorare e non potevo muovermi. Mi chiedevo anche perché lui avesse chiamato me invece di Tom; se era proprio vero che siamo tutti alla ricerca di qualcosa, e in questo caso cosa stavo cercando. Guidavo male, distratto, nervoso.

A Trearchi Durante era seduto su una panchina all'ombra di un ailanto, nel piazzale dove un tempo c'era il mercato del bestiame e adesso ci sono il parcheggio delle macchine e la fermata degli autobus. Parlava con una ragazza tracagnotta dai capelli color stoppa che aveva uno zaino gigante posato a fianco. Quando mi ha visto ha detto "Eccolo, il nostro Pietrone. Lei è Mila".

Le ho stretto la mano, cercando di capire se il loro era un semplice incontro da autobus o già un'altra storia iniziata nel viaggio di ritorno da Elisa.

Durante ha fatto cenno di sedermi sulla panchina, sembrava che non avesse nessuna intenzione di alzarsi.

Ho indicato il furgoncino fermo a pochi metri in divieto di sosta, ho detto "Non posso lasciarlo lì".

"Non ti *preoccupare*" ha detto Durante. "Da qui lo vediamo."

"Devo anche tornare a lavorare" ho detto.

"Che stakanovista sei" ha detto lui. "Lavoro lavoro lavoro."

"Sì" ho detto. Mi irritava il contrasto tra la sua indolenza di adesso e l'energia inarrestabile con cui ci aveva incalzati tutti nel campo di Tom, quando si trattava di costruire il recinto per il suo cavallo. Ne ero quasi contento: l'irritazione funzionava da antidoto al senso di perdita che mi aveva tormentato negli ultimi due giorni.

Durante si è alzato dalla panchina, con una specie di sorriso magnanimo che ha rinforzato i miei sentimenti ostili. Ha raccolto la sua sacca di tela da terra, ha detto alla ragazza tracagnotta "Ti possiamo portare noi?", come se la mia disponibilità di autista fosse scontata e senza limiti.

"Grazie, ma aspetto mia zia" ha detto la ragazza.

Lui si è chinato a baciarla sulle guance, ha detto "Ci vediamo, allora".

"Oh, telefonami" ha detto lei. "Non perdere il numero."

"D'accordo" ha detto Durante; le ha infilato una mano tra i capelli stopposi, glieli ha scossi.

Un vigile stava già leggendo la targa del mio furgoncino, con il blocchetto delle multe in una mano e la penna nell'altra. Sono corso a bloccarlo, ho detto "Stiamo andando via, stiamo andando via".

Durante ha buttato dietro la sua borsa, si è seduto senza fretta, ha fatto un cenno di saluto dal finestrino aperto alla ragazza tracagnotta che ci seguiva con lo sguardo. "È di Ceriano" ha detto, quando ho messo in moto e ho guidato via. "Studia agraria qui a Trearchi. Istintiva, forti legami con la terra, baricentro basso, no? Ha questa bella faccia larga della gente di qui, antica. Interessante." Si è girato ancora per cercare di vederla mentre prendevamo a destra per la strada provinciale.

"Interessante da che punto di vista?" ho detto. "Potrebbe essere tua figlia."

Lui mi ha guardato, come se non capisse il senso della mia osservazione.

"E con Elisa?" ho detto, per incalzarlo. "Tutto bene?"

"Ah, sì" ha detto lui. "Mi ha portato a casa dei suoi, a Ravenna."

"Davvero?" ho detto, senza nessuna voglia di sentire i particolari.

"Ho conosciuto sua madre e suo padre" ha detto lui. "Sua *nonna* materna, anche. Vivono tutti insieme, in una vecchia casa. C'è un'aria di Ottocento operoso, stratificato, pieno di angoli. Capisci molte più cose di lei, a vedere da dove viene."

"In due giorni interi, poi" ho detto, nel tono più sarcastico che mi veniva. "Si può capire proprio tutto, di una persona."

Lui mi ha guardato di nuovo, con la testa inclinata.

"Con Tom come va?" ho detto, spostando leggermente l'angolo di attacco.

"Bene" ha detto lui. Ha steso il braccio destro fuori dal finestrino, inclinato la mano di taglio per farla salire contro la resistenza crescente dell'aria.

Ho detto "Come mai non ti sei fatto venire a prendere da lui?".

"È a Perugia" ha detto. "Per un controllo all'ospedale. Gli ho parlato, tutto a posto."

"Meno male" ho detto. Anche la sua sollecitudine verso Tom adesso mi irritava fortemente, per come lo metteva al riparo dalle accuse di incuranza che avevo pronte nel retro del cervello.

"Si è ripreso bene" ha detto, ma in un tono di semplice constatazione, senza tracce evidenti di compiacimento.

“Dove ti devo portare?” ho detto, con il dubbio crescente che avesse deciso di invitarsi a casa mia a tempo indeterminato senza neanche chiedermelo.

“Da Tom” ha detto lui. “Ha lasciato le chiavi sotto il vaso di basilico.”

Siamo stati zitti per quattro o cinque chilometri di curve, apparentemente assorti nel paesaggio. Adesso che ce l’avevo seduto di fianco, con le ginocchia raccolte nello spazio ristretto dell’abitacolo e il vento torrido che gli smuoveva i capelli, mi sembrava di poter esorcizzare quasi tutti i sentimenti inquieti che avevo provato a causa sua. A vederlo così, in veste di passeggero privo di propri mezzi di trasporto, non c’era molto di suggestivo o di allarmante in lui. Nella luce spietata del primo pomeriggio d’agosto, sembrava solo un mezzo vagabondo segnato e malnutrito che viveva in base all’ispirazione del momento e ci provava con tutte le donne che incontrava, basta. Il senso di perdita che mi aveva scavato lo stomaco e il cuore fino a poche ore prima si era trasformato nello stesso sentimento che provavo da bambino quando scoprivo che la stanza in fondo a un corridoio buio era solo una stanza, senza tesori nascosti né mostri in agguato: parte sollievo, parte delusione. Ho pensato che la mia gelosia per Ingrid e il mio senso di possesso tradito per Astrid si erano alimentati al cinquanta per cento della mia mancanza di iniziativa, al cinquanta di quello che non sapevo di lui. Non mi importava quasi più cosa fosse successo esattamente tra loro, non me ne sentivo quasi più minacciato. Mi sono infilato gli occhiali da sole, sentivo la sicurezza rifluirmi dentro a ogni chilometro.

Alla curva stretta del piccolo cimitero, Durante ha detto “Che programmi hai?”.

"A breve termine?" ho detto. Mi sembrava di aver trovato il modo giusto di parlargli: con gli occhi nascosti dalle lenti scure, senza girare troppo la testa, investendo il minimo di energia nella voce. Non impressionabile, non influenzabile, con una vita di scelte e fatti concreti alle spalle, programmi altrettanto concreti davanti.

"Eh" ha detto lui.

"Continuare il lavoro per qualche giorno" ho detto. "Poi andare in Austria." Anche questo mi faceva sentire più sicuro, potergli dare l'immagine di uno che non è sempre inchiodato nello stesso posto ma viaggia per l'Europa. Era l'unico momento dell'anno in cui potevo permettermelo senza mentire, capitava al momento giusto.

"Che strada farai?" ha detto lui.

"Venezia, poi Udine" ho detto, in un tono da navigatore di grandi rotte. "Su fino a Klagenfurt, da lì fino a Graz."

"Rotta a nordest" ha detto lui.

"Ahà" ho detto, accelerando su per la salita che costeggia i campi dei fratelli Rolanducci.

Lui ha battuto una mano sul montante del finestrino, ha detto "Hai voglia di portarmi a Genova?".

"A Genova?" ho detto; cercavo di mantenere tutta la distanza che ero riuscito a stabilire.

"Eh" ha detto lui, mi guardava.

"È totalmente fuori strada" ho detto.

"Non *totalmente*" ha detto lui. "È pur sempre a nord rispetto a qui."

"Sì, ma nord*ovest*" ho detto. "Dal lato sbagliato dell'Italia. Sarebbero centinaia di chilometri in più."

Durante si è messo a ridere, piegato in avanti.

"Cosa c'è?" ho detto, con l'impulso di aprire la portiera dal suo lato e spingerlo fuori.

"Lascia perdere" ha detto lui. "Se ti fanno paura i chilometri in più, non importa."

"Non mi fanno paura i chilometri in più" ho detto, già in un tono sbagliato di autogiustificazione. "Semplicemente sarebbe uno zigzag assurdo."

"Ma certo" ha detto lui. "Mi arrangio in un altro modo, non ti preoccupare. Vai su per la tua strada, bello dritto e tranquillo."

Non so cosa sia stato esattamente, se il fondo provocatorio nelle sue parole o l'angoscia all'idea di altri giorni al telaio o la fatica mentale al pensiero del rincontro con Astrid a Graz, oppure un semplice spirito infantile di sfida. In ogni caso ho detto "Si può fare".

"Cosa?" ha detto Durante, aveva un mezzo sorriso interrogativo sulle labbra.

"Andare a Genova!" ho detto più forte, sopra il rumore delle ruote sullo sterrato. "Si può fare!"

"Ma sarebbero centinaia di chilometri in più!" ha detto lui, con improvviso buonsenso geografico. "Da est a ovest, poi di nuovo da ovest a est! Ti scombinerebbe tutto il programma!"

"Non ho nessun programma" ho detto, rallentando.

"Mi pare di sì, invece" ha detto lui.

"Non un programma *obbligato*" ho detto. "Lo posso cambiare come mi pare."

"Astrid si scoccerebbe" ha detto lui.

"Non si scoccia affatto, Astrid" ho detto, con un ritorno di senso di possesso solo a sentirgli pronunciare il nome. "Ho tutto il tempo che voglio."

"Ma sei sicuro?" ha detto lui. Scuoteva la testa, come se l'idea di portarlo a Genova fosse interamente mia.

"Quando devi essere là?" ho chiesto, secco.

"Mah" ha detto lui. "Tra un paio di giorni."

"D'accordo, allora" ho detto. "Dopodomani mattina partiamo."

"Be', magnifico" ha detto Durante, ancora con un margine di perplessità, vera o recitata che fosse. Poi mi ha dato una pacca su un ginocchio, rideva.

Per il resto della strada abbiamo guardato fuori dai finestrini aperti, senza dire più niente.

Giovedì di primo mattino ho chiuso casa e laboratorio

Giovedì di primo mattino ho chiuso casa e laboratorio: scuri delle finestre, bombola del gas in cucina, interruttori elettrici. Ho sistemato lo scatolone di stoffe e la mia valigia nel furgoncino, insieme a una bottiglia d'acqua, un sacco di crocchette e una ciotola di plastica per Oscar. Ho fatto un ultimo giro di controllo, ho chiuso a quattro mandate la porta d'ingresso, ho messo il cuscino di Oscar sul sedile di dietro, l'ho fatto salire. È balzato al suo posto, con l'impazienza che aveva alla minima prospettiva di muoversi. Da parte mia provavo il senso di liberazione e perdita di ogni volta che chiudevo casa, accentuata dall'idea di tutti i chilometri non necessari che avrei dovuto fare per Durante.

Ho guidato fino da Tom, facendo un inventario mentale lungo il percorso per capire se mi ero dimenticato qualcosa di fondamentale. La campagna sembrava esausta dopo mesi di caldo ininterrotto: malgrado tutte le mie resistenze ero contento all'idea di cambiare scenario per qualche tempo. Rimuovevo dallo sfondo quello che avrei dovuto chiarire con Astrid appena arrivato in Austria, cercavo di concentrare i miei pensieri sul fresco dei boschi, sulle acque cristalline di qualche piccolo lago.

Tom era davanti a casa sua, ansioso come se fosse lui a dover partire. Mi ha passato la borsa di tela di Durante, poi una lunga custodia semicurva di cuoio da cui usciva un'impugnatura di osso levigato.

"Cos'è?" ho detto.

"Una sciabola giapponese" ha detto Tom. "Di Durante."

"Ma è legale portarla in giro?" ho detto, la soppesavo tra le mani.

"Credo" ha detto Tom. "Non ne so molto delle leggi italiane." È rientrato in casa, è tornato fuori con due bottiglie di birra in un sacchetto di plastica, me le ha date.

Le ho sistemate in modo che non si rompessero, tra lo scatolone di stoffe e la mia valigia. Ho detto "Durante?".

"Arriva" ha detto Tom.

Due minuti dopo Durante è uscito da casa, con Stefania Livi aggrappata a un braccio come se non lo volesse più lasciare andare. "Dai" le ha detto, quando sono arrivati al furgoncino, le ha carezzato i capelli.

Lei si è raddrizzata, aveva le guance rigate di lacrime, il trucco liquefatto intorno agli occhi. "Oddio, mi vergogno" ha detto, non era chiaro se rivolta a me che la fissavo.

"Di cosa dovresti vergognarti?" ha detto Durante, scuoteva la testa.

"Di piangere così" ha detto lei, senza smettere di piangere.

"Mica me ne vado per *sempre*" ha detto lui. "Nimbus resta qui da Tom. E *Tom* resta, naturalmente."

Stefania Livi ha guardato Tom, forse per capire se

Durante glielo stava proponendo come oggetto sostitutivo di innamoramento.

Tom sembrava imbarazzato, probabilmente per la stessa ragione. Ha detto “Per Nimbus non ti preoccupare, capitano. Fieno e acqua sempre a disposizione, fiocchi di cereali e carrube due volte al giorno, carote e mele quando ce n’è”.

“Sì” ha detto Durante; ha dovuto fare quasi uno sforzo fisico per staccarsi da Stefania Livi. Quando c’è riuscito si è allungato a darle un bacio sulla fronte, ha detto “Stai serena, stella”.

“Ci proverò” ha detto lei, tirava su dal naso.

Durante ha abbracciato Tom, gli ha dato un paio di pacche forti sulla schiena.

“Mi raccomando” ha detto Tom, aveva gli occhi pieni di lacrime anche lui.

“Sta’ in gamba, vecchio” ha detto Durante. Gli ha tolto il cappello di paglia e se l’è messo in testa, è andato a sedersi nel furgoncino.

“Contaci, capitano” ha detto Tom, gli tremavano le labbra.

Ho stretto la mano a lui e a Stefania, benché nessuno dei due sembrasse molto interessato a me.

“Andiamo?” ha detto Durante, mentre Oscar cercava di scavalcare lo schienale dei sedili anteriori per poterlo leccare e festeggiare con tutto il suo entusiasmo.

Mi sono messo al volante, ho girato la chiave d’accensione; abbiamo fatto il giro dello spiazzo per risalire alla strada interpoderale. Tom Fennymore e Stefania Livi facevano gesti di saluto come in un addio d’altri tempi, hanno continuato finché siamo spariti dietro il dorso della collina.

All'altezza della casa dei Livi Durante è scivolato in giù sul sedile, si è premuto il cappello di paglia sulla fronte. Ha detto "Vai, vai".

"Non ti preoccupare" ho detto, invelenito all'idea di scarrozzare in giro uno che disseminava donne col cuore spezzato e uomini pieni di gelosia dietro ogni curva.

Al bivio con la strada provinciale ho messo la freccia per girare a sinistra.

"Dove vai?" ha detto Durante.

"Verso Mariatico" ho detto. "Prendiamo l'autostrada da lì, andiamo su fino a Parma, poi facciamo la Parma-La Spezia."

"Ma le autostrade sono il *nulla*" ha detto lui. "Cancellano qualunque *significato* dei posti che attraversano."

"Lo so, lo so" ho detto. "Però fanno risparmiare ore, in compenso."

"Ed è importante?" ha detto lui. "Risparmiare ore?"

"Dipende da quante ne hai a disposizione" ho detto, con un piede sull'acceleratore e l'altro sulla frizione, il motore che girava a vuoto.

"Tu lo *sai*?" ha detto lui.

"Come vorresti andarci, a Genova?" ho detto, per tagliare in partenza le sue probabili considerazioni sull'insondabilità del destino di ognuno. C'era una macchina dietro di noi, incalzante; mi sentivo già ai limiti della sopportazione, prima ancora di cominciare il viaggio.

"Per di qua, no?" ha detto Durante, indicava a destra. "Scavalchiamo l'Appennino e raggiungiamo la costa ovest, continuiamo per le strade normali."

La macchina dietro di noi ha suonato il clacson; per pura insofferenza ho girato in direzione dell'Appennino e delle strade normali.

Abbiamo passato il cartello che segna il limite del territorio comunale di Trearchi-Mariatico, lungo la statale che corre tra i boschi di querce nel paesaggio sempre più montuoso. Durante ha detto "Mi dispiace per Stefania. Era così intristita".

"Disperata, più che intristita" ho detto, per non alleggerirgli di un solo grammo la responsabilità.

"Lo so" ha detto lui, guardava fuori. "È probabile che tu non abbia una grande impressione di lei, per via del suo modo di muoversi, la voce, i vestiti, no?"

"Invece a conoscerla meglio è interessante?" ho detto, per provocarlo.

"Sì" ha detto lui, senza raccogliere minimamente la provocazione, con una mano sul cappello di paglia per non farselo portare via dal vento.

Ero irrigidito dall'ostilità, incredulo di ritrovarmi ad attraversare mezza Italia nella direzione sbagliata per fargli un favore. Pensavo al tono di Astrid al telefono quando le avevo detto che l'avrei accompagnato a Genova: la miscela di sorpresa, turbamento, perplessità. Mi sono rimesso gli occhiali da sole, ho detto "D'altra parte, ti è mai capitato di incontrare una donna non interessante?".

Durante mi ha guardato da sotto la falda del cappello; ha detto "No".

"Ti sembra che *tutte* le donne siano interessanti?" ho detto. Per compensare il fastidio mi illudevo che ci fosse almeno un'oscillazione di potere tra me e lui: che un momento avesse lui il controllo del campo, il momento dopo acquistassi io un vantaggio.

"Quelle che mi interessano, sì" ha detto lui, rideva.

"E l'interesse sta nella loro disposizione a farsi *sedurre*?" ho detto. Gli stavo addosso: pensavo che forse questa deviazione di centinaia di chilometri mi avrebbe almeno dato un'occasione di rivalsa nei suoi confronti.

"Sta nel mio cercare di *capirle*" ha detto lui. "Nel territorio che c'è tra il mistero e la conoscenza."

"Che definizione daresti di 'interessante'?" ho detto.

"In grado di suscitare curiosità o interesse" ha detto lui. "Di sorprenderti, *insegnarti* qualcosa."

"E Stefania Livi ti ha insegnato qualcosa?" ho detto, per vedere fino a che punto poteva sostenere i suoi atteggiamenti.

"Guarda che non è per niente una persona banale" ha detto lui. "Per niente. Anche se è sposata con un uomo banale, e bloccata in una vita banale. Il che la fa soffrire, naturalmente."

"A dire la verità sembrava felice, prima che arrivassi tu" ho detto.

"Di cosa?" ha detto lui.

"Del suo uomo, della sua casa, della sua vita" ho detto.

"*Felice*?" ha detto lui, mi guardava.

"Ahà" ho detto, anche se a essere onesto Stefania Livi mi era sempre sembrata intenta a una faticosa recita di felicità, più che felice.

Prima di Empoli ci siamo fermati a una stazione di servizio, per fare benzina e mangiare qualcosa. Avevo la maglietta appiccicata alla schiena, le orecchie piene del rumore di tutta la strada con i finestrini aperti; l'asfalto era arroventato, potevo quasi sentirlo sfrigolare. Un tipo in calzoni corti e maglietta con scritte in inglese prive di senso e pizzetto sagomato e cappellino a visiera ciabattava insieme a una tipa sbiondata e snudata e tatuata, montata su zeppe di almeno dodici centimetri. Tutti e due con occhiali da sole avvolgenti e cellulari premuti all'orecchio, come bambini di otto anni cresciuti troppo e abbandonati dai genitori alla loro totale mancanza di criteri. Mi hanno fissato mentre davo da bere a Oscar nella sua ciotola, con una curiosità appiccicosa e incurante.

Ho legato Oscar all'ombra di un pino, sono entrato con Durante nel bar. Una decina di persone mangiavano e bevevano o attendevano di farlo in atteggiamenti di sciatta necessità, a testa bassa, sopraffatte dal caldo fuori e dall'aria condizionata malfunzionante dentro, dal vuoto di significati della vacanza. Un barista e una barista si muovevano lenti dietro il bancone, guardavano i clienti con un misto di indifferenza e sospetto. Siamo passati lungo la vetrina in cui erano esposti i panini e le focaccine, ognuno con il suo nome e numero come il reperto museale di una civiltà andata in malora.

"Che desolazione *pura*" ha detto Durante.

"Cosa ti aspettavi?" ho detto. "Un luogo di squisita architettura, con luci naturali e piante e dolci musiche, frequentato da spiriti sublimi?"

Lui non ha risposto, si è premuto il cappello sulla testa. Tutta la sua sicurezza fisica e morale sembrava convertita in un senso di estraneità che gli attraversava i lineamenti e il corpo intero, gli dava un aspetto da perseguitato.

"Siamo qui solo per mangiare qualcosa" ho detto. "Non per restarci." Stranamente non provavo nessun senso di rivalsa a vederlo così, ma non ero quasi riuscito a fare colazione al mattino, morivo di fame.

"Mangia tu, sei vuoi" ha detto lui. "Mi dai le chiavi del furgoncino?" Appena gliele ho date è uscito.

Ho ordinato una focaccina con prosciutto lattuga e provola affumicata e una bottiglietta di acqua minerale, ho aspettato che la barista vincesse la resistenza dell'aria e della piastra scaldante e della sua svogliatezza fino a consegnarmele. Avevo l'intenzione di mangiare e bere con calma, ma dopo i primi due morsi ho cominciato a immaginarmi che Durante potesse aver deciso di prendere il furgoncino e andarsene, considerandolo un gesto del tutto legittimo. Sono uscito con la focaccina e la bottiglietta in mano, già pronto a correre per bloccarlo se facevo ancora in tempo.

Durante era con Oscar nell'unico punto d'ombra del piazzale infuocato, beveva da una delle bottiglie di birra che ci aveva dato Tom. Con il suo cappello di paglia e i suoi stivali e la sua figura magra e lunga sembrava uno strano cowboy sudamericano, atterrato chissà come in un lago d'asfalto italiano.

Mi sono chiesto se tornare dentro al fresco relativo, ma sarebbe stato troppo chiaro che ero uscito solo per controllarlo, così sono andato verso di lui.

Lui mi ha porto la bottiglia di birra, ha detto "Calda, ma buona".

"No grazie" ho detto, ho alzato la mia bottiglietta d'acqua minerale. In compenso mi sono sentito in dovere di porgergli la focaccina.

Lui l'ha presa, senza ringraziare come era sua abitudine; mi ha passato il guinzaglio di Oscar. Ha preso un morso, ha masticato piano.

Sono rimasto a un passo da lui in attesa che mi ridesse la focaccina, facevo finta di osservare Oscar per non sembrare avido.

Lui non me l'ha ridata, è andato avanti a mangiarla a morsi lenti e regolari, metodicamente.

Lo controllavo con la coda dell'occhio, e non riuscivo a crederci, sentivo montarmi dentro una forma di indignazione crescente a ogni suo morso.

Quando è arrivato a metà focaccina, si è fermato. Ha detto "Tieni", me l'ha porta.

"Finiscila pure" ho detto. Avevo lo stomaco che mi faceva male per la fame, i muscoli della faccia e del corpo contratti dalla rabbia. Ho preso una gollata d'acqua minerale per compensare, sapeva di plastica riscaldata.

"Ma come?" ha detto lui, con il braccio proteso, in un atteggiamento di non comprensione.

"Non ho più fame" ho detto. Ho finito l'acqua, ho trascinato Oscar in alcuni giri di corsa intorno a un bidone della spazzatura anche se non ne aveva nessuna voglia.

Durante è rimasto fermo per qualche secondo, potevo sentire il suo sguardo grigio esasperante che mi seguiva. Poi ha ripreso a mangiare la mia focaccina.

Quando io e Oscar siamo tornati verso il furgoncino, affannati e accaldati, lui era arrivato all'ultimo boccone. Ha finito di masticare senza fretta, ha bevuto l'ultimo sorso di birra. È andato a buttare nel bidone carta e bottiglia, si è pulito la bocca con una mano e la mano sui calzoni, ha sorriso.

Abbiamo raggiunto la costa ovest, continuato per la strada che percorre l'Italia da sud a nord. C'era un traffico diradato e veloce, a quest'ora chiunque potesse se ne stava a mangiare sotto un qualsiasi riparo o sdraiato ad arrostire su qualche spiaggia. Dai finestrini aperti entrava un'onda continua di rumore e aria surriscaldata, il furgoncino vibrava intorno alla sua velocità massima di più o meno centoventi chilometri all'ora. Durante ha tirato fuori di tasca un coltellino a serramanico, ha scalzato via con la punta della lama il tappo della seconda bottiglia di birra, me l'ha offerta.

"No grazie" ho detto, in modo ancora più secco di quando mi aveva offerto metà della mia focaccina. Ero pieno di fame e di risentimento rinnovato; continuavo a cercare di immaginarmi una scusa per dirgli che non potevo più accompagnarlo fino a Genova, scaricarlo alla prima stazione di treni.

Lui ha bevuto la birra calda, a piccole sorsate meditative. A un certo punto ha detto "Quando una persona entra nella vita di un'altra, è una specie di scout solitario, no?".

"Dipende" ho detto. Non avevo nessuna voglia di fare conversazione con lui, tanto meno su temi come questo.

"Partito da una base che non conosci" ha detto lui. "In avanscoperta in un territorio non suo. Senza bagaglio, senza famiglia, senza casa, senza amici, senza lavoro. Qualunque cosa ti racconti di sé, sono solo immagini mentali, prive di sostanza accertata."

"Di chi stiamo parlando?" ho detto. Mi sono chiesto cosa avesse raccontato di sé a Ingrid e a Astrid; con quali proporzioni di invenzione e di verità, per produrre quali immagini mentali. Mi sono chiesto cosa gli avessero raccontato loro.

"Di *chiunque*" ha detto lui. "Chiunque entri nella vita di chiunque."

"Come hai fatto tu con Stefania Livi?" ho detto, perché il caldo e la fame mi toglievano i freni. "O con Tiziana Morlacchi? O con Elisa? Con Ingrid? Con Astrid?" Pensavo allo svantaggio che avevo nei suoi confronti, in puri termini di informazioni disponibili: a quello che lui probabilmente sapeva della mia vita e io non sapevo della sua.

"Be', anche *loro* sono entrate nella mia vita" ha detto lui. "Mica solo io nella loro."

"Ah, certo" ho detto. "Perfetta reciprocità."

Lui non ha raccolto, ha detto "Poi segui la scout indietro fino al suo territorio, no?".

"*La* scout?" ho detto.

"Sì" ha detto lui, senza scomporsi. "E tutte le informazioni che ti mancavano, *zac*, sono lì, prendono corpo."

"E allora?" ho detto, per fargli capire che non lo consideravo un rivelatore di chissà quali verità.

"Eppure forse non è così" ha detto lui. "Forse scopri solo chi era lei *prima* di incontrarti. C'è ogni volta questo spazio libero, in cui chiunque può reinventarsi diverso da com'era, no?"

"Immagino" ho detto.

"Perché immagini?" ha detto lui. "Non ti è mai capitato?"

"Non sono mai stato un grande inventore di me stesso" ho detto. "O reinventore. Sono sempre stato abbastanza attaccato alla realtà, io."

"Con Astrid, per esempio?" ha detto lui.

"Con Astrid cosa?" ho detto, irrigidito sulla difensiva, pronto a passare all'offensiva se lui mi ci avesse portato.

"Non c'è stato un momento, agli inizi?" ha detto lui. "In cui hai avuto la sensazione di poter essere un *altro* rispetto al te stesso che conoscevi fin troppo bene?"

"No" ho detto, fermo sulle mie posizioni, anche se era probabile che il momento ci fosse stato. "E tu?"

"Io cosa?" ha detto lui, come se davvero non capisse.

"Con Astrid" ho detto, con la voce che mi tremava per la rabbia. "E con *Ingrid*, soprattutto? Come cavolo ti sei inventato o reinventato, con Ingrid?"

Lui mi guardava con la testa inclinata, la sua lontana espressione interrogativa.

Nello stesso momento ho visto una macchina della polizia ferma pochi metri più avanti, un poliziotto che agitava una paletta tonda rossa verso di me. Ho frenato di colpo, più forte che potevo, ho fatto stridere sull'asfalto le ruote del furgoncino per fermarlo nella piazzola a lato della strada.

Durante ha puntato i piedi per non andare a sbattere, ha steso la sinistra indietro per non far volare Oscar. "Buona frenata" ha detto, rideva.

"Grazie" ho detto, furioso all'idea di essere stato interrotto proprio quando stavo per stanarlo.

Il poliziotto con la paletta e il suo collega nella macchina sono venuti verso di noi, lenti.

"Stai calmo" mi ha detto Durante, a mezza voce.

"Certo che sto calmo" ho detto. "Perché non dovrei?"

I due poliziotti sembravano snervati dalla calura e forse dalla fame vista l'ora, hanno fatto un giro intorno al furgoncino come se gli sembrasse il più strano dei veicoli. Quando sono riapparsi all'altezza del mio finestrino, mi hanno chiesto patente e libretto di circolazione, e un documento di Durante. Lui si è frugato nelle tasche dei calzoni, ha tirato fuori una carta d'identità tutta logora e acciaccata. I due poliziotti si sono abbassati a turno per guardarlo, con una sospettosità che si estendeva a me; sono andati a controllare i documenti alla radio della loro macchina.

"Sii *naturale*" ha detto Durante. "Rilassato."

"Senti, non ce n'è bisogno" ho detto; la mia domanda su Astrid e Ingrid riverberava ancora nell'abitacolo, senza risposta. "Non sto trasportando un carico di eroina."

Lui ha preso un altro sorso di birra calda, guardava i camion e le macchine che ci passavano oltre a intervalli, spostando masse d'aria sulfurea difficile da respirare.

I due poliziotti sono tornati, ancora più tesi di prima. Uno teneva per un angolo la carta d'identità di Durante: ha detto "Non è più valida, questa".

"No?" ha detto Durante, come di fronte a un'informazione curiosa.

"È scaduta da tre anni" ha detto il poliziotto.

"Scadono, le carte d'identità?" ha detto Durante, ha finito la sua bottiglia di birra. "Nel senso che dopo una certa data non garantiscono più che uno sia sé stesso?"

Il poliziotto si è irrigidito ulteriormente, mi ha detto "Quanto ha bevuto, lei?".

"Non ho bevuto per niente" ho detto.

"Apra dietro" ha detto lui, guardava Durante con la sua bottiglia di birra vuota in mano.

Quando sono sceso, il secondo poliziotto si è spostato leggermente, come per essere pronto a bloccare tentativi di fuga a piedi.

Ho aperto i due portelli posteriori del furgoncino, ho fatto un gesto per indicare quello che c'era. Oscar dai sedili di dietro si è messo ad abbaiare selvaggiamente appena ha visto la divisa, ogni scoppio di suono amplificato dalle pareti metalliche.

Il poliziotto è saltato indietro, subito rabbioso per essersi spaventato. Ha detto "Cosa c'è lì dentro?", indicava la grossa scatola di cartone.

"Stoffe" ho detto. L'ho aperta, ho smosso le stoffe. Oscar continuava ad abbaiare come una furia.

Durante è sceso, è venuto dietro, gli ha fatto "*Shhhhh*".

Oscar ha smesso di abbaiare: ringhiava soltanto, scopriva i denti bianchi e aguzzi.

Il poliziotto ha ficcato una mano tra le stoffe, attento a non avvicinarsi troppo al cane. Ha detto "E lì?", indicava la mia valigia, la borsa di Durante.

"Vestiti e oggetti personali" ho detto. Le ho avvicinate al poliziotto. Dentro la borsa di tela di Durante c'erano solo due magliette e due boxer scoloriti e arrotolati, il quadernetto nero, uno spazzolino da denti, un tubetto mezzo vuoto di dentifricio, un rasoio di plastica.

Il poliziotto ha indicato la custodia semicurva di pelle, ha detto "E quella?".

"È una sciabola giapponese" ha detto Durante. L'ha presa per l'impugnatura, ha aperto la fibbia: si è vista la lama d'acciaio che brillava nella luce violenta.

"Mettila giù!" ha detto il poliziotto.

"Fermo!" ha detto l'altro poliziotto, è sbucato lungo la fiancata; ho visto la sua mano che andava verso la fondina della pistola.

"Ehi, *calma*" ha detto Durante. "È solo una sciabola giapponese."

Il più vicino dei due poliziotti gliel'ha strappata di mano, è arretrato. Ha estratto la lama dalla custodia per metà: un oggetto molto più minaccioso di come mi ero immaginato.

"Non vi muovete!" ha detto l'altro poliziotto.

"Cosa ci volevate fare, con questa?" ha detto il primo. Si rigirava la sciabola giapponese tra le mani, affascinato e allarmato in misura quasi uguale.

Lo sgomento per l'assurdità della situazione mi si è trasformato in sdegno allo stato puro; mi sono girato verso Durante, ho detto "Cosa cavolo ci volevi fare, con quella?".

"Niente" ha detto lui, sorrideva come se avesse a che fare con dei bambini. "È un *gioco.*"

"È un'*arma*" ha detto il poliziotto che la teneva tra le mani.

"Non vi muovete" ha detto di nuovo il secondo poliziotto. Si guardavano tra loro e ci guardavano e guardavano il traffico intermittente che continuava a passare in strappi di aria smossa e rumore, sembrava che non sapessero bene cosa fare.

"*Ehi*" ha detto Durante, si è mosso verso i poliziotti.

Uno dei due ha detto "Sta' fermo!", ha tirato fuori la pistola dalla fondina. L'altro ha tolto dalla cintura una radio ricetrasmittente, gli tremavano le mani per l'agitazione. Oscar ha ripreso ad abbaiare in modo parossistico, faceva ondeggiare il furgoncino.

“Oh porca vacca” ho detto, con anticipazioni ultracompresse di scatti e prese e tentativi di svincolamento e strattoni e mani bloccate dietro la schiena e manette chiuse ai polsi e spinte e abbassamenti di testa in abitacoli ristretti e accelerate frenetiche e trasporti forzati e interrogatori e accuse e domande incalzanti che mi passavano attraverso la testa mescolate ad ansia per Oscar abbandonato da solo nel furgoncino a lato della strada nel caldo insostenibile o trascinato chissà dove, complicazioni e tempo sprecato che si allargavano a vista d’occhio come olio da una bottiglia rotta. Ho guardato Durante con l’impulso di prenderlo per la camicia, gridargli che non avevo nessuna intenzione di farmi rovinare la vita e neanche la giornata da una qualsiasi delle sue idiozie, gridargli di assumersi le sue responsabilità e scagionarmi subito, consegnarsi alla polizia e lasciarmi riprendere la mia rotta verso nordest.

Lui non mi guardava neanche, stava fissando i due poliziotti. Nel preciso momento in cui i loro gesti stavano per arrivare a un punto di rottura, ha allargato le mani, ha detto “Ohi, guardami”.

“Fermo, tu!” ha gridato uno dei due, in un tono rauco.

Durante invece di fermarsi ha continuato verso di loro con le braccia aperte e le mani a palme avanti, ha detto “Guardami negli *occhi*. Anche tu. *Guardami*”.

Ero sicuro al cento per cento che l’intera scena fosse sul punto di degenerare da un istante all’altro in un’accelerazione inarrestabile di eventi devastanti: avevo i timpani già pronti a registrare grida e scoppi, i muscoli delle gambe già pronti a scattare, il cuore che mi batteva veloce.

Invece ho visto le facce dei due poliziotti che cambiavano espressione, dalla tensione estrema in un allentamento progressivo, fino a una specie di svagatezza incantata. Durante teneva le mani aperte davanti a sé, ha allargato le braccia fino all'altezza delle spalle. Aveva un sorriso sulle labbra, lontano, triste, dolce.

Tutti e tre sono rimasti bloccati per un tempo che avrebbe potuto essere di qualche secondo o forse di minuti interi, nella piazzola che scottava sotto il sole battente, con il traffico che continuava a scorrere oltre in strappi d'aria e rumore.

Poi Durante ha abbassato le mani, lentamente, come se spingesse indietro i due poliziotti ma senza toccarli. Loro sono arretrati verso il margine interno della piazzola: sembravano sfiniti, con gli occhi velati, la testa e le braccia che ciondolavano. Si sono accovacciati, respiravano come dopo una corsa estenuante. Durante ha sfilato la sciabola giapponese di mano a uno di loro e i nostri documenti di mano all'altro, delicatamente. I due poliziotti stavano con i gomiti posati sulle ginocchia, si sono presi la testa tra le mani. Durante ha rimesso la sciabola nella custodia e la custodia nel furgoncino, ha richiuso i portelli posteriori, senza rumore. Poi mi ha fatto cenno di rimettermi al volante, si è seduto al lato del passeggero. Ha detto a mezza voce "Andiamo?".

Ho messo in moto, con un vero sforzo per coordinare i miei movimenti. Oscar sul sedile di dietro era perfettamente silenzioso, immobile.

"Vai" ha detto Durante.

Ho messo la freccia, ingranato la prima, la seconda. Nello specchietto retrovisore vedevo i due poliziotti accovacciati nella piazzola, con le loro divise azzurro carta da zucchero, i loro cappelli blu. Mi sono immesso nella statale, troppo lento. Un tir gigante ci è arrivato alle spalle e ha suonato la sua tromba da nave sgangherata, mi ha fatto gelare il sangue per lo spavento.

"*Vai*" ha detto Durante. "Non c'è bisogno di guidare come una lumaca."

Ho impiegato forse una decina di chilometri a rimettere in circolazione i miei pensieri; quando ci sono riuscito, l'incredulità era quasi pari all'indignazione. Ho detto "Che cosa cavolo hai fatto a quei poliziotti?".

"C'eri anche tu, no?" ha detto Durante. "Hai visto."

"Sì ma non ho *capito*" ho detto.

"Non c'è niente da capire" ha detto lui.

"Li hai ipnotizzati, o cosa?" ho detto. "Come con Oscar la prima volta che sei venuto a casa nostra?"

Lui ha riso, guardava fuori.

"Cosa c'è da ridere?" ho detto. "Mi vuoi spiegare cosa hai fatto?"

Lui ha detto "È solo una forma di *comunicazione*".

"Che razza di comunicazione è?" ho detto. Lo guardavo a intervalli, mi faceva quasi paura essere nello stesso abitacolo con lui. "Si sono afflosciati come due zombie! Da un istante all'altro! Con quegli sguardi persi! Andati!"

"Erano estremamente tesi, prima" ha detto lui. "Li hai visti, no?"

"Erano tesi perché tu vai in giro con i documenti scaduti!" ho gridato. "E portandoti dietro un'arma! Sulle macchine altrui!"

"Non è un'arma" ha detto lui, come se parlasse a un bambino.

"Lo *è*!" ho gridato, sempre più avvelenato dall'adrenalina man mano che tornavo lucido.

“*Qualunque* oggetto può diventare un’arma” ha detto lui. “Dipende dalle tue intenzioni.”

“Risparmiami questo genere di discorsi, per piacere!” ho gridato. Di nuovo avevo l’impulso di frenare di colpo, spingerlo fuori con tutta la forza che avevo nelle braccia e nelle gambe, ripartire a tutta velocità.

“Calma, Pietro” ha detto lui. Ha fatto un gesto dall’alto verso il basso.

“Non mi calmo affatto!” ho gridato. “E non cercare di ipnotizzare anche me, adesso! Ci inseguiranno, quelli! Avranno già avvertito la centrale, di sicuro! Finiremo in galera per aggressione aggravata a pubblico ufficiale!”

“Non credo” ha detto Durante, rideva.

“Non *credi*?” ho detto.

“Avresti preferito essere arrestato?” ha detto lui. Sembrava una domanda vera, non retorica.

“Avrei preferito non avere *motivo* di essere arrestato!” ho detto.

Lui ha scosso leggermente la testa, come di fronte a un comportamento incomprensibile o deludente. Ha detto “Prendi di qua per l’autostrada, dai”.

Ho messo la freccia, tutto contratto dalla paura che ci fermassero ancora prima dei caselli.

Durante si è premuto il cappello di paglia sulla fronte, ha sporto un braccio dal finestrino aperto, ha ripreso a muovere la mano di taglio contro la corrente d’aria arroventata.

All'uscita di Genova Est ero certo di trovare la polizia

All'uscita di Genova Est ero certo di trovare la polizia: guardavo appena oltre la sbarra del casello col cuore in gola, cercavo di capire dov'erano le macchine blu e bianche in agguato. Ma non c'erano, o almeno non riuscivo a vederle. Durante ha tirato fuori di tasca due biglietti spiegazzati da dieci euro, ha detto "Tieni". Ero così teso e furioso che li ho passati direttamente al casellante, anche se ho pensato per un attimo che probabilmente erano tutto quello che lui aveva.

Ho detto "Adesso dove?", continuavo a guardarmi intorno per distinguere possibili imboscate della legge.

Lui mi ha dato indicazioni lungo una serie di strade e svolte. Anche in questo era esasperante, perché sembrava avere solo un'idea vaga del percorso da seguire, e poi quando magari ero a un incrocio sulla corsia sbagliata diceva "Di là, di *là*" in modo perentorio, puntava l'indice.

Giravo il volante e scalavo le marce, pieno di rabbia raddensata in ogni movimento; cercavo di ricordarmi che nel giro di poco avrei potuto finalmente scaricarlo e andarmene per conto mio. Erano quasi le otto di sera, l'aria era calda e umida, venata dall'odore dolciastro dei gas di scarico.

Durante mi ha fatto percorrere una via inclinata nella città vecchia, poi altre vie di larghezza decrescente. Sempre all'ultimo momento ha detto "Ferma qui. *Qui*".

Ho schiacciato forte sul pedale del freno, in parte a scopo dimostrativo.

Durante non si è scomposto per niente, ha solo messo una mano sul cruscotto per ammortizzare la decelerazione.

Ho accostato al marciapiede in divieto di sosta, sono sceso, con un senso di liberazione che ancora non si poteva esprimere in pieno ma già mi faceva sentire più leggero.

Anche Durante è sceso: si è stirato le braccia, le gambe. Guardava la facciata del vecchio edificio color ocra davanti a noi, le finte cornici dipinte in bianco intorno alle finestre.

"È qui?" ho chiesto, stavo già aprendo i portelli posteriori del furgoncino.

"Ahà" ha detto lui.

"Ecco fatto" ho detto, mentre scaricavo la sua borsa e la sciabola giapponese.

"Solo questa" ha detto lui, ha preso solo la sciabola.

"E questa?" ho detto, con un impulso quasi irresistibile di abbandonare la borsa sul marciapiede e rituffarmi al volante, guidare via veloce.

"Lasciala in macchina" ha detto lui. "Anche la tua valigia."

"Mi potresti spiegare i tuoi programmi?" ho detto, con uno sforzo per controllare il mio tono di voce. "Io devo rimettermi in viaggio."

"Non hai viaggiato abbastanza, per oggi?" ha detto lui, sorrideva.

“Sì” ho detto. “Ma ho ancora un bel po’ di strada da fare, se voglio trovare un posto accettabile dove dormire fuori città.”

Lui non mi ascoltava già più, stava premendo un tasto sul citofono di fianco al portone. Quando gli hanno risposto ha detto “Durante. Sì. *Adesso*”. Dopo un paio di secondi la serratura è scattata, lui ha spinto il portone.

“Ti aspetto qui” ho detto, anche se era l’ultima cosa che avrei voluto fare. “Basta che ti sbrighi.”

“Piantala, Pietro” ha detto lui. “Vieni su. E porta Oscar.”

Non mi sono mosso, avevo i muscoli delle gambe che mi tremavano, il corpo saturo di caldo e rumore e vibrazioni meccaniche, la testa piena di pensieri deteriorati.

Durante ha infilato la custodia della sciabola nel varco del portone, è tornato indietro a far uscire Oscar dal furgoncino.

Oscar è balzato fuori tutto felice, ha zampettato lungo un tratto di marciapiede, fatto la pipì contro il muro; guardava Durante in attesa di istruzioni.

“Andiamo, dai” mi ha detto Durante, come se stessi trascinando i piedi per ragioni inspiegabili.

Così ho chiuso il furgoncino e ho seguito lui e Oscar oltre il portone, in un cortile dove c’era una palma, su per una vecchia rampa di scale. Ho detto “Mi dici da chi stiamo andando, almeno?”.

Durante non ha risposto, saliva i gradini alla stessa velocità di Oscar.

“Non posso lasciare il furgoncino là” ho detto. “In divieto di sosta, con la mia valigia dentro.”

Durante ha continuato a non rispondere, era già una rampa sopra di me. Al quarto e ultimo piano ha suonato a una porta, si è girato per un istante a guardarmi, con una delle sue strane espressioni.

La porta si è aperta, è apparsa una bella donna bruna con un vestito leggero di cotone blu. Si è spaventata quando Oscar le si è slanciato contro e l'ha annusata ed è sgusciato dentro casa, ha detto "Ehi!".

"È Oscar" ha detto Durante.

Lei lo guardava, appoggiata allo stipite della porta, senza sorridere.

Sono rimasti fermi per un paio di secondi sul pianerottolo, a mezzo metro di distanza. Poi Durante è andato avanti e l'ha abbracciata di slancio, ha detto "Eeeehi, *Giovannina*!".

Lei ha cercato di ritrarsi, con i lineamenti contratti, le braccia giù. Quando c'è riuscita, ha indicato la custodia della sciabola, ha detto "Cos'è?".

Durante non le ha risposto; ha fatto un doppio gesto di presentazione, ha detto "Giovanna, Pietro".

"Ciao" ho detto, profondamente a disagio.

"Ciao" ha detto Giovanna; mi ha stretto la mano solo perché gliela porgevo.

Durante è sgusciato oltre la porta come aveva fatto Oscar, da dentro ha detto "Julian?".

"È in camera sua" ha detto Giovanna. "Ma tra poco deve mangiare. E porta fuori quel cane, non voglio altre bestie in casa!"

"Non è mio, è di Pietro!" ha detto Durante, già sparito all'interno della casa.

Giovanna l'ha seguito per un tratto, è tornata da me. Ha detto "Entra", solo per non lasciarmi sul pianerottolo.

A sinistra dell'ingresso c'era una stanza-cucina con un

grande tavolo quadrato al centro, a destra un salottino con quadri a colori vivaci. Le pareti erano spugnate a mano in sfumature di arancione e rosa e rosso, come Astrid le avrebbe volute a casa nostra se io non avessi insistito tanto per il bianco. Non sapevo cosa fare, così mi sono fermato in cucina vicino al tavolo, nell'atteggiamento più provvisorio che mi veniva. Ho detto "Oscar, vieni qua", troppo piano per farlo venire davvero, dovunque si fosse cacciato.

Giovanna sembrava incerta quanto me: ha fatto qualche passo verso il corridoio in cui erano spariti Oscar e Durante, è tornata indietro.

"Sono salito solo perché ha insistito Durante" ho detto, con un gesto vago. "Ma devo rimettermi in viaggio."

"Per dove?" ha detto lei. I suoi occhi avevano una tonalità castana variegata, con screziature di verde. I suoi capelli invece erano di un nero brillante, raccolti a coda, tagliati sulla fronte proprio lungo la linea delle sopracciglia.

"Per l'Austria" ho detto.

"Viene anche Durante?" ha detto lei.

"*No*" ho detto, per prendere distanza dalla possibilità.

"E dove va?" ha detto lei. Aveva un buon odore, di iris, caprifoglio.

"Non ho idea" ho detto. "Mi ha solo chiesto di accompagnarlo fin qui a Genova."

Lei continuava a guardarmi, come se non fosse del tutto convinta della mia ignoranza dei programmi di Durante.

"Ho lasciato il mio furgoncino qui giù" ho detto, solo per non stare zitto. "In divieto di sosta."

"Vuoi qualcosa da bere?" ha detto lei.

"No, grazie" ho detto. "Devo guidare."

Lei è andata al frigorifero, ha tirato fuori una bottiglia di vino bianco già aperta. Si è riempita un bicchiere, ne ha bevuto un sorso. Aveva anche un bel modo di stare in piedi, stabile e flessibile al tempo stesso.

Per non restare con gli occhi fissi su di lei ho guardato verso il corridoio, ho chiamato di nuovo "Oscar?".

"Vi conoscete da tanto?" ha detto Giovanna, teneva il suo bicchiere all'altezza delle labbra.

"Io e Oscar?" ho detto.

"Tu e *Durante*" ha detto lei. Stava a forse tre metri da me, la bella donna bruna dallo sguardo vivo, chiaramente scossa per questo arrivo non annunciato.

"Ah, da qualche mese" ho detto. Come continuava a succedermi da un po' di tempo, mi sentivo in ritardo sull'evoluzione di rapporti, sentimenti, dati di fatto.

Giovanna ha preso un altro sorso di vino. Sembrava sul punto di chiedermi o dirmi qualcosa, invece è stata zitta.

"C'è un bagno, per piacere?" ho detto.

"Di là" ha detto lei, ha fatto un gesto. "Dritto in fondo al corridoio."

Sono andato lungo il corridoio. Oscar è uscito dalla prima porta alla mia destra, mi ha leccato una mano ed è subito rientrato. Ho guardato nella stanza: Durante stava mostrando a un ragazzino magro dai capelli castani come impugnare la sciabola giapponese. Ho fatto un cenno, ma nessuno dei due mi ha visto e tanto meno invitato a entrare, così ho continuato fino al bagno in fondo al corridoio.

Mentre mi lavavo le mani mi sono guardato allo specchio sopra il lavandino. Non ero abituato a vedermi riflesso a breve distanza e con una buona illuminazione: la mia faccia mi è sembrata più larga di come me l'aspettavo, gli occhi più scuri. Ho pensato che per tutta la giornata avevo fissato con tanta intensità ostile i lineamenti di Durante da dimenticarmi quasi dei miei. Sopra una mensola c'era uno spazzolino e un tubetto di dentifricio da bambini, un flacone di gel per capelli, la statuetta di gomma di una donna con occhiali da sole che fumava una sigaretta e parlava al cellulare seduta su un gabinetto. Mi sono asciugato le mani, sono uscito nel corridoio.

Dalla stanza aperta arrivava la voce di Giovanna, diceva "Bisogna proprio essere *fuori*, per non pensarci!".

"Ma *perché*?" ha detto la voce di Durante.

"È *mia*!" diceva la voce del ragazzino.

Mi sono fermato all'altezza della porta, e questa volta si sono subito accorti di me: Durante e Giovanna e il ragazzino e Oscar, bloccati a guardarmi.

"Scusate" ho detto, pronto a passare oltre.

Durante mi ha fatto un gesto, ha detto "Vieni, vieni".

Sono entrato malvolentieri, perché Giovanna era con la sciabola giapponese in mano e chiaramente alterata, il ragazzo tutto rosso in faccia e con le lacrime agli occhi, Oscar con le orecchie dritte.

Durante aveva la sua espressione partecipe e distante, triste e imperturbabile. Mi ha indicato al ragazzo e ha indicato lui a me, ha detto "Pietro, Julian".

"Ciao" ho detto, guardando gli occhi grigi dalle pupille dilatate di suo figlio, le sopracciglia e il naso che avevano in forma ridotta e addolcita le sue stesse linee.

Julian non mi ha risposto, era troppo intento a cercare di riprendersi la sciabola che sua madre gli aveva sottratto. Ha detto "Ridammela, non fare la carogna!".

Lei l'ha respinto con la sinistra, nascondeva la sciabola dietro la schiena. Ha detto "Non se ne parla neanche! Con questa ti ci ammazzi, o ammazzi qualcuno! E non ti permettere di chiamarmi così!".

"Non lo intendeva *davvero*" ha detto Durante. Si è tolto il cappello di paglia, l'ha premuto tra le mani per ridare la piega alla falda.

"Invece lo intendevo!" ha gridato Julian. "È mia! Me l'ha regalata mio padre!"

"Tuo padre è un irresponsabile!" ha gridato Giovanna. "Non ha il minimo senso della realtà! Non si rende conto di cosa potresti fare con un'arma del genere!"

Oscar si è messo ad abbaiare, a causa delle grida e della tensione generale: ha riempito la stanza di scoppi violenti.

"Per *favore*!" ha gridato Giovanna, rivolta a me.

Ho preso Oscar per il collare, ho detto "Vado giù a spostare la macchina". Ho attraversato l'ultimo tratto di corridoio e la cucina, sono uscito sul pianerottolo, sono sceso per le scale. Oscar faceva resistenza, come se non se ne volesse andare. Dalla strada ho guardato in su, la facciata con le finestre spalancate e illuminate. I suoni che venivano dal quarto piano si mescolavano ad altri suoni reali e televisivi dagli altri piani, nell'aria calda della sera.

Ho pensato di tirare la borsa di Durante fuori dal furgoncino e posarla di fianco al portone e andarmene via. L'ho anche presa, ma mi è sembrato un gesto troppo brutto, l'ho posata sul sedile del passeggero. Ho fatto salire Oscar, ho guidato per una ventina di metri fino a uno spazio libero di fianco al marciapiede, dove la sosta non era vietata.

Poi non sapevo cosa fare nell'attesa, così ho guardato nella borsa di tela di Durante, ho tirato fuori il quadernetto nero. Ho acceso la lampadina del furgoncino, ho sfogliato le pagine. Non so cosa mi aspettassi di trovare, se un diario dove lui aveva annotato quello che aveva fatto con Ingrid e Astrid e le altre sue donne o cosa. C'erano solo pochi gruppi di frasi qua e là, alternate a pagine bianche.

Un gruppo di frasi diceva:

Chi sta in punta di piedi non si regge a lungo.
Chi si mette in mostra non riluce.
Chi si giustifica non viene rispettato.
Chi si vanta delle proprie conquiste non ha meriti.
Chi si glorifica non dura.

E due pagine dopo:

Se non pensi al tuo corpo come al tuo sé,
speranza e paura non possono toccarti.
Se pensi all'universo come al tuo sé,
allora

Ho sentito uno sbuffo di Oscar e i portelli di dietro che si aprivano: Durante ha buttato dietro la sciabola nella sua custodia. Ho richiuso subito il quadernetto e l'ho ricacciato nella borsa di tela, ho infilato la borsa nello spazio tra il mio schienale e il sedile di dietro, rapido come un ladro, chiedendomi quale fosse la fine dell'ultima frase.

Durante ha aperto la portiera del passeggero, si è seduto di schianto.

"Tutto bene?" ho detto, in un tono più partecipe di

come avrei voluto, per compensare di aver frugato tra le sue cose ed essermi quasi fatto sorprendere.

"L'hai visto" ha detto lui, si è premuto il cappello sulla fronte.

"Non siete riusciti a trovare una soluzione?" ho detto. "Un compromesso di qualche genere?"

Lui mi ha guardato da sotto la falda del cappello, come se non avesse la minima idea di cosa cavolo stavo parlando.

"Mi dispiace" ho detto. "Non dev'essere per niente facile." Più che altro, cercavo di capire se esisteva un modo di non restare indefinitamente ostaggio della sua vita.

"Non lo è" ha detto lui. Ha guardato fuori, una coppia che passava sottobraccio lungo il marciapiede.

D'improvviso mi è sembrato così privo di risorse, che ho avuto l'impulso di dargli una pacca su una spalla.

Lui non ha reagito in nessun modo, ha continuato a guardare fuori.

Sullo sbilanciamento del gesto che avevo fatto, ho detto "L'importante è che tu riesca ad avere un rapporto con tuo figlio, no?".

"Già" ha detto lui. Mi ha guardato, con un sorriso amaro sulle labbra.

"Ogni quanto vi vedete?" ho detto.

"Non è *vedersi*, il punto" ha detto lui. "Il punto è riuscire a *comunicare*."

"Be', per comunicare bisogna vedersi, di solito" ho detto. "Soprattutto con un ragazzino."

"Ogni quanto?" ha detto lui, mi guardava.

"Non lo so, dipende" ho detto, perché non ero minimamente preparato a dargli indicazioni specifiche e mi sembrava assurdo che lui se ne aspettasse da me.

"Dipende da cosa?" ha detto Durante.

"Dall'attenzione che gli dai quando sei con lui, immagino" ho detto. "Se poi ti presenti con un'arma come regalo, è abbastanza inevitabile che nascano dei problemi con sua madre."

"Non è un'arma" ha detto Durante. "È un *gioco*."

"Ma bello pericoloso" ho detto. "Puoi tagliare via un braccio o la testa a qualcuno, con quella."

Lui è stato zitto per un po', guardava il marciapiede fuori dal finestrino, il muro della casa alla nostra destra. Ha detto "Da bambino sognavo di avere un arco con le frecce. Ma sono riuscito solo a farmi una fionda, con la forcella di un ramo".

"Anch'io avevo una fionda" ho detto, senza riflettere.

"Davvero?" ha detto lui.

"Sì" ho detto. "A sette anni ci ho rotto il vetro di un lampione, nel cortile della scuola."

"E poi?" ha detto lui.

"Mi ha beccato subito una maestra" ho detto. "Mi ha trascinato dal direttore. Mi volevano sospendere, hanno telefonato ai miei."

"E ti hanno tolto la fionda?" ha detto Durante.

"Chiaro" ho detto.

"Non ne hai mai più avuta una?" ha detto lui.

"No" ho detto.

"Ti manca ancora, un po'?" ha detto lui.

"Ogni tanto" ho detto, anche se non mi piaceva ammetterlo.

"Fa parte del kit essenziale di istinti mascolini, no?" ha detto Durante.

"Forse" ho detto, invaso da un ricordo perfettamente

vivido delle sensazioni di quando avevo avuto la mia fionda in tasca.

"Un coltellino, una pistola giocattolo" ha detto lui. "Un fucile vero, o anche solo *pensieri* di aggressione, riflessi di lotta."

"Sì" ho detto. Ma ero sconcertato dal suo modo di parlarne, come se fosse davvero arrivato da qualche altro pianeta, e le informazioni che aveva raccolto sul luogo non cambiassero la sua distanza irrimediabile dalle ragioni degli abitanti.

Lui si è tolto il cappello, lo guardava. Ha detto "Sono lì. Prima dell'educazione, prima di qualunque tentativo di crescita o di ricerca della luce".

"Forse" ho detto di nuovo, con la sensazione che ci fossimo allontanati troppo dal nostro punto di partenza.

"Per questo ho portato la sciabola a Julian" ha detto lui. "Perché vorrei che non ne desiderasse mai una."

"D'accordo" ho detto, senza neanche dover fare un grande sforzo per capire il suo punto di vista. "Ma è comprensibile che sua madre non l'abbia trovata una buona idea."

"Comunque, adesso è tua, la sciabola" ha detto Durante.

"Ah no, non ricominciare con i regali spropositati" ho detto, pensando a quando nella selleria aveva regalato a Astrid il quadro inglese del cavallo.

"Spropositati?" ha detto lui, mi guardava con la testa inclinata.

Quasi ogni volta che gli parlavo avevo la sensazione di dovermi spiegare meglio che con un interlocutore normale, e nello stesso tempo che lui capisse comunque tutto in ogni minima sfumatura, compreso quello che non dicevo.

È partita la musichetta reggae del mio cellulare, l'ho tirato fuori dalla tasca dei calzoni. Era Astrid.

"Come va?" ha detto, aveva un tono esplorativo.

"Bene, bene" ho detto, anch'io tutt'altro che disteso.

"Dove sei?" ha detto lei.

"A Genova" ho detto. Mi faceva uno strano effetto parlarle con Durante seduto pochi centimetri alla mia destra; l'ho guardato nella speranza che avesse la discrezione di scendere dal furgoncino finché avevo finito, ma lui naturalmente non lo ha fatto.

"Con Durante?" ha detto Astrid.

"Sì, con Durante" ho detto, innervosito dal suo modo di sondare il terreno.

"Me la passi?" ha detto Durante, ha allungato la mano.

Gli ho passato il cellulare, con un ritorno istantaneo di rancore che si estendeva da lui a Astrid, a me stesso per essermi cacciato in questa posizione invece di scappare lontano finché potevo.

"Ehi, magica stella! Allora?" ha detto lui, in un tono improvvisamente brillante, pieno di energia comunicativa. "*Comment ça va, chez les Autrichiennes?*"

Ho picchiettato le dita sul volante in attesa che chiudesse in un paio di frasi e mi ridesse il cellulare, ma lui si è messo a fare domande su Graz e sulle sensazioni che si provano a tornare nel proprio paese d'origine, sugli elementi che costituiscono un'identità personale, sulla loro trasformazione nel tempo. Dopo cinque minuti sono uscito, ho sbattuto la portiera. Ho attraversato la strada, ho camminato lungo il marciapiede. Ero fuori di me all'idea di aver prestato attenzione e partecipazione a qualcuno di così totalmente incurante. E mi provocava una furia altrettanto intensa che Astrid non provasse il minimo disagio a conversare amabilmente con lui in mia presenza, dopo quello che era successo.

Ho girato l'angolo, ho camminato fino a dove il marciapiede era occupato dai tavoli di un ristorante dilagato fuori per l'estate. Camerieri andavano e venivano con antipasti di pesce e piatti di pasta ai frutti di mare, uomini e donne abbronzati e vestiti leggeri bevevano e mangiavano e ridevano, in pieno controllo di sé stessi e del territorio. La fame più profonda mi si è mescolata al rancore, in una sensazione quasi intollerabile. Ho pensato per un attimo di sedermi a un tavolo e ordinare da mangiare per conto mio, lasciare Durante con Oscar ad aspettare nel furgoncino per un'ora buona. Invece sono tornato indietro, anche se a passi lenti.

Durante stava incredibilmente ancora parlando al telefono con Astrid: mi ha fatto un cenno quando ho aperto la portiera dal suo lato, ha detto "Ti saluto, stella. C'è qui il tuo uomo che credo stia morendo di fame. Mille dolci baci". Ha chiuso il cellulare, me l'ha ridato; quando l'ho riaperto e ho accostato l'orecchio non c'erano più suoni, Astrid aveva messo giù.

L'ho guardato dall'alto del marciapiede, con l'impulso di afferrarlo per una manica e trascinarlo fuori. Ma ero troppo consapevole di essere in un ruolo sbagliato e oscillante, senza basi solide; mi sono rimesso il cellulare in tasca.

"È spiritosa, Astrid" ha detto Durante. Sorrideva, con gli stivali sul cruscotto del mio furgoncino, allungato all'indietro.

"Un'altra donna interessante, no?" ho detto, avevo i muscoli della faccia e delle braccia contratti.

"Sì" ha detto lui, senza raccogliere. "Davvero."

"Mi fa piacere" ho detto.

"Cosa?" ha detto lui.

"Che non sia finito tutto tra voi" ho detto. "Dopo il pomeriggio e la notte meravigliosamente intensi che avete passato insieme."

Lui mi ha guardato dal sotto in su, di nuovo come se ci fosse tra noi una lieve sconnessione linguistica che gli impediva di capirmi bene. Ha detto "Se non ti porto a mangiare nel giro di poco, ti si guasta completamente l'umore".

"Grazie, non ho fame" ho detto, benché lo stomaco mi mandasse richieste lancinanti.

Lui si è messo a ridere, ha detto "Ti è venuta una vocazione ascetica?".

"Devo ripartire, essenzialmente" ho detto.

"Prima andiamo a mangiare" ha detto lui.

"Non ho tempo" ho detto.

"*Hai* tempo" ha detto Durante, è sceso dal furgoncino. Ha aperto dietro; Oscar è saltato giù, tutto felice.

Li ho seguiti lungo la strada e dietro l'angolo, fino ai tavoli del ristorante all'aperto che avevo visto prima.

Lui si è guardato intorno, ha detto "Aspettami qui". È andato verso l'ingresso del ristorante, ha abbracciato una ragazza, un cameriere. Rideva, faceva gesti, è entrato insieme a loro.

Ho agganciato Oscar al guinzaglio, per impedire che si intrufolasse tra i tavoli a mendicare cibo. Mi chiedevo per quale ragione al mondo fossi ancora lì, invece che sull'autostrada: se per caso non ero davvero anch'io vittima di una forma di ipnosi o incantamento che mi faceva comportare al contrario di come avrei voluto.

Durante è tornato fuori con il cameriere, ridevano insieme. Me l'ha presentato con un gesto, ha detto "Yussuf, Pietro". Il cameriere mi ha stretto la mano, dall'aspetto sembrava turco o egiziano. Ci ha sistemati a un tavolo libero, è tornato dentro veloce.

Ho fatto accucciare Oscar sotto il tavolo, ma continuava a sbucare con il muso per cogliere le onde olfattive da tutto intorno. Anch'io percepivo gli odori di cibo con un'intensità che mi faceva girare la testa; ho preso una fetta di pane dal cestino, era quasi insapore.

Anche Durante ha preso una fetta di pane. L'ha divisa in due, ne ha passata metà a Oscar sotto il tavolo e ha dato un morso all'altra metà, ha masticato nel suo modo meticoloso.

Il cameriere è tornato con una caraffa di vino bianco e un vassoio di pescetti fritti, ha detto "Ecco qua, maestro!"

Durante ha riempito i nostri due bicchieri, poi ha battuto il suo contro il mio, ha detto "Evviva".

"Viva" ho detto, a mezza voce. Ho preso un sorso di vino bianco: luuungo. Era freddo e straordinariamente appagante, in una successione di aromi fruttati e aspri e resinosi che dalla lingua al palato alla gola si diffondevano per ogni diramazione del mio corpo accaldato e assetato e stressato dal rumore e dallo spostamento e dall'incertezza dei sentimenti contrastanti.

Durante ha vuotato metà del suo bicchiere in due o tre sorsi, l'ha posato sul tavolo con un respiro di sollievo. Poi ha rovesciato metà dei pescetti fritti nel mio piatto e metà nel suo, ci ha spremuto sopra il succo di mezzo limone.

Ho afferrato subito un pescetto, me lo sono cacciato in bocca, l'ho masticato: caldo e croccante e salato in superficie, morbido e ricco di umori all'interno, con le note acidule del limone che imbevevano in modo meraviglioso la sostanza dolce della polpa. Era molto più che buono; conteneva ogni sapore e consistenza e principio nutritivo che avrei mai potuto desiderare o ottenere dal mondo. Me ne sono cacciato in bocca un secondo, un terzo, un quarto. I pescetti fritti sembravano una risposta stupefacente alla fame che mi era cresciuta dentro fin dal mattino, al senso di mancanza che mi portavo dietro da settimane o forse da mesi, da anni. La sensazione di nutrimento e ricongiungimento era così intensa da farmi venire le lacrime agli occhi; non riuscivo a pensare a nient'altro.

Durante davanti a me era altrettanto concentrato sui piccoli pesci dorati e ricurvi che aveva nel piatto. Li prendeva con le mani e li sgranocchiava piano, senza scartare le teste o le code ma anzi assaporandole con ancora maggiore attenzione. Ogni tanto ne passava uno a Oscar sotto il tavolo, prendeva una sorsata di vino bianco, un pezzo di pane. Assorto, assorto.

Siamo andati avanti così, con lo sguardo basso e senza dire una parola, finché nei nostri piatti non è rimasta una sola piccola testa leggermente amara o una sola piccola coda bruciacchiata e croccante. Abbiamo smesso quasi nello stesso momento, benché mi fosse sembrato di riempirmi la bocca e masticare con una voracità doppia della sua. Abbiamo alzato lo sguardo tutti e due, con la stessa espressione leggermente incredula.

Durante ha detto "Non è un *miracolo*?".

"*Sì*" ho detto, perché c'era davvero un aspetto miracoloso in un appagamento così improvviso e incondizionato delle richieste dei nostri corpi e spiriti.

"*Grazie*, pescetti generosi" ha detto lui. "Per il vostro sacrificio non voluto."

"Davvero, grazie" ho detto, ero d'accordo anche su questo.

Le persone agli altri tavoli si giravano a guardarci, un po' per il nostro modo di mangiare come naufraghi, un po' per Oscar che sbucava a intermittenza da sotto la tovaglia, un po' per lo sguardo di Durante e l'insieme della sua persona, il suo cappello. Io stesso mi sentivo ben strano a condividere il tavolo con lui come se fossimo i più grandi amici: tra riflesso di luce e condivisione di colpa, senza un confine distinguibile tra i due stati. Il rancore e la gelosia sembravano spariti sullo sfondo delle mie sensazioni, sommersi dallo spirito di vicinanza e perfino da una forma di gratitudine, difficile da spiegare come tutto il resto.

"Va meglio?" ha detto Durante.

"*Molto*" ho detto. Ho preso un altro sorso di vino bianco, ormai riscaldato dall'aria e dalla mia mano, era buono lo stesso.

Anche lui ha preso un altro sorso, ha carezzato la testa di Oscar.

"Ma siamo noi che complichiamo le cose semplici?" ho detto, sull'onda di quello che sentivo. "Con la nostra mania di dare nomi e creare cataloghi e codici per tutto? Oppure è il contrario, i nomi e i cataloghi e i codici sono tentativi disperati di interpretare l'infinita complicazione delle cose?"

Durante mi fissava senza rispondere, con appena un accenno di sorriso sulle labbra.

"È tutto infinitamente complicato, o infinitamente semplice?" ho detto, avevo un'autentica urgenza nella voce.

"Dipende dalla *distanza* da cui lo guardi" ha detto lui.

"Vale a dire?" ho detto, proprio mentre guardavo la distanza nel suo sguardo grigio.

Lui ha detto "Se sei abbastanza lontano da qualcosa, ti sembra inspiegabile. Se ti avvicini, arrivi a un punto in cui ti sembra semplice. Ma se ti avvicini ancora, diventa inspiegabile di nuovo".

"Fai un esempio" ho detto.

"Fallo tu" ha detto lui.

"No, tu" ho detto.

"Un filo d'*erba*?" ha detto lui.

"Eh" ho detto. Mi rendevo conto di essere concentrato sulle sue parole come lo era stata Astrid nella selleria, ma non ci potevo fare niente.

"Se guardi un prato da lontano non vedi i singoli fili d'erba, no?" ha detto lui.

"Però sai che ci sono" ho detto.

"Solo perché hai già visto altri prati prima" ha detto lui.

"D'accordo" ho detto.

"Poi ti avvicini" ha detto lui. "Prendi un filo d'erba in mano, e cosa c'è di più semplice di un filo d'erba? Hai il nome, la forma, il colore, tutto corrisponde. Lo *riconosci*, come si dice, no?"

"E se lo guardi ancora più da vicino?" ho detto.

"Se sei un biologo, hai ancora nomi, per un po'" ha detto lui. "Puoi darne uno a ogni elemento della sua struttura cellulare."

"E *poi*?" ho detto.

Lui si è aggiustato il cappello, ha detto "*Chiunque* arriva a un punto in cui non ha più nomi".

"E allora?" ho detto.

"O ti perdi, o smetti di cercarne" ha detto lui.

"E tutto torna semplice?" ho detto.

"No" ha detto lui, rideva. "*Tu* torni a pensare che lo sia."

"Un filo d'erba è un filo d'erba?" ho detto, incerto se sentirmi rassicurato o con i piedi nel vuoto dell'incertezza.

"E un cavallo è un cavallo" ha detto lui. "Grazie alla grande quantità di fili d'erba che riesce a mangiare. Il che è stupefacente, ma succede."

"Sì" ho detto.

"Chissà come sta Nimbus, in questo momento" ha detto lui, guardava il cielo.

Ho versato nei nostri due bicchieri il poco vino bianco che restava, ho vuotato il mio. Mi rendevo conto di essere ubriaco, eppure mi sembrava anche di avere una lucidità mentale che mi era capitata poche volte. Mi avvicinavo e allontanavo dalle parole di Durante come per l'attrazione di un magnete intermittente: convinzione e dubbi, entusiasmo e disorientamento.

Durante ha chiesto al suo amico Yussuf un'altra mezza caraffa di vino bianco, e torta di riso. Yussuf gli ha detto qualcosa in arabo, lui gli ha risposto nella stessa lingua, hanno riso.

"Quante lingue sai?" gli ho detto, quando il cameriere si è allontanato.

"Ah, poche" ha detto lui.

"Non mi sembra proprio" ho detto.

"Le parole sono solo strumenti inadeguati" ha detto lui. "Comunque tu le voglia vedere."

"Perché inadeguati?" ho detto.

"Sai quando un contenitore è più piccolo del contenuto?" ha detto lui. "E ha una forma *standardizzata*, per di più? Così che il contenuto deve adattarsi al contenitore, e non viceversa?"

Yussuf il cameriere è tornato con la caraffa di vino bianco e due fette di torta di riso. Io e Durante abbiamo preso un sorso, assaporando il freddo rinnovato. Poi abbiamo studiato le nostre porzioni di dolce posate sui piatti. Erano caramellate in superficie, più chiare al centro e progressivamente più dorate verso il bordo, dove la crema e i chicchi di riso si erano bruniti al calore del forno. Quando mi sono deciso a prenderne un morso, il sapore era straordinariamente semplice e complesso, la sua omogeneità rintracciabile in ognuno degli elementi che la formavano. Le mie papille gustative raccoglievano informazioni a cui davo nomi: la crema di uova e latte e zucchero legata dall'amido e venata di sfumature di cannella, i chicchi di riso morbidi fino quasi a struggersi al centro e gradualmente più solidi verso la superficie e verso il fondo solidificati dalla cottura. La mia lingua passava sopra ogni singolo chicco, mi sollecitava sensazioni e riflessioni apparentemente senza fine.

Durante masticava piano il suo primo boccone, con gli occhi socchiusi. Quando lo ha finito ha detto "Che *meraviglia*".

"Sì" ho detto, non avevo altre parole.

Il resto della fetta mi è durato uno spazio di tempo difficile da definire, perché tutti i miei sistemi di misurazione sembravano sospesi, ero affidato unicamente al mio senso del gusto e a tutto quello che riusciva a evocare. Solo quando ho deglutito l'ultimo boccone ho alzato la testa e sono andato all'indietro sulla sedia, ho preso un respiro profondo.

Durante si è lavato la punta delle dita con l'acqua minerale che non avevamo toccato. Se le è asciugate nel tovagliolo, ha stretto la mano destra a pugno, me l'ha presentata.

Ho stretto la mia; abbiamo battuto nocche contro nocche. Ho pensato che non avevo mai avuto molta familiarità con questi gesti di amicizia, e che era certamente assurdo scambiarne con lui, ma era anche una gioia.

"Sì" ha detto lui, come se avesse seguito il filo dei miei pensieri.

"È vero che hai studiato medicina?" ho detto, per compensare.

"Ahà" ha detto lui.

Avrei voluto chiedergli se si era anche laureato, ma in qualche modo mi sembrava una domanda troppo invadente.

"Piotr, ovvero della diffidenza" ha detto lui, rideva.

"Non è vero" ho detto, anche se sapevo che era inutile negarlo.

"Ma non devi cambiare" ha detto lui. "È interessante che ci sia qualcuno di tanto solido sulle sue posizioni."

"Non so se sono poi così solido" ho detto.

"Sei *radicato*" ha detto lui. "Nelle cose che fai, nelle cose che hai."

"Forse è solo una forma di ottusità" ho detto.

Lui mi guardava come se stesse prendendo in seria considerazione questa ipotesi; poi si è alzato senza dire niente, è passato tra gli altri tavoli, è sparito dentro il ristorante.

Sono rimasto seduto a finire l'ultimo dito di vino bianco e grattare la testa a Oscar sotto il tavolo, in uno stato ondeggiante. Pensavo a Ingrid, mi venivano in mente frasi bellissime che avrei potuto dirle se fosse stata lì con me. Pensavo anche a Astrid, cercavo di immaginarmi le sue reazioni se mi avesse visto adesso.

Durante è tornato, ha detto "Andiamo?".

"Dove?" ho detto, ho urtato con un ginocchio contro il tavolo mentre mi alzavo. "E il conto?"

Lui non mi ha risposto; ha fatto un gesto di saluto al suo amico cameriere affacciato sulla porta del ristorante, si è avviato lungo il marciapiede.

Ho fatto anch'io un gesto e l'ho seguito, con Oscar che tirava il guinzaglio a tutta forza per raggiungerlo.

Quando siamo arrivati al furgoncino, Durante è andato ai portelli dietro, in attesa che glieli aprissi.

Glieli ho aperti; mi chiedevo se avremmo dovuto salutarci prima o dopo che lui prendesse la sua borsa.

Durante ha preso la sua borsa, ha tirato fuori anche la mia valigia.

"Cosa fai?" ho detto. "Devo rimettermi in viaggio", anche se era un'idea che mi scivolava davanti agli occhi, tutta contorni imprecisi.

Lui si è messo a ridere, ha portato la mia valigia lungo il marciapiede.

"Aspetta!" ho detto, trascinato da Oscar che non voleva perdere contatto con lui.

Durante si è fermato davanti al portone della casa di Giovanna, ha tirato fuori di tasca una chiave e l'ha girata nella serratura, ha spinto il portone con un piede.

"Dove stai andando?" ho detto, cercavo di afferrare la

mia valigia e anche di resistere alla trazione di Oscar che voleva infilarsi nel varco del portone.

Durante si è girato a guardarmi con aria interrogativa, poi ha tirato la mia valigia, forte.

"Ehi!" ho detto, mentre Oscar mi trascinava dietro di lui nel cortile, su per le scale.

"Puoi dormire nella stanza degli ospiti" ha detto Durante, mentre saliva due gradini alla volta.

"Ma non posso ripresentarmi così!" ho detto, con alcune immagini mentali di Giovanna esasperata dalla nostra intrusione.

"Come cavolo vorresti presentarti?" ha detto lui, rideva.

"Con Oscar, poi!" ho detto, mentre Oscar tirava ancora di più per tenergli dietro.

"Piantala, Piotr!" ha detto Durante. Eravamo già arrivati al quarto piano; ha aperto la porta d'ingresso, ha posato dentro la mia valigia.

In cucina c'era Giovanna, seduta al grande tavolo quadrato davanti a una vaschetta di gelato, con i capelli sciolti sulle spalle e un cucchiaino in mano. Non sembrava stupita di vederci tornare, né si è scomposta quando Oscar mi è sfuggito ed è corso ad annusarla e ha continuato in un giro sovreccitato di perlustrazione della casa.

Durante è andato da lei, le ha dato un bacio sulla testa; lei gli ha porto un cucchiaino di gelato al cioccolato.

Non riuscivo a credere alla trasformazione dei loro rapporti: alla familiarità morbida e calda dei loro gesti e sguardi. Mi chiedevo cosa li avesse fatti passare dalla totale incomprensione di due ore prima a questo; e quando fosse successo. Ma era solo parte di un senso di incredulità più vasto, che si estendeva a quasi tutti gli aspetti della mia vita e di quella degli altri.

Durante ha detto a Giovanna "È vero che Pietro può dormire nella camera degli ospiti?".

"Certo" ha detto lei. "Basta che non badi al casino. Le lenzuola sono pulite, ti ho messo degli asciugamani sul letto."

"Non voleva crederci" ha detto Durante, rideva. "Voleva partire a tutti i costi."

Giovanna mi fissava, con una curiosità perfettamente limpida.

"Be', grazie" ho detto, sconcertato com'ero.

Durante mi ha fatto strada attraverso il piccolo soggiorno attiguo alla cucina, ha aperto la porta di una stanza con un vecchio grande letto dalla testiera di noce massiccio, occupata per il resto da un armadio nello stesso stile e da una quantità di sedie, valigie, scatole, oggetti di vario genere accumulati tutto intorno.

"È il letto dei nonni di Giovanna" ha detto lui. "Ci dormivo io, ogni tanto, quando io e lei litigavamo."

"E adesso dove dormi?" ho detto.

"Non per *terra*" ha detto lui, rideva. "Stai tranquillo." Mi ha abbracciato, mi ha dato una pacca sulla schiena, forte.

"Grazie" ho detto, mentre andava verso la porta.

"Di cosa?" ha detto lui, è uscito.

Ho chiamato Oscar, ho cercato di farlo accucciare su un tappetino in uno spazio libero di pavimento.

Oscar era troppo incuriosito, annusava tutto intorno con un'intensità da aspirapolvere selettivo.

Ho annusato anch'io: l'aria sapeva di vecchie stoffe umide, cera per legno, polvere, sapone di Marsiglia. Mi sono seduto sul letto, con uno sforzo per stare dritto e non lasciarmi cadere subito all'indietro. Ho pensato a quanto sarebbe stato bello essere anche lì con Ingrid, dopo averle detto le cose che avrei potuto dirle al ristorante. Mi sentivo come nella prova generale di un piccolo spettacolo artigianale, metà vincolato a un copione scritto, metà libero di fare quello che volevo. Stavo su questo confine sottile, mi dava una strana euforia.

Poi mi seccava uscire dalla stanza, ma dovevo fare la pipì e volevo lavarmi i denti, così ho preso lo spazzolino dalla valigia, ho detto a Oscar "Stai qui".

Ho camminato lungo il corridoio nel modo più silenzioso possibile, fino al bagno. Cinque minuti dopo mentre tornavo verso la mia camera ho sentito le voci di Durante e Giovanna dietro una porta: parole non distinguibili, risa, suoni di oggetti spostati.

Ci ho messo un po' a addormentarmi, perché era ancora presto e faceva caldo e il letto era sconosciuto e dalla finestra aperta entravano i suoni della strada, avevo la testa piena di sensazioni e pensieri incongrui che mi venivano incontro e si allontanavano.

Avevo la bocca impastata e la testa pesante

Avevo la bocca impastata e la testa pesante, nella stanza invasa dalla luce del giorno e dai rumori di macchine e motorini. Oscar non c'era, il mio orologio segnava le otto e mezza passate. Mi sono vestito e ho raggiunto il bagno lungo il corridoio, ho bevuto e bevuto acqua dal lavandino.

Quando sono tornato indietro ho chiamato "Oscar?" piano, per paura di svegliare qualcuno.

"È fuori con Durante" ha detto la voce di Giovanna dalla cucina.

Ho detto "Si può?", mi sono affacciato con estrema cautela.

"Vieni, vieni" ha detto lei. Era a piedi nudi, con addosso una vestaglia in stile orientale con il disegno di una gru, stava mettendo caffè in una grande caffettiera. Il ragazzo Julian era seduto al tavolo, molto concentrato a spalmare su una distesa di fette di pane già tostato marmellate che attingeva da cinque o sei barattoli schierati sul tavolo. Mi ha guardato solo per un istante, è tornato subito a concentrarsi sul suo impegno.

"Bella selezione" ho detto, guardando le etichette delle marmellate di more e melone e papaia e bergamotto, le sfumature dal viola scuro all'arancione carico al giallo al verde.

"Sì" ha detto Julian, con i suoi lineamenti da Durante teenager ingentiliti dalle linee di sua madre.

"Non pensare che faccia sempre così" ha detto Giovanna, indicava suo figlio. "Di solito me la devo spalmare da sola, la marmellata."

"Allora smetto" ha detto Julian, ma senza smettere, concentrato in quello che faceva.

Giovanna mi guardava, con la grande caffettiera in mano; la sua intera persona irradiava un senso di pienezza che aveva sciolto tutti i nodi di quando io e Durante eravamo arrivati. Era una donna molto più naturale e anche sensuale di come mi era sembrato, al punto che mi imbarazzava stare in piedi come un intruso nella cucina di casa sua all'ora di colazione.

Ho detto "Grazie mille per l'ospitalità. Ho dormito benissimo", anche se non era vero.

"Non dire bugie" ha detto lei. "Con il caldo, il vino che avete bevuto tu e Durante, il letto dei nonni, avrai dormito male di sicuro."

Così ho capito che condivideva con il padre di suo figlio la pratica della sincerità senza filtri, e questo invece che imbarazzo mi ha provocato sollievo.

"Ti sarai rigirato tutta la notte" ha detto lei, sorrideva.

"Sì" ho detto. "Con tutti quegli oggetti nella stanza, le valigie che hanno fatto chissà quali viaggi. Da qualunque lato mi girassi, dopo qualche secondo mi sentivo spingere dall'altro."

Lei ha riso, e aveva un bel modo di ridere: aperto, solare. Ha acceso il fornello sotto la caffettiera, si è abbassata a osservare la fiamma.

Poi ho sentito la porta d'ingresso che si apriva e Oscar si è precipitato nella cucina a tutta velocità, mi si è buttato addosso a farmi feste, è andato a festeggiare anche Giovanna e Julian.

Durante è arrivato con il suo passo lungo, aveva una borsa di plastica e un sacchetto di carta in mano. Li ha posati sul tavolo, ha detto "Ehi, Piotr! Dormito bene?", mi ha abbracciato con lo stesso slancio della sera prima.

"Si è rigirato tutta la notte" ha detto Giovanna, prima che io potessi dare di nuovo una risposta di cortesia.

"Sì, ma non importa" ho detto. "È stata una meraviglia inaspettata, avere un letto qui."

"Meno male" ha detto Durante, mentre tirava fuori della focaccia bianca dal sacchetto di carta e cercava intorno un piatto su cui metterla. "Volevi rimetterti subito in viaggio, precipitarti verso il freddo del nordest."

"Mi sembrava di *doverlo* fare" ho detto, sentendomi rigido e stupido in retrospettiva. "Di dover seguire il mio programma."

"Funzioni molto a doveri autoimposti, eh?" ha detto Giovanna.

"Forse" ho detto. "Ma non è così per tutti?"

"Dipende" ha detto Giovanna, guardava Durante.

"Ah, sì" ha detto lui. Ha dato una pacca affettuosa sul braccio a suo figlio, gli ha fatto cadere per terra una fetta di pane tostato con marmellata.

"*Papà*, porca vacca!" ha detto Julian. Oscar si è precipitato a rubare la fetta dal pavimento, è scappato nel corridoio.

"Forse non aveva voglia di passare la notte da questi pazzi" ha detto Giovanna, teneva le gambe in una posizione da ballerina.

"Non è *vero*" ho detto, con un'improvvisa paura che il calore della nostra comunicazione potesse dissolversi da un momento all'altro.

Durante ha tirato fuori un piatto fondo da un armadio, ci ha rovesciato dentro dal sacchetto di plastica un mezzo polpettone.

"Cos'è?" ha detto Giovanna, aveva un'espressione di disgusto estremamente spiritosa.

"Per Oscar" ha detto Durante.

"Ho i suoi croccantini in macchina" ho detto. "Stavo per scendere a prenderli."

"Lascia perdere" ha detto lui. "Di sicuro gli piace di più questo."

Oscar è arrivato in cucina sulla scia del profumo di polpettone, si è seduto tutto composto davanti a Durante, in perfetta concentrazione.

"Che bbbbbbuooooono" ha detto Durante, senza ancora abbassare il piatto.

Ho pensato che era questo il suo modo di conquistare persone e animali: anticipava i loro desideri, ma come se succedesse per caso, quasi indipendentemente dalle sue intenzioni.

"Mettiglielo nel corridoio, per piacere" ha detto Giovanna. "Non qui."

Durante mi ha strizzato l'occhio, è andato a posare la ciotola vicino all'ingresso, seguito passo a passo da Oscar.

"Dove l'ha trovato, il polpettone?" ha detto Giovanna.

Ho scosso la testa, ma ero gratificato all'idea che si

rivolgesse a me per saperlo, il suo sguardo mi suscitava una specie di solletico interiore.

Durante è tornato, ha detto "Mangiamo?". Ha tagliato a strisce la focaccia, le ha distribuite sulla tovaglia in corrispondenza delle tazze e dei piatti già disposti.

Abbiamo fatto colazione tutti e quattro, come una strana famiglia estesa riunita ad agosto nella propria casa di Genova. La condivisione dello spazio e del cibo e delle bevande era naturale, perfetta. Sembrava che avessimo sempre fatto colazione insieme, e per qualche prodigio riuscissimo ancora a stupircene ogni mattina. Il caffè aveva un aroma profondo e cupo da caldo inchiostro tropicale, la focaccia un equilibrio delizioso tra salatura e morbidezza, le marmellate spalmate da Julian sprigionavano tutto il sapore e il colore dei loro frutti di origine. Provavo una sensazione simile a quella della cena con Elisa e Tom dopo il lavoro nel campo, ma ancora più intima e facile: attingevamo agli elementi essenziali, con ogni piccolo gesto.

Poi Durante ha chiesto a suo figlio che compiti aveva per il liceo durante le vacanze. Julian gli ha fatto un elenco, in un tono che rivelava la sua distanza siderale da ogni libro che avrebbe dovuto studiare.

"È materia per gli *archeologi*" ha detto Durante. "Non è cambiato niente da quando ci andavo io, a scuola. Per forza che non ti interessa."

"Durante, per *piacere*" ha detto Giovanna. "È già una lotta senza fine farlo studiare qualche minuto al giorno!"

Julian seguiva la conversazione in modo obliquo, mentre digitava un messaggio sul suo cellulare appoggiato al bordo del tavolo.

"È qui e non è qui, no?" ha detto Durante, rivolto a me, sorrideva.

"Non voglio vederti con quel telefonino a tavola!" ha detto Giovanna a suo figlio. "Te l'ho ripetuto mille volte!"

"Finito, finito" ha detto Julian, ha fatto sparire il cellulare.

"Se no te lo butto via!" ha detto Giovanna, aveva lo sguardo acceso.

"È sorprendente come riesce a sdoppiare la sua attenzione" ha detto Durante. "Segue due fili del tutto *indipendenti*, credo che perda solo qualche dato ogni tanto."

"È terribile" ha detto Giovanna.

"Anche affascinante" ha detto Durante.

"Cosa ci trovi di affascinante, me lo spieghi?" ha detto lei, combattiva.

"È una reazione all'essere ostaggio di situazioni estranee" ha detto Durante.

"Tipo fare colazione con entrambi i suoi genitori?" ha detto Giovanna. "Un evento che si verifica a ogni morte di papa?"

"Non parlavo di *adesso*" ha detto Durante.

"Be', in questa casa è inaccettabile, sempre" ha detto Giovanna. "Come anche stare ore attaccati al computer, a perdere tempo su internet. E voglio che lui lo sappia."

"Lo *sa*" ha detto Durante. Ha scosso suo figlio per una spalla. "È vero che lo sai?"

"Sì-i" ha detto Julian, malvolentieri.

"Non c'è niente di veramente nuovo" ha detto Durante. "A parte gli strumenti. Anch'io me ne andavo di continuo da dov'ero, alla sua età. Di continuo."

"Grazie tante" ha detto Giovanna. "Sei di grande aiuto, proprio."

"La differenza è che leggevo libri" ha detto Durante. "O scrivevo poesie, o uscivo a camminare."

"E ti sembra poco?" ha detto Giovanna.

"Era un po' più creativo, in effetti" ho detto, anche perché spalleggiare Giovanna mi dava un piacere intenso. "E un po' più sano, se uscivi a camminare."

"Mica tanto" ha detto Durante. "La maggior parte dei pomeriggi li passavo seduto nella mia stanza ad *annoiarmi* profondamente, per ore di seguito."

"L'ultima cosa di cui ha bisogno Julian è essere *legittimato*" ha detto Giovanna. "Da parte dell'unico uomo in Italia che non ha un telefono cellulare, poi!"

"Non stiamo parlando di *telefoni*" ha detto Durante. "Parliamo del sentirsi bloccati in un ruolo da subadulto che non può prendere nessuna decisione significativa sulla propria *vita*."

"Ti rendi conto di come lo giustifichi?" ha detto Giovanna.

"No" ha detto Durante. "Lo *capisco*. E lo capisci anche tu, naturalmente. Lo capisce anche Piotr."

Julian faceva finta di non ascoltare, ma era chiaro che registrava le nostre parole, probabilmente spiazzato da quelle di suo padre.

"Fagli pensare di essere una vittima" ha detto Giovanna. "Ci manca solo questo."

"Non te lo faccio pensare, vero?" ha detto Durante, rivolto a suo figlio.

Julian teneva la testa bassa, tamburellava le dita sul tavolo.

"Non sottovalutare il ruolo della *frustrazione*" ha detto Durante. "È *indispensabile* a una persona che cresce. È la molla che prima o poi la spinge a reagire, muoversi, andarsene, darsi da fare."

"Eh" ha detto Julian, ha scosso i capelli in modo che gli ricadessero sugli occhi.

"E della *noia*, la sua sorella più tranquilla" ha detto Durante. "Sei cresciuto con l'idea che ogni spazio vuoto vada colmato da un'attività di qualsiasi genere. Anche solo una qualunque serie di immagini o di suoni. Basta riempire il vuoto, no? Invece la noia ha un ruolo *fondamentale*. È dalla noia che nascono i sogni, e i desideri, e qualunque tipo di *invenzione*. Se non ti annoi, non penserai mai niente di interessante."

"Per ora quello che deve fare è *studiare*" ha detto Giovanna. "E ti sarei grata se non venissi a guastare il mio lavoro quotidiano con lui, per fare lo splendido."

"Lo *so* cosa vuol dire il tuo lavoro quotidiano" ha detto Durante. "Ti ammiro profondamente per quello che fai. Mi tolgo il cappello, per quello che fai." Si è appoggiato in testa il cappello di paglia che era sul tavolo, se l'è ritolto.

"Allora lasciamelo fare" ha detto Giovanna.

Durante ha dato un piccolo pugno sulla spalla a suo figlio, gli ha sorriso. Ha detto "Ricordati che qualunque osservazione di Giovanna che per te è fastidiosa, lo è il *doppio* per lei. Immaginati la fatica estenuante di cercare di farti fare cose che non ti interessano, e in cui neanche *lei* crede".

"La vuoi smettere?!" ha detto Giovanna.

"Ma è *così*" ha detto Durante.

Il cellulare di Julian sotto il tavolo ha emesso un suono di messaggio ricevuto; lui lo ha letto rapido, a testa bassa.

"Adesso me lo dai!" ha detto Giovanna. Ha steso la mano attraverso il tavolo, con un movimento libero e deciso, forte, femminile. "Lo faccio volare da quella finestra!"

"Scusa, scusa, scusa" ha detto Julian, in un tono da ragazzino con i riflessi veloci, realista quanto gli serve.

Durante non è intervenuto, ha dato a Oscar l'ultima striscia di focaccia che nessuno aveva mangiato.

La colazione era finita, i piatti e le tazze e i bicchieri sul tavolo vuoti. La gioia spirituale e sensoriale di quando ci eravamo messi a mangiare e bere tutti insieme si era esaurita; mi sembrava di nuovo di essere un intruso in casa d'altri. Ho piegato in quattro il mio tovagliolo di carta, ho detto "Io devo rimettermi in viaggio".

"Di già?" ha detto Giovanna, in un tono di autentico, sorprendente dispiacere. Anche Julian ha alzato per un attimo gli occhi verso di me. Di colpo l'idea di partire mi è sembrata una perdita pura. Ci voleva così poco per farmi passare da uno stato d'animo al suo opposto, negli ultimi tempi.

"Non puoi, Piotr" ha detto Durante.

"Perché?" ho detto, sperando che avesse davvero una buona ragione.

"Ti devo far incontrare una persona, prima" ha detto lui.

"Quale persona?" ho detto, in preda all'incertezza.

"Eccoti ancora" ha detto lui, rideva. "Il cauto, diffidente, *solido* guardiano della propria stabilità."

"Ma non è vero" ho detto. "Volevo solo sapere chi mi vuoi fare incontrare. Mi sembra normale, no?"

Lui si è alzato, ha raccolto il suo piatto e il suo bicchiere e la sua tazza, li ha sciacquati con cura nel lavandino, è uscito dalla cucina seguito da Oscar.

Giovanna si è messa a sparecchiare il resto della tavola. Julian l'ha aiutata senza che lei glielo chiedesse, un po' svogliato. Ho partecipato anch'io, anche se non sapevo bene dove posare le cose.

Durante è tornato dopo qualche minuto, mi ha detto "Andiamo?".

Sono stato di nuovo per chiedergli spiegazioni, ma a questo punto mi sembrava che sarebbe sembrata davvero una manifestazione di diffidenza; ho fatto di sì con la testa.

"Viene anche Julian" ha detto Durante. "Vero?"

"Hmmm" ha detto Julian, come se non ne avesse nessuna intenzione. Invece è andato all'ingresso, si è infilato un paio di sandali.

"A più tardi" ha detto Giovanna, mi ha fatto un gesto di saluto.

"A più tardi" ho detto, di nuovo come se facessi parte della loro strana famiglia estesa genovese.

Ho guidato il furgoncino per le vie inclinate della città

Ho guidato il furgoncino per le vie inclinate della città, con Julian seduto di fianco e Durante dietro insieme a Oscar. Ogni tanto si sporgeva avanti e mi batteva su una spalla, diceva "Di qua, di *qua*" come se io dovessi già saperlo di mio. Julian guardava fuori sovrappensiero, ogni tanto controllava il telefonino di nascosto, leggeva o digitava un messaggio con dita ultrarapide. Durante sembrava di buon umore, carico di energia comunicativa: osservava la città che scorreva fuori, grattava la testa a Oscar, mi diceva "A destra, a *destra*!".

Alla fine mi ha fatto parcheggiare in una piazza selciata. Ho detto "Sei sicuro che posso lasciarlo qui?", perché non c'erano altre macchine ferme, sembrava una zona a traffico limitato.

"Sì" ha detto lui, distratto. "Porta il tuo scatolone di stoffe."

"Perché?" ho detto.

"Per farle vedere, no?" ha detto lui. "È più semplice che descriverle a *parole*."

"Ma a chi, dovrei farle vedere?" ho detto.

Lui non mi ascoltava più, era già davanti a un citofono, insieme a suo figlio e a Oscar.

Ho tirato malvolentieri fuori dal furgoncino lo scatolone di stoffe, li ho seguiti oltre un portone, su per una rampa di scale.

Al piano rialzato c'era una porta vetrata; Durante ha provato la maniglia, era aperta. Siamo entrati in un ufficio apparentemente vuoto, con Oscar che faceva strada. Le stanze erano bianche, illuminate da lampade alogene, tutte le finestre chiuse. Alle pareti erano attaccati i tessuti più diversi, nudi o sotto vetro: fibre di corteccia d'eucalipto australiano con disegni aborigeni di coccodrilli e canguri, motivi a onda della Nuova Guinea, stoffe disegnate africane, indiane, cinesi, scandinave.

Una voce di donna in fondo al corridoio ha detto "Da dove viene questo?"; una voce di uomo ha detto "Sta' indietro, Madonna, sta' indietro!".

Ho posato per terra lo scatolone di stoffe e sono corso avanti, ho chiamato "Oscar?!".

Oscar era nell'ultima stanza, stava annusando una tipa robusta dai capelli corti rosso acceso e un tipo basso in un completo bianco e occhiali dalla montatura multicolore. Tutti e due erano con le spalle a una parete, nello spazio occupato da scrivanie e cassettiere e altri tessuti di diversa fattura e provenienza.

Ho detto a Oscar "Vieni subito qui!". Stranamente è venuto, ma annusava ancora intorno, intrigato.

"Lei chi è, scusi?" ha detto la tipa con i capelli corti rosso acceso.

"Cosa ci fa qui dentro, con quella belva?" ha detto il tipetto vestito di bianco.

Poi ho visto che l'espressione della tipa con i capelli rosso acceso passava dall'allarme all'incredulità. "Durante?" ha detto.

"Lo conosci?" ha detto il tipetto, indicava Durante che era entrato alle mie spalle.

"Savinella bella!" ha detto Durante, è andato ad abbracciarla.

Il tipetto vestito di bianco sembrava estremamente stupito, spostava lo sguardo dalla tipa a Durante a Oscar a me, al giovane Julian entrato per ultimo nella stanza con la sua aria svagata.

"È Durante" ha detto la tipa dai capelli rossi al tipetto quando si è sciolta dall'abbraccio, rossa anche in faccia. "*Durante.*"

"Quello dei cavalli?" ha detto il tipetto, cauto.

Lei ha fatto di sì con la testa, ha detto a Durante "Mio cugino Ferruccio, il mio socio".

Durante gli ha stretto la mano.

La tipa sembrava ancora incredula; ha detto "Com'è che sei a Genova?".

"Di passaggio" ha detto Durante.

"Di passaggio?" ha detto la tipa. "Arrivi nell'unica *ora* in cui ci potevi trovare. Ieri non c'eravamo, domani ce ne andiamo di nuovo. Siamo qui solo perché aspettiamo una consegna."

"Cosa sei, un indovino?" ha detto Ferruccio.

La tipa gli ha dato un'occhiata di taglio. Ha detto "E dopo quanto che non ci vediamo? Tre anni?".

Durante ha scosso la testa, non si ricordava.

"E la belva?" ha detto Ferruccio, indicava Oscar.

"Si chiama Oscar" ha detto Durante. Ha fatto uno dei

suoi gesti di presentazione, vaghi e precisi: "Pietro, Savina, Ferruccio, Julian."

"Julian, Julian?" ha detto la tipa che si chiamava Savina. "Tuo *figlio*?"

"Sì" ha detto Durante.

"Non ci cre-do" ha detto Savina. "È un adulto, quasi!"

"Mica male, anche" ha detto Ferruccio, con uno sguardo di apprezzamento.

"Succede, no?" ha detto Durante. "I bambini diventano adulti, gli adulti invecchiano."

Savina lo guardava, attenta. Ha detto "E io? Sono invecchiata, dopo tutto questo tempo?".

"Sì" ha detto Durante; l'ha fatta girare per studiarla meglio. "Hai qualche chilo in più, qualche nuovo segno interessante sulla faccia, la tintura più accesa per coprire i capelli bianchi. Sei invecchiata bene, per ora."

"Alla faccia della galanteria!" ha detto Ferruccio.

"No, no" ha detto Savina, si è passata una mano tra i capelli. "Durante è l'unico uomo al *mondo* che dice la verità. Anche quando fa un po' male."

"Rolando?" ha detto Durante.

"Sta alla grande" ha detto Savina. "Siamo andati a Siviglia, a Vienna. Terzi classificati a Verona. Aspetta."

"La fanatica" ha detto Ferruccio, a me che stavo a guardare e ascoltare zitto, si è battuto l'indice e il medio sulla tempia.

Savina ha preso da una scrivania due fotografie incorniciate, le ha mostrate a Durante: in una c'era il primo piano della testa di un nobile cavallo grigio dalla lunga criniera, nell'altra lei sopra lo stesso cavallo impegnato in un passo da dressage.

“Un po’ appesantito anche lui” ha detto Durante, studiava le foto con occhio tecnico.

“Ci credo” ha detto Ferruccio. “Vizia più lui che il suo fidanzato.”

“Sono foto dell’anno scorso, adesso è in perfetta forma!” ha detto Savina. “Mi segue Cristian Capaldi. È bravo, ma mi mancano le tue lezioni, Durante. Perché sei così irraggiungibile?” Gli ha tolto il cappello di paglia, se l’è messo in testa.

Durante ha alzato le spalle, non aveva nessuna intenzione di parlare di sé. Ha detto “Volevo farvi vedere le stoffe del mio amico Pietro”.

“Le fa o le vende?” ha detto Ferruccio, mi scrutava con una dose di diffidenza.

“Le faccio” ho detto. “Non da solo, con la mia ragazza.” Mi sono chiesto se era ancora una definizione appropriata di Astrid; se avrei dovuto trovarne un’altra.

“Valle a prendere” ha detto Durante. Savina gli ha dato un pugno su un fianco, lui le ha bloccato la mano, ridevano, si sono abbracciati. Julian si guardava intorno, tra imbarazzo e svagatezza.

Sono andato a prendere lo scatolone delle stoffe, l’ho posato su uno dei tavoli, con gesti un po’ goffi perché non mi aspettavo di trovarmi nella situazione di quello che espone la merce.

Savina ha tirato fuori i campioni che io e Astrid avevamo tessuto negli ultimi due anni per farli vedere a possibili compratori, Ferruccio ha aperto gli scuri; ha fatto entrare la luce naturale, violenta. Lui e sua cugina avevano un modo professionale di tastare le trame e osservare i colori, meticolosi e rapidi allo stesso tempo.

"Telai a mano, ma questo naturalmente lo vedete" ha detto Durante. "Lavorano in una casa sulle colline, nelle Marche più selvatiche."

Savina e Ferruccio hanno fatto appena di sì con la testa, sapevano già per conto loro cosa avevano tra le mani.

"Le vendono tutte, in Italia e anche in Austria" ha detto Durante. "Ma una alla volta, il che è scomodo, e non è il loro lavoro. Sarebbe molto meglio se avessero dei distributori come voi."

Lo ascoltavo, incredulo: l'ultima cosa al mondo che avrei potuto aspettarmi da lui era vedergli promuovere le nostre stoffe.

Savina ha strofinato tra i polpastrelli una sciarpa di lana mohair color rosso porpora con strisce blu cobalto che avevo tessuto a gennaio in una sera di noia e freddo intensi; ha scambiato un'occhiata veloce con suo cugino.

"Allora?" ha detto Durante. "Non sono *belle*?"

"Sì" ha detto Savina, ma senza sbilanciarsi.

"Belle" ha detto Ferruccio, anche lui in atteggiamento di chi non scopre le carte.

"Allora perché non gliele vendete voi?" ha detto Durante. "Così loro si possono concentrare sul lavoro creativo, senza dover fare anche i commercianti?"

"Abbiamo già troppi produttori, tesoro" ha detto Ferruccio.

"Ma non così *bravi*" ha detto Durante. "Non così *artisti*."

Savina lo guardava, con il suo cappello in testa e la mia sciarpa in mano, ben piantata sui piedi, energica, accorta, sembrava colpita dalle sue parole.

"Però scordatevi le vostre solite percentuali, con loro" ha detto Durante.

Più lo ascoltavo e più ero senza parole, bloccato in mezzo alla stanza bianca, nella luce forte.

"Ma sentilo un po'!" ha detto Ferruccio, solo in parte scherzoso. "Non abbiamo neanche detto che ci interessano, e già mette condizioni!"

"A che percentuale pensavi?" ha detto Savina, seria.

"Quanto prendete, di solito?" ha detto Durante. "Con piccoli tessitori artigianali come loro?"

"Il cinquanta" ha detto Savina.

Durante ha sorriso.

"Guarda che ci facciamo un mazzo così, bel cavaliere!" ha detto Ferruccio. "Mica si vendono da sole, le stoffe!"

"Quanto dovremmo prendere, secondo te?" ha detto Savina.

"Il *dieci* per cento" ha detto Durante, come se avesse fatto l'agente di piccoli tessitori artigianali per tutta la vita.

"Cosa?" ha detto Savina.

"Sei fuori di *testa*?" ha detto Ferruccio.

"Volete delle stoffe speciali, no?" ha detto Durante. "Fatte da persone speciali?"

"Abbiamo *solo* stoffe speciali!" ha detto Ferruccio. "Guardati intorno, tesoro!"

"Non avete le *loro*, tesoro" ha detto Durante, rideva.

"Non ci guadagneremmo niente" ha detto Savina.

"Forse non ci guadagnerete *soldi*" ha detto Durante. "Ma di quelli ne fate già abbastanza, no?"

"Con gente come te, falliremmo in due settimane" ha detto Ferruccio.

Savina ha rimesso la mia sciarpa di mohair nello scatolone, lentamente. Ha detto "Ci pensiamo".

"Quando ripartite?" ha detto Durante.

"Domattina" ha detto lei.

"Formentera, *Formenteeraaa*" ha detto Ferruccio.

"Allora pensateci fino a domattina" ha detto Durante. "Tenete le stoffe, così ve le riguardate con calma. Se poi decidete di perdere questa occasione, ci lasciate lo scatolone da qualche parte."

"D'accordo" ha detto Savina. Sembrava presa in un gioco di sfida anche parzialmente sessuale con lui, lo guardava con occhi che brillavano.

"D'accordo" ha detto Durante.

"E come vi rintracciamo?" ha detto lei. "Tu sparisci di nuovo, non ti si rivede più per altri tre anni."

"Siamo da Giovanna" ha detto lui.

"Giovanna, Giovanna?" ha detto Savina.

"Sì" ha detto Durante. "E Pietro ha un telefono cellulare, ti può lasciare anche il suo numero."

Ho preso un foglio da una scrivania, ci ho scritto il mio numero.

Savina ha detto a Durante "Se fossi così con il *tuo* di lavoro, saresti ricco".

"Ma non ho un lavoro" ha detto Durante. "E non voglio essere ricco."

Lei gli ha dato un altro piccolo pugno nel fianco, come aveva fatto prima. Lui le ha bloccato di nuovo il polso, l'ha fatta girare. Hanno riso di nuovo, si sono abbracciati; lui le ha tolto il cappello, se l'è rimesso in testa. C'è stato uno scambio generale di saluti, siamo andati con Oscar verso l'uscita.

In strada c'era l'autista di un furgone, vicino al citofono.

"Ti aspettano" gli ha detto Durante.

Quando siamo stati di nuovo sul furgoncino ho detto a Durante "Grazie", benché i miei sentimenti fossero molto più complessi della semplice gratitudine.

"Di cosa?" ha detto lui, con un braccio intorno al collo di Oscar.

"Di quello che hai appena fatto" ho detto.

"Non ho fatto niente" ha detto lui. "Se vorranno le vostre stoffe sarà merito vostro. Siete voi a tesserle, no?"

"Sei stato incredibile" ho detto. "Ero senza parole."

"Ho solo pensato che poteva essere un buon incontro" ha detto lui. "Tra voi e loro."

"Avevi questo modo di *promuoverci*" ho detto, ancora pieno di stupore. "Con gli argomenti giusti, il tono giusto."

"Ah, piantala" ha detto lui. "Non sappiamo neanche se vi vorranno distribuire."

"Non so neanche se lo vorrei *io*" ho detto, applicando la sua pratica della sincerità senza filtri.

"Lo *so*" ha detto Durante. "Hai paura che vi sentireste meno liberi."

"Lo saremmo" ho detto.

"Relativamente, sì" ha detto lui.

"Perché relativamente?" ho detto.

"Perché neanche adesso lo siete del tutto" ha detto lui.

"No?" ho detto, me lo chiedevo.

"No" ha detto Durante. "Avete una casa, avete le vostre radici in un luogo, avete un lavoro. L'unico modo di essere totalmente liberi è non avere *niente*."

"D'accordo" ho detto "Però anche se è una libertà relativa, ci tengo."

"Meno male" ha detto lui.

"E non voglio perderla" ho detto, con più enfasi.

"Meno male" ha detto Durante, di nuovo. "Però per sapere se rischi di perderla o no, devi capire dov'è."

"Vale a dire?" ho detto.

Lui grattava la testa a Oscar; ha detto "È nel momento in cui finisci una stoffa e ti chiedi se avrai mai voglia di tesserne un'altra?".

"Forse" ho detto.

"O nel momento in cui la vendi e ti chiedi se riuscirai mai a venderne un'altra?" ha detto lui.

"Forse" ho detto.

"O è nel non avere più bisogno di venderla?" ha detto lui.

"Forse" ho detto, combattuto com'ero tra il desiderio di un cambiamento radicale nella mia vita e quello di conservarla com'era.

"Tanto niente rimane com'è" ha detto lui. "Non a *lungo*, almeno."

"Eh?" ho detto, perché non riuscivo a crederci.

"Siamo convinti di costruire queste case *permanenti*" ha detto lui. "Sulla solida terra, no? E invece sono fatte di *carta*, su un terreno instabile."

"Come ci sei riuscito?" ho detto.

"Cosa?" ha detto lui.

"Due secondi fa" ho detto. "A leggermi nel pensiero?"

"A destra, gira a *destra*" ha detto lui.

"Potresti avvisarmi qualche metro prima?" ho detto, mentre cercavo di separare il mio stupore dai riflessi necessari alla guida, senza farmi tamponare dalla macchina dietro o andare addosso a quelle che venivano dall'altra parte.

"Leggimi nel pensiero, allora" ha detto Durante, rideva.

"No, davvero" ho detto. "Come le fai, queste cose?"

"Alla fine dipende da te e Astrid" ha detto lui, senza raccogliere. "Dovete capire se volete avere un distributore per le vostre stoffe o no."

"Dipende anche molto dalla tua amica Savina" ho detto. "E da suo cugino Ferruccio. Non è che si siano sbilanciati."

"Ma alla fine succede quello che uno vuole davvero" ha detto lui.

"Non mi sembra così semplice" ho detto, senza capire se la sua era una provocazione o parlava sul serio.

"Lo *è*" ha detto Durante. "Se arrivi a credere *totalmente* a una cosa, senza la minima oscillazione di incertezza, succede."

"Eh, sarebbe bello" ho detto.

"Non necessariamente" ha detto lui. "Succedono anche tante cose brutte, solo perché qualcuno è totalmente convinto che debbano succedere."

"Per esempio?" ho detto.

"Un piatto che ti scivola di mano" ha detto lui.

"E si rompe in mille pezzi?" ho detto, pensando ai diversi piatti o bicchieri che mi erano scivolati di mano e si erano rotti in mille pezzi nel corso della mia vita perché d'improvviso ero stato sicuro che stesse per succedere.

"Se ne sei convinto, sì" ha detto lui.

"Oppure?" ho detto, mentre giravo il volante di scatto per non andare addosso a un pedone anziano che attraversava la strada senza guardare.

"Un incidente di macchina" ha detto lui. "Una caduta

mentre corri, una storia che finisce senza ragioni apparenti, una malattia, una *guerra devastante* che si trascina per anni."

"Pensi davvero che abbiamo questo potere?" ho detto,

"A sinistra, *sinistra*" ha detto Durante. "*Qui.*"

Durante era fuori con Julian per comprargli delle scarpe

Durante era fuori con Julian per comprargli delle scarpe, io ero nell'appartamento al quarto piano caldo come un forno in attesa di scoprire se ero davvero convinto di voler rinunciare all'assillo di trovare un compratore per ogni pezzo di stoffa che tessevo. Giovanna è venuta nel piccolo soggiorno dove stavo sfogliando una vecchia edizione ingiallita di Piotr Kropotkin pescata da uno scaffale, mi ha chiesto se avevo voglia di accompagnarla a fare la spesa. Aveva una borsa di tela rossa con rotelle e manico estensibile, la faceva scorrere avanti e indietro sul pavimento con la sua eleganza da ballerina che mangia normale. Appena ha capito che stavamo per uscire, Oscar ha cominciato a saltare avanti e indietro, spostava lo sguardo ansioso da me a lei.

Siamo andati nel caldo fino a un negozio all'angolo della via, ma era chiuso, un cartello sulla saracinesca diceva *Si riapre a fine mese*. Giovanna ha detto "Ti scoccia camminare ancora un po'?".

Le ho spiegato che ero abituato a fare chilometri a piedi insieme a Oscar, in campagna.

Lei è ripartita di buon passo. Aveva un paio di vecchi occhiali da sole dal taglio classico, insieme ai sandali di gomma e alla borsa da spesa a rotelle le davano uno strano aspetto bohémien, noncurante, sexy.

Abbiamo camminato zitti per un tratto, con la familiarità e l'imbarazzo di due persone che hanno dormito sotto lo stesso tetto e fatto colazione insieme eppure non si conoscono quasi. Cercavo di farmi venire in mente possibili argomenti di conversazione, ma l'unico non generico a cui riuscivo a pensare era Durante, e mi sembrava di essere legato da un patto non scritto di lealtà e riservatezza con lui. Ho detto "Come mai Julian si chiama così?".

Lei mi ha guardato, come avrebbe potuto farlo Durante.

"È un ragazzo simpatico" ho detto, per recuperare. "Sensibile."

"È un marziano, adesso" ha detto lei. "Non mi ci sono ancora abituata, fino all'altro ieri era un bambino. Non so se Durante si è reso davvero conto del cambiamento."

"Si vedono spesso?" ho detto, anche se era proprio il tipo di domanda che non mi sembrava di poter fare.

"Lo conosci da così poco?" ha detto lei.

"Be'" ho detto. "Forse dall'*altro ieri*, in realtà."

"Quindi non sai quasi niente di lui" ha detto Giovanna, rideva. Aveva una bella voce, leggermente ruvida, calda.

"Qualcosa forse sì" ho detto.

"Tipo?" ha detto lei. Con gli occhiali scuri che le nascondevano gli occhi era un po' come parlare a una diva del cinema francese anni Sessanta, faticavo a trovare la chiave giusta.

“Qualcosa del suo carattere” ho detto. Le ho guardato senza volere il punto dove il vestito di cotone leggero le scopriva l’incavo dell’ascella sinistra: la pelle tenera e quasi bianca sotto quella ambrata dal sole dell’estate.

“E com’è?” ha detto lei. “Sentiamo.”

“Un po’ marziano anche lui, no?” ho detto, con uno sbalzo di voce. “Ha quel modo di studiarti, da molto vicino e da molto lontano. Di non esserci quasi, e di esserci *tantissimo*. In tutti e due i casi, più di chiunque io abbia mai incontrato.”

“Allora è vero che lo conosci un po’” ha detto Giovanna: divertita, incuriosita, ferita, legata, indipendente, in movimento.

“Poi ci sono le sue strane capacità” ho detto. “Di quando ipnotizza gli animali o le persone. O ti legge nel pensiero, non so.”

Lei guardava avanti, come se preferisse evitare l’argomento.

Sono stato per raccontarle dell’episodio di Tom uscito dal coma profondo, chiederle cosa sapeva davvero dei poteri misteriosi del padre di suo figlio, ma non l’ho fatto.

“Sono contenta che siate amici” ha detto lei.

“Perché?” ho detto; pensavo che solo due giorni prima mi sarebbe sembrato assurdo essere considerato amico di Durante.

“Sembri più con i piedi per terra” ha detto lei. “Più ancorato alla realtà.”

“Lo dice anche Durante, ma non è proprio vero” ho detto. “Forse lo *sembro*.”

“Lo *sei*” ha detto Giovanna. “Rispetto a lui, almeno. Con

il tuo lavoro così concreto, la tua vita organizzata, insieme alla tua donna."

"Sono cambiate tante cose, negli ultimi tempi" ho detto, senza aggiungere che era stato in buona parte per via di Durante. "Non so neanche se stiamo più insieme."

"Mi dispiace" ha detto Giovanna. "Dev'essere simpatica anche lei, a sentire Durante."

"Lo è" ho detto, stranamente senza senso di possesso all'idea che lui le avesse raccontato di Astrid.

"Magari supererete questo momento" ha detto lei.

"Non lo so" ho detto. "Non so neanche se è un momento."

Lei è scesa dal marciapiede, ha dato uno strattone alla sua borsa con le ruote per farla salire sul marciapiede successivo.

Ho cercato di prendere la maniglia per aiutarla.

"Lascia" ha detto lei. "Ce la faccio anche senza un cavaliere."

Per l'imbarazzo ho camminato un po' più discosto. Ho detto "Ma anche quello di Durante è un lavoro concreto, no? Con i cavalli? Più concreto di così".

"Non so se è davvero un lavoro" ha detto lei. "Anche in passato, ogni volta che stava per diventare un impegno permanente, lui scappava. E dire che con i cavalli ci sa fare come pochi, l'avrai visto. Gli sono arrivate tante proposte, anche dalla Spagna, dalla Germania, dagli Stati Uniti. Ma più invitante era l'offerta, più lui si sentiva imprigionato, gli veniva la reazione di andarsene via."

"Ed è già un lavoro molto più libero che fare il medico" ho detto.

Lei mi ha guardato, con le labbra socchiuse, come se non capisse bene di cosa stavo parlando.

"È medico, Durante?" ho detto. "O no?" perché mi stava venendo il dubbio di non avere le informazioni giuste.

"No" ha detto lei. "Ha lasciato la facoltà di medicina dopo il secondo anno."

Avrei voluto chiederle perché, ma non l'ho fatto. Abbiamo camminato in silenzio per un tratto, guardavamo avanti.

"Il fatto è che non riesce a sopportare nessun tipo di obbligo" ha detto Giovanna.

Continuavo a entrare e uscire dal mio patto non scritto di lealtà e riservatezza; ho detto "Ma, e come fa a vivere?".

"L'hai visto, no?" ha detto Giovanna. "L'hai visto, come vive."

"E quando stavate insieme?" ho detto, cercavo di immaginarmeli.

Lei si è fermata nell'ombra di un edificio dalla facciata arancione, ansimava leggermente per il caldo. Ha detto "Ci arrangiavamo. Poi ho io cominciato a insegnare".

"Insegni?" ho detto.

"Inglese, alla scuola media" ha detto lei.

Ci siamo girati tutti e due a guardare un ragazzo che passava in motorino, come un grosso calabrone estivo.

"Ma anche Durante ha sempre lavorato" ha detto Giovanna. "Allevava e addestrava cavalli d'alta scuola e riusciva a venderli anche bene, però ogni volta i soldi gli sparivano tra le mani nel giro di poco."

"Cosa ci faceva?" ho detto, perché la mia curiosità continuava a essere più forte dei miei impegni morali.

"Dipende" ha detto lei. "Prestiti ad amici che non avrebbero mai potuto ridarglieli, regali a gente che nemmeno conosceva. È fatto così. Se gli capita di avere qualsiasi tipo di bene materiale, non passa molto prima che lo dia via. Non ha il senso della proprietà, non si affeziona alle cose. È la sua natura."

"Lo so" ho detto, colpito dalla miscela di sentimenti vivi nel suo modo di parlare di Durante. Pensavo anche alla mia irritazione quando lui a casa nostra aveva preso la mela senza chiederla; quando aveva regalato a Astrid il quadro del pittore inglese.

"È fatto così" ha detto Giovanna, e tra i suoi sentimenti c'era chiaramente almeno una parte di nostalgia.

"E quando invece gli capita di non avere niente?" ho detto.

"Ah, può fare a meno di tutto" ha detto lei; si è rimessa a camminare. "Se non ha da mangiare, non mangia. Se non ha una casa, dorme da qualunque parte. Se non ha soldi per i vestiti, si tiene addosso gli stessi calzoni e la stessa camicia in tutte le stagioni. La biancheria però se la lava. Da solo, ogni sera. Gli basta un pezzo di sapone e un lavandino."

"Non è semplice per chi sta con lui" ho detto. "Immagino?"

"No" ha detto lei, scuoteva la testa. "Perché ha questa intensità meravigliosa, questa apparente semplicità da eremita che sta dentro il mondo, senza bisogni, senza richieste, senza compromessi. E naturalmente quando uno è così, chiunque abbia a che fare con lui si riempie di ammirazione e anche di sensi di colpa, trova il modo di fargli avere quello che lui non vuole procurarsi. Come stai facendo tu adesso, no?"

"Ma, no" ho detto.

"Non l'hai appena portato fin qui con la tua macchina?" ha detto lei. "Anche se dovevi andare da tutt'altra parte?"

"Non proprio *tutt'altra*" ho detto, in un riflesso incontrollabile di solidarietà con il suo ex uomo. "Avrei dovuto comunque venire a nord. Est o ovest cambiava poco."

"Lo vedi?" ha detto lei. "Non gli rinfacceresti mai di avergli fatto un favore. Ma è altrettanto certo che lui non penserà mai di averne ricevuto uno. Del resto, se non lo avessi accompagnato tu avrebbe trovato un passaggio da qualcun altro. O sarebbe venuto in treno, magari senza biglietto. O *a piedi*, anche. Una volta è tornato a piedi da Asti, ci ha messo una settimana."

"Davvero?" ho detto. "Tutta la strada a piedi?"

"Lo vedi?" ha detto lei di nuovo. "Come sei ammirato, di fronte a queste cose?"

"Be', non succedono spesso" ho detto. "In un'epoca in cui nessuno si muove se non ha il sedere su una macchina."

"Lo *so*" ha detto Giovanna. "Perché credi che abbia perso la testa per lui, quando l'ho incontrato?"

"Immagino" ho detto, quasi sopraffatto dalla sua sincerità nuda, dalle informazioni su Durante, dal caldo del sole assorbito e rimandato dall'asfalto del marciapiede e dalle facciate delle case.

"Sì" ha detto lei. "Solo che quando poi c'è un bambino che deve mangiare tre volte al giorno e avere dei vestiti e un tetto sopra la testa, di colpo tutto diventa molto meno suggestivo. E ti *logora*, dopo la magia senza limiti dei primi tempi. Ti logora doverglielo *spiegare*. Dover ammettere che hai dei *bisogni*, anche se ridotti al minimo. Vedergli fare quella faccia, come se non capisse. Sai con quella luce negli occhi?"

"So esattamente di quale luce parli" ho detto.

"Ecco" ha detto lei. "Poi c'è il suo rapporto con le donne, naturalmente."

"Vale a dire?" ho detto, solo per creare un margine di spazio tra i miei pensieri e le sue parole.

"Non può fare a meno di conquistare ogni donna che incontra" ha detto lei. "Ma l'avrai visto, no?"

"Sì" ho detto. "L'ho visto." Mi sono chiesto se raccontarle quanto da vicino l'avevo visto, ma di nuovo mi è sembrato di avere dei vincoli morali.

"È più forte di lui" ha detto Giovanna. "Anche se ci ho messo un bel po' a rendermene conto."

"Non era evidente dall'inizio?" ho detto.

"All'inizio mi sembrava di essere l'unica donna al *mondo*, con lui" ha detto. "Desiderata, capita, apprezzata, giustificata, incoraggiata in ogni piccola sfumatura mentale, sessuale, caratteriale, ideale. In ogni mia qualità e anche in ogni mio *difetto*, in ogni mia debolezza e mancanza."

"Davvero?" ho detto, perché le sue parole stavano cominciando a smuovermi nel sangue tracce di gelosia che ormai pensavo depositate sul fondo.

"Era inebriante" ha detto Giovanna. "Non mi era mai capitato che un uomo potesse arrivarmi così vicino da farmi *vibrare*, in un modo così follemente intenso e sincero, senza limiti. Non riuscivo a crederci, mi sembrava un miracolo."

"E poi?" ho detto. Il caldo saturava lo spazio intorno alle nostre persone, ci faceva traspirare sudore e verità, rallentava sempre più i nostri passi.

"Poi ho scoperto che non era un miracolo solo per *me*" ha detto Giovanna.

"Vale a dire?" ho detto.

"Che lui voleva o doveva ripeterlo con altre donne" ha detto lei, di strappo. "E che era inevitabile. Anche se mi è costato una fatica terribile ammetterlo."

"Ma perché inevitabile?" ho detto.

"Perché Durante pensa che le donne possiedano la chiave dell'*universo*" ha detto lei. "E le donne questo lo *sentono*, subito."

La gelosia che provavo adesso era diversa da quella che avevo provato sulle colline delle Marche: non era un sentimento competitivo né delimitato a una persona o due, non aveva a che fare con il senso di possesso. Aveva a che fare con lo smarrimento, la mancanza non rimediabile di strumenti, le necessità profonde tralasciate, le domande portate via dal tempo e dalla distanza. Mi immaginavo Ingrid e Astrid illuminate dalle ragioni dell'interesse di Durante, travolte dalle loro immaginazioni e dalla sua, con tutti i sensi e i pensieri in subbuglio, i cuori che battevano veloci. Mi immaginavo lui attratto, turbato, senza piani né strategie, attraversato da emozioni che sapeva di non comandare, disperato di non poter scegliere, pieno di rimpianto per vite più semplici che non aveva mai avuto, perso. Mi vedevo dal di fuori, lento di riflessi e quasi inerte per contrasto, in osservazione e in attesa, esasperante nel mio bisogno di elaborare ogni cosa prima di arrivare a una scelta.

"Forse è normale se provo un po' di rabbia, no?" ha detto Giovanna.

"Rabbia verso chi?" ho detto, con i piedi nei sandali roventi appiccicati all'asfalto infuocato.

"Verso di lui, verso me stessa" ha detto lei. "E dispiacere, per non aver potuto godere più a lungo dei doni di un incontro così raro."

"Me l'immagino" ho detto, pensando che però era lo stesso per Durante, per me, per Ingrid, per Astrid, per chiunque.

"Non so se puoi" ha detto lei.

Abbiamo camminato per un tratto senza più parole, contro il sole che sembrava moltiplicare senza limiti ragionevoli la sua forza.

"Durante direbbe che un dono è un dono" ha detto lei. "Che si dovrebbe esserne contenti, senza pretendere di dargli un'altra forma da quella che ha."

"E non è così?" ho detto, le guardavo il collo.

"Non lo so" ha detto lei.

"Ma le sue capacità misteriose?" ho detto, visto che eravamo arrivati a questo punto e oltre, forse non c'erano più confini da proteggere. "I suoi strani poteri?"

Lei ha scosso la testa.

"Non l'hai capito neanche tu?" ho detto, in un tono che si sfaldava nella luce.

"Arrivati" ha detto lei. Indicava un piccolo supermarket, all'altro lato della via.

Quando io e Giovanna siamo tornati a casa, c'era musica reggae che arrivava fino nella strada dalle finestre aperte del quarto piano, rimbombava nelle scale mentre salivamo. Durante e Julian erano nel piccolo soggiorno con lo stereo a tutto volume, facevano una specie di danza Tai Chi a piedi nudi. Oscar si è slanciato tra loro, abbaiava entusiasta del movimento.

"Abbassaaaaa!" ha gridato Giovanna.

Julian è andato a spegnere; Durante l'ha guardato con un'espressione dispiaciuta, nel silenzio improvviso.

"Siete diventati matti?" ha detto Giovanna. "Abbiamo già lo sfratto, ci manca solo di dargli la scusa buona per cacciarci via prima!"

"Uffa" ha detto Julian.

"Come si *fa* a non pensarci?" ha detto Giovanna. "Come si fa?"

"È estate" ho detto, uno stupido contributo di pacificazione.

Lei si è girata a guardarmi: mi piaceva il suo modo di essere furiosa, affannata per la salita delle scale, colorita in faccia.

Durante ha detto a Julian "Fai vedere a Giovanna e a Pietro le scarpe nuove".

Julian è andato nella sua stanza, dopo qualche minuto è venuto in cucina con ai piedi degli scarponcini di tela color kaki dalla grossa suola. Oscar li ha annusati, interessato.

"Dove le avete trovate?" ha detto Giovanna, perplessa.

"Al mercatino" ha detto Durante. "Anche queste." Ha preso da un mobile un grosso sacchetto di arachidi tostate, ce l'ha mostrato come se fosse un acquisto sorprendente.

"Ma lui voleva delle altre scarpe, di marca" ha detto Giovanna. "Mi ha fatto una testa così, per settimane. Mi ha trascinata a vederle in vetrina."

"Alla fine ha preferito queste" ha detto Durante. "Ha riconosciuto che sono molto meglio delle altre."

Julian ha fatto di sì con la testa, anche se non sembrava convinto proprio al cento per cento.

Giovanna è andata a togliere il cd dallo stereo, l'ha rimesso nella sua custodia. Si è girata a guardare Durante, me; ha detto "Che programmi avete, per oggi?".

"Nessuno" ha detto Durante. "A parte aspettare una risposta da Savina per Pietro. E tu?"

"Io sono impegnata" ha detto lei, in un tono sbrigativo.

"Ah" ha detto lui, stava aprendo il sacchetto di arachidi. "In cosa?"

"Mi hanno invitata a fare un giro in barca" ha detto Giovanna.

"Chi?" ha detto lui, le ha offerto le arachidi.

"Un mio amico" ha detto lei, faceva di no con la testa.

Durante ha porto il sacchetto di arachidi a me e a Julian, ne abbiamo presa una a testa.

"Si occupa di investimenti" ha detto Giovanna, come per liberarsi subito di un peso. "Scrive anche una rubrica per *Il Secolo*."

"Ah" ha detto Durante.

"Non è il mio fidanzato" ha detto lei.

"Anche se lo fosse" ha detto lui, sorrideva. "Non ci sarebbe niente di male."

"Però non lo *è*" ha detto lei. "Siamo solo usciti due o tre volte."

"Non ti *preoccupare*, Gio" ha detto Durante, si è messo in bocca una nocciolina.

"Non mi preoccupo affatto" ha detto lei, pronta. "Volevo solo avvisarvi, così vi potete organizzare la giornata."

Durante ha sgranocchiato la sua nocciolina, con gusto. Ha detto "Perché non ci andiamo tutti insieme? È una giornata perfetta per il mare! Portiamo anche Oscar! È mai stato in barca?".

“Non in mare” ho detto. “Solo su un laghetto.”

“Ha invitato *me*” ha detto Giovanna. “Non posso portarmi dietro altre tre persone, e un cane.”

Avrei voluto spiegarle che per quanto riguardava me e Oscar non avevamo nessuna intenzione di rovinarle i programmi, ma ero troppo distratto dalla dinamica dei suoi rapporti con Durante.

“Che barca ha, il tuo amico?” ha detto lui.

“Un gozzo” ha detto Giovanna.

“Grande o piccolo?” ha detto lui.

“Credo abbastanza grande” ha detto Giovanna.

“Allora ci stiamo *tutti*” ha detto Durante, sorrideva.

Giovanna ha scosso la testa, ha detto “Mi viene a prendere tra mezz’ora sua sorella”.

“La sorella del tuo amico?” ha detto lui.

“La sorella di *Michele*” ha detto Giovanna, furiosa. “Va bene?”

“E allora?” ha detto Durante. “Che problema c’è?”

“Il problema è che non *voglio*” ha detto lei.

“Ma perché?” ha detto Durante. La guardava con una delle sue espressioni interrogative, come se davvero non riuscisse a capire.

“Perché è una cosa *mia*” ha detto Giovanna.

“Però viene anche sua sorella” ha detto Durante. Scuoteva piano la testa, con un’espressione di innocenza disarmante.

Giovanna ha fatto ancora un tentativo di resistenza; poi ha sbuffato, ha detto “Provo a telefonargli, sento un po’”.

“Digli che li raggiungiamo per conto nostro” ha detto Durante. “Non occorre che venga a prenderci sua sorella.”

"Possiamo portare la sciabola giapponese?" ha detto Julian.

Durante gli ha fatto cenno di no con la mano, prima che Giovanna potesse reagire male. Si è inginocchiato e ha preso Oscar ai lati della testa, gli ha detto "Ti rendi conto, Oscar? Andiamo tutti al *mare*!".

Siamo scesi al porticciolo di Camogli nel primo pomeriggio rovente

Siamo scesi al porticciolo di Camogli nel primo pomeriggio rovente: Giovanna qualche gradino avanti lungo le scale quasi verticali, Oscar e Julian e Durante e io dietro come un piccolo gruppo di sbandati. Siamo arrivati alla passeggiata sopra il mare che rifletteva la luce come uno specchio gigante, abbiamo camminato sotto le case intonacate di rosso e rosa e giallo con le finte cornici dipinte intorno alle finestre. Per tutta l'estensione della spiaggia di sassi e nell'acqua bassa c'era una folla brulicante e vociante di migliaia di persone in costume da bagno, come un'apparizione improvvisa dell'estate corporea, ammassata, pressata, aggrappata, abbronzata, lavorata, mostrata, surriscaldata, sudata, stremata. Oscar era colpito quanto me dalla sovrapposizione di gesti e tuffi e spruzzi e richiami e musiche e schiocchi di palline su racchette di legno, seguiva con il naso le scie olfattive di olio solare e sudore e patatine fritte e pipì di gatto, di umidità ligure quando siamo passati sotto un arco di ombra profonda ai piedi di una casa.

"Ci si dimentica di tutto questo, eh?" ha detto Durante.

"Sì" ho detto, mentre cercavo di smistare e assimilare i segnali che continuavano ad arrivarmi addosso da ogni direzione.

Lui si è premuto il cappello di paglia sulla testa, sembrava affascinato dalla densità delle persone, dagli sguardi e i suoni e i movimenti e gli atteggiamenti che producevano senza sosta.

Siamo usciti nella piccola piazza che dà sul porticciolo protetto dalle case e dal molo. C'era gente che si fotografava vicino a un vecchio cannone arrugginito, gente che beveva seduta sotto gli ombrelloni ai tavolini di un bar, gente in calzoni corti e berretti a visiera e sandali di plastica che ciabattava dentro o fuori da negozi di vestiti e attrezzature marine. Giovanna si guardava intorno con una mano di taglio sulla fronte, è andata sul bordo della darsena. Nell'acqua torbida appena smossa galleggiavano barche da pesca, un battello per gite turistiche, barchette da diporto, motoscafi, gommoni. Giovanna ha fatto un gesto, ha detto "Michele!".

"Giovanna!" ha detto un tipo biondiccio in piedi su un grosso gozzo accostato con il motore acceso alla banchina più sotto. Aveva una polo bianca, un costume a strisce, occhiali da sole molto tecnici.

"Cercate di comportarvi civilmente" ha detto Giovanna rivolta a noi, a mezza voce. Tesa, incerta sulle nostre reazioni, elegante nella sua stoffa di cotone verde e gialla avvolta come un sari indiano.

Michele più sotto è saltato sulla banchina, l'ha guardata scendere i gradini. Si sono abbracciati e baciati sulle guance, poi lei si è girata a indicarci, lui ha guardato in su. Durante e Julian e Oscar e io lo osservavamo dall'alto, senza muoverci. Una tipa bionda con pareo blu oltremare e grandi occhiali da sole avvolgenti e una borsa frigorifera in mano ci è passata oltre, è scesa al gozzo. Giovanna ha abbracciato e baciato anche lei, Michele l'ha aiutata a salire a bordo.

Durante alla fine si è mosso; Oscar e Julian e io siamo scesi dietro di lui, ci siamo affollati tutti sulla banchina stretta.

Giovanna ci ha presentati con gesti un po' nervosi, ha detto "Durante, Julian, Pietro, Michele, Renata".

"Salve" ha detto Renata dal gozzo, ha fatto un piccolo cenno. Il motore entrobordo era acceso, *ptu ptu ptu*, sputacchiava fumo azzurrino e odore di olio bruciato.

"Salve" ha detto Michele, senza togliersi gli occhiali. Era abbastanza atletico, curato nei particolari, dal taglio dei capelli al costume a mezza coscia azzurro e bianco. Ha fatto un piccolo cenno anche lui, una semplice stilizzazione di saluto.

Durante gli ha preso la mano quasi di sorpresa, gliel'ha stretta con energia.

Oscar mi ha trascinato avanti a forza, per annusarlo all'inguine.

"Ohi!" ha detto Michele, irrigidito. "Bello grosso, il cane."

"Non è un problema, spero?" ha detto Giovanna.

"Ma no, figurati" ha detto Michele. "Ci mancherebbe." Ha sorriso, con uno sforzo avvertibile. Ha stretto la mano anche a me e a Julian, già che c'era. Giovanna ci controllava con occhiate periferiche, fingeva interesse per le altre barche che galleggiavano intorno nella calura stagnante.

Durante si è sfilato gli stivali e le calze, si è rimboccato i calzoni sui polpacci pallidi, è saltato a bordo. Ha detto "Andiamo?".

"Certo" ha detto Michele, sempre come se dovesse ricorrere a tutta la sua buona educazione per vincere una forte resistenza. Ha tenuto la cima del gozzo mentre uno dopo l'altro ci toglievamo le scarpe e salivamo a bordo.

Durante ha stretto la mano a Renata, ha toccato sulla schiena Oscar che cercava di infilarle il naso tra le cosce, è andato a sedersi a prua. Oscar l'ha seguito in quattro balzi, gli si è accucciato di fianco. Julian si guardava intorno, è andato a prua con loro. Durante si è tolto il fazzoletto provenzale che aveva al collo, l'ha aperto e glielo ha messo in testa, l'ha annodato con due gesti rapidi. Julian ha fatto per toglierselo, poi invece ha alzato le spalle e ha guardato altrove, sembrava un giovane pirata.

Mi sono seduto di fianco a Renata. Aveva un odore di crema solare quasi insostenibile, se ne stava spalmando ancora sulle braccia e sulle spalle lentigginose. L'aria ferma del porticciolo era soffocante, il legno della panchetta scottava. Giovanna si è seduta dal lato opposto, verso poppa.

Michele ha sciolto la cima, è saltato a bordo. Ha detto "Tutti a posto?", come se non ne fosse per niente convinto.

"Vai" ha detto Durante.

Michele ha pilotato il gozzo con grande prudenza tra le barche ormeggiate e quelle alla boa, ha preso velocità poco a poco.

"Attento là!" ha detto Durante, indicava un grosso motoscafo che era appena sbucato da dietro il molo e veniva verso di noi.

"Lo vedo, lo vedo" ha detto Michele.

"Vai *piano,* porcone" ha detto Durante, ha fatto un gesto verso il motoscafo, con il dito medio verso l'alto.

Al timone del motoscafo c'era un tipo con pancia a barilotto e cappellino, seduto su una poltroncina bianca: ci guardava con la più strana alternanza di cordialità e avversione, mentre la donna e i ragazzini seduti dietro di lui salutavano con la mano.

"Ohilà!" ha detto Michele.

"Ciao ciao!" ha detto Renata, muoveva la mano anche lei.

Giovanna ha fatto gesti furiosi in direzione di Durante.

Il tipo panciuto sul motoscafo ha continuato a guardarci con il collo girato, come un grosso bambino perplesso finché siamo stati lontani.

"Era Gianmarco Tomei, della San Paolo" ha detto Michele a nessuno in particolare, mentre girava la prua verso il mare aperto.

"Porcone" ha detto Durante, come se non l'avesse sentito. "Chissà quanta benzina ha bruciato, in una sola uscita."

"Potremmo goderci il *mare*, per piacere?" ha detto Giovanna, rivolta a lui ma in parte anche a me per trovare una sponda.

"Giusto" ho detto, perché mi dispiaceva troppo vederla così in conflitto tra spirito critico rinnovato e voglia di normalità, consapevolezza che la sua gita in barca era compromessa, debole speranza di poterla ancora salvare.

Michele ha fatto rotta verso sud; abbiamo seguito dal largo la spiaggia brulicante di gente, le case dalle facciate multicolori, le vie in pendenza, le rocce, il monte coperto di pini più sopra. Sembrava che a nessuno di noi venisse in mente un possibile argomento di conversazione: ci nascondevamo nell'osservazione del paesaggio e nel rumore del motore per giustificare la totale assenza di scambi verbali. Non capivo se c'era una specie di confronto in corso tra Durante a prua e Michele a poppa, perché uno guardava il mare con aria assorta, l'altro sembrava tutto concentrato sul timone e sulla leva dell'acceleratore. Di sicuro si tenevano d'occhio a vicenda, i loro corpi molto diversi attraversati da un tipo simile di tensione. Oscar annusava l'aria, guardava lontano.

Siamo andati per forse un quarto d'ora lungo la costa che scendeva ripida al mare, con il sole implacabile negli occhi e sulla testa. C'era un traffico continuo di barche di varie dimensioni, sulla nostra rotta e più vicino a riva, più al largo. Stavamo arrostendo, eppure ci ostinavamo a tenerci addosso i vestiti, tranne Renata che aveva sciolto il suo pareo e continuava a spalmarsi addosso crema solare. Michele ha puntato verso un'insenatura ingombra di altre barche, è arrivato a qualche decina di metri dalle rocce e ha messo il motore in folle, ha buttato l'àncora. "Eccoci qua" ha detto.

Siamo rimasti tutti bloccati ai nostri posti, senza muoverci. Michele si è messo a saggiare la catena, guardare lungo la fiancata del gozzo per controllare se l'àncora aveva preso; alla fine si è deciso a spegnere il motore.

Sua sorella Renata ha aperto la borsa frigorifera, ha tirato fuori due lattine di bibite frizzanti. "Chi vuole?" ha detto, ne ha agitata una in direzione di Julian.

"No grazie" ha detto Julian, con il suo fazzoletto da pirata in testa.

"Volete?" ha detto Renata, rivolta a Durante e a me e a Giovanna, a suo fratello.

Uno dopo l'altro abbiamo fatto tutti cenno di no.

Renata ha rimesso via una lattina e ha aperto l'altra, ha preso un paio di sorsi. Suo fratello continuava a sporgersi oltre il bordo della barca, come se potesse vedere l'àncora sul fondo del mare. Ogni tanto dava un'occhiata a Giovanna, ma senza dirle niente.

Mi dispiaceva anche per lui e per sua sorella, perché erano probabilmente due brave persone, non si poteva attribuirgli come colpa la distanza che li separava da noi.

A un certo punto Durante si è alzato in piedi, ha detto "Allora, facciamo un bagno o restiamo così fino a *sera*?". Si è tolto il cappello e la camicia e i pantaloni con rapidità dimostrativa, è rimasto solo per un attimo dritto e magro e muscoloso e pallido in piedi sulla prua nei suoi boxer neri stinti, si è tuffato di testa. Ho visto che Giovanna lo guardava scomparire sotto la superficie, subito girava la testa dall'altra parte; i fili che li legavano erano difficili da sciogliere, anche con questo caldo.

Oscar si è messo ad abbaiare, più forte quando Durante è riemerso a diversi metri di distanza. È arretrato come per prendere la rincorsa, incerto sul bordo della prua; è saltato in acqua con un tonfo, ha nuotato verso di lui.

Mi sono tolto anch'io i vestiti, mi sono tuffato di piedi. L'acqua era tiepida e leggermente oleosa, ma lo stesso mi ha dato un intenso sollievo. Ho nuotato sotto, ho sbuffato quando sono tornato su, ho scalciato, nuotato sul dorso. Oscar nuotava a circoli intorno.

Anche Julian si è tuffato di piedi, è riaffiorato vicino a suo padre.

Durante ha battuto una mano sull'acqua, ha gridato a quelli sul gozzo "Buttatevi, anche voi! Forza!".

Michele ha detto "È meglio se sto su a controllare" anche se non si capiva cosa.

Renata si stava spalmando altra crema, ha detto "Io prendo ancora un po' di sole".

"Dai!" ha gridato Durante. "Non state lì ad arrostire! Giovanna?"

Giovanna sembrava in uno stato di conflitto sempre più difficile da sostenere, anche a guardarla a distanza. Alla fine si è quasi strappata via il sari di cotone verde e giallo, è salita sul bordo del gozzo e si è tuffata di testa, con un bello slancio. È riemersa a qualche metro di distanza, ha nuotato verso di noi con un crawl energico e ben equilibrato, da vera, intensa nuotatrice mediterranea. Durante le è andato dietro a lunghe bracciate forti, Julian li ha seguiti, Oscar anche.

Ho nuotato nella loro scia, nello spazio di mare libero delimitato dalle altre barche all'àncora. Giovanna ha girato per tornare indietro, ma Durante le ha agguantato un piede. "Lasciami!" ha gridato lei, scalciava. Lui ha preso una boccata d'acqua e l'ha fatta zampillare nello spazio tra i denti davanti, gliel'ha spruzzata in faccia. Giovanna ha spazzato il mare a due mani, l'ha sommerso di schiuma. Lui ha battuto forte sulla superficie a sua volta; rideva e tossiva per l'acqua che gli era finita nei polmoni. Julian è andato tra loro, si è rigirato a spirale verso il fondo, è risaltato fuori. Ho nuotato anch'io fino alla mischia; insieme abbiamo scalciato e sbracciato freneticamente, creato spruzzi e schiuma e onde, versi di gola, tonfi, risucchi. Oscar abbaiava, nuotava avanti e indietro tra noi come se dovesse tenerci insieme, *tchuf tchuf tchuf* con le zampe che lavoravano l'acqua. Dalle altre barche ci guardavano, metà incuriositi, metà infastiditi. Noi ridevamo e gridavamo e abbaiavamo e nuotavamo senza fermarci, per l'improvvisa intensità selvaggia e infantile della situazione, il senso di liberazione dal caldo e dalla paralisi di quando eravamo a bordo, la gioia incontrollabile del momento.

Abbiamo continuato a lungo ad agitare il mare e farlo schiumare e sparirci dentro e riemergere e riempire lo spazio tra l'acqua e l'aria di suoni, finché siamo stati esausti. Solo allora siamo tornati a circoli larghi verso il gozzo di Michele, nuotando in avanti e all'indietro, tra nuovi scoppi di risa, nostalgia per come ci sentivamo già un po' fuori dallo spirito che ci aveva travolti solo poco prima senza riserve.

Giovanna è risalita a bordo dalla scaletta che Michele aveva messo in acqua mentre noi facevamo le sirene e i tritoni pazzi; le ho guardato dall'acqua il bel sedere sgocciolante nel costume verde.

Poi ho cercato di spingere su Oscar che annaspava un po' provato lungo lo scafo, ma non ci riuscivo, era troppo pesante e non si fidava degli scalini. Durante si è tirato su dalla fiancata con uno scatto simile a quello con cui montava a cavallo; ha preso Oscar per il collare, l'ha strappato a forza su dal mare. Oscar si è scrollato con grande energia, ha spruzzato acqua salata addosso a Renata che ha gridato "*Aaaaaach*!", è andato a prua dove Durante rideva mentre aiutava Julian a salire.

Michele ha indicato alcuni asciugamani ben piegati sulla panchetta, ha detto "Prendete pure, eh".

Giovanna ne ha preso uno, se l'è passato sul corpo e sui capelli. Aveva delle forme morbide, piene, una pancia che faceva venir voglia di appoggiarci la testa e socchiudere gli occhi. Lei e Michele si sono guardati, in un tentativo troppo timido di riavvicinamento mescolato a consapevolezza della distanza che si era allargata tra loro. Ho fatto per prendere anch'io un asciugamano, ma ho visto che Durante e suo figlio ne avevano fatto a meno e si stavano asciugando al sole, ci ho rinunciato.

Siamo rimasti in silenzio nel sole bianco del pomeriggio, sulla stessa barca eppure divisi in due gruppi che non comunicavano. Michele ha continuato a non togliersi la maglietta e a controllare di tanto in tanto la tenuta dell'àncora, sua sorella Renata ha continuato a spalmarsi crema solare ogni pochi minuti: tutti e due legati nei movimenti, nascosti dietro le loro lenti scure.

Giovanna si è spalmata una piccola quantità di crema da un barattolino che aveva nella borsa, si è messa i suoi occhiali da sole fuori moda. Sembravano due gesti simbolici per collocarsi a metà tra le due fazioni che occupavano la barca, ma aveva già fatto la sua scelta quando si era buttata in acqua con noi, lo sapevamo tutti.

Per rompere in qualche modo il silenzio, Michele ha raccontato di un commercialista milanese che a luglio era andato alla deriva per due giorni e due notti sul suo gommone con il motore guasto. "L'hanno salvato per miracolo" ha detto.

"Poveretto, mamma mia" ha detto Renata.

"E non era riuscito a inventarsi *niente*?" ha detto Durante.

"Cos'avrebbe potuto inventarsi?" ha detto Michele, scuoteva la testa.

"*Mille* cose diverse" ha detto Durante. "Ma era così sopraffatto dalla cosiddetta *realtà* che non ci ha neanche provato."

"Perché cosiddetta?" ha detto Renata.

"Perché era *lui* che la faceva esistere" ha detto Durante.

"Se un motore non va, non va, punto" ha detto Michele, senza riuscire a liberare pienamente nella voce l'insofferenza che gli si era compressa dentro. "C'è poco da inventarsi."

"C'è *tutto* da inventarsi" ha detto Durante.

"Per esempio?" ha detto Michele. "Fammi un esempio." Lo pressava con lo sguardo, educato, preciso, seduto dritto sulla panchetta di poppa.

Giovanna si è legata a coda i capelli con un elastico, piano.

Mi sembrava che al di là dei nostri atteggiamenti diversi lei e Julian e io e in fondo anche Renata e Michele stessimo fissando Durante con lo stesso genere di aspettative concentrate, in attesa di una risposta che ci facesse apparire la razionalità in tutta la sua limitatezza patetica.

Lui ci guardava con i suoi occhi grigi, come se stesse scegliendo in un vasto catalogo di immagini ugualmente suggestive.

Ho pensato che eravamo in un momento di totale ricettività: non c'era bisogno di metafore efficaci o discorsi articolati per convincerci, sarebbe bastata anche una sola parola illuminante.

Invece Durante non ha detto niente; ha spostato lo sguardo lungo la superficie del mare, si è premuto il cappello di paglia sulla testa.

Siamo rimasti zitti e quasi immobili per forse dieci minuti. Dalle altre barche arrivano voci e musichette e sciacquettio di scafi, rumori di motori. Il sole continuava a scottare, anche se aveva già cominciato la sua discesa da un pezzo. Oscar ha sbadigliato.

Alla fine Michele ha detto “Cosa dite, torniamo?”.

“È meglio” ha detto sua sorella Renata, senza lasciare un istante di dubbio.

Durante ha tirato su l’àncora prima che potesse farlo Michele, ha raccolto la catena in un cerchio quasi perfetto.

Mi sono svegliato con uno scoppio

Mi sono svegliato con uno scoppio, sono saltato a sedere sul letto. Oscar mi stava raspando il lenzuolo con la zampa all'altezza del cuscino. Da qualche punto della casa sono arrivati altri due o tre botti, come colpi di tamburo ma su una frequenza più bassa. Ci ho messo qualche secondo a capire che non ero a casa in campagna ma in un appartamento di Genova, con la luce del mattino avanzato che dilagava nella stanza dalle veneziane semiaccostate.

C'era Durante sulla porta, ha detto "Buongiorno, Piotr! Sveglia!".

Gli scoppi di suono continuavano giù per il corridoio, rimbombavano tra i muri.

Ho guardato l'orologio: erano già le nove e venti. La schiena e le braccia mi bruciavano, per tutto il sole che avevo preso al mare il giorno prima.

Durante è andato a spalancare le veneziane, ha fatto entrare ancora più luce e voci e rumori di motori dalla strada. Ha detto "Ho due notizie per te. Una buona e una cattiva".

"Sentiamo" ho detto, mentre prendevo i boxer dal comodino e me li infilavo sotto le lenzuola.

"Quale vuoi sentire per prima?" ha detto lui, appoggiato di spalle al davanzale della finestra.

"La cattiva" ho detto, mi sono infilato i pantaloni. "No, no, la buona."

"Ha telefonato Savina, cinque minuti fa" ha detto lui. "Lei e Giovanni hanno deciso di distribuire le vostre stoffe!"

"Davvero?" ho detto, con la maglietta in mano, bloccato.

"Sì!" ha detto lui. "E vogliono solo il *quindici* per cento sul prezzo di vendita."

"Davvero?" ho detto di nuovo, perché facevo fatica a crederci.

"Ahà" ha detto lui. "Vogliono tenere la scatola di campioni che gli abbiamo portato, così hanno del materiale da far vedere ai clienti. Gli ho detto che va bene."

"Va bene" ho detto, anche se alcune stoffe avrei dovuto portarle in Austria.

Dal corridoio sono arrivati altri colpi ravvicinati, una specie di ritmo tribale ma fuori tempo.

"Bello no?" ha detto Durante. "Tu e Astrid non dovrete mai più preoccuparvi di trovare dei compratori. Potrete concentrarvi unicamente sul lato *creativo* del vostro lavoro."

"Accidenti" ho detto, seduto sul bordo del letto. Oscar mi ha appoggiato il muso a un ginocchio, credo che si rendesse conto di quanto ero frastornato. I miei pensieri cercavano di adeguarsi al cambiamento di prospettiva, ma erano lenti.

"Le ho spiegato bene che non volete obblighi né pressioni" ha detto Durante. "Che per voi è essenziale lavorare senza sentirvi il fiato sul collo."

"E lei?" ho detto.

"Lo ha capito" ha detto lui. "Le interessa la *qualità* di quello che fate. Per la quantità ha altre fonti di approvvigionamento."

"È incredibile" ho detto, scuotevo la testa.

"No" ha detto lui.

Mi sono alzato, sono andato ad abbracciarlo. Gli ho detto "Grazie".

"Ah, piantala" ha detto lui, mi ha battuto una mano sulla schiena, forte.

"Ahi!" ho detto, per via della scottatura.

"Sono solo stato un *tramite*" ha detto lui.

"Sei stato un tramite fantastico" ho detto. "Non credo che riuscirò mai a ringraziarti."

"Allora non farlo" ha detto lui.

I tambureggiamenti furiosi all'interno della casa continuavano, alternati a clangore di metallo.

"E la notizia cattiva?" ho detto, pensando che se fosse stata davvero cattiva lui non avrebbe mai proposto di darmela per seconda.

"Ti ho distrutto il furgoncino" ha detto Durante.

"Cosa?" ho detto; lo guardavo per capire se stava scherzando.

Dal corridoio è arrivato altro frastuono selvaggio; la voce di Giovanna ha gridato "Juliaaaaan! Baaaaastaaaa!".

"Ti ho preso le chiavi, stamattina" ha detto Durante. "Dovevo ritirare una batteria per Julian, da un tipo che la teneva in cantina senza usarla. Me l'ha regalata. Una batteria completa, rullante, grancassa, charleston, piatti, no?"

“So com’è fatta una batteria, più o meno” ho detto, in preda a un’agitazione crescente. “Dimmi del furgoncino.”

“Mi è venuto addosso uno” ha detto lui. “Con un piccolo camion.”

“Con un *camion*?” ho detto. Avevo la testa piena di diverse incredulità che continuavano a sovrapporsi, ognuna cercava di prevalere sull’altra.

“È sbucato a marcia indietro da un portone” ha detto Durante. “Non ho avuto il tempo di fare niente, *strraaack*!”

“Ma quali sono i danni?” ho detto. “Esattamente?” Cercavo di adeguare le mie immagini mentali all’estensione della catastrofe, ma non era facile: io e Oscar bloccati a Genova, Astrid bloccata a Graz, distanze moltiplicate, lavoro sospeso, casa e laboratorio non raggiungibili, attese, recriminazioni, spiegazioni, angosce, affanni, percorsi in treno, a piedi.

“Tutto il lato destro andato” ha detto Durante. “Più o meno.”

“*Tutto*?” ho detto.

“Sì” ha detto lui. “È incredibile come siano *fragili* le macchine. Se pensi ai danni che fanno al mondo intero, poi si distruggono così facilmente.”

“Oh cavolo” ho detto. Nuove immagini si sostituivano alle prime, in un quadro sempre più sconfortante.

Sbam! Sbam! Sbam! Tshak! Tshak!, il frastuono dal corridoio continuava.

“Finiiisciilaaa!” ha gridato Giovanna. “Subitoooo! Mi stai tirando pazzaaaaa!”

“Ehi” ha detto Durante. “Non hai voglia di far colazione?”

“Non credo di essere in grado” ho detto. “Più che una cattiva notizia è un disastro, questo.” Se la stessa cosa fosse successa anche solo il giorno prima, forse l'avrei ricoperto di insulti e anche di pugni, saremmo finiti ad accapigliarci sul pavimento. Al punto in cui eravamo, non ero neanche nella condizione di arrabbiarmi.

"Stiamo parlando di una *macchina*" ha detto Durante, mi guardava come se non capisse.

"Sì, ma di una macchina *indispensabile*" ho detto.

"Però nessuno si è fatto male" ha detto lui. "E la batteria non si è minimamente rovinata. Il tipo del camion mi ha aiutato a portarla qui, visto che si sentiva in colpa. Vuoi vederla?"

"Non adesso" ho detto.

"È una bella batteria" ha detto lui. "Credo che Julian ne sia felice."

"Giovanna molto meno, credo" ho detto.

"È così importante che abbia una passione" ha detto lui, senza interrompere il suo filo di pensieri non-realistici. "Deve passare ogni mattina in mezzo a idee avariate o irrilevanti o *morte*, a scuola. Solo con una passione può venirne fuori."

"Certo" ho detto. "Ma adesso mi spieghi come cavolo faccio io, a venire fuori dalla distruzione del mio furgoncino?"

"Non ti preoccupare" ha detto lui. "Il tipo del camion ha riconosciuto di aver torto. Ho compilato io il modulo dell'incidente. Ho fatto anche il disegno della dinamica dei fatti. Piccolo perché non c'era molto spazio, ma è venuto abbastanza bene. Sai con le macchinine viste dall'alto?"

"Ma ci vogliono anche i dati della mia patente" ho detto. "E il codice fiscale, e tutto il resto. Devo telefonare o mandare un fax alla mia assicurazione."

"Sì?" ha detto lui, come se le mie fossero preoccupazioni del tutto non necessarie. "Il telefono è in cucina, se vuoi."

"E il furgoncino dov'è?" ho detto.

"L'ha rimorchiato via un mio amico" ha detto lui.

"Come, un tuo amico?" ho detto, ancora più sgomento all'idea di non poter nemmeno recuperare il rottame. "Dove l'ha rimorchiato?"

"Alla sua officina" ha detto Durante. "È bravissimo, in queste cose. Te lo rimetterà a nuovo, vedrai."

"Ma quando?" ho detto. "Siamo a metà agosto, tutti i centri ricambi sono chiusi. Se va bene, potrò riaverlo alla fine di settembre! Mi spieghi come faccio ad andare a Graz, adesso? E poi a tornare a casa con Astrid e Oscar? E poi a vivere e lavorare in campagna per un mese almeno senza un cavolo di mezzo di trasporto?"

"*Calma*, Piotr" ha detto Durante. "Prendi un respiro profondo."

"Non ci riesco" ho detto. Era vero: camminavo avanti e indietro per la stanza quasi in stato di apnea, con il cuore sregolato.

"Provaci" ha detto lui, rideva.

"Non c'è niente da ridere" ho detto.

"C'è *sempre* da ridere" ha detto lui. "E nessuna questione meccanica sarà mai abbastanza rilevante da non farti respirare."

"Possiamo lasciar perdere le considerazioni filosofiche?" ho detto. "Signor guru? Si dà il caso che questa specifica questione meccanica abbia conseguenze molto rilevanti sulla mia esistenza."

"Questa specifica questione meccanica è già risolta" ha detto Durante. "Signor Piotr."

“E come?” ho detto, con un’alternanza assurda di pensieri razionali e irrazionali, desolazione e speranza.

“Ti ci porto io, a Graz” ha detto lui.

“Con cosa?” ho detto.

“Con una macchina” ha detto lui.

“E chi te la dà?” ho detto.

“Il mio amico che aggiusta le macchine” ha detto lui.

“Ma poi da Graz come torniamo a casa, io Astrid e Oscar?” ho detto, cercando di avvicinarmi all’idea remota di me e Astrid di nuovo insieme, in viaggio, a casa. “E una volta a casa, a dodici chilometri da Trearchi?”

“Ah, troveremo una soluzione” ha detto Durante. “Tu fai colazione con calma, io torno.”

“Aspetta” ho detto. “Quale soluzione? Quando torni? Dove vai?”

Lui era già fuori dalla stanza, ha fatto un fischio. Oscar mi ha guardato solo per un istante, gli è corso dietro.

Ho gridato “Oscar?!”, ma sapevo che era inutile.

Sono andato a telefonare all’assicurazione per spiegare cos’era successo, fornire i miei dati completi. Dall’altra parte c’era una voce registrata molto poco reattiva, il nostro scambio è stato tutt’altro che gradevole. Poi sono andato verso il bagno, ma non ho potuto fare a meno di affacciarmi nella stanza di Julian.

Julian e Giovanna erano intenti a una colluttazione quasi silenziosa, vicino a una grossa batteria azzurra che occupava quasi metà dello spazio disponibile: cercavano di strapparsi di mano una coppia di bacchette di legno chiaro.

“Lascia!” ha detto lui, ansimante, digrignava i denti.

“Lascia tu!” ha detto Giovanna, altrettanto impegnata nel gioco di muscoli.

Julian ha cercato di morderle una mano, lei gli ha tirato i capelli, lui le ha dato un calcio a una gamba, lei glielo ha restituito; lo sgabello della batteria è caduto, ha urtato la grancassa con un gran frastuono.

"Ehi, calma" ho detto. "Non fate così."

Julian si è girato a guardarmi; Giovanna ha approfittato della sua distrazione per sfilargli di mano le bacchette, mi è passata oltre veloce. Julian le è corso dietro, ha gridato "Ridammele! Non fare la bastarda!".

"Scemo, non ti permettere!" ha gridato lei. "Non voglio che ci caccino di casa ancora prima del dovuto! E non voglio farmi distruggere i timpani e i nervi con quel rumore! Un'altra idea del cavolo di tuo padre!"

Mi sono chiesto se fosse il caso di inseguirli per fare da mediatore, ma ero troppo stordito dal riverbero della buona e della cattiva notizia di Durante, avevo perso lucidità. Sono andato in bagno, mi sono fatto la barba, cercavo di non ascoltare le voci di Giovanna e Julian che continuavano ad azzuffarsi nel corridoio. Ho pensato che la buona notizia in realtà era arrivata solo cinque minuti prima che Durante me la desse, mentre quella cattiva aveva almeno un paio d'ore, e in quel tempo lui si era dedicato a trasferire la batteria sul camion, portarla in casa, montarla insieme a Julian. Mi chiedevo come mi avrebbe dato la cattiva notizia, se non gli fosse arrivata quella buona giusto in tempo prima del mio risveglio.

Quando sono uscito dal bagno, Giovanna e Julian erano in cucina, apparentemente rappacificati: lei intenta ad accudire una pianta di basilico patita per caldo, lui a sistemare piatti in un armadio.

"Mangia" mi ha detto lei quando mi ha visto entrare. "Riscaldati il caffelatte, è lì da una vita."

Julian ha messo via l'ultimo piatto, ha detto "Io esco".

"Dove vai?" ha detto Giovanna.

"A vedere una mia amica" ha detto Julian.

"Quale amica?" ha detto Giovanna.

"Non la conosci" ha detto Julian.

"Voglio sapere almeno come si chiama" ha detto lei.

"Raffaella" ha detto lui, malvolentieri. "Non la conosci."

"Torna qui entro mezzogiorno" ha detto Giovanna. "Così saluti tuo padre prima che se ne vada. Poi dobbiamo partire anche noi, andiamo dai nonni."

"Dai nonni?" ha detto Julian, con un'espressione di fatica mentale anticipata. Un istante dopo era già fuori dalla cucina, rapido come suo padre.

"Entro mezzogiorno!" gli ha gridato dietro Giovanna.

"Sì-i" ha gridato lui, ha sbattuto la porta d'ingresso.

"Capito che bene gli fa, vedere suo padre?" mi ha detto Giovanna. "Arriva senza preavviso, gli sconvolge la vita, e sparisce di nuovo."

"Sparisce per colpa mia, in questo caso" ho detto, mentre cercavo di accendere il gas con un fiammifero lungo che non prendeva fuoco. "Per accompagnarmi a Graz."

"No, stai tranquillo" ha detto lei, mi ha tolto di mano la scatola. "Sparisce perché lo mando via *io*." Ha fatto infiammare il fiammifero al primo tentativo, ha acceso il fornello sotto il pentolino.

Mi sono seduto al tavolo, ho preso una susina da una ciotola.

Giovanna mi ha avvicinato un cestino di biscotti, un

cartoccio di focaccia; si muoveva decisa, rabbiosa, elastica, interessante.

Ho detto “Mi dispiace che la situazione tra voi si sia guastata”.

“Si è guastata da tanto di quel tempo” ha detto lei.

Sono andato a controllare il caffelatte, ho saggiato la temperatura con un dito. Ho detto “Mi dispiace lo stesso”.

“Perché?” ha detto Giovanna. Nella luce forte i suoi occhi sembravano un sottobosco animato: foglie e ricci di castagno, humus scuro, felci, scoiattoli rapidi, scatti di piccoli predatori.

“Così” ho detto. “Perché siete una bella combinazione.”

“Cosa ti immaginavi?” ha detto lei, sorrideva. “Che Durante fosse tornato per diventare un marito e padre esemplare, stabile e rassicurante?”

“Non mi immaginavo niente” ho detto. “Non sapevo neanche di voi.” Ho tolto il pentolino del caffelatte dal fornello, mi sono riempito una tazza.

“È sempre stato così” ha detto Giovanna. “Aveva sempre una ragione per andarsene, dopo un po’. Lontano o vicino non importava.”

“Ha queste qualità sorprendenti” ho detto, mentre inzuppavo un pezzo di focaccia nel caffelatte. “E nello stesso tempo è come se gli mancassero i codici che regolano i rapporti normali tra le persone, e tra le persone e le cose. Come se non li avesse mai imparati, no?”

“O li avesse dimenticati” ha detto Giovanna. “Consapevolmente.”

“Tu cosa pensi?” ho detto. “Tra le due possibilità?”

“Non lo so, e non mi interessa più” ha detto lei. Si è

sciolta i capelli, ha scosso la testa, li ha raccolti di nuovo a coda con un gesto rapido.

Avrei voluto trovare argomenti a difesa del suo ex uomo, ma sapevo di avere infinitamente meno dati utili rispetto a lei, così ho inzuppato un'altro pezzo di focaccia e ne ho preso un morso, mi sono fatto colare altro caffelatte dolce e salato sul mento.

"Se non fosse per Julian, non l'avrei neanche fatto entrare in casa" ha detto Giovanna.

"Però è stato anche bello, no?" ho detto, pensando a come li avevo sentiti ridere insieme la prima sera, dietro la porta della camera da letto.

"*No*" ha detto lei. "La prossima volta che ha voglia di stare con suo figlio, può trovarsi una stanza d'albergo."

"Non credo che sarebbe la stessa cosa" ho detto. Ero affascinato dall'energia nella sua voce e nel suo sguardo, dal suo modo di difendersi.

"Non mi riguarda" ha detto Giovanna. "E almeno non gli sarebbe venuto in mente di portarci una *batteria*, in albergo."

Abbiamo sentito la chiave che girava nella porta d'ingresso, Oscar è arrivato di corsa a festeggiarci.

Un istante più tardi è entrato Durante, con in mano un grappolo di fiori di buganvillea. Si è bloccato con un'espressione interrogativa, ha detto "Vi ho interrotti?".

"Parlavamo di te" ha detto Giovanna, dura. "Ma avevamo finito."

"Interessante, e triste?" ha detto lui, rivolto a me.

"Sì" ho detto, visto che con loro due non aveva senso cercare di filtrare la verità.

Lui si è tolto il cappello di paglia, ha fatto un mezzo

inchino come per chiederci un'offerta. Poi ha porto i fiori a Giovanna.

"Dove li hai presi?" ha detto lei, senza toccarli.

Lui è rimasto per qualche secondo con i fiori in mano; li ha posati sul tavolo. Ha detto "Julian?".

"È andato da una sua amica" ha detto Giovanna. "Ma torna entro mezzogiorno, per salutarvi prima che partiate."

"Partiamo?" ha detto Durante, come se i suoi programmi fossero ancora del tutto aperti, malgrado la promessa di accompagnarmi a Graz.

"Sì" ha detto Giovanna.

"Sei risentita?" ha detto lui. "Hai un tono risentito."

"Che tono dovrei avere?" ha detto lei.

"Non lo so" ha detto Durante. "È un mattino d'estate, nessuno di noi è malato o terribilmente vecchio."

"Dunque non ci sono ragioni per disarmonie, no?" ha detto Giovanna.

"No" ha detto Durante. Si è rimesso il cappello in testa, ha preso una susina.

"Ti sei comportato in un modo orrendo con Michele, ieri" ha detto Giovanna.

Durante si è girato a guardarla, con un sorriso incredulo sulle labbra. Ha detto "Ma, e ti viene in mente adesso? Dopo che abbiamo nuotato insieme nel mare, e riso e mangiato focaccia al formaggio a Recco, e bevuto e fatto l'amore e dormito e ci siamo svegliati tutti allegri?".

"Ti sarai svegliato *tu*, tutto allegro" ha detto lei; ha aperto e chiuso un armadio, con forza.

Mi sono chiesto se avrei dovuto uscire dalla cucina e lasciarli soli, ma non riuscivo a muovermi dalla sedia.

"C'eri anche tu, Piotr" ha detto Durante. "Mi sono comportato in modo così orrendo?"

"Ma no" ho detto, dispiaciuto di non riuscire a dargli un sostegno migliore.

"Non cercare appoggi" ha detto Giovanna. "Sai benissimo che è così. Hai rovinato tutto."

"In che modo?" ha detto lui, sembrava autenticamente curioso di saperlo.

"Lo sai" ha detto Giovanna. "Lo *sai*."

"Non lo so, invece" ha detto lui. "Spiega."

"L'hai trattato come un povero cretino, ordinario e patetico" ha detto lei. "Anche sua sorella."

"Ma non è *vero*" ha detto lui. "Anzi, mi dispiaceva che fossero così *rigidi*. Non hanno neanche voluto fare il bagno."

"Per forza erano rigidi!" ha detto Giovanna, a voce più alta. "Vorrei vedere, con uno come te sulla barca! Con l'atteggiamento che avevi!"

"Quale atteggiamento?" ha detto Durante. "Spiega."

"Non c'è niente da spiegare!" ha detto Giovanna. "Se non sei in grado di capirlo da solo! Non avresti mai dovuto insistere a intrometterti in una cosa *mia*, per rovinarmela completamente!"

"Mi dispiace" ha detto Durante. "Non era quello che volevo."

"Ma è quello che hai fatto!" ha detto lei.

"Oh, cavolo" ha detto lui. "Tu cosa ne pensi, Piotr?"

"Che può succedere" ho detto, perché non mi veniva in mente nessun'altra linea difensiva.

"Cosa, può succedere?" ha detto Giovanna, guardava anche me con occhi di fuoco.

“Di confrontare A con B che ci è molto più simile” ho detto. “E vedere improvvisamente A in una luce diversa.”

“Vale a dire, *sfavorevole*?” ha detto Giovanna.

“Forse” ho detto.

“Risparmiati gli interventi a favore del tuo amico” ha detto lei. “Non ne ha nessun bisogno, ti assicuro.”

“Non era un intervento a favore” ho detto. “È capitato anche a me, un paio di volte.”

“Gli posso *telefonare*” ha detto Durante, nel tono di chi ha trovato una soluzione.

“A chi?” ha detto Giovanna.

“A *Michele*” ha detto lui. “Posso spiegargli che sono stato io a insistere per andare tutti in barca, anche se tu non volevi. Che è stata colpa mia al cento per cento se la gita non gli è piaciuta.”

“Non ti sognare neanche!” ha detto lei. “Ci mancherebbe solo la telefonata, adesso! Ma come può venirti in *mente*, una cosa del genere?”

Durante ha alzato le spalle, come se rinunciasse a capire.

“Comunque anch’io e Julian partiamo, oggi” ha detto Giovanna.

“Oggi?” ha detto Durante.

“Andiamo a Varazze dai miei” ha detto lei. “Fino alla fine del mese.”

“Davvero?” ha detto lui, con una luce infinitamente triste nello sguardo.

“Qual è il problema?” ha detto Giovanna, credo con uno sforzo per non lasciarsi confondere di nuovo. “Non devi accompagnare Pietro in Austria e fare chissà quante altre cose?”

“Sì” ha detto lui.

"Posso anche prendere un treno" ho detto. "Se il problema è accompagnare me."

"Non è un problema, Pietro" ha detto Giovanna, pronta a una rapida battaglia per salvarsi la vita. "Visto che ti ha distrutto il furgone, il minimo che può fare è accompagnarti."

"Ti accompagno" ha detto Durante. "Abbiamo già la macchina, qua sotto."

Giovanna mi ha dato un'occhiata rapida, come per dire "Lo vedi?"; è uscita dalla cucina.

Durante ha preso una fetta di focaccia dal cartoccio, ne ha strappato via un morso. Ha detto "Aspettiamo che torni Julian e poi partiamo, va bene?".

"Va bene" ho detto.

Lui ha tirato fuori una brocca da un armadio e l'ha riempita d'acqua, ci ha messo il grappolo di fiori di buganvillea. Sembrava già lontano dalla tristezza di poco prima, attraversato da una corrente di movimento che non lo lasciava star fermo.

Julian è sceso in strada con noi per gli ultimi saluti

Julian è sceso in strada con noi per gli ultimi saluti, si è accovacciato a carezzare Oscar, lasciarsi leccare la faccia come faceva suo padre.

“Suonala ogni giorno, la batteria” gli ha detto Durante. Ha guardato in alto verso le finestre aperte del quarto piano: Giovanna non si vedeva.

“Come faccio?” ha detto Julian, a mezza voce. “Giovanna non vuole.”

“Ma tu invece vuoi” ha detto Durante. “Non sei disposto a rinunciarci, no?”

“No” ha detto Julian, incerto.

“Allora non rinunciarci” ha detto Durante.

“Dice che me la butta via” ha detto Julian. Guardava suo padre come in attesa di istruzioni, o almeno di spiegazioni attendibili.

“Non lo farà” ha detto Durante. “Ti vuole bene, Giovanna.”

“Lo so” ha detto Julian.

“Ti *capisce*, anche” ha detto Durante.

Julian non ha risposto.

"Alla tua età era già scappata di casa" ha detto Durante.

"Non è vero" ha detto Julian. Lo guardava, incredulo.

"Sì" ha detto Durante. "I suoi hanno dovuto andare a riprendersela, a Amsterdam."

"Non ci credo" ha detto Julian.

"Chiedilo a loro, adesso che li vedi" ha detto Durante. "E due anni dopo è scappata di nuovo, definitivamente. Non te l'ha mai raccontato?"

Julian ha scosso la testa.

"Cantava in una rock band, a Londra" ha detto Durante. "Scriveva lei le parole delle canzoni. Tutti i ragazzi diventavano matti per lei."

Julian aveva un'espressione ancora più dubbiosa, cercava di capire se gli stava dicendo la verità.

Ho guardato anch'io verso le finestre al quarto piano; pensavo che mi sarebbe piaciuto sapere prima queste cose su Giovanna.

"In una *rock band*?" ha detto Julian. "Ma lei mi ha raccontato che lavorava in un negozio di vestiti usati, a Londra."

"Di *giorno*" ha detto Durante. "E di notte cantava. È una donna sorprendente, sai? Più di come ti immagini."

Julian sembrava frastornato, continuava a fissarlo.

"Cerca di ricordartelo" ha detto Durante. "Non nasconderti dietro il ruolo di *figlio*, solo perché è più comodo."

"Non è comodo" ha detto Julian.

"Anche le cose *sgradevoli* possono essere comode" ha detto Durante. "E non incastrare lei nel ruolo di madre. Pensa che siete due *persone*, basta."

Julian si è chinato di nuovo a carezzare Oscar.

"Come è tra me e te, no?" ha detto Durante. "Solo che voi due per ora vivete insieme, e dovete trovare il modo di non limitarvi la vita o i sogni a vicenda."

"Eh, magari" ha detto Julian.

"Non è così difficile" ha detto Durante. "Basta smettere di usare *maschere*, lasciar fluire quello che avete dentro."

"Ma se lei non mi lascia suonare la batteria?" ha detto Julian.

"Intanto renditi conto che anche tu impedisci a lei un sacco di cose" ha detto Durante.

"Non è vero" ha detto Julian.

"Prova a chiederglielo" ha detto Durante. "Un giorno che siete in buoni rapporti."

"Hmmm" ha detto Julian.

"Non prendere mai per buona la realtà" ha detto Durante. "Ricordati che puoi sempre cambiarla."

"Sì, e come?" ha detto Julian. "Se mia madre non mi lascia suonare la batteria che mi hai regalato!"

Mi sono chiesto se intromettermi nella loro conversazione, perché la trovavo commovente ed esasperante in modo alterno. Ma sono rimasto zitto, sul marciapiede già caldo.

"Secondo te perché non te la lascia suonare?" ha detto Durante.

"Dice che le fa male ai nervi" ha detto Julian. "E che il padrone di casa ci caccia ancora prima del giusto, visto che abbiamo già lo sfratto."

Durante ha tirato fuori di tasca un mazzo di chiavi e una busta di carta gialla, gliele ha date.

Julian soppesava le chiavi in una mano, la busta nell'altra, incerto.

"Sono di un'altra casa" ha detto Durante.

"Una casa?" ha detto Julian. Mi ha guardato per capire se ne sapevo qualcosa; ho aperto le mani.

"È a dieci minuti da qui" ha detto Durante. "Nella busta ci sono tutte le indicazioni. Potete entrarci dal primo settembre."

"Possiamo *abitarci*?" ha detto Julian.

"Sì" ha detto Durante. "E non dovete pagare niente per tutto il prossimo anno. C'è anche una stanza dove potrai suonare la batteria senza che nessuno ti dica niente."

Julian ha guardato in basso, non capivo se più sconcertato o commosso. Ha rialzato gli occhi; ha detto "E la sciabola giapponese?", indicava la sciabola giapponese nella sua custodia.

"È di Pietro, adesso" ha detto suo padre. "Tu hai la batteria, no?"

Julian ha fatto di sì con la testa, mi ha dato un'occhiata obliqua.

Durante l'ha abbracciato e gli ha battuto forte una mano sulla schiena, poi gli ha premuto pugno contro pugno, nel loro saluto. Ha detto "Torna su, dai le chiavi e la busta a Giovanna. E tieni sempre con te le bacchette della batteria. Non lasciarle mai".

"Okay" ha detto Julian.

"E impara a suonarla *bene*" ha detto Durante. "Vedrai che piacerà anche a Giovanna, se la suoni bene."

Julian ha abbracciato anche me, si è chinato a dare un'altra carezza a Oscar; poi ha riaperto il portone, è sparito dentro.

Durante ha guardato il portone chiuso, ha guardato ancora le finestre in alto, ha preso un respiro profondo. Poi ha raccolto la sua borsa e la sciabola giapponese, ha detto "Andiamo, Piotr?".

Siamo andati lungo il marciapiede, con Oscar che annusava i muri e alzava la zampa per marcare il territorio ogni pochi passi.

Durante si è fermato all'altezza di una grossa vecchia Mercedes da capitano d'azienda anni Settanta, ha detto "È questa". La vernice era opacizzata dal tempo e dalla salsedine, il tubo di scarico tutto arrugginito pendeva in modo precario da una legatura in filo di ferro, eppure era imponente lo stesso, quasi assurda nelle sue pretese di rappresentanza.

"Ma sai guidarla?" ho detto, mi veniva da ridere.

"Per chi mi prendi?" ha detto lui.

"È un bel po' più grande della tua macchinetta bianca" ho detto.

"Ne ho guidate, di macchine" ha detto lui, sorrideva. Ha aperto il bagagliaio cavernoso, sul cui fondo c'erano una vecchia coperta, alcuni vecchi giornali, due chiavi inglesi. Ci abbiamo buttato dentro la mia valigia e la sua borsa e la sciabola giapponese, il sacchetto del cibo secco di Oscar e la sua ciotola.

Oscar annusava la ruota posteriore destra con grande interesse, ci ha fatto la pipì sopra.

"Salite, esseri diffidenti" ha detto Durante, ha sbloccato le portiere.

Ho fatto saltare Oscar sul velluto consunto del sedile di dietro, mi sono seduto davanti, nell'odore di muffa e fumo di sigaretta e olio per motore.

"Partiamo?" ha detto Durante.

"Partiamo" ho detto, tirando a due mani per allungare la vecchia cintura di sicurezza che faceva resistenza.

"Via" ha detto lui, ha girato la chiave d'accensione. Il grosso motore a sei cilindri si è messo subito in moto, con un rumore da vecchio aereo a elica.

Nelle gallerie a nord di Genova la radio riceveva a intermittenza

Nelle gallerie a nord di Genova la radio riceveva a intermittenza. Durante ha dato un pugno sul cruscotto, dagli altoparlanti hanno continuato a uscire strappi di voci e musiche alternati a rumore statico, lui ha spento.

Ho detto "Mi dispiace per l'autostrada. Ma in questo caso non avevamo molte alternative, a meno di non stare in viaggio per una settimana".

Lui non ha risposto, guardava avanti. C'erano grandi camion articolati sulla corsia di destra, i loro rimorchi ondeggiavano a ogni curva. Dietro di noi arrivavano di continuo macchine troppo veloci, lampeggiavano i fari per scalzarci e passare oltre. Durante non si spostava, i fari lampeggiavano sempre più furiosi.

Per pensare ad altro ho detto "Ogni volta che sono in una galleria, mi immagino cosa c'è sopra. I monti, gli alberi, le strade, le case, tutto quello che non vedi ma è lì".

Durante è rimasto zitto. L'aria soffiava e fischiava dal ventilatore e dai finestrini appena socchiusi, il tubo di scarico malridotto produceva un rombo che ci inseguiva. Una macchina dal frontale di squalo ci ha superati sulla destra in uno slalom feroce, il guidatore ha gesticolato pieno di rabbia. Durante gli ha fatto un cenno di saluto.

Alla nostra sinistra erano finiti da un po' gli ultimi spaventosi edifici costruiti nel canalone che scende verso la costa; viaggiavamo attraverso monti e valli, affondati nei sedili fatti per i grossi sederi e le grosse schiene a cui la macchina era stata destinata molti anni prima. Ogni tanto cercavo di immaginarmi insieme a Astrid, una volta arrivato a Graz: le parole da dire, i gesti da fare, le sensazioni da neutralizzare per tornare alle colline di Trearchi e alla nostra vita di prima. Mi immaginavo di incontrare Ingrid, nell'imbarazzo paralizzante dei sentimenti non espressi. Ma erano pensieri brevi, che si interrompevano a un terzo o al massimo a metà percorso. Più che altro mi tornavano in mente Giovanna e Julian, l'atmosfera da famiglia estesa genovese che ci eravamo lasciati alle spalle; avevo il cuore intriso di rammarico e nostalgia.

A un certo punto Durante ha detto "Qual è il sentimento prevalente che ti lega a una donna, Piotr?".

"Il sentimento prevalente?" ho detto, perché non mi aspettavo la domanda.

"Eh" ha detto Durante. "Quello che ti fa restare con lei."

"Sono più di uno, credo" ho detto. "Mescolati strettamente."

"Quali?" ha detto lui.

"Affetto, amicizia" ho detto. "Rassicurazione, condivisione, comprensione, conforto, fiducia, non so."

"Ti ho chiesto quello *prevalente*, non una miscela" ha detto Durante, nel suo tono perentorio da cercatore di verità.

"Ma *è* una miscela" ho detto, sulla difensiva.

"D'accordo" ha detto lui. "Però ne avrai *uno* che prevale sugli altri, no?"

"No" ho detto, scuotevo la testa. "Sono mescolati."

"Se devi dirne uno al volo?" ha detto lui.

"Se devi dirlo *tu*?" ho detto, in una mossa difensiva. "Qual è, il sentimento prevalente?"

"La compassione" ha detto lui.

"La compassione?" ho detto.

"Non nel senso di *pena*" ha detto lui. "Nel senso di *partecipazione*."

Sono stato zitto, non arrivavo a capirlo fino in fondo.

"Di cosa ti innamori in una donna, Piotr?" ha detto lui. "Di cosa?"

"Di come è" ho detto, facevo resistenza. "Delle sue qualità peculiari."

"E i suoi difetti?" ha detto Durante.

"Mi ci vuole un po' di tempo a scoprirli" ho detto, ho provato a ridere.

"Eppure sono lì" ha detto lui. "Non è vero che non li vedi subito. Solo che preferisci fermarti alle qualità, perché è più facile, finché non smetti di sorprendertene."

"E poi?" ho detto.

"Poi sono i suoi *difetti* che continuano ad attraversarti il cuore" ha detto lui.

"Cosa intendi per difetti?" ho detto, perché avevo il dubbio che non stessimo usando gli stessi codici.

"Quello che le *manca*" ha detto lui.

"Quindi è quello che le manca, a legarti a lei?" ho detto.

"E quello che manca a me" ha detto lui.

Siamo stati zitti, assorti nel rumore del vento dai finestrini. Abbiamo attraversato un'altra galleria, con altri enormi camion ondeggianti e rumoreggianti sulla destra, altre macchine dai musi aggressivi che ci incalzavano alle spalle.

"Lo sai che lo fanno *consapevolmente*?" ha detto Durante.

"Chi?" ho detto. "Cosa?"

"I fabbricanti di automobili" ha detto lui. "Chiedono ai designer di modellare i cofani e i fari e le griglie dei radiatori per farle assomigliare a predatori degli oceani. Squali, razze giganti, barracuda. L'idea è quella."

Sono stato per chiedergli come aveva fatto a leggermi di nuovo nei pensieri, ma ero quasi sicuro che di nuovo non mi avrebbe risposto, così mi sono limitato a girarmi per osservare il frontale della macchina che ci tallonava, con i suoi occhi stretti e cattivi che lampeggiavano e le sue branchie dilatate, i suoi denti metallici scoperti in segno di minaccia.

All'altezza di Tortona c'era la diramazione dell'autostrada verso est con la scritta "Piacenza" ben chiara sul grande cartello a fondo verde, e Durante ha tirato dritto.

"Ehi!" ho detto, girato sul sedile a guardare il cartello e lo svincolo che si allontanavano veloci dietro di noi. "Dovevamo girare là! L'abbiamo passato!"

"Cosa?" ha detto Durante, sembrava incantato.

"Lo svincolo!" ho detto. "Dovevamo prendere per Piacenza, poi da lì salire a Brescia, da Brescia a Trento, da Trento a Bolzano, su fino in Austria!"

"Ah, no" ha detto lui. "Continuiamo verso nord."

"Fino a Milano?" ho detto. "Per prendere la Milano-Venezia?"

"No" ha detto lui. "Per andare verso Zurigo."

“Cosa c’entra Zurigo?” ho detto, con tracce di allarme che cominciavano a moltiplicarsi nei miei pensieri.

“Ci fermiamo là, stanotte” ha detto lui.

“A Zurigo?” ho detto.

“Prima di Zurigo” ha detto lui. “Sul lago.”

“Come mai?” ho detto; lo guardavo di profilo per capire cosa gli passava per la testa.

“Devo vedere delle persone” ha detto lui.

“Quali persone?” ho detto. “Perché non me l’hai detto prima?” Guardavo fuori, il paesaggio piatto che scorreva via alla nostra destra.

“Non preoccuparti, Piotr” ha detto lui. “Domani riprendiamo per l’Austria. Non cambia molto.”

“Solo qualche altro centinaio di chilometri” ho detto.

“Ancora la tua ossessione per i chilometri, Piotr?” ha detto lui, rideva. “Ti sembra così grave, fare un po’ di strada in più? È così scomoda, questa macchina? La compagnia ti annoia così tanto?”

“Ma no” ho detto; cercavo di recuperare.

“È un percorso molto più bello” ha detto lui. “Vedrai.”

“D’accordo” ho detto. Pensavo che la mia era stata in gran parte una reazione automatica; che in realtà non avevo nessun motivo né voglia di precipitarmi a Graz il più presto possibile.

“Forse avrei dovuto dirtelo prima?” ha detto Durante, nel tono di curiosità primigenia che avevano sempre le sue domande. “Prepararti per tempo?”

“No-o” ho detto. “Va benissimo così.”

“Davvero?” ha detto lui, mi guardava a intermittenza.

“Davvero” ho detto, con movimenti rafforzativi della testa. Ho pensato che un tempo anch’io improvvisavo di continuo, su tutto, fino a quando avere dei programmi non aveva cominciato a sembrarmi una conquista. Ho pensato ai programmi che io e Astrid avevamo fatto nel corso degli anni, allo sforzo che ci era costato metterli in pratica; a come i nostri sentimenti e le nostre ragioni si erano trasformati indipendentemente dai nostri programmi.

"I programmi sono rassicuranti" ha detto Durante. "Però non devi aver paura di *deluderli*. Un programma non è come Oscar, che ci rimane male se gli prometti una passeggiata e all'ultimo momento sulla porta di casa cambi idea. "

"Certo" ho detto, senza quasi più stupirmi del suo modo di entrarmi nei pensieri.

"Non sei uno che ha bisogno di programmi, Piotr" ha detto lui.

"Boh" ho detto. "Non lo so più, come sono. Almeno in questo momento."

"Ma di solito?" ha detto lui. "Come ti sembra di essere?"

"Quello che *penso* di essere" ho detto. "Ma poi ogni tanto mi capita di vedermi dal di fuori, e sono diverso."

"Lo so" ha detto lui, rideva. "L'importante è che continui a *credere* di essere quello che pensi di essere."

"Anche se so che gli altri mi vedono diverso da come mi vedo io?" ho detto.

"Gli altri non *esistono*" ha detto lui.

"No?" ho detto.

"No" ha detto lui. "Esistono molte *un'altra* e molti *un altro*, basta."

"Forse" ho detto. "Però messi tutti insieme acquistano una bella forza di intimidazione."

"Sei *tu* che gliela dai" ha detto Durante. "Sei *tu* che li metti insieme. Loro non lo sanno neanche."

"Quindi dovrei pensarli come singole persone?" ho detto.

"Sì" ha detto lui. "Ognuna preoccupata dall'idea degli altri, esattamente come te."

"D'accordo" ho detto. "Però questo non toglie che ogni singola altra e ogni singolo altro continuino a vedermi diverso da come mi vedo io."

"E non è affascinante?" ha detto Durante.

Siamo stati zitti, guardavamo le macchine e i camion che correvano davanti e di fianco a noi.

"Secondo te non esiste neanche un *senso* oggettivo?" ho detto. "Nella vita?"

Lui ha scosso la testa, ha detto "Se ci fosse sarebbe *desolante*. La sopravvivenza e la continuazione delle specie?".

"E allora?" ho detto.

"Devi *inventartelo*, il senso" ha detto lui. "E re-inventartelo, di continuo."

"Sì?" ho detto.

"Senza mai diventare troppo *ragionevole*" ha detto lui. "Perché anche se ti piegassi totalmente alle regole della cosiddetta realtà, scopriresti che a un certo punto la cosiddetta realtà finisce."

"Vero" ho detto.

"Non aver paura di immaginarti come l'eroe di un *romanzo*, Piotr" ha detto Durante.

"Vero!" ho detto; gli ho dato una pacca sul braccio destro, abbastanza forte da far sbandare la macchina per un attimo. Improvvisamente mi sembrava un immenso privilegio essere ancora in viaggio fuori da un itinerario prestabilito, ancora d'estate, ancora in buona salute, ancora con lui, ancora con il suo cappello.

Ci siamo fermati a una stazione di servizio per fare benzina

Ci siamo fermati a una stazione di servizio per fare benzina. Il serbatoio della vecchia Mercedes sembrava senza fondo, i numeri nella colonnina del distributore continuavano a scorrere senza fermarsi. Io e Durante li osservavamo con apprensione e stupore, in piedi davanti al cofano.

Quando finalmente il benzinaio ha rimesso a posto la pistola della pompa, ci siamo spintonati per pagare. Durante è riuscito a passarmi avanti e tenermi a distanza con una mano forte, ha dato al benzinaio alcune banconote stropicciate. Il benzinaio le ha distese una a una, come se fossero reperti sospetti.

Abbiamo spostato la macchina per far scendere Oscar qualche minuto, vicino a un'aiuola riarsa ricoperta di mozziconi di sigarette. Ho detto "Non dovevi pagare tu. Erano un sacco di soldi".

"Ce li avevo, no?" ha detto Durante.

"Sì, ma adesso non ce li hai più" ho detto.

"E allora?" ha detto lui.

A Milano abbiamo girato intorno alla città lungo la tangenziale, in direzione ovest.

"È una città senza cielo" ha detto Durante.

"Lo so" ho detto. "Da ragazzo ogni tanto ci venivo."

"Eppure qualche anno fa ho visto un tramonto incredibile, qui" ha detto lui. "Rosso, giallo, arancione, viola."

"Davvero?" ho detto, perché era difficile immaginare tutti quei colori nel cielo bianco sopra le barriere di cemento e i capannoni industriali e i campi avvelenati e le macchine e i camion che divoravano lo spazio.

Abbiamo imboccato l'autostrada dei laghi verso nord. Quando siamo arrivati al bivio per Como-Chiasso e la Svizzera, Durante ha continuato dritto in direzione di Varese. Non volevo fare come all'altro bivio un'ora prima, così ho detto in un tono di semplice curiosità "Non attraversiamo a Chiasso?".

"No" ha detto lui. "Troppa gente, troppi controlli."

"Certo" ho detto, senza chiedergli dove pensava di attraversare invece.

Siamo usciti prima di Varese, abbiamo seguito una statale che saliva tra colline sempre più alte. C'erano svincoli dappertutto, piloni, rotonde, cantieri di nuove strade, le montagne davanti a noi. Stava diventando sera, anche se era una sera d'agosto lenta e lunga. Ho detto "Non hai fame?".

"No" ha detto Durante. "E tu?"

"Neanch'io" ho detto: ed era vero nel momento preciso in cui lo dicevo, anche se non lo era stato fino al momento prima.

La strada saliva e scendeva a curve, abbiamo costeggiato un lago. Durante ha rallentato, si è tolto il cappello, l'ha buttato sul sedile di dietro. Eravamo a un valico di frontiera minore, con solo un paio di casotti vetrati e un paio di cartelli, nessuna macchina davanti a noi.

Non ho quasi avuto il tempo di pensare a cosa sarebbe successo con la sua carta d'identità scaduta e la sciabola giapponese nel bagagliaio: guardavo di lato con il cuore che mi batteva rapido, il fiato sospeso.

Dentro il casotto italiano non c'era in apparenza nessuno; siamo andati oltre. Dentro quello svizzero più avanti c'era un poliziotto seduto, si è limitato a farci cenno di continuare.

Siamo scivolati via, lenti. Durante ha allungato la mano per riprendere il cappello dal sedile di dietro, se l'è rimesso in testa.

Ho detto "Come facevi a sapere che non ci avrebbero controllato?".

"Non lo sapevo" ha detto lui. "Ne ero *convinto.*"

Mi sono messo a ridere per il sollievo, intenso quanto l'apprensione che mi aveva sospeso il fiato.

Mancavano solo poche decine di chilometri a Zurigo

Mancavano solo poche decine di chilometri a Zurigo, era buio. Durante ha rallentato, girato a sinistra. Ha tirato giù il vetro del finestrino, ha fatto entrare aria fresca nell'abitacolo surriscaldato. Oscar sul sedile di dietro si è svegliato subito, ha allungato il muso per cogliere le nuove informazioni olfattive.

"Ci siamo?" ho detto, con uno sforzo per uscire dallo stato ipnotico del viaggio. Ho abbassato anch'io il mio finestrino, ho annusato l'aria in modo simile a Oscar.

"Ahà" ha detto Durante.

"Stanco?" ho detto.

"No" ha detto lui, come le due o tre volte che gli avevo proposto di fare cambio alla guida. Teneva il volante con una mano, lo girava con una forma di indolenza, reclinato all'indietro sul sedile. Ha rallentato ancora, girato a destra per una strada più stretta.

Ho sporto la testa fuori, guardavo le ombre degli alberi, le luci delle case. La vecchia Mercedes ondeggiava sul fondo irregolare, il tubo di scarico appeso malamente ha toccato due o tre volte.

Durante ha fermato davanti a una casa di pietra e legno, dov'erano parcheggiati un camioncino e una vecchia Volkswagen.

C'erano dei cani, di piccola taglia a giudicare dal timbro dei loro abbai. Ho detto "Meglio stare attenti con Oscar".

Durante senza ascoltarmi è sceso e ha aperto dietro; Oscar è saltato giù, dritto verso due cagnetti che gli arrivavano contro veloci. Si sono girati intorno alla luce di una grande finestra, tra ringhi, abbaiamenti, scatti a vuoto. I due cagnetti erano rapidi a sottrarsi e a rifarsi sotto, Oscar più lento a causa delle sue maggiori dimensioni e del luogo non familiare. Ho provato a prenderlo per il collare, ma nel buio mi è sfuggito, e in ogni caso non mi sembrava che lui o gli altri potessero passare dall'ostilità esplorativa a un vero scontro pericoloso.

Durante si era appoggiato alla finestra, con le mani ai lati della faccia per guardare dentro.

Mi sono appoggiato anch'io: una bambina bionda ha attraversato di corsa una cucina tutta legni chiari e sgabelli colorati.

Durante ha bussato sul vetro, ma la bambina era già sparita in qualche altro punto della casa. Lui si è staccato dalla finestra; nel buio non riuscivo a vedere la sua espressione.

Avrei voluto chiedergli da chi eravamo arrivati, ma era già diversi passi avanti, così l'ho seguito lungo il perimetro della casa, con Oscar e i due cagnetti che ci venivano dietro ringhiando e girandosi intorno. La casa era una costruzione in stile tradizionale, c'era una tettoia spiovente sopra la porta d'ingresso.

Durante si è girato verso i tre cani che continuavano nelle loro schermaglie, ha fatto un suono tipo "*Pshhht*!", si è allungato rapido a toccarli con un dito: tutti e tre si sono seduti, improvvisamente calmi. Poi ha bussato con un battiporta, ha fatto risuonare il legno.

Abbiamo aspettato in silenzio nell'aria densa del lago, quasi fredda rispetto a quella che ci eravamo lasciati dietro in Italia; ascoltavamo voci e rumori che filtravano dall'interno della casa. La porta si è aperta, una bambina bionda di forse cinque anni ci ha guardati per un istante, è subito scappata via.

Durante sembrava senza parole, l'ha seguita dentro casa.

Sono entrato dietro di lui, in un vano d'ingresso ingombro di cappotti e berretti e scarpe e stivali sparsi in gran confusione, l'ho seguito in un soggiorno-stanza da pranzo altrettanto disordinato. Mi sono fermato appena lui si è fermato, di fronte a una ragazza con gli stessi colori della bambina che era venuta ad aprirci.

"Ehi, Nicki" ha detto Durante.

Nicki era bloccata dalla sorpresa, ha mosso appena le labbra. Aveva i capelli biondo cenere attorcigliati in treccine sottili, un anellino d'oro al naso, tre anellini d'argento all'orecchio sinistro.

"Come stai?" ha detto Durante.

"Cosa ci fai qua?" ha detto lei.

"Passavamo" ha detto Durante. "Lui è il mio amico Piotr."

Nicki ha spostato lo sguardo verso di me, solo per un istante.

"Dov'è scappata Lara?" ha detto Durante. "E Vicki?" Si guardava intorno, come per riconoscere il luogo poco alla volta.

"Di sopra" ha detto Nicki.

"Non ti fai abbracciare?" ha detto Durante, ha aperto le braccia.

"Perché dovrei?" ha detto Nicki. Era carina, ma aveva uno sguardo duro, lineamenti duri, un accento duro.

Durante si è tolto il cappello, guardava verso una scala di legno che portava al piano di sopra.

"Le scarpe" ha detto Nicki.

Durante si è tolto gli stivali, è andato a posarli all'ingresso, ci ha messo sopra il cappello. Ha riattraversato la stanza, è salito silenzioso per la scala.

Sono rimasto da solo davanti a Nicki, senza saper cosa dire. Mi sono slacciato i sandali, sono andato a posarli vicino agli stivali di Durante, sono tornato indietro. Guardavo i legni del soffitto e quelli del pavimento, i mobili un po' malconci, le stoffe macchiate e consumate. C'era odore di vaniglia, farina di castagne, cera d'api, cavolo bollito, gomma.

"Quale sarebbe, l'idea?" mi ha detto Nicki, quasi nello stesso tono che aveva usato con Durante. "Arrivare così, senza preavviso, eccetera?"

"Eravamo in viaggio" ho detto.

"E guarda caso, passavate proprio per di qua" ha detto lei. Era vestita in una specie di stile anni Settanta, con un gilet ornato di minuscoli specchietti sopra un vestito lungo di cotone a fiori che copriva la sua figura svelta; ai piedi aveva pantofole di lana cotta simili a quelle che usavamo io e Astrid quando faceva freddo.

Sono stato per spiegarle che eravamo diretti a Graz, ma non mi sembrava che le potesse interessare, così ho ripreso a guardare i listoni di vecchio abete scheggiato sotto i miei piedi scalzi. Ero anche preoccupato per Oscar fuori, mi chiedevo quanto potesse durare la tregua artificiale creata da Durante tra lui e i due cagnetti.

"Piotr?" ha detto Durante, da sopra la scala.

Ho guardato in alto: aveva in braccio la bambina che era venuta ad aprirci. Una bambina più grande si è affacciata dietro di lui a guardarmi, curiosa e diffidente.

"Vieni su, ti vogliono conoscere" ha detto Durante.

Ho guardato Nicki come per avere un'autorizzazione, ma lei ha solo alzato le spalle, così sono salito per la scala.

Al piano di sopra Durante mi ha presentato alle bambine, ha detto "Questo è Piotr, fa le stoffe. Loro sono Vicki e Lara".

"Quali stoffe?" ha detto Vicki, la più grande, mezza nascosta dietro alle gambe di Durante.

"Di tutti i tipi" ha detto lui. "Lisce, ruvide, ogni disegno e colore."

"Mettimi giù!" ha detto Lara.

"Solo un minuto ancora" ha detto lui; a vederli così vicini non c'era dubbio che fossero padre e figlia.

"Lasciami!" ha gridato Lara, scalciava tra le sue braccia.

"Mettila giù!" ha gridato Nicki da sotto, in un tono aspro. "L'hai sentita, no?"

"*Ehi*" ha detto Durante, ha posato la bambina che è corsa via, seguita dall'altra.

Ci siamo guardati, con lo stesso grado di perplessità anche se io sapevo molto meno di lui sul retroterra di quello che era appena successo.

Durante è andato nella direzione in cui erano sparite le bambine; l'ho seguito, sulle assi del pavimento che scricchiolavano a ogni passo. Vicki e Lara erano in una stanza dal soffitto inclinato, sedute su uno di due piccoli letti, con due vecchie bamboline in mano. Tutto intorno c'era una confusione di cuscini malridotti, pupazzi di stoffa senza un braccio o una gamba, libri illustrati senza copertina, disegni, fogli accartocciati, nastri annodati. C'era un paravento di bambù buttato in un angolo, una cassetta per gatti mezza piena di sabbia umida, alcune scatole di cartone, un piumino, calzine, biglie di vetro, fermacapelli.

"A cosa state giocando?" ha detto Durante.

Le due bambine non gli hanno risposto, stavano ferme con le loro bamboline in mano.

"Domani andiamo sulla vostra casetta sull'albero?" ha detto Durante. "La facciamo vedere anche a Piotr?"

"La mamma non vuole" ha detto Lara, senza guardarlo.

"Non si può salire" ha detto Vicki. "Non c'è più la scala." I suoi lineamenti erano diversi da quelli di Lara e di Durante: gli zigomi più larghi, le sopracciglia con un altro disegno.

"E dov'è finita, la scala?" ha detto Durante, accovacciato davanti a loro.

"L'ha buttata via la mamma" ha detto Vicki. "Per non farci salire."

"Ah, ne facciamo un'altra" ha detto lui. "Ma a quest'ora non dovreste essere a letto, voi due?"

"No" hanno detto le due bambine, scuotevano la testa.

"È buio da un po', fuori" ha detto lui. "Dovreste dormire."

Le bambine lo guardavano solo quando pensavano che lui non se ne accorgesse, subito distoglievano gli occhi.

"Cos'avete mangiato, questa sera?" ha detto Durante.

"Pane con il burro di noccioline" ha detto Lara.

"E basta?" ha detto lui. "Nient'altro?"

"La mamma ha fatto la zuppa di verdure" ha detto Vicki. "Ma non era buona."

"No?" ha detto Durante.

"C'era troppo sale" ha detto Vicki.

"Tutta qui, la vostra cena?" ha detto Durante. "Pane e burro di noccioline?" Si è girato verso di me, come per avere un'opinione.

"Be', dipende da cos'hanno mangiato durante il giorno" ho detto, incerto.

"Cos'avete mangiato, durante il giorno?" ha detto lui.

Le due bambine non hanno risposto, facevano finta di non averlo sentito.

"E vi siete lavate i denti?" ha detto Durante. "Dopo il burro di noccioline?"

"No" hanno detto le bambine, quasi insieme.

"Andiamo a lavarceli?" ha detto Durante. "Eh?", ha allungato una mano verso la mano di Lara.

"Non voglio!" ha gridato lei, in uno strappo di voce così improvviso che mi ha quasi spaventato. Vicki ha gridato "Neanch'io!", è saltata giù dal letto. Sono corse tutte e due fuori dalla stanza, verso le scale.

Durante mi ha guardato, sembrava incerto su cosa fare. Poi è andato rapido dietro alle bambine, ha detto "Ehi, aspettate! Lara! Vicki!".

"Non voglio, non voglio!" gridavano Lara e Vicki, trascinate da una specie di crisi di panico giù per le scale.

"Cosa c'è?" ha detto Nicki, da sotto.

"Ci vuole lavare i denti!" hanno gridato le bambine. Lara le si è aggrappata alle gambe, Vicki è scappata in cucina.

"Come cavolo ti viene in mente?" ha detto Nicki a Durante, con un braccio protettivo intorno a Lara.

"Non dovrebbero lavarseli?" ha detto lui. "Prima di dormire?"

"Ti materializzi dal nulla" ha detto lei. "E pretendi di fare con loro queste cose, *così*?"

"Ma è una cosa abbastanza normale" ha detto Durante. "Lavarsi i denti?"

"Non dopo tutto il tempo che sei stato via!" ha detto Nicki. "Non sanno neanche più chi sei!"

"Quanto tempo sono stato via?" ha detto Durante. Si guardava intorno nella vecchia baita disordinata, sembrava perso.

"Secondo te?" ha detto Nicki.

"Tre mesi?" ha detto lui. "Quattro?"

"*Sette* mesi!" ha detto Nicki. "Per loro è una *vita*!"

"Ma ho telefonato" ha detto lui. "Per il compleanno di Vicki, no?"

"Con due giorni di ritardo!" ha detto lei. "Ed era *maggio*!"

Durante si è accovacciato per guardare la piccola Lara negli occhi, ma lei ha fatto mezzo giro intorno a sua madre, premeva la faccia contro la stoffa a fiori della gonna. Lui si è alzato, ha guardato Vicki che lo osservava defilata dietro la porta della cucina. Ha detto "Ci vuole un po' di tempo per ristabilire una comunicazione, no?".

"Sì, ma non qui" ha detto Nicki.

"Come stanno i tuoi?" ha detto lui.

"Male, grazie" ha detto Nicki. La piccola Lara ha lasciato il riparo materno, è corsa anche lei in cucina.

"Tuo padre?" ha detto Durante.

“Ha avuto un altro ictus” ha detto Nicki.

“*Quando*?” ha detto Durante, era costernato.

“A giugno” ha detto Nicki.

“Perché non mi hai avvisato?” ha detto lui.

“E come?” ha detto lei. “Dove?”

Lui si è picchiettato un pollice sulla fronte, guardava il pavimento. Ha detto “Mi dispiace”.

“Anche a me” ha detto Nicki, si è passata una mano tra le treccine.

“Abitano sempre qui di fianco?” ha detto.

“Dove dovrebbero abitare?” ha detto lei.

Lui ha fatto di sì con la testa; ha guardato gli scaffali un po’ storti, i mobili in parte danneggiati, gli oggetti sparsi sui divani e sul pavimento.

La porta d’ingresso si è aperta, un tipo biondiccio con una tuta nera da motociclista e un casco in mano si è affacciato a guardare dentro, teso.

“Martin, no?” ha detto Durante a Nicki, a mezza voce.

Lei ha fatto di sì con la testa, distante.

“Ehi, Martin” ha detto Durante.

“C’è un cane enorme, qui fuori” ha detto Martin, senza rispondergli.

“Si chiama Oscar” ha detto Durante.

“Per poco non mi azzannava” ha detto Martin, ha posato il casco.

“Lui è Durante” ha detto Nicki a Martin, come per segnalare un dato di fatto increscioso, del tutto indipendente dalla sua volontà. “E un suo amico.”

Martin ci ha guardati senza la minima traccia di cordialità, inginocchiato a slacciarsi gli scarponi da moto. Ha detto “Se quello prende Tofu o Krill, gli spezza il collo”.

"Oscar?" ha detto Durante. "Ma no, è un bravissimo cane."

"A me sembra un killer" ha detto Martin, a labbra strette. "Non abbaia neanche."

"Probabilmente avevi l'atteggiamento sbagliato" ha detto Durante.

"Sarebbe?" ha detto Martin.

"Impaurito" ha detto Durante. "Sulla difensiva."

"Non ero impaurito" ha detto Martin, con ostilità crescente.

"Non avevo idea che venissero" gli ha detto Nicki.

"Lui è Piotr" ha detto Durante, ha fatto un cenno verso di me.

Ho alzato una mano, senza grande enfasi perché non mi aspettavo di ricevere risposta.

Martin infatti non ha neanche registrato, si è messo un paio di pantofole di lana cotta come quelle di Nicki ma più scalcagnate. Ha attraversato la stanza, guardava me e Durante con la coda dell'occhio come se si aspettasse un attacco a sorpresa. Era un po' più basso di me, muscolosetto, pronto a difendere il suo territorio ma ancora incerto sui rapporti di forza.

Siamo rimasti zitti e quasi fermi per qualche secondo: i quattro adulti al centro della stanza, le due bambine sulla porta della cucina. Poi Martin è andato in cucina, ha strusciato una mano sulla testa delle bambine. Qualche secondo dopo è tornato con una bottiglia di birra, beveva a canna.

Ho detto "Esco a controllare Oscar", in parte perché ero davvero preoccupato per lui, in parte perché non sapevo cos'altro fare.

Nessuno mi ha risposto, erano tutti di nuovo bloccati.

Ho fatto un cenno a Durante, come per dire 'Se hai bisogno sono fuori'.

Lui mi ha strizzato l'occhio, ma non sembrava in grandi condizioni di spirito.

Mi sono rimesso i sandali, sono uscito. Ho annusato l'odore di resina di pino e fumo di legna, mi sono guardato intorno alla luce delle finestre che si esauriva dopo qualche metro nel buio punteggiato di altre luci. Ho chiamato "Ooooscaaaar?!".

Oscar è arrivato quasi subito, seguito dai due cagnetti che si chiamavano Tofu e Krill. Rispetto a quando li avevo lasciati sembravano in rapporti cordiali, ansimavano tutti e tre come se avessero passato il tempo a correre insieme per i prati intorno. Ho guardato dentro casa da una finestra, angolato per non farmi vedere: Durante e Nicki e Martin stavano parlando, le bambine non si vedevano. Mi sono chiesto se rientrare per dare sostegno morale a Durante, o invece restare fuori per lasciarlo più libero di ristabilire una comunicazione. Alla fine ho deciso di lasciarlo libero, ho fatto un giro seguito dai tre cani.

Non sapevo esattamente dove andare, così ho risalito l'inclinazione di una pendenza. L'erba umida mi bagnava i bordi dei sandali; per la prima volta da mesi ho sentito fresco ai piedi. Ho fatto la pipì vicino a un abete, cercavo di distinguere qualcosa intorno senza riuscirci. Poche decine di metri più sopra è passato improvvisamente un treno: ho sentito lo spostamento d'aria e lo stridore del metallo in movimento, il *totoc-totoc* delle traversine. Le luci dei finestrini sono sfilate via veloci tra gli alberi più scuri del buio, vagone dopo vagone, in pochi istanti.

Poi sono tornato verso la casa, non del tutto sicuro che fosse quella giusta, e sono andato quasi a sbattere addosso a Durante.

“Piotr” ha detto.

“Ehi” ho detto, con il cuore un po’ accelerato dallo spavento. Vedevo appena il chiaro della paglia del suo cappello.

Oscar l’ha festeggiato come se non lo vedesse da chissà quanto, guaiva di gioia.

“Passa il treno, là sopra” ho detto, con un gesto totalmente inutile nel buio.

“Hai visto?” ha detto Durante. “Bello, eh?”

“Sì” ho detto; mi chiedevo se la sua uscita dalla casa di Nicki fosse definitiva.

“E il lago?” ha detto lui. “L’hai visto?”

“No” ho detto.

“È di *qua*” ha detto lui, si è mosso nella notte.

L’ho seguito lungo un percorso a tentoni attraverso prati e vialetti, oltre una siepe bassa riconoscibile solo quando ci siamo arrivati contro, fino al bordo dell’acqua scura su cui si riflettevano le luci delle case di questa sponda e dell’altra.

Durante si è seduto: il riflesso chiaro del suo cappello si è abbassato nel buio.

Mi sono seduto anch’io, sull’erba rada e i piccoli sassi e la sabbia umida. C’era uno sciacquio appena avvertibile, l’alito leggero del lago. Mi sono chiesto se per caso Durante fosse riuscito a riaggiustare miracolosamente i suoi rapporti con Nicki, come aveva fatto a Genova con Giovanna; se avrei avuto un letto in cui dormire.

“Stanco?” ha detto lui, dopo diversi minuti di silenzio.

“Un po’” ho detto.

"Fame?" ha detto lui.

"No" ho detto.

"Meno male" ha detto lui.

Si è sentito lo *splash* di un pesce che saltava nell'acqua, a qualche metro da noi.

"Come ti sembra, Nicki?" ha detto Durante.

"Eh" ho detto; ho pensato a due o tre aggettivi, senza riuscire a sceglierne uno.

"Un po' *dura*, no?" ha detto Durante. "Un po' intagliata nel legno?"

"Sì" ho detto.

"È una sua tecnica di *sopravvivenza*" ha detto lui.

Siamo stati zitti. Un altro pesce è saltato, più lontano.

"Quando l'hai conosciuta era diversa?" ho detto.

"No" ha detto lui. "Ero *io* che la vedevo diversa."

"Quando vi siete messi insieme?" ho detto.

"Quando l'ho *vista* la prima volta" ha detto lui.

"Dove?" ho detto.

"A Folegandros" ha detto lui. "Una piccola isola greca."

"Anch'io ho conosciuto Astrid in un'isola greca" ho detto, senza pensarci.

"Lo so" ha detto lui.

"Ah, già" ho detto. Mi è venuto in mente che non sentivo Astrid da due giorni, che il mio cellulare era scarico, che non me ne importava.

"È uscita tutta nuda dall'acqua" ha detto Durante. "Dorata dal sole, con quei capelli selvaggi. Una meravigliosa ragazza istintiva, intelligente, complicata. Sembrava imprendibile come un *pesce*."

"Davvero?" ho detto, perché non era facile immaginarla così, ma potevo arrivarci.

"Sì" ha detto lui.

Le luci lontane sulla riva opposta sembravano oscillare nel buio, ad altezze variabili. Era quasi impossibile valutare le distanze, o il tempo che passava. Pensavo a come mi era sembrata Astrid la prima volta che l'avevo vista; a come mi era sembrata nel corso della nostra vita insieme; a come mi era sembrata quando l'avevo accompagnata alla stazione di Mariatico e ci eravamo guardati intorno lungo il binario, in attesa del treno.

"È che non è *facile*" ha detto Durante.

"Cosa?" ho detto, anche se sapevo cosa.

"Tenere insieme una *vita*" ha detto lui. "Con tutte le sue componenti mobili, no?"

"Non è facile per niente" ho detto.

"Fai del tuo meglio" ha detto lui. "E non è mai *davvero* il tuo meglio, e in ogni caso dopo un po' non basta più."

"Ma tu quante vite hai?" ho detto.

"Quelle che mi sono capitate" ha detto lui.

"Ogni volta che hai incontrato una donna interessante?" ho detto.

"Ogni volta che una donna mi ha lasciato guardare dalla sua *finestra*" ha detto lui. "Ogni volta che mi ha invitato a entrare."

Siamo rimasti di nuovo zitti, ad ascoltare lo sciacquio appena avvertibile del lago, il soffio leggero del vento umido che passava sopra la superficie. Oscar e Krill e Tofu stavano accucciati vicino a noi, annusavano l'aria.

Poi Durante si è alzato, e mi sono alzato anch'io; ci siamo spazzolati con le mani i calzoni.

"Hai idea di dove dormire, stanotte?" ho detto.

"C'è un fienile" ha detto lui. "Ma se preferisci c'è anche

la macchina. Il sedile di dietro dev'essere abbastanza comodo."

"Meglio il fienile" ho detto. "Dov'è?"

"Qui vicino" ha detto lui.

Abbiamo risalito la pendenza nel buio, seguiti e preceduti dai tre cani, fino alle ombre più dense della casa di Nicki che aveva spento le sue luci. Abbiamo preso la vecchia coperta dal bagagliaio della vecchia Mercedes; Durante ha fatto strada tra prati e alberi. A un certo punto mi ha detto "Scala. Tasta i pioli con il piede, prima di salire".

L'ho seguito a tentoni su per una scala di legno, fino a un piano di tavole scricchiolanti. C'era odore di fieno in fermentazione: dopo qualche passo l'abbiamo urtato, ci siamo arrampicati sulla sua massa fluttuante. I piedi ci affondavano e spingevano in alto; abbiamo battuto tutti e due la testa contro qualche trave. Oscar e Krill e Tofu si arrampicavano e affondavano come noi, annusavano intensamente.

Io e Durante abbiamo fatto a distanza la stessa ricerca di un punto adatto dove sdraiarci, come su un materasso cedevole e pungente, aromatico.

Durante mi ha buttato la vecchia coperta, ha detto "Tieni".

"Tienila tu" ho detto, gliel'ho lanciata indietro.

"A me non serve" ha detto lui, me l'ha ributtata.

Così mi sono tolto i sandali e mi sono tirato la coperta fin sopra il naso, sono andato all'indietro sul fieno.

Anche Oscar e Krill e Tofu si erano sistemati, dopo molto annusare e girare intorno e cambiare posizione; respiravano tranquilli.

La fermentazione del fieno produceva calore, più di quanto mi fossi immaginato. Era come stare sdraiati in un forno naturale, la cui temperatura saliva con l'avanzare della notte. Ho buttato via la vecchia coperta odorosa di muffa e olio per motori, ma la situazione non è migliorata molto. La stanchezza che mi aveva fatto scivolare nel sonno adesso compensava sempre meno il senso di arrostimento e la precarietà della mia posizione, con la testa più in basso dei piedi. Continuavo a rivoltarmi da un lato e dall'altro, fili d'erba dura mi pizzicavano la nuca o mi si infilavano nelle orecchie; facevo brevi sogni continuamente interrotti in cui morivo di caldo o precipitavo nel vuoto.

Ho annaspato, mi sono tirato su a forza di braccia e gambe, sudato e ansimante. Il buio era perfettamente uniforme; sentivo il respiro regolare dei tre cani.

"Non dormi?" ha detto la voce di Durante, da qualche parte.

"Troppo caldo" ho detto, con un intenso sollievo all'idea che fosse sveglio anche lui.

"È il fieno" ha detto Durante.

"Lo so" ho detto. "Continuavo a sognare di soffocare o di cadere a testa in giù."

"Piacevole?" ha detto lui.

"Per niente" ho detto. "Come avrebbe potuto?"

"Se fosse diventato un *volo* libero" ha detto lui.

"Non lo diventava" ho detto. "Erano pure cadute verticali."

"Ah" ha detto lui.

Un cane si è grattato nel sonno: *zagzagzagzag*, come un'idea che passa.

"E tu?" ho detto. "Perché sei sveglio?"

"Come la vedi, la mia situazione?" ha detto lui.

"La tua?" ho detto, mi venivano in mente angoli diversi da cui parlarne.

"Eh" ha detto lui.

"Vivere tre vite contemporaneamente?" ho detto. "Una sulle nostre colline e una a Genova e una qui sul lago?"

"Ce ne sono anche un paio di altre" ha detto lui.

"*Cinque vite*?" ho detto. Mi sono passate in testa rapide immagini ipotetiche di altre sue donne, figli, luoghi. Il buio dava uno strano rilievo a ogni immagine, come in un film a tre dimensioni.

"Più o meno" ha detto Durante.

"Dove?" ho detto; cercavo di configurare l'estensione geografica dei suoi legami.

"In giro" ha detto lui.

"Accidenti" ho detto; mi sono staccato dalla schiena la maglietta bagnata di sudore. "E non ti senti diviso?"

"*Frammentato*" ha detto lui. "Fatto a pezzettini."

"E allora?" ho detto. "Perché così tante vite?"

"Non l'ho mica *deciso*" ha detto lui. "È *successo*."

"Però l'hai lasciato succedere" ho detto.
"Ah sì" ha detto lui.
"Perché?" ho detto.
"Perché rinunciarci sarebbe stato uno *spreco* terribile" ha detto lui. "Fare finta di niente, camminare dritto, con le orecchie e gli occhi chiusi. Per arrivare *dove*, poi?"
"D'accordo" ho detto. "Ma così è ben difficile, cavolo."
"E fare come *te*, è facile?" ha detto lui. "Scegliere una vita sola e abitarla fino in fondo, senza pensare a tutte le altre possibili vite che sono lì fuori palpitanti, in attesa di essere esplorate?"
"Non credo di averlo mai deciso, neanch'io" ho detto.
"Però l'hai lasciato succedere" ha detto lui, rideva. "E ti ci sei applicato, con costanza. Ogni giorno."
"*Quasi* ogni giorno" ho detto, instabile sulla massa di fieno come sulle mie convinzioni.
"Ma è una cosa *ammirevole*, Piotr" ha detto lui. "Non devi sminuirla."
"*Era* ammirevole, allora" ho detto.
"Perché?" ha detto lui.
"Perché non sono più *là*" ho detto. "Sono in un altro punto, ormai." Ero sorpreso da come il buio aiutava le mie sensazioni a tradursi in pensieri, i miei pensieri in parole.
"Ma sembravi così *convinto*, quando ti ho incontrato" ha detto lui. "Un così tenace artigiano della propria vita."
"*Sembravo*" ho detto. "Andavo avanti in automatico, senza pormi il problema."
"Il problema di quanto fossi davvero *felice*?" ha detto lui.
"Sì" ho detto, con un brivido per come era arrivato dritto al punto.

"E poi, cos'è successo?" ha detto lui.

"Un po' di cose" ho detto.

"Tipo?" ha detto lui.

"Tipo, sei arrivato tu" ho detto.

"E?" ha detto Durante.

"Lo sai benissimo" ho detto. "E hai sconvolto quasi tutte le donne della valle. Comprese Ingrid e Astrid." Sono rimasto in attesa, pensando che forse nel buio totale mi avrebbe finalmente raccontato cos'era successo tra loro.

"Mi dispiace se ci sei stato male" ha detto lui, dopo un po'. "Ma Astrid è irrequieta quanto te, anche se non te ne volevi accorgere."

"E allora ti sei preso tu l'incarico?" ho detto. "Di farmene accorgere?" In realtà la gelosia era ancora lì, come scorie sul fondo di una bottiglia: bastava scuotere un po' per farla tornare a intorbidare i miei sentimenti.

"Ma no" ha detto Durante.

"Non mi importa cos'hai fatto con Astrid" ho detto, con il fiato accorciato, prima che lui potesse spiegarmi cosa. "Mi importa di *Ingrid*."

Lui è rimasto zitto un secondo, due. Ha detto "Davvero?", mi sembrava di sentire un sorriso nella sua voce.

"*Sì*" ho detto.

"E Ingrid lo sa?" ha detto lui.

"No che non lo sa" ho detto. "A te risulta che lo sappia?"

"No" ha detto lui, sempre con una lieve inflessione divertita che smuoveva ancora più le mie scorie di gelosia.

"Avrebbe potuto parlartene" ho detto. "Tra tutte le cose che vi sarete detti."

"Non me ne ha parlato" ha detto lui.

"Avevate di meglio da fare, immagino" ho detto, anche se non avevo nessuna voglia di reimmergermi nelle acque in cui avevo nuotato in un'epoca prima.

"Ma, sei geloso, Piotr?" ha detto lui, rideva.

"No, figurati" ho detto. "Uno vive sette anni con il pensiero di una che gli piace da morire senza neanche riuscire a immaginarsi un gesto o una parola per farglielo capire, e poi arriva un altro e *zac*, in due minuti gliela porta via. E subito dopo la *lascia*, per di più. Fai bene a ridere."

"Non te l'ho *portata via*" ha detto lui, in un tono improvvisamente accorato. "E non l'ho *lasciata*."

"Ah no?" ho detto.

"No" ha detto lui.

"E cos'avete fatto, tutte quelle notti?" ho detto, concentrato interamente sull'udito dato che nel buio totale era l'unico strumento disponibile per raccogliere segnali.

"Parlato" ha detto Durante, con un'inflessione perfettamente naturale.

"È una donna interessante, no?" ho detto, scandagliavo ancora.

"*Molto*" ha detto lui, senza raccogliere.

"Comunque, non importa" ho detto, con uno sforzo.

"Quindi non hai idea se a lei importa di te?" ha detto Durante.

"No" ho detto.

"E davvero non hai mai fatto neanche un gesto per capirlo?" ha detto lui. "In tutti questi anni?"

"Sto con sua *sorella*" ho detto, in un tono credo disperato. "È una situazione senza vie d'uscita. Anche se le importasse, non farebbe mai niente per lealtà verso Astrid. E lo stesso vale per me. Non c'è verso."

"Bel guaio, Piotr" ha detto Durante.

Mi chiedevo se davvero non aveva capito prima che ero innamorato di Ingrid, con tutte le cose che riusciva a capire senza bisogno di spiegargliele. Mi chiedevo di cos'aveva parlato con lei, se avevano davvero solo parlato; cos'aveva fatto con Astrid. Quasi con la stessa intensità, non lo volevo sapere.

Siamo stati zitti nel buio; si sentivano solo i respiri regolari dei cani. Ho cercato di riaddormentarmi, ma avevo troppi sentimenti irrequieti che mi circolavano dentro, non ci riuscivo. Provavo a immaginare come avremmo dovuto comportarci io e lui il giorno dopo: se far finta di non aver mai parlato di queste cose, trattarci da nemici, scambiarci accuse, consigli, battute di spirito.

Durante ha detto "Qualunque sia la tua vita, devi tenere conto che è una cosa *piccola*".

"Lo so" ho detto, ancora completamente incerto sulle nostre rispettive posizioni.

"Ti sembra sconfinata perché ci sei dentro" ha detto lui. "Al punto che la maggior parte del tempo non riesci a vedere oltre. Ma l'involucro è fragile, e si deteriora con una rapidità sorprendente."

"Ahà" ho detto. Pensavo che la nostra avrebbe anche potuto essere una conversazione immaginaria, un'estensione dei miei sogni di caduta provocati dalla fermentazione del fieno.

"Sai quando aspetti un momento?" ha detto lui. "Bello o brutto, o faticoso, o noioso, o emozionante? Conti i mesi e le settimane e i giorni e i minuti che mancano ad arrivarci, e poi il momento finalmente arriva, e *swooosh*, sei già al giorno *dopo*."

Ero tutto teso sulla difensiva, infastidito dal suo modo di prendere una mia questione molto concreta e personale per estenderla fino a farla sfumare nell'universo, eppure non ho potuto fare a meno di pensare a quando avevo aspettato l'arrivo di Ingrid a Trearchi, e l'autobus sembrava non arrivare mai. E alla notte prima, quando mi ero immaginato in mille varianti la scena, diversa da come poi era stata davvero. Ho pensato a quando a Mariatico avevo aspettato con Astrid il treno per l'Austria; ai preparativi prima di uscire di casa, ai suoi vestiti piegati in buon ordine sul letto. Ho pensato ai nostri sguardi a sveglie e orologi, al percorso metà prudente e metà affannato in macchina, all'attesa carica di sensazioni non traducibili, agli altri viaggiatori, ai binari, alla banchina. "*Swooosh,* davvero" ho detto.

"E anche il giorno *dopo* vola via nello stesso modo" ha detto Durante. "Prima che te ne accorga è lontanissimo, inseguito da un numero incredibile di altri giorni dopo, schiacciati uno contro l'altro come libri troppo sottili su uno scaffale troppo affollato. Finché a un certo punto la quantità apparentemente inesauribile di giorni dopo si *esaurisce*, basta."

"È per *questo* che vorrei cambiare vita" ho detto, in uno strappo di voce. "Prima che tutti i giorni dopo siano esauriti."

"E con quale altra vita la vorresti cambiare?" ha detto lui.

"Con una che non conosco ancora" ho detto.

"Eh" ha detto lui.

"Pensi che non ci riuscirei?" ho detto, perché a questo punto mi sarei aspettato qualche tipo di incoraggiamento da parte sua, e invece sentivo una resistenza.

"Forse" ha detto lui.

"Guarda che non ho solo il carattere che ti sembra di conoscere" ho detto. "Ho anche il carattere *contrario*, benché allo stato dormiente. Se dovessi decidere di cambiare vita, saresti sorpreso."

"Ma *tutti* abbiamo un carattere e il suo contrario" ha detto Durante. "E gli infiniti caratteri intermedi tra uno e l'altro."

"È per *paura* che mi sono concentrato su una sola vita" ho detto. "Per paura di svegliarmi la notte senza riuscire a ricordarmi chi sono, dove, con chi."

"E non ti sembra una buona ragione?" ha detto lui. "Riuscire a ricordartelo?"

"Sì" ho detto. "Ma lo so anch'io che è solo una rassicurazione *temporanea*. Non devi spiegarmelo tu, che il mio nome e il mio codice fiscale e il mio numero di telefono sono totalmente provvisori."

"È già molto, saperlo" ha detto lui.

Siamo stati zitti, per uno spazio che non riuscivo a misurare. Nella notte profonda un cane lontano ha abbaiato, due o tre volte. Uno dei nostri cani ha emesso uno sbuffo senza svegliarsi, ha cambiato posizione nel fieno. Mi sono chiesto se Durante si era riaddormentato, dopo avere aggravato la mia inquietudine in un modo difficile da rimediare. Non avevo voglia di essere lasciato a me stesso, il buio mi spaventava come non mi succedeva da quando ero bambino.

Ho detto "Forse non ho saputo guardare dentro le finestre delle donne che ho incontrato".

"Perché, secondo te?" ha detto Durante.

"Per timidezza" ho detto. "O perché ero troppo preoccupato di farci una brutta figura. O perché non avevo i regali adatti da portare, perché non sapevo sorridere bene."

"O forse perché non hai incontrato la donna *giusta*" ha detto lui.

"Ma non ho fatto nessuna vera *ricerca*, per trovarla" ho detto.

"Ti sembra che sia così perché ti ho confuso io" ha detto lui. "È tutta colpa mia."

"È così perché finalmente ci *penso*" ho detto. "Perché sono venuto fuori dalla trincea perimetrale della mia unica vita non scelta."

"Non è vero che non l'hai scelta" ha detto lui. "L'hai scelta eccome, anche se ti sembra di no. E l'hai scelta *bene*, con solidi motivi, buoni risultati. Non buttarla via, Piotr."

"E tu non cercare di scoraggiarmi, Durante" ho detto: forse la prima volta che lo chiamavo per nome da quando ci conoscevamo.

"*Awwwwwww*!" ha fatto lui, come uno sbadiglio-lamento, lungo. I cani si sono mossi nel fieno, Oscar ha guaito.

"Cos'è?" ho detto.

"Era l'ultima cosa che volevo" ha detto lui. "L'*ultima*."

"Cosa?" ho detto.

"Incrinare la tua ammirevole stabilità" ha detto lui.

"Non sei stato tu" ho detto. "Si è incrinata da sola."

Siamo stati zitti di nuovo, in uno spazio di tempo che si è allargato e allargato, tra pensieri e semplici immagini mentali e non-pensieri, percezioni acustiche, olfattive, di temperatura.

"Pensi che Nimbus stia bene?" ha detto Durante.

"Certo" ho detto. "Tom lo tiene con ogni attenzione, di sicuro."

"Ma Tom non sa niente di cavalli" ha detto lui. "A parte il poco che ho potuto spiegargli."

"Però ha un ottimo senso pratico" ho detto. "Non ti preoccupare."

"Ah, Piotr" ha detto Durante.

Mi sembrava di essere del tutto sveglio e lucido, in attesa di riuscire a formulare una frase rassicurante, e invece il sonno mi è tornato addosso come un'onda da un istante all'altro, mi ha fatto affondare con la testa nel fieno.

C'era il rumore di un treno incredibilmente vicino

C'era il rumore di un treno incredibilmente vicino, mi ha fatto saltare su di scatto nel fieno ondeggiante. Mi sono infilato i sandali, sono scivolato giù fino alle assi del pavimento. Durante e Oscar e gli altri due cani erano spariti, non avevano lasciato impronte nella grande massa vegetale. Ho smosso l'infossamento dove avevo dormito per cancellare anche le mie, poi ho preso la vecchia coperta e sono sceso dalla scala di legno, veloce per paura di essere sorpreso dal contadino.

Oscar mi è arrivato addosso da dietro un cespuglio, seguito a corsa pazza da Tofu e Krill. Hanno fatto qualche balzo frenetico intorno a me e mi hanno annusato e leccato le mani, poi sono corsi verso uno spiazzo erboso dov'erano Durante e Lara e Vicki e un tipo anziano su una sedia a rotelle.

Li ho raggiunti; ho detto "Buongiorno".

"Ehi, Piotr!" ha detto Durante. Aveva una sega in mano, stava tagliando alcuni rami di buono spessore in sezioni della stessa misura. Ce n'erano diversi già tagliati, in un mucchietto vicino a due tronchi lunghi e dritti di forse tre metri.

Le bambine lo osservavano attente, nei loro piccoli pigiama di cotone a fiori; hanno girato la testa solo un istante per guardarmi. I cani si rincorrevano con abbaiamenti di eccitazione, alternati a qualche guaito e ringhio quando Oscar incalzava uno dei due piccoli con troppa foga. Il tipo anziano sulla sedia a rotelle aveva piccoli occhi azzurri e un naso di falco, capelli bianchi lunghi, una piega a un angolo della bocca.

"*Urs*, il *papà* di *Nicki*" ha detto Durante, con ancora più enfasi del solito sulle parole chiave. "È un grande *entomologo*, ha pubblicato dei *libri* magnifici. Lui è *Piotr*."

"Buongiorno" ho detto, ho fatto un gesto sovraespressivo.

Il tipo anziano che si chiamava Urs ha farfugliato qualcosa di incomprensibile, almeno per me. Le due bambine mi davano occhiate di nascosto, ridevano tra loro.

Mi sono scosso i capelli con una mano, erano pieni di fili di fieno. Ho detto "Cosa state facendo, con questi legni?".

"Una *scala*" ha detto Durante. "Hai voglia di aiutarci?"

Così gli ho passato altri rami da segare, poi li ho tenuti fermi mentre lui li inchiodava tra i due tronchi lunghi a formare i pioli della scala. Lara e Vicki appoggiavano le manine sui legni per imitarmi, le ritraevano appena Durante diceva "Attente" prima di dare un colpo di martello. La trasformazione nei loro rapporti rispetto alla sera prima mi sbalordiva; mi chiedevo quando fosse avvenuta. Ho pensato che probabilmente lui era andato a svegliarle all'alba, aveva ristabilito la comunicazione in uno dei suoi modi difficili da spiegare.

"Pietro non sapeva che il fieno *scalda*" ha detto lui, rivolto alle bambine e a Urs sulla sedia a rotelle, rideva.

"Lo *sapevo*" ho detto. "Però non ci avevo mai dormito dentro."

Anche le bambine hanno riso; Urs ci guardava, ma la sua espressione sembrava fissa.

Durante ha finito di inchiodare l'ultimo piolo della scala rudimentale, ha detto "Finita!".

L'ho aiutato a raddrizzarla, e a portarla a ridosso di una grande quercia poco lontano. Lara e Vicki ci venivano dietro tutte eccitate, i cani giravano in circoli veloci. Ho guardato in alto: tra i rami c'era una casetta di legno, con una porta e due finestre.

Durante è tornato da Urs e ha spinto la sua carrozzella fino alla quercia. Gli ha detto "Vuoi *salire* anche tu?", sembrava serio.

Urs ha emesso altri suoni indecifrabili, ha piegato di poco la testa.

"*Dopo*?" ha detto Durante. "Allora cominciamo a salire noi."

L'ho aiutato ad appoggiare il capo della scala alla piccola piattaforma della casa sull'albero, i piedi in modo da avere l'inclinazione giusta.

Le due bambine hanno subito cercato di arrampicarsi, ma Durante le ha respinte con un gesto, ha detto "Fatemi prima vedere se *tiene*". È andato su leggero e veloce per i gradini, con il martello infilato nella cintura dei pantaloni. È sparito dentro la casetta, un secondo dopo si è affacciato da una delle finestre, ha agitato il cappello.

Lara e Vicki hanno battuto le mani per l'eccitazione, i cani abbaiavano; Urs guardava la scena, non era chiaro con quanta partecipazione. Lara ha cercato di nuovo di arrampicarsi, l'ho tirata indietro per un braccio; lei si è dibattuta furiosamente, ha gridato "Lasciami!" su una frequenza che faceva male ai timpani.

"Lasciale salire" ha detto Durante, affacciato dalla porta della casetta sull'albero.

"Ma è pericoloso" ho detto. La casetta sull'albero era a forse due metri e mezzo da terra, la scala era irregolare, le due bambine erano piccole.

"Lasciale salire" ha detto Durante.

Così sono stato a guardare mentre Lara e Vicki si arrampicavano su per i pioli come due giovani scimmie, spingendosi e ridendo per la felicità. Durante le ha aiutate all'ultimo piolo; ha detto "Tu non vieni, Piotr?".

Sono salito anch'io, malgrado le vertigini di cui soffro anche ad altezze moderate; cercavo di non guardare in basso.

Durante mi ha aiutato all'ultimo piolo come aveva fatto con le bambine, ha detto "Benvenuto".

Le tavole del pavimento sembravano solide, non davano l'idea di poter cedere da un momento all'altro per i salti continui di Lara e Vicki. C'era anche un piccolo tavolo di legno e due seggioline, una civetta fatta con due pigne e alcuni stecchi.

"È *durata*, questa casetta" ha detto Durante, batteva con il martello un chiodo allentato. "Tre anni, ormai?" Sembrava contagiato dalla felicità delle due bambine che correvano avanti e indietro, si sedevano sulle piccole sedie, si affacciavano alle finestre.

Mi sono affacciato anch'io a guardare sotto: Urs sulla sua sedia a rotelle, Oscar e Tofu e Krill che ci guardavano con i musi in aria, la casa di Nicki una ventina di metri più in giù nel prato in declivio, le altre case di legno e pietra poco lontano, il fienile dove avevamo dormito, il lago che rifletteva l'azzurro e le nuvole del cielo. Poi ho visto Martin l'uomo di Nicki che girava l'angolo di casa, con addosso la sua tuta da motociclista e il casco in mano. È venuto di qualche passo verso la nostra quercia; ha guardato Urs sulla sedia a rotelle, ha guardato noi in alto. Le due bambine affacciate all'altra finestrina gli facevano sberleffi, con il pollice sulla punta del naso. Lui è tornato verso casa, a passi stizziti. È riuscito quasi subito, senza più guardarci; si è messo il casco ed è salito sulla moto, se n'è andato.

"Cosa guardate?" ha detto Durante, con il martello in mano.

"Martin" hanno detto Lara e Vicki, ridacchiavano.

"Se n'è andato" ho detto.

"Perché gli facevate quei gesti?" ha detto Durante alle bambine.

"Così" ha detto Vicki.

"È scemo" ha detto Lara.

"Perché scemo?" ha detto Durante. Le osservava, attento.

"Fa piangere la mamma" ha detto Lara.

"Come?" ha detto Durante: potevo vedere la tensione che lo attraversava.

"Ha buttato per terra la torta salata, l'altro giorno" ha detto Vicki. "Tofu e Krill se la sono mangiata tutta."

"Anche le briciole" ha detto Lara.

"E poi?" ha detto Durante. "Ha fatto altre cose brutte?"

"No" ha detto Vicki.

"Nessuna?" ha detto lui.

"La mamma dice che beve troppa birra" ha detto Lara.

Si sono rimesse a saltare e correre avanti e indietro per la casetta, ubriache di divertimento.

Durante sembrava più disteso; si è affacciato a una finestra, ha detto a Urs "Ehi! Tutto bene?" .

Urs ha mosso le labbra come in risposta, era difficile esserne sicuri.

"Appena ho sistemato qui ti vengo a prendere!" ha detto Durante, di nuovo sembrava che parlasse sul serio.

L'ho aiutato a rinsaldare alcune assi delle pareti, le ho premute con forza mentre lui ribatteva i chiodi allentati. La casetta sull'albero risuonava come una scatola armonica, c'era un riverbero di legni con ogni colpo di martello.

Nello spazio tra un colpo e l'altro abbiamo sentito la voce di Nicki che gridava "Laaraaa! Viickiiii!", su un registro acuto.

Durante si è affacciato a guardare, ha detto "Siamo qui, tutto bene!".

"Tutto bene un corno!" ha gridato Nicki da sotto. "Falle scendere immediatamente! Bambine, venite giù subito!"

"Ma perché?" ha detto Durante.

"Perché è pericoloso!" ha gridato lei. "Non voglio che salgano là sopra! Abbiamo buttato via la scala apposta! E mi spieghi cosa ci fa mio padre qui fuori?"

"Voleva partecipare alla situazione" ha detto Durante. "Gli ho promesso di far salire anche lui sull'albero."

"Tu sei pazzo!" ha gridato Nicki. "Tu sei fuori di testa! Come ti permetti di prendere queste iniziative? Senza dirmi niente, e quando mia madre è in paese!"

"Non vogliamo scendere!" hanno gridato le due bambine. Saltavano intorno, battevano i piedi.

"Giù subito!" ha gridato Nicki. "Senza discussioni! Lara! Vicki!"

"Non scendiamo!" hanno gridato Lara e Vicki. "Non scendiamo!"

Oscar e Tofu e Krill abbaiavano nei loro diversi timbri, giravano intorno a Nicki contagiati dall'agitazione generale.

"Veniteeee giuuuuuuuuuuuù!" ha gridato Nicki, in preda a una specie di crisi convulsiva, con le mani appoggiate alla scala che tremava tutta e faceva tremare a sua volta la casetta.

Durante mi ha guardato, con una delle sue espressioni di totale non-comprensione dei comportamenti umani. Ha detto alle bambine "Forse è meglio se andiamo giù".

"Non vogliamo, non vogliamo!" gridavano Lara e Vicki, con le lacrime agli occhi, le facce arrossate.

Lui è scivolato fuori per primo sulla scala. Ha detto "Venite, dai. Mi aiuti, Pietro?".

L'ho aiutato, sospingendo le due bambine piangenti e recalcitranti verso la scala e assistendole con estrema cautela, benché mi girasse la testa e la loro presa sui pioli sembrasse più sicura della mia.

Quando siamo stati a terra tutti e quattro, Nicki ha dato uno scapaccione a Lara che si è messa a strillare ancora più forte, ha cercato di darne uno a Vicki che è sgusciata svelta tra i cani che si rincorrevano e abbaiavano forsennatamente.

Durante ha detto "Ehi, Nicki? Mi spieghi perché?".

"Adesso filate in casa!" ha gridato Nicki alle bambine, senza rispondergli. "Non avete neanche fatto colazione! Non vi siete neanche vestite! È semplicemente allucinante!" È riuscita ad agguantarle tutte e due per un braccio, benché scalciassero e si divincolassero, le ha trascinate a passi furiosi verso casa.

"Nicki?" ha detto Durante.

"E non ti azzardare a toccare mio padre!" ha gridato lei senza girarsi. "Lo vengo a riprendere io!"

"Ma *perché*?" ha detto lui ancora, quando lei era ormai lontana per sentirlo.

"Non te la prendere" ho detto, in un tono troppo partecipe per essere davvero di conforto.

Durante guardava verso il lago, con le mani in tasca. Poi è andato da Urs, gli ha detto "Ci saliamo un'altra volta, sull'albero. Nicki è estremamente tesa".

Urs ha farfugliato qualcosa; continuavo a non capire se i suoi erano tentativi di risposta o solo suoni casuali.

"Ma certo che facciamo un giro" ha detto Durante, come se invece lo capisse benissimo. "Viene anche Piotr, eh?" Ha sbloccato il freno a pedale della sedia a rotelle, ha cominciato a spingerla di buon passo tra gli alberi. Oscar e Tofu e Krill l'hanno seguito subito, felici.

Sono andato con loro, anche se potevo già anticipare la reazione di Nicki a questa nuova iniziativa. Pensavo ai discorsi di Durante nel mezzo della notte; alle sue cinque o più semi-famiglie sparse per l'Europa.

Lui ha detto "È incredibile come ogni posto ha un suo odore, te lo ricordi anche a distanza di anni. Ogni *angolo* dello stesso posto ha un odore, ogni avvallamento. Ogni *ombra* ha un odore, no?".

"Sì" ho detto, anche se sembrava che si rivolgesse più a Urs che a me.

Urs ha emesso altri suoni inintelligibili. Vedevo una

contrazione nei muscoli del suo collo, risaliva alla mandibola in un apparente tentativo di comunicazione.

Durante si è chinato, ha accostato un orecchio alla sua bocca. Ha detto "Eh sì".

"Cosa?" ho detto, con il dubbio di perdermi qualcosa di significativo.

"Bel libretto di istruzioni" ha detto Durante.

"Quale libretto?" ho detto; avevo dei brividi intermittenti attraverso il corpo, a causa della notte passata a pensare e parlare e non dormire nel fieno in fermentazione.

"Della tua *vita*" ha detto lui. "Quello che ti consegnano da bambino, no? È così vago che non serve a niente."

"Già" ho detto.

"Hai queste poche paginette" ha detto lui. "Piene di promesse vaghe e disegni sfumati, per dirti che ti hanno consegnato un prodotto fantastico. Ma non c'è scritto da nessuna parte come funzioni *davvero*."

"Sì" ho detto, camminavo dall'altra parte della sedia a rotelle.

"Così impieghi *decenni* a capirlo per conto tuo" ha detto Durante. "Errore dopo errore. Ogni tanto ti torna in mente il tuo vecchio libretto di istruzioni, ti chiedi se fosse pieno di millanterie o di buoni suggerimenti."

Guardavo Urs per capire quanto fosse davvero partecipe di questi discorsi, ma continuavo a non riuscirci.

"Poi magari torni a sfogliarlo" ha detto Durante. "E scopri che l'ultima pagina non l'avevi letta, anche perché è scritta a caratteri quasi indecifrabili. Ma se prendi una lente d'*ingrandimento*, ti spiega che la tua vita comincerà a perdere pezzi proprio quando ti sarai fatto un'idea di come usarla. E subito dopo si romperà del tutto, fine."

"Bel prodotto, davvero" ho detto, cercavo di ridere.

"Eh, Piotr?" ha detto Durante. "Mi spieghi chi lo vorrebbe, un prodotto del genere, se l'ultima pagina del libretto di istruzioni fosse scritta a caratteri ben *leggibili*?"

"E cosa succederebbe?" ho detto. "La gente rinuncerebbe a *vivere*?"

"A vivere *così*, di sicuro" ha detto lui. "Tra doveri e obblighi e attrito costante e sensazioni sgradevoli, attese di cose che si *allontanano* ogni volta che ti sembra di esserci quasi arrivato."

"Tra piani a medio e a lungo termine?" ho detto "Con continue dilazioni e *rinvii*?"

"Che rimandano ad altre *attese*" ha detto Durante.

"Totalmente *indefinite*" ho detto.

Urs ha contratto ancora i muscoli del collo, faceva uno sforzo evidente per produrre dei suoni.

Durante ha accostato di nuovo l'orecchio alla sua bocca; ha detto "Sì. È per questo che tutti i venditori di religioni sono costretti a promettertene un'*altra*, di vita. Garantita senza difetti, che dura per *sempre*".

Abbiamo camminato in silenzio sull'erba tra gli alberi, poche decine di metri sopra il lago che a tratti era in ombra e a tratti brillava alla luce del sole. Qualche minuto prima la situazione mi sembrava quasi priva di senso, adesso era così densa da essere difficile da attraversare.

Durante ha accelerato il passo, faceva lo slalom con la sedia a rotelle di Urs tra tronchi e cespugli.

"E allora?" ho detto, accelerando per stargli alla pari.

"Allora è meglio concentrarsi sui *segnali* che ci arrivano" ha detto lui. "Come fanno loro."

"Loro chi?" ho detto.

"Loro" ha detto lui, guardava i cani che ci trottavano vicini.

"Forse" ho detto, totalmente sulla sua stessa onda, e malgrado questo con la sensazione di essere qualche metro più indietro.

"*Sgombrare* il nostro spazio mentale" ha detto lui. "Liberarlo dall'occupazione militare dei pensieri razionali, con le loro pretese di organizzare e spiegare tutto."

"Sì" ho detto, quasi trottando anch'io.

"Perderci nelle forme, nelle consistenze" ha detto lui. "Nelle luci, le temperature, gli *odori*."

"E?" ho detto; andavamo sempre più veloci attraverso il prato irregolare.

"E *ascoltare*" ha detto lui. "*Sentire*. Li senti, i segnali che ci arrivano in questa minuscola porzione di mondo terrestre?"

"Credo di sì" ho detto.

"Per esempio?" ha detto lui.

"Resina di pino" ho detto.

"Erba grassa" ha detto lui. "Fame del mattino."

"Muschio" ho detto. "Nostalgia di cose perse."

"Nostalgia di cose non *vissute*" ha detto lui. "Erba secca."

"Legni secchi" ho detto. "Cuore che batte, sangue che circola."

"Pulsazioni e contrazioni" ha detto lui.

"Fluidi e solidi" ho detto. "Aggregazioni minerali."

"Piccoli roditori nei cunicoli!" ha detto lui, spingeva ancora più forte la sedia a rotelle. "Memorie di tane!"

"Legni marci!" ho detto. "Pensieri di anitre sulla superficie dell'acqua!

"Non-pensieri di pesci sotto la superficie dell'acqua!" ha detto lui, accelerando ancora.

"Luce tra gli alberi vista da sotto in su!" ho gridato. "Stoffa che sfrega sulla pelle delle gambe!"

Ormai stavamo correndo a zigzag come due pazzi, la carrozzella di Urs si appoggiava su una ruota o sull'altra nelle curve, traballava. Urs socchiudeva gli occhi, i suoi capelli bianchi smossi dall'aria.

"Aria d'acqua!" ha gridato Durante. "Pigmenti che vibrano!"

"Aria di roccia di montagna!" ho gridato.

"Fibre di muscoli interconnessi!" ha gridato lui. "Pelle di donna nuda, morbida, liscia!"

"Aria di roccia di bosco d'acqua!" ho gridato io, convulso, affannato, incerto.

"Aria di pelle di neve di bosco d'acqua di sabbia d'erba!" ha gridato lui, aumentando ancora la velocità, con una mano sulla sedia a rotelle e una sul cappello per non farselo volare via.

"Non rallentiamo?" ho gridato, fuori per un istante dall'onda ultrapercettiva che ci stava trascinando perché vedevo Urs sobbalzare pericolosamente.

"No che non rallentiamo!" ha gridato Durante. "Vero, Urs?"

Urs stringeva gli occhi per evitare i rami e gli altri ostacoli che ci venivano incontro prima che Durante lo facesse per lui, anche se non sembrava che la situazione gli dispiacesse.

Durante ha girato in modo vorticoso intorno al tronco di un pino, ha accelerato ancora in diagonale giù per la pendenza d'erba. "Eeehi!" ha gridato.

"Eeeehi!" ho gridato io, correndo con tutta la forza che avevo nelle gambe "Attento!"

“Ma *siamo* attenti!” ha gridato lui. “Siamo *dentro* l’attenzione *pura*, senza interferenze né spazi morti né attese-eeeeeee!”

Siamo andati a rotta di collo giù verso il lago, con la sedia a rotelle che continuava a prendere velocità e a far sobbalzare Urs e a trascinarci avanti. Durante è riuscito a deviare appena in tempo prima di farla finire contro un tronco e poi contro un grande sasso, ma sembrava molto vicino al punto di perdere il controllo. Ho stretto le dita sul lato destro dello schienale, però invece di provare a frenare mi sono lasciato trascinare oltre senza la minima resistenza. Guardavo Oscar, lanciato al pieno galoppo, con le orecchie all’indietro e il muso in avanti per assaporare ogni millimetro di aria attraversata, Krill e Tofu che dall’altro lato galoppavano sulle loro gambe più corte, rimbalzando a ogni falcata. Io stesso avevo poco contatto con il prato, i miei piedi mi spingevano in alto e in avanti con una facilità assurda. Era una sensazione incredibilmente vicina a quella che provavo da ragazzino quando la notte sognavo di volare ed ero felice e stupefatto di come fosse facile e poi mi svegliavo intriso di delusione all’idea di aver vissuto un’esperienza immaginaria. Solo che adesso la sensazione era reale, volavo giù per la pendenza erbosa insieme ai cani e a Durante e a Urs nella sua carrozzella, tutti travolti allo stesso modo dalla rincorsa e dalla pura gioia del momento che ci conteneva.

Durante ha gridato “*Eeeeeeeeeeeeeeehi*!”.

“*Eeeeeeeeeeeeeeeeeeeeehi*!” ho gridato io, sulla stessa nota prolungata.

Eravamo a pochi metri dal lago, e mi è venuto ancora in mente di tirare su un lato della carrozzella per frenarla, ma era solo un pensiero, inefficace rispetto alla combinazione di gambe e ruote e percezioni in corsa apparentemente inarrestabile verso la superficie scintillante dell'acqua sempre più vicina. Subito dopo era troppo tardi, eravamo già all'ultimo tratto di prato, alla sabbia grigia con qualche sasso chiaro e bolle e bava disseccata di lago, alla fine della sabbia grigia, nell'acqua fino alle caviglie. La sedia a rotelle si è bloccata di colpo, ho visto Urs volare verso l'alto e in avanti. Ma non mi è sembrato un effetto della pura forza d'inerzia: mi è sembrato di vederlo saltare fuori dal suo sedile e correre nell'acqua bassa, braccia e gambe in movimento, a tuffarsi faccia avanti con un tonfo che ha provocato spruzzi e schiuma e abbaiamenti dei cani e credo grida da parte mia e di Durante che gli correvamo dietro prima di finire lunghi distesi nel lago anche noi.

Mi sono rialzato quasi subito, con acqua nei capelli e nelle orecchie, i calzoni e la maglietta appesantiti, i sandali che sprofondavano nel fondo melmoso. Sono incespicato, ricaduto all'indietro. Durante ha raccolto il suo cappello che galleggiava e mi è passato oltre a lunghe falcate, con l'acqua che gli arrivava alle ginocchia. Ha preso Urs intorno alle spalle, l'ha girato a faccia in su.

Lungo il prato in pendenza c'era Nicki che correva veloce verso di noi, agitando le braccia. Gridava qualcosa, ma non riuscivo a distinguere le sue parole. Dietro di lei c'era una seconda figura femminile più lenta, anche lei gesticolante e urlante.

Durante un metro o due davanti a me ha tirato su Urs a sedere. Aveva la faccia sporca di fango, gli occhi socchiusi, i capelli bagnati, la vestaglia grigio chiaro diventata scura tanto era inzuppata. Oscar e Tofu e Krill sguazzavano intorno, abbaiavano e leccavano la superficie dell'acqua e si scuotevano e tornavano a riva e tornavano nel lago, in preda alla più grande eccitazione.

Durante ha preso Urs sotto le ascelle, io sono andato a sollevarlo per i piedi; lo abbiamo trascinato a riva. Era più pesante di come mi immaginavo, scivoloso per tutta l'acqua che gli impregnava i vestiti. Ma siamo riusciti a portarlo oltre la sabbia, l'abbiamo deposto sull'erba.

Nicki ci ha raggiunti quasi nello stesso momento, gridava "Papà! Papà! L'avete annegato!".

"Uuuuuuuurs! Mio Dio!" ha gridato la seconda donna, una signora sulla sessantina con una camicia larga blu e pantaloni in stile cinese.

"Ehi, Urs?" ha detto Durante. Si è tolto il cappello, glielo ha agitato davanti alla faccia.

Poi ci siamo fermati tutti e quattro, ansimanti e sgocciolanti com'eravamo, e Urs si è messo a ridere.

Ho pensato che fosse una mia impressione dovuta allo shock e alla sovrapposizione di troppi segnali, così ho alzato lo sguardo verso Nicki e sua madre, e ho visto che le loro facce esprimevano la mia stessa incredulità.

Durante invece respirava piano, seduto sul prato, con il cappello in mano, la testa inclinata per guardare Urs in faccia. Si è messo a ridere anche lui.

Sono andati avanti per un po', a intermittenza, mentre io e Nicki e sua madre li osservavamo senza sapere come reagire.

Durante ha tirato su Urs a sedere; l'ho aiutato. Urs è rimasto fermo e senza espressioni; ha ripreso a ridere. Era un riso autentico, che gli affiorava ai lineamenti e scioglieva la contrazione dei suoi muscoli facciali e superava i limiti delle sue corde vocali, gli faceva brillare gli occhi, lo faceva respirare a scosse.

Mi sono messo a ridere anch'io, e Nicki che cercava credo con tutte le sue forze di restare seria, e sua madre che fino a pochi secondi prima sembrava paralizzata dall'angoscia. Ridevamo a brevi spasmi ravvicinati, piegati in avanti, con i muscoli dello stomaco e le sensazioni e i pensieri che si contraevano allo stesso modo. È durato forse pochi secondi, ma era uno spazio di tempo così dilatato da contenere minuti e ore e interi giorni, mesi di sensazioni senza nome, anni di domande senza risposta.

Di colpo ho provato un senso di profonda stanchezza, mi sono seduto sul prato; mi sembrava di non avere gli strumenti mentali per spiegare quello che era appena successo, né altro.

Anche Nicki si è seduta, con una mano sulla spalla di suo padre per sostenerlo insieme a Durante. Si è messa a piangere, con la faccia e le mani sporche di fango, le labbra tremanti.

Sua madre ha abbracciato Durante con uno slancio improvviso, gli ha premuto la faccia contro la spalla, non lo lasciava più. Lui le ha carezzato la schiena con la mano libera, con l'altra continuava a sostenere Urs.

Siamo rimasti così, invasi da percezioni troppo vaste sull'erba umida a un metro dalla sponda del lago, con la sedia a rotelle di Urs che luccicava rovesciata su un fianco a mezz'acqua. Più su nel prato un contadino con un falcione tra le mani ci guardava, perplesso.

Poi Durante mi ha fatto cenno con la testa di recuperare la sedia a rotelle. Sono andato a tirarla fuori dall'acqua, l'ho trascinata a fatica fin sulla riva. Ci abbiamo caricato

Urs con grande cautela, siamo tornati verso casa, spingendo e tirando contro la pendenza. Urs teneva di nuovo gli occhi socchiusi, ma la piega delle sue labbra sembrava ancora quella di un sorriso.

Dopo pranzo Durante ha preparato frittelle di mele, nella cucina disordinata dove Lara e Vicki lo osservavano in piedi su due sedie e si sporcavano la faccia di farina, davano le bucce ai cani. Aveva una competenza sorprendente nel mescolare la pastella con il cucchiaio di legno e aggiungere gli spicchi di mela tagliati sottili, versare il tutto nella padella: ogni gesto gli veniva facile e giusto, come se avesse passato pomeriggi interi a farlo.

"Non sapevo che fossi anche un *cuoco*" ho detto, seduto a guardarlo su uno sgabello un po' traballante. Pensavo a come mi era sembrato di vedere Urs correre con le sue gambe verso l'acqua; mi chiedevo se era stato davvero così.

"*Pasticciere*, più che cuoco" ha detto Durante, rideva. "Ho sempre preferito fare i dolci, perché non sono per niente indispensabili, no?"

"Infatti" ho detto.

"Però mi piacciono non del tutto *dolci*, i dolci" ha detto lui. "Devono avere una nota acidula, una punta di salato."

"Anche per me" ho detto, felice di essere d'accordo con lui anche su questo.

Nicki è rientrata dal giardino. "Scendete di lì!" ha detto subito alle bambine. "E andate a lavarvi le mani e la faccia! E i cani devono stare fuori, non fatemelo ripetere ancora una volta!"

Le bambine non hanno obbedito, finché lei non ha sollevato Lara di peso e non l'ha deposta per terra. A quel punto anche Vicki è scesa dalla sedia; sono scappate fuori tutte e due, inseguite dai cani.

"Urs?" ha detto Durante, mentre faceva saltare le frittelle di mele nella padella.

"Dorme" ha detto Nicki.

"Bene" ha detto lui.

"È tanto che non riusciva a dormire" ha detto lei.

"Bene" ha detto lui di nuovo.

"Sì" ha detto Nicki. "Ma è un miracolo che non si sia rotto un braccio o una gamba, o il *bacino*. Ammesso che non gli venga una polmonite, dopo essersi inzuppato così."

"Non gli verrà" ha detto Durante. "L'acqua era *tiepida*, e l'abbiamo asciugato e cambiato quasi subito." Ha rovesciato le frittelle sul tagliere ricoperto di carta da cucina, ne ha messe altre nella padella.

"È inutile che usi quel tono" ha detto Nicki. "Come se avessi avuto la situazione sotto controllo."

"Ma no" ha detto Durante, sorrideva. "Non ho mai preteso di controllare una situazione in vita mia."

"E non ridere!" ha detto lei. "Non ridere di queste cose!"

"Non rido" ha detto Durante. "C'è una differenza tra ridere e *sor*ridere, spero?"

"Non di questo!" ha detto Nicki. "Non dopo quello che hai fatto!"

“Ne abbiamo già parlato, no?” ha detto Durante, mentre faceva saltare le nuove frittelle di mele nella padella.

“Ma non hai ancora riconosciuto di avere torto!” ha detto lei.

“È che ci siamo lasciati portare dalle *sensazioni*” ho detto. “Letteralmente.”

“Che bravi” ha detto lei. “Bella impresa, proprio.”

Avrei voluto spiegarle che in realtà era stato un evento tra i più strani di cui io fossi mai stato testimone, se non *il* più strano. Ma non mi sembrava il momento, così sono stato zitto.

Durante ha rovesciato anche le nuove frittelle di mele sulla carta da cucina, poi le ha disposte insieme alle altre in un grande piatto, le ha spolverate di cannella e zucchero a velo. Ha detto “Andiamo a mangiarle finché sono belle *calde*”.

“Come fa a essere così?” ha detto Nicki rivolta a me, ma senza il risentimento che le sue parole di prima sembravano implicare.

L’ho aiutata a portare piattini e bicchieri e un cartone di succo d’uva sul tavolo fuori. Durante aveva già dato una frittella per una a Lara e Vicki che le mangiavano camminando in circoli, seguite passo a passo da Oscar e Krill e Tofu.

“Venite a sedervi!” ha detto Nicki. Ma poi ha lasciato perdere quando loro non hanno obbedito, ha preso anche lei una frittella dal grande piatto.

Erano frittelle perfette, con le più giuste proporzioni immaginabili di dolce e acidulo e salato e umido e asciutto e solido e leggero e caldo e fresco che potessi immaginarmi. Al primo morso mi sono venute le lacrime agli occhi per come i miei organi di senso non riuscivano a scoprire la mancanza di un solo elemento necessario. Era come se le frittelle di Durante racchiudessero in sé l'equilibrio che non c'era nella situazione in cui le mangiavamo o nelle nostre vite, nel mondo appena fuori dal piccolo giardino trascurato vicino al lago.

"Buone?" ha detto lui, mentre masticava nel suo modo meticoloso.

"Ahà" ha detto Nicki.

"*Più* che buone" ho detto. "Sono un'intensa esperienza *spirituale*, queste."

Lui non ha riso, né sorriso, ci guardava con i suoi occhi grigi.

Anche Nicki è stata zitta, perfettamente concentrata sulla sua frittella.

Ne abbiamo mangiate tre per uno, già intristiti verso la fine della seconda all'idea che sarebbero finite. Perfino le bambine erano silenziose, mangiavano con la stessa attenzione con cui avrebbero potuto stare in ascolto di una storia.

Alla fine è rimasta una frittella solitaria al centro del grande piatto, sembrava la più bella e invitante di tutte.

"È mia!" ha detto Lara.

"No, mia!" ha detto Vicki, cercava di scavalcare sua sorella.

Durante ha spinto le bambine di lato, ha preso la frittella prima che riuscissero a raggiungerla. Oscar e Krill e Tofu si erano seduti davanti a lui, immobili. Lui ha diviso la frittella in tre parti uguali, ne ha data una a ogni cane. Le bambine guardavano, troppo attente per piagnucolare. Oscar e Krill e Tofu hanno deglutito senza masticare: in un istante dell'ultima frittella di mele non è rimasta traccia.

Mi sono sdraiato sul prato a guardare Vicki e Lara che giocavano con i cani e si inventavano febbrilmente delle storie. Il sole aveva perso la forza implacabile con cui aveva assediato la terra fin dalla primavera; provavo una miscela di sollievo e nostalgia a sentire il suo tepore sulla faccia e attraverso i vestiti ormai asciutti dopo il tuffo nel lago. Ho pensato che l'estate stava per finire; che Astrid mi aspettava a Graz; che non la sentivo da ormai tre giorni. Non mi sembrava di avere voglia di raggiungerla, né di tornare con lei alla nostra casa-laboratorio nell'Italia centrale. Mi sono chiesto come sarebbe stato continuare a seguire Durante nei suoi giri di ricognizione tra i suoi frammenti di famiglie, e non mi sembrava un'idea assurda, né un'esperienza inutile. L'ho guardato da una decina di metri di distanza: seduto sull'erba vicino a Nicki, parlavano fitto. A un certo punto lui le ha tirato una treccina, lei gli ha dato una spinta; hanno riso tutti e due.

Ho pensato a Ingrid mentre la accompagnavo alla fermata degli autobus a Trearchi, con il suo profilo ostinato, la sua irradiazione di energia. Ho pensato a lei dentro la casa sulle colline, intensamente attenta, curiosa, traboccante di osservazioni, reattiva, presa dalle sue osservazioni e dai suoi sogni. Ho pensato alla prima volta che l'avevo vista a Graz, quando ero entrato nella stanza insieme a Astrid e il mio cuore aveva rallentato i battiti. Ho provato a immaginarmela con me e Durante e Nicki e Lara e Vicki e Oscar e Tofu e Krill sulla riva del lago, nel pomeriggio languido e assorto di fine estate. Mi sono immaginato di essere in grado di sfiorarle la fronte con un gesto simile a quello di Durante con Nicki, ridere insieme a lei con la stessa facilità. Era un'immagine totalmente non realistica, lontanissima, ma mi sembrava che non avrei potuto desiderare di più dalla vita, a parte forse un altro piatto di frittelle di mele.

All'ora di cena Martin è tornato a casa

All'ora di cena Martin è tornato a casa, con il suo casco da motociclista in mano. Ha trafficato all'ingresso per togliersi gli scarponi dai molti lacci e infilarsi le pantofole di lana cotta, sondava nel soggiorno-stanza da pranzo con lo sguardo. Durante era nell'appartamento di fianco dai genitori di Nicki, io e le due bambine stavamo apparecchiando la tavola, Nicki finiva di cuocere un minestrone di verdura. Martin ha alzato il mento; gli ho fatto un cenno altrettanto stilizzato in risposta, le bambine non l'hanno neanche salutato. Lui è andato a stringere Nicki intorno alla vita, come un'affermazione infantile di possesso. Lei ha detto "Attento, mi fai scottare", l'ha spinto via. Lui ha preso una birra dal frigorifero, ne ha bevuto una gollata. È venuto a sedersi a tavola, guardava me e le bambine disporre i piatti e le posate. Oscillava appena la testa, aveva un odore di benzina.

"Tutto bene?" ho detto, solo per rompere il silenzio.

"Oh, sì" ha detto lui, ha preso un altro sorso di birra. "Ho passato la giornata con una falciaerba."

“Fai il giardiniere?” ho detto, mentre mettevo sul tavolo i tovaglioli.

“Il meccanico” ha detto lui, come se la mia fosse un’insinuazione offensiva.

“Interessante” ho detto, in mancanza di altre parole.

Lui ha contratto le palpebre intorno ai piccoli occhi scuri, di nuovo come se l’avessi preso in giro.

“Immagino, almeno” ho detto. “Essere in grado di riparare meccanismi complessi, riuscire a farli funzionare di nuovo?”

“No” ha detto Martin, stringeva le labbra sottili.

La porta d’ingresso si è aperta, Durante si è affacciato dentro.

“Togliti quegli stivali!” ha gridato Nicki.

“Lo *so*” ha detto lui.

Lara e Vicki sono corse da lui, gli stavano addosso.

Durante ha dato un mucchietto di pigne e stecchi a ciascuna, ha detto “Domani facciamo delle bamboline”.

“No, facciamole adesso!” ha detto Lara, saltava intorno.

“Subito!” ha detto Vicki, in un tono ancora più acuto.

Durante ha guardato nella stanza, ha detto “Ehi, Martin”.

Martin ha alzato la sua bottiglia di birra, come se fosse fatto di legno con alcune semplici articolazioni.

“Tutto bene?” ha detto Durante, più o meno nel tono con cui l’avevo detto io poco prima.

Martin non ha risposto, ha detto “Quel cane enorme dov’è finito?”.

“Oscar?” ha detto Durante. “È dai genitori di Nicki. Ormai ha fatto amicizia con Urs.”

Martin lo fissava, nei suoi occhi non c’era nessuna luce.

"Bambine, è pronto!" ha detto Nicki, nel suo tono un po' aspro. "Andate a lavarvi le mani! Anche voi uomini!"

Siamo rimasti tutti fermi nelle nostre posizioni, per ragioni diverse.

"Non fatemelo ripetere dieci volte!" ha detto Nicki. "Muovetevi!"

Così io e Durante e Lara e Vicki siamo andati a lavarci le mani nel bagno al piano di sopra, Martin è andato nel bagnetto al pianterreno. Era straordinario come i rapporti dei due uomini con le bambine si fossero rovesciati rispetto alla sera prima, e allo stesso tempo sembrava del tutto naturale. Tra Durante e Lara e Vicki c'era un continuo scambio di gesti, sguardi d'intesa, piccoli scherzi, parole, risa. Mi divertiva stare in mezzo a loro come una specie di zio, assimilando di continuo nuovi elementi del loro codice di comunicazione.

Quando siamo tornati sotto, Martin era già seduto a testa bassa sopra il suo piatto di minestrone, con una seconda bottiglia di birra a portata di mano. Nicki ha finito di scodellare negli altri piatti, ha detto "Forza, dai". C'era una curiosa contraddizione tra il suo aspetto randagio e le sue richieste intermittenti di puntualità, la sua incuranza e la sua impazienza, la sua trascuratezza e i suoi gesti precisi.

Ci siamo seduti tutti a tavola, abbiamo tutti preso una cucchiaiata di minestrone. Mancava di sale e le patate avevano una consistenza un po' dura, ma era pur sempre un piatto caldo da condividere sotto uno stesso tetto. Mi sembrava un progresso incredibile rispetto alla sera prima, quando io e Durante eravamo rimasti fuori nel buio a stomaco vuoto.

Vicki ha detto "Mamma, dove dorme Durante, stanotte?".

C'è stato un breve spazio di silenzio, in cui gli sguardi degli adulti convergevano su di lei.

"Nel fienile con lo zio Piotr" ha detto Durante. "Come ieri notte, no?"

"Perché non dormi con la mamma?" ha detto Vicki.

"Cosa cavolo ti viene in mente, Vicki?" ha detto Nicki, rossa in faccia.

Martin mangiava il minestrone a testa bassa, produceva rumori di risucchio.

"Perché la mamma dorme con *Martin*" ha detto Durante. "E io sto benissimo nel fieno. Molto meglio che in un letto."

"Ma Piotr è nostro zio?" ha detto Lara, con gli angoli della bocca sporchi di minestrone.

"Se lo volete voi, sì" ha detto Durante. "E se lui è d'accordo, naturalmente."

"Certo che sono d'accordo" ho detto, con un senso di autentica gratificazione.

"Voi lo volete, come zio?" ha detto Durante alle bambine.

"Sìi!" ha detto Lara.

"Sìii!" ha detto Vicki.

"Che genere di idee gli metti in testa?" ha detto Nicki.

"L'unico zio che avete è lo zio Alfred" ha detto Martin, alzando appena la testa dal piatto.

"E Piotr?" ha detto Lara, con un'espressione delusa. Lei e Vicki spostavano gli occhi da me a Nicki a Martin a Durante, in attesa di risposte.

"È vostro zio anche lui" ha detto Durante. "Se lo volete."

"Più dello zio Alfred?" ha detto Vicki.

"Se vi piace di più, sì" ha detto Durante. "Dipende da voi."

"Non funziona così, bambine" ha detto Martin.

"Non statelo a sentire" ha detto Nicki.

"Dipende da voi" ha detto Durante, senza enfasi.

"Non dipende affatto da voi!" ha detto Nicki, in uno dei suoi strappi di voce. "Sarebbe troppo comodo!"

"Perché *comodo*?" ha detto Durante. "Volere qualcosa che non c'è ancora è molto *meno* comodo di accettare quello che ti *passano*."

"Non si può volere quello che non esiste!" ha detto Martin, con i muscoli della faccia contratti.

"E cosa si dovrebbe volere, allora?" ha detto Durante. "Quello che *già esiste*? Considerandolo totalmente *inevitabile*?"

"Non è questione di volere o non volere!" ha detto Martin, con le dita serrate sulla sua bottiglia di birra. "È questione di come stanno le *cose*!"

"Tutto *qui*?" ha detto Durante, con una delle sue espressioni di non-comprensione. "È il massimo di cui sei capace?"

"Sì!" ha detto Martin.

"E faresti bene a esserne capace anche tu!" ha detto Nicki.

"Di cosa?" ha detto Durante. "Spiega." Ha steso le mani a carezzare le teste di Lara e Vicki, che lo guardavano preoccupate.

"Di prendere atto che le bambine non le vedi mai, per esempio!" ha detto Nicki. "E che non hai nessun diritto di fare il padre meraviglioso, dopo essere sparito per un anno intero!"

"Non un *anno*" ha detto Durante. "Erano sei mesi, no?"

"Io non ti ho mai visto, qui" ha detto Martin. "Da quando sto con Nicki."

"Cosa intendi per *stare*?" ha detto Durante, con curiosità autentica. "Fare sesso con lei? Dormire nello stesso letto? Mangiare alla stessa tavola?"

"Sarebbe già molto!" ha detto Nicki. "Anche solo questo!"

"E non è solo questo" ha detto Martin.

"No?" ha detto Durante. Ha sorriso a Lara, ha pizzicato una guancia a Vicki per rassicurarle.

"No!" ha detto Martin, come se abbaiasse.

"È che lui *c'è*!" ha detto Nicki.

"È questo, allora?" ha detto Durante. "*Esserci*, semplicemente?"

"Sì, esserci, esserci, *esserci*!" ha gridato Nicki, in un crescendo di concitazione. "Tu non sai neanche cosa voglia *dire*!"

"Non litigate" ha detto Vicki, sembrava sul punto di mettersi a piangere.

"Non ti preoccupare, Vi" ha detto Durante, le ha carezzato i capelli. "Le parole sono solo dei suoni inventati, non hanno molto valore."

"Che belle verità, insegni alle bambine" ha detto Martin.

"Dovrei insegnargli qualcosa di più *utile*?" ha detto Durante.

"Semplicemente non dovresti confondergli le idee!" ha detto Nicki. "Punto!"

"Anche un *papà* lo puoi scegliere?" ha detto Vicki.

"Ecco!" ha detto Nicki.

"Certo che no" ha detto Martin.

"Sì che puoi" ha detto Durante.

"Sarai contento del risultato!" ha detto Nicki.

"Quale risultato?" ha detto Durante.

"Dei tuoi discorsi assurdi!" ha gridato lei. "Da totale irresponsabile!"

"Perché irresponsabile?" ha detto lui.

"Perché lo *sei*!" ha gridato lei. "Stamattina hai quasi fatto annegare mio padre, con le tue magnifiche trovate!"

"Questo non è vero!" ho detto, con un impeto di solidarietà che mi saliva dal profondo.

"Cosa c'entri tu, adesso?" ha detto Nicki.

"Ero *lì*!" ho detto. "Ho visto tutto!"

"Allora avrai visto che mio padre è finito nel *lago*!" ha detto lei.

"Ho visto che tuo padre si è alzato dalla sedia a rotelle" ho detto, anche se non avrei voluto parlarne in questo modo, né in questa situazione. "E si è messo a *correre*!"

"Cosa?" ha detto Martin, uno scoppio di tosse gli ha quasi mandato di traverso la birra.

"Sì!" ho detto. "Solo per qualche metro, ma lo ha fatto! Ero lì. Si è alzato dalla sedia a rotelle ed è corso in acqua!"

"Sei fuori di testa, anche tu!" ha detto Martin, tossiva.

"*Totalmente* fuori di testa!" ha detto Nicki. "Ci credo, che vai in giro con Durante!"

"Ma c'eri anche *tu*, Nicki!" ho detto. "E c'era tua madre! L'avete visto anche voi!"

"Io ho visto che l'avete fatto volare nel lago!" ha detto Nicki. "Ho visto che per poco non *annegava*!"

"Non è annegato" ha detto Durante, con la strana calma che aveva anche nei momenti di tempesta.

"Grazie tante!" ha detto Nicki. "Ti devo proprio essere riconoscente, per questo!"

"E qualche secondo dopo si è messo a ridere" ho detto.

"Urs non è in grado di *ridere*" ha detto Martin. "Ha avuto due *ictus*!"

"*Rideva*!" ho detto. "L'ha visto anche Nicki! L'ha visto anche sua mamma! Era incredibilmente commossa!"

"Non era commossa!" ha detto Nicki. "Era solo sollevata che non fosse *morto*! Non abbiamo mica tutti cinque anni, qui! La realtà è quello che *è*, basta!"

"La realtà è quello che *vuoi*" ha detto Durante, con il suo sorriso triste sulle labbra.

Martin si è alzato dalla sedia, ondeggiava leggermente a causa della birra e della tensione. Ho pensato che stesse per buttarsi addosso a Durante; ero pronto a mettermi di mezzo, dargli un pugno se necessario. Invece ha sollevato la caraffa dell'acqua, ha detto a Durante "Se la realtà è quello che vuoi, *dimostralo*! Fai *volare* questa!".

Durante ha scosso la testa, piano.

"Dai!" ha detto Martin, continuava a porgergli la caraffa. "Così ci convinci tutti! Falla restare sospesa in aria!"

"No" ha detto Durante, carezzava la testa di Lara.

"Dacci una piccola dimostrazione!" ha gridato Martin, con la caraffa pesante in mano. "Per le bambine! Riesci a far correre e ridere la gente paralizzata, cosa vuoi che sia?"

"Perché non smettiamo tutti di gridare?" ha detto Durante. "Non ci sono dimostrazioni da dare."

"Invece sì!" ha gridato Martin.

Durante si è alzato, ha detto alle bambine "Andiamo su a leggere una storia?".

“Eh no!” ha gridato Martin.

“Troppo comodo!” ha gridato Nicki.

“Prendila, dai!” ha gridato Martin. Ha spinto avanti la caraffa, finché Durante ha dovuto prenderla per non farla cadere.

“Falla volare, papà!” ha strillato Lara, batteva le mani tutta eccitata.

“Sìiiiiii!” ha strillato Vicki. “Su fino al tetto!”

“Forza!” ha gridato Martin. “Siamo tutti qui testimoni!”

“Basta *volerlo*, no?” ha detto Nicki.

“Ma non così” ha detto Durante.

“Non si accettano scuse!” ha gridato Nicki, fuori di sé. Si è allungata attraverso il tavolo, gli ha scosso contro il petto la caraffa, gli ha mandato schizzi d’acqua sulla camicia.

Ero convinto che Durante fosse deciso a tenere la caraffa ben salda tra le mani, e invece l’ha lasciata andare. In una sovrapposizione totale di eventi ho visto le sue dita che si staccavano dal vetro, la caraffa sospesa a mezz’aria, i lineamenti di Martin e Nicki contratti dall’incredulità, lo stupore gioioso negli sguardi di Lara e Vicki. Anche a pensarci adesso ne sono sicuro, come sono sicuro di aver visto Urs alzarsi dalla sua sedia a rotelle e correre verso l’acqua.

Ma è durato solo una frazione di secondo: una frazione di secondo dopo la caraffa si è schiantata sopra il piatto di Lara ancora mezzo pieno con un rumore sproporzionato alla caduta, ha fatto volare schizzi d’acqua e di minestrone e pezzi di vetro e di terracotta sul tavolo e sul pavimento, ci ha fatti andare tutti all’indietro per evitarli.

Lara è scoppiata a piangere, Vicki si è alzata e ha fatto cadere la sedia, si è messa a strillare anche lei. Nicki guardava Durante come da una distanza estrema, con una mano su un fianco e gli occhi socchiusi. Martin lo fissava con un mezzo sorriso, le braccia incrociate. Nella sua espressione c'era compiacimento e ottusità e ubriachezza, ma anche una minuscola traccia di delusione, come se per un istante inconfessabile avesse sperato anche lui che la caraffa potesse restare indefinitamente sospesa in aria.

Durante guardava il disastro sul tavolo e sul pavimento, le bambine che piangevano.

Lara si è messa a singhiozzare in modo ancora più disperato, ha contagiato la sua mezza sorella in una specie di gara: la casa di legno risuonava dei loro pianti acuti.

Durante si è mosso come per abbracciarle, ma Nicki gli è passata davanti, ha detto "Lasciale stare", fredda. Ha preso Lara e Vicki intorno alle spalle e se le è strette contro, le ha fatte ondeggiare piano.

Durante si è girato a guardarmi, con l'espressione più desolata che gli avessi visto da quando lo conoscevo.

Avrei voluto dirgli di non prendersela, che non era affatto colpa sua. Ma non riuscivo a farmi venire in mente le parole o il tono giusto, così gli ho solo detto a mezza voce "Facciamo due passi fuori, magari?".

Lui ha annuito piano, ma continuava a guardare le due bambine in lacrime tra le braccia di Nicki, sembrava che facesse fatica a muoversi da dov'era.

Sono andato a rimettermi i sandali, l'ho aspettato all'ingresso.

Dopo un paio di minuti lui mi ha raggiunto, si è rimesso gli stivali e il cappello.

Siamo tornati sulla riva del lago accompagnati dai tre cani

Siamo tornati sulla riva del lago accompagnati dai tre cani, ci siamo seduti sulla sabbia umida come la notte prima. Avevo ancora nelle orecchie lo schianto della caraffa sul piatto di minestrone, i pianti delle bambine, le voci concitate degli adulti. Eppure nel silenzio profondo della notte era come se non fosse successo niente. Gli sguardi e i gesti nella casa mi lampeggiavano in testa con un'intensità sempre più irreale, man mano che il buio tutto intorno ci assorbiva.

Ho detto "Per un istante è rimasta sospesa, vero?".

"Cosa?" ha detto Durante.

"La caraffa" ho detto. "Solo per una frazione di secondo, ma è successo."

"Ah, no" ha detto lui.

"Se ne sono resi conto anche Nicki e *Martin*" ho detto. "Ho visto le loro facce."

"Non ha nessuna importanza, in ogni caso" ha detto lui.

"Però è successo" ho detto.

"Hai visto com'erano disperate, le bambine?" ha detto lui, in un accento di tristezza pura.

"Non devi sentirti in colpa" ho detto.

"Non mi sento in colpa" ha detto lui. "Mi *dispiace*."

"Lo so" ho detto. "Ma non dipende da te. Tu hai fatto del tuo meglio."

"Quando?" ha detto lui.

"Sempre" ho detto. "Non stare a sentire Nicki."

"Non mi conosci da sempre, però" ha detto lui. "Come fai a saperlo?"

"Lo *so*" ho detto. "Va bene?"

Lui mi ha dato un colpetto su una spalla, ha detto "Sei un amico, Piotr".

"Non lo dico perché sono tuo amico" ho detto. "Lo dico da un punto di vista *oggettivo*."

"Peccato che non esista, un punto di vista oggettivo" ha detto lui. "Neanche quando sarebbe rassicurante pensarlo."

"Va bene" ho detto. "Ma se ci sono almeno due persone che hanno un'opinione concorde su un fatto, è *quasi* un punto di vista oggettivo, no?"

"No" ha detto Durante.

"D'accordo" ho detto, visto che per questa strada non c'era verso. "Ma conterà qualcosa avere un *testimone*, per lo meno?"

"Un testimone a *favore*?" ha detto lui. "Ah sì, è un grande conforto."

Siamo stati in silenzio per qualche minuto, guardavamo la superficie scura del lago che rifletteva le luci dalle rive.

A un certo punto Durante ha detto "Hai visto?".

"Cosa?" ho detto, cercavo di distinguere nella distanza.

"Lassù" ha detto lui.

Ho guardato in su, il cielo nero terso pieno di stelle: sembrava un lago molto più grande, con molte più luci.

"C'era una stella cadente" ha detto Durante.

Mentre lo diceva ne è passata un'altra: ha tracciato una scia nel buio, breve come un'impressione.

"Un'altra" ha detto lui.

Subito dopo ce n'è stata un'altra ancora. Era il periodo dell'anno in cui si vedono meglio, ma non ne avevo mai osservate in successione così ravvicinata. Le tracce rapide di luce gocciavano e si dissolvevano quasi nello stesso momento in cui i nostri occhi le avevano registrate, ogni volta mi restava il dubbio di averle viste davvero.

Abbiamo continuato a guardare in alto, spostavamo lo sguardo da un punto all'altro della volta celeste come pescatori di scie luminose. Ogni volta che ne vedevamo una dicevamo "Là!" o "Eccola!", così che alcune riuscivamo a coglierle insieme, altre le coglieva solo uno dei due. Non era certo una gara a chi ne vedeva di più: era una pesca che non lasciava prede nei nostri cestini, ma creava al contrario un senso di perdita dopo ogni avvistamento.

Poi stavamo guardando tutti e due nella stessa direzione, e abbiamo visto una luce molto più intensa delle altre staccarsi dall'oscurità e passare sopra le nostre teste. Aveva una tonalità diversa, anche: una sfera giallo-verde incandescente che è sembrata attraversare per interi secondi il cielo sopra il lago, fino a scomparire alla nostra sinistra.

Oscar e Tofu e Krill hanno uggiolato, sulle loro frequenze diverse.

"Cos'era?" ho detto, nel riverbero tra constatazione e incredulità.

"Una stella cadente, no?" ha detto Durante.

"Ma così grande?" ho detto.

"Era grande sì" ha detto lui.

"E così *vicina*?" ho detto.
"Ne so quanto te" ha detto lui.
"Non credo proprio" ho detto.
"No?" ha detto lui.
"No" ho detto.

Siamo rimasti in silenzio. Guardavo il cielo nella direzione in cui era scomparsa la cometa gigante, come se mi aspettassi di vederla tornare indietro a intrecciare linee luminose sopra le nostre teste, scie astrali da interpretare. Ma la luce giallo-verde incandescente non è tornata, ho ripreso a guardare in altre direzioni. Sono apparse e scomparse altre stelle cadenti infinitamente più lontane. Io e Durante non ce le segnalavamo più come prima; l'intensità della loro luce adesso sembrava insignificante, le loro tracce non duravano niente.

Quando ho cominciato ad avere sonno ho detto "Cosa facciamo, andiamo al fienile?".

"Comincia ad andare tu" ha detto Durante. "Io sto qui ancora un po'."

Avrei voluto dirgli che potevo benissimo aspettare con lui, ma ho pensato che avesse bisogno di stare solo. Oscar come immaginavo non si è mosso per seguirmi, così ho rintracciato per conto mio il percorso a tentoni fino al fienile.

Nel mezzo della notte ero ancora perfettamente sveglio

Nel mezzo della notte ero ancora perfettamente sveglio, il fieno in fermentazione mi surriscaldava ancora peggio della notte prima. La mia testa era attraversata da domande senza risposta come stelle cadenti in un cielo buio: avevano lo stesso modo di apparire dal nulla, produrre scie che scomparivano subito.

A un certo punto ho sentito scricchiolii sui pioli della scala, passi leggeri sulle tavole di legno, ansimare di cani, fruscio di fieno mentre Durante e Oscar e Tofu e Krill si arrampicavano in cima al cumulo per sistemarsi. Ho detto "Ehi".

"Dormi, Piotr" ha detto Durante. "Non volevamo svegliarti."

"Non stavo dormendo" ho detto. "Ho troppi pensieri in testa."

"Che tipo di pensieri?" ha detto lui, mentre faceva ancora ondeggiare il fieno a qualche metro da me.

"Domande" ho detto.

"Eh" ha detto lui. "La notte è piena di perché."

"E continuano a estendersi" ho detto.

"Tu lasciali estendere" ha detto lui.

"Mi chiedo come sono arrivato al *qui*, adesso" ho detto. "Se è stato per caso, per intenzione, per sbaglio."

"A te cosa sembra?" ha detto Durante. "Tra le tre possibilità?"

"Per caso, più che altro" ho detto.

"Ahà" ha detto lui. "Bisogna poi vedere cosa intendi per caso."

"Nel senso che potrei anche vederlo come *destino*, invece?" ho detto.

"Dipende dal tuo angolo di osservazione" ha detto Durante.

"E tutto il volere e il cercare?" ho detto. "Non conta niente?"

"Ma sì" ha detto lui.

"Siamo degli ostaggi di quello che succede?" ho detto.

"No" ha detto lui.

"Dammi un'altra definizione, allora" ho detto, nel buio.

"Delle minuscole barche in un grande lago?" ha detto lui.

"Con i nostri minuscoli timoni di intenzioni?" ho detto.

"Eh" ha detto lui.

"Per seguire le nostre minuscole rotte?" ho detto. "Pateticamente?"

"Ma no" ha detto lui. "Basta sapere che appena la corrente diventa forte, i minuscoli timoni non servono più a molto."

"E la corrente ti porta dove vuole?" ho detto.

"Ti porta dove *va*" ha detto lui.

"Ma se le intenzioni non servono, tanto vale lasciarle perdere" ho detto.

"Servono" ha detto lui. "Se le lasciassi perdere andresti alla *deriva.*"

"Invece di andare dove?" ho detto.

"Incontro a quello di cui hai bisogno" ha detto lui. "E ti sembra incredibilmente complicato finché lo stai cercando, e incredibilmente semplice quando l'hai trovato."

Siamo stati zitti. Fare domande nel buio assoluto ha l'effetto di estendere fuori da ogni contorno anche quello che ti aspetti da ogni risposta: me ne rendevo conto, ma questo non rendeva più ragionevoli le mie attese nei confronti di Durante.

Ho detto "Perché sostenevi di saperne quanto me?".

"Quando?" ha detto lui.

"Sul bordo del lago" ho detto. "Quando ti ho chiesto della stella cadente gigante."

"Perché è così" ha detto lui.

"No che non è così!" ho detto, in un tono che si alimentava di tutte le mie mancate o ritardate reazioni agli avvenimenti della giornata.

"Cosa te lo fa pensare?" ha detto lui.

"Il fatto che ne sai infinitamente più di me su *tutto*" ho detto.

"Per esempio?" ha detto lui.

"Sul senso *ultimo* delle cose" ho detto. "Le ragioni profonde dietro a quello che succede."

Lui si è messo a ridere, piano. Un cane ha sospirato profondamente.

"Perché ridi?" ho detto.

"Non ti sembra di darmi una responsabilità un po' *grande*?" ha detto lui.

“Non ti voglio dare responsabilità” ho detto. “Mi basta avere una piccola illuminazione, anche solo parziale.”

“Solo?” ha detto lui, ancora con una traccia di riso nella voce.

“Sì” ho detto. “Per muovermi in tutto questo buio.”

“Ma la luce non puoi aspettartela dagli *altri*” ha detto lui.

“Perché no?” ho detto. “Se ce l’hanno.”

“Farebbero *finta* di avercela anche se non ce l’hanno” ha detto lui.

“Non se ti fidi di loro” ho detto. “Non se sai che ti puoi fidare.”

“È così che nascono i dialogatori professionali con *Dio*, Pietro” ha detto lui. “I custodi della verità assoluta, con i loro piccoli occhi freddi.”

“Non parlavo di questo” ho detto.

“Ma c’eri vicino” ha detto lui.

“E non chiamarmi Pietro” ho detto. “Chiamami Piotr.”

“D’accordo” ha detto Durante.

“È più amichevole” ho detto.

“Hai ragione” ha detto lui.

“Più vicino” ho detto.

“Sì” ha detto lui. “Se adesso cercassimo di dormire un po’?”

“Va bene” ho detto, benché avessi ancora più domande di prima, e ancora meno sonno.

“Buonanotte, Piotr” ha detto lui.

“Notte, Durante” ho detto: forse la seconda volta che lo chiamavo per nome. Subito dopo il sonno mi ha sommerso, dalla punta dei piedi fino all’ultimo dei pensieri.

Mi sono svegliato nel fienile già pieno di luce da tutte le fessure

Mi sono svegliato nel fienile già pieno di luce da tutte le fessure; il mio orologio segnava le otto e mezza. Durante e i cani non c'erano, le loro impronte nel fieno già cancellate. Non riuscivo a capire come avessi potuto di nuovo dormire così profondamente da non sentirli, mi sono infilato i sandali con una strana forma di ansia.

Sono andato verso casa di Nicki, incespicando un paio di volte sui legni e sulle pietre nell'erba umida. Oscar e Krill e Tofu mi sono venuti incontro senza grande entusiasmo, muovevano le code in modo rallentato. Ho fatto un giro intorno alla grande quercia su cui era costruita la casetta, con una sensazione di vuoto crescente che partiva dallo stomaco e mi arrivava alla testa, mi rendeva instabile. La scala che Durante aveva costruito non c'era più, neanche nascosta tra la vegetazione bassa intorno. Ho provato a chiamare "Durante?", senza risultato.

Sono andato a picchiettare il battiporta della casa di Nicki. Nessuno ha risposto, così sono entrato. Nicki era intenta a girare un cucchiaio di legno in un pentolino forse di avena sopra il fornello, Lara e Vicki erano sedute a tavola. Si sono voltate tutte e tre a guardarmi, Lara ha detto “Dov’è papà?”.

“Lo sto cercando anch’io” ho detto.

Nicki ha scosso la testa.

“Ci ha fatto queste” ha detto Lara, ha alzato una bambolina fatta di pigne.

“Ce le ha messe nella nostra stanza” ha detto Vicki. “Le abbiamo trovate sul cuscino, quando ci siamo svegliate.”

“Belle” ho detto.

“Non fare entrare i caaani!” ha detto Nicki.

Ho fatto un cenno di saluto, ho convogliato fuori Oscar e Tofu e Krill.

Sono andato fino alla spiaggia sottile sul bordo del lago, ma Durante non era nemmeno lì. In compenso c’erano le sue impronte dalla notte prima, e le mie. A guardarle con attenzione si poteva ricostruire la sequenza dei nostri movimenti; e quello che ci eravamo detti, i pensieri che mi erano passati in testa mentre guardavamo il cielo.

Sono tornato con i cani al seguito alla casa di legno e pietra dal lato dei genitori di Nicki, ho bussato alla porta. La madre è venuta ad aprire, mi ha detto “Buongiorno!” con molta cordialità.

“Buongiorno” le ho detto, tenevo per il collare Oscar che tirava per entrare. “Ha visto Durante, per caso?”

“Sì” ha detto lei. “Verso le sette, ha portato un regalo a Urs.”

“E poi?” ho detto.

“È andato via” ha detto lei. “Doveva rimettersi in viaggio.”

“Come in viaggio?” ho detto; la sensazione di vuoto mi faceva vacillare.

"Pensavo che ripartiste insieme" ha detto lei.

"Anch'io lo pensavo" ho detto.

"Mi dispiace" ha detto lei, sembrava davvero dispiaciuta.

"Non le ha detto dove andava?" ho detto. Avevo le gambe attraversate da impulsi di corsa, ma senza direzione.

"No" ha detto lei, ha scosso la testa.

Ho guardato il soggiorno-stanza da pranzo alle sue spalle, identico a quello di Nicki ma ordinato e pulito, con mobili in buone condizioni disposti con cura, stoffe chiare, una pianta di capelvenere in vaso appesa con la sua cascata di foglie verde tenero. Urs era seduto su una poltrona, con gli occhi socchiusi nella luce. Oscar si è liberato dalla mia presa ed è andato da lui, scodinzolava tutto festoso. Urs ha aperto gli occhi, lo ha carezzato con un movimento appena percettibile della mano destra. Su un tavolino basso davanti a lui c'era la sciabola giapponese, nella sua custodia di pelle chiara. Ho detto alla mamma di Nicki "È quello, il regalo di Durante?".

"Sì" ha detto lei. "È una sciabola giapponese, bella. La vuole vedere?"

"La conosco, grazie" ho detto.

"Non ha idea di quanto ha fatto felice Urs" ha detto lei. "Felice."

"Sono contento" ho detto.

"Ha sentito del meteorite?" ha detto la signora.

"Cosa?" ho detto; mi chiedevo se non fosse un po' fusa anche lei, magari a causa degli shock del giorno prima.

"L'hanno detto alla radio" ha detto lei. "È caduto in un paese qui vicino, ieri notte."

"Vicino al lago?" ho detto.

"Sì" ha detto lei. "È finito sul tetto di una casa, per fortuna disabitata."

"Davvero?" ho detto, cercavo di controllare la vertigine.

"Incredibile, no?" ha detto lei. "Avremmo potuto vederlo, qui da casa."

"Già" ho detto.

"Posso offrirle qualcosa?" ha detto la signora. "Un tè, un succo di frutta?"

"No, grazie mille" ho detto. "Devo ripartire anch'io."

"Buon viaggio, allora" ha detto lei.

"Grazie" ho detto. "Arrivederci." Le ho stretto la mano, ho fatto un cenno in direzione di Urs.

Lui sembrava interamente concentrato su Oscar o su chissà cosa, non mi ha visto.

Ho detto "Oscar, andiamo?". Mi ha dato retta solo quando la mamma di Nicki mi ha riaperto la porta, è corso fuori prima di me.

Ho fatto con lui e Tofu e Krill un giro intorno alla casa, e intanto la sensazione di vuoto mi si stava trasformando in un disorientamento sempre più vasto. Avevo anche schegge di pensieri pratici, tipo come fare a raggiungere una stazione di treni, come arrivare a Graz da Zurigo con un cane di trentanove chili, come tornare da Graz a Trearchi con una donna di cui non ero più innamorato e bagagli vari, come andare da Trearchi a casa e riprendere il lavoro insieme a lei invece di correre indietro da sua sorella. Erano frammenti, sminuzzati ancora più dalla generale perdita di senso e direzione che continuava a dilagarmi dentro.

Ho girato l'angolo dietro cui erano parcheggiate le macchine, e al posto dello spazio vuoto che ero certo di trovare dov'era stata la vecchia Mercedes, c'era la vecchia

Mercedes. Vederla mi ha provocato uno stupore intenso, attraverso cui è passata rapida l'idea che Durante non se ne fosse andato senza dirmi niente ma fosse ancora da qualche parte lì vicino ad aspettarmi. Ma è stata solo un'idea rapida, svanita come una goccia di luce nel buio appena ho visto il foglio di carta azzurra piegato sotto il tergicristallo. L'ho preso, l'ho aperto con dita ansiose. Era scritto in una grafia intensa, lettere strette e alte inclinate come da un vento di sensazioni. Diceva:

Piotr caro,

dormivi così profondamente che sarebbe stato un vero delitto svegliarti. Mi dispiace non averti salutato, ma non è mai una parte che mi riesce bene, e devo rimettermi in viaggio prima che sia tardi. Tieniti pure la macchina, finché il mio amico non ti avrà sistemato il furgoncino (ha il tuo numero di telefono, ti avvertirà). Dai un bacio da parte mia a Astrid, e uno a Ingrid se vedi anche lei. Sono davvero due donne interessanti, anche se è una definizione che ti irrita. Segui l'istinto, e ricordati che le storie rotte non si riaggiustano magicamente come nei film americani, quando uno dei due protagonisti si rende conto di tutto quello che perderebbe eccetera. Saggiate i vostri minuscoli timoni rispetto alla forza della corrente, basatevi su quello. Dai una carezza extra a Oscar da parte mia. È un vero spirito positivo, anche lui. E porta a Nimbus un sacchetto di carote fresche da parte mia, quando puoi. La sciabola giapponese l'ho regalata a Urs, è più importante per lui che per te. In compenso ti lascio il mio cappello. Usalo bene, mi raccomando.

Durante

Ho guardato dentro la vecchia Mercedes mentre leggevo le ultime parole, e ho visto il cappello di paglia sul sedile di dietro. Ho aperto la portiera con cautela, come se temessi di vederlo volare via da un momento all'altro. L'ho preso in mano: era molto più leggero di come avevo immaginato, sembrava quasi fatto d'aria. Me lo sono posato sulla testa, l'ho calcato piano. Ho fatto qualche passo in giro; ho guardato verso le case, verso gli alberi, verso il lago giù in basso. E la cosa più strana è stata che, devastato com'ero dalla sparizione di Durante e dall'idea che potesse anche essere definitiva, stavo meglio. La sensazione di vuoto era ancora lì, insieme alla vaga vertigine, ma il disorientamento si era ridotto a una misura accettabile, mi sembrava di poterci convivere.

Mi sono calcato meglio il cappello in testa, ho aggiustato con le dita la piega della falda. Ho camminato sotto gli alberi, respiravo irregolare. Mi sentivo come un ragazzetto buttato fuori di casa che deve imparare a trattare con la vita per conto suo, e ne è sgomento ma pensa anche di avere qualche possibilità di riuscirci. I tre cani mi venivano dietro: non proprio come facevano con Durante, ma quasi.

Bompiani ha raccolto l'invito della campagna
"Scrittori per le foreste" promossa da Greenpeace.
Questo libro è stampato su carta riciclata certificata FSC,
che unisce fibre riciclate post-consumo a fibre vergini
provenienti da buona gestione forestale e da fonti controllate.
Per maggiori informazioni: http://www.greenpeace.it/scrittori/

I GRANDI Tascabili Bompiani
Periodico quindicinale anno XVIII numero 1102
Registr. Tribunale di Milano n. 133 del 2/4/1976
Direttore responsabile: Elisabetta Sgarbi
Finito di stampare nel mese di giugno 2009 presso
Arti Grafiche Johnson - Seriate (BG)
Printed in Italy

RCS Libri

ISBN 978-88-452-6297-5